DEA MORTIS
DER TEMPEL
DER DUNKLEN GÖTTIN

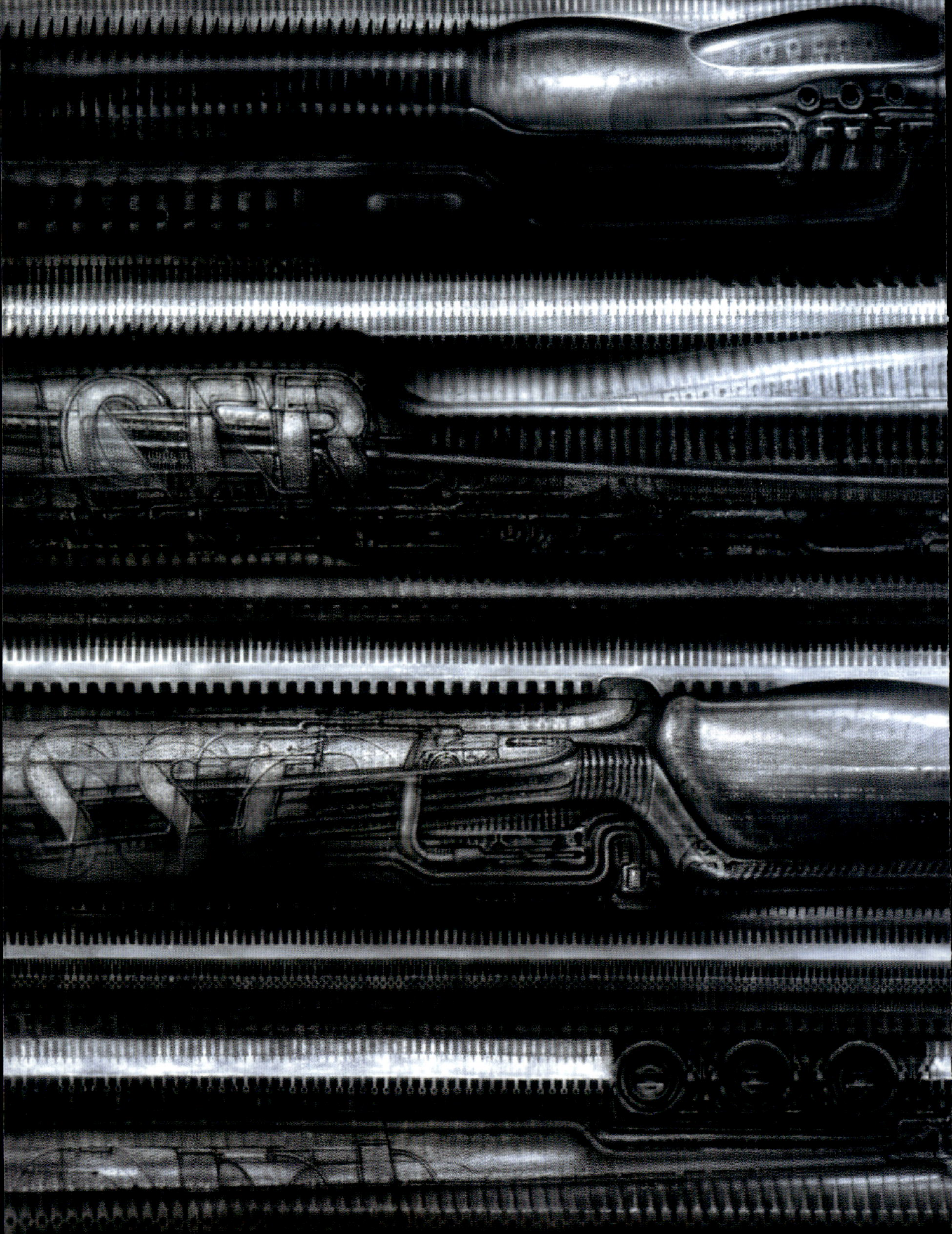

Andreas Gößling
DEA MORTIS
DER TEMPEL DER DUNKLEN GÖTTIN
Roman
Mit Werken von H.R. Giger
KNAUR

Besuchen Sie uns im Internet:
www.knaur.de

Dunkle Spannung im Knaur Verlag – gerne empfehlen wir Ihnen
besondere Bücher. Schreiben Sie uns:
mystery@droemer-knaur.de

Originalausgabe November 2005

Ein Projekt der AVA international GmbH Autoren und
Verlagsagentur, Herrsching – www.ava-international.de
Redaktion: Ralf Reiter
Umschlaggestaltung: ZERO Werbeagentur, München
Umschlagabbildung: H.R. Giger
Satz: Wilhelm Vornehm, München
Layout und Herstellung: Daniela Nikel, München
Druck und Bindung: MOHN Media • Mohndruck GmbH, Gütersloh
Printed in Germany
ISBN-13: 978-3-426-66200-7
ISBN-10: 3-426-66200-0

2 4 5 3 1

1. KAPITEL
NEW PROVIDENCE

Diese Woche hatte Rick Nadar Nachtschicht, und als er um fünf Uhr früh nach Hause fuhr, ging über den Hügeln von New Providence gerade die Sonne auf. Rick war todmüde und zufrieden. Der neue Job war wirklich okay – nicht gerade das große Abenteuer, aber immerhin hatte er zum ersten Mal ein eigenes Büro. Genauer gesagt, eine gläserne Loge, und auf der Tür stand in schwarzen Lettern »Security Center«. Die Sicherheit der ganzen Fabrik hing von seiner Aufmerksamkeit ab – von ihm und von den Unmengen an Alarmanlagen, Kameras, Überwachungssensoren, mit denen die Zäune und Tore rings um die Fabrik bestückt waren.
Halbleiterproduktion, Rick wusste gar nicht so ganz genau, was das eigentlich sein sollte. Jedenfalls arbeitete er jetzt in der Computerbranche, und für einen Burschen wie ihn, der bisher hauptsächlich als Kurierfahrer und Wachmann gejobbt hatte, war das ein großartiger Erfolg. Noch vor einem halben Jahr wäre er allerdings gar nicht auf die Idee gekommen, sich nach einem festen Arbeitsplatz umzusehen. Jeden Tag ins selbe Büro oder in die gleiche Fabrik schlurfen, nur damit man seine Miete bezahlen und allenfalls abends noch ein Bier in der Bar an der Ecke kippen konnte. Nicht mit Rick Nadar! So hatte er noch vor kurzem gedacht. Doch dann war Rachel in sein Leben getreten, und seitdem war alles anders.
Die Ampel vor ihm sprang auf Rot, aber Rick fuhr einfach weiter. Um diese frühe Morgenstunde war hier draußen am Stadtrand kaum jemand unterwegs. Er gähnte und rieb sich die Augen. Noch fünf Minuten, höchstens sechs bis zu seinem Block in der Higher Hill Street. In seinem kleinen Dachapartment würde er erst mal schlafen. Nichts essen, nichts trinken, erst mal ein paar Stunden Schlaf. Auch

Rachel lag bestimmt noch in ihrem Bett am anderen Ende der Stadt und schlief tief und fest. Nicht mehr lange, dachte Rick, dann würden sie in eine gemeinsame Wohnung ziehen, und wenn er dann von der Nachtschicht nach Hause käme, würde er zu Rachel ins Bett schlüpfen. Mit einem schläfrigen Lächeln würde sie die Augen öffnen und ihn an sich ziehen, ihr langes, dichtes Haar um sie herum auf dem Kissen ausgebreitet wie ein Kranz schwarzer Strahlen.

Seltsam war nur, dass sie immer gleich ablenkte, wenn er dieses Thema anzuschneiden versuchte: ihre gemeinsame Zukunft. Rick kam sich manchmal schon selbst ganz komisch vor. Er hätte nie gedacht, dass er mal in diese Lage geraten würde. Wenn er früher das Gefühl bekommen hatte, dass sein Mädchen mehr von ihm wollte, als ihm lieb war, dann hatte er die Sache immer kurz entschlossen beendet. Aber bei Rachel war eben alles anders. Plötzlich war er derjenige, der sich sorgte, dass sie ihn verlassen könnte – einfach so und obwohl sie ein Kind erwartete. Mein Kind, dachte Rick und spürte gleich wieder dieses nervöse Kribbeln im Bauch, wie jedes Mal, wenn ihm einfiel, dass er bald Vater werden sollte.

Die blasse Mondsichel schwebte noch über dem Dach seines Apartmentblocks, als Rick seinen alten Ford Mustang in eine Parklücke direkt vor der Haustür manövrierte. New Providence war keine besonders große und schon gar keine glanzvolle oder irgendwie bedeutende Stadt, aber Rick war hier geboren, es war seine Heimatstadt, und er konnte sich gar nicht vorstellen, eines Tages mal von hier wegzuziehen. Jedes einzelne seiner fünfundzwanzig Lebensjahre hatte er hier verbracht, es war seine Welt, und im Grunde brauchte er keine andere. Obwohl es andererseits sehr für die Welt da draußen sprach, dass sie ein Geschöpf wie Rachel hervorgebracht hatte.

Während er nach oben fuhr, musterte er im Spiegel sein Gesicht, das vor Müdigkeit beinahe gelb war. Aber das lag vielleicht nur an dem trüben Deckenlicht im Lift. Die Kabine hielt in der vierzehnten Etage, und Rick drückte die Tür auf und stieg aus. Müdigkeit hin oder her, am liebsten wäre er gleich wieder umgekehrt, mit dem Lift nach unten gerumpelt, in sein Auto gestiegen und bis ans östliche Ende der Stadt gefahren, wo Rachel in einem möblierten Zimmer wohnte. Aber die alte Miss Lilly, der das reichlich verwahrloste Haus mitsamt dem riesigen Garten voll verwilderter Rosenbüsche gehörte, duldete natürlich keinen »Herrenbesuch« – tagsüber nicht und erst recht nicht über Nacht. Trotzdem hatte Rachel ihr Zimmer bei dieser Lilly bis heute nicht aufgegeben, und es kam nur selten vor, dass sie mal eine ganze Nacht bei ihm verbrachte. Rick liebte Rachel mehr als alles auf der Welt, dabei wusste er eigentlich überhaupt nichts von ihr. Nur dass sie umwerfend schön war und dass sie eines Abends vor sechs Monaten in der Tür des *Twilight*, seiner Lieblingsbar, gestanden hatte, vergoldet von den Strahlen der Sonne, die in ihrem Rücken gerade unterging. Und dass er sie nur immerzu angestarrt und dann wie ein Trottel herumgestottert hatte, als sie ausgerechnet neben ihm auf den Barhocker geglitten war. Geschmeidig wie eine Katze und mit einem Lächeln, das ihm auch irgendwie katzenhaft vorgekommen war.

Rick schob seinen Schlüssel ins Schloss und sperrte die Tür auf. Sein Apartment war eigentlich nur ein Dachzimmer mit schrägen Wänden, einer Nasszelle in der einen und einem winzigen Küchenblock in der anderen Ecke. Das Schrankbett in der Nische war so schmal, dass er es Rachel nicht verübeln konnte, wenn sie in diesem sargartigen Verschlag nicht die ganze Nacht verbringen wollte.

Während er durchs Zimmer ging, knöpfte Rick sein Hemd auf, öffnete seinen Gürtel und schüttelte sich die Turnschuhe von den Füßen. Er war wirklich todmüde, kein Wunder, wenn man die ganze Nacht über mehr als zwei Dutzend Monitore und lange Reihen mit Signallampen im Auge behalten musste.

Als er bei der Bettnische war, glaubte er zuerst, dass er schon im Stehen träumte. Vor ihm lag Rachel, ganz genau so, wie er es sich eben im Auto ausgemalt hatte: ihr Kopf auf seinem Kissen, die langen Haare um sie herum ausgebreitet wie ein Kranz schwarzer Strahlen. Aber Rachel lächelte ihn nicht an, und sie streckte auch nicht die Arme nach ihm aus, damit er zu ihr unter die Decke kroch.

»Zieh dich wieder an, Rick«, sagte sie, »wir müssen sofort losfahren.«

»Was ist denn passiert?«, fragte er, aber sie schien seine Worte gar nicht gehört zu haben. Sie erhob sich von seinem Bett, und da erst bemerkte er, dass sie schon fix und fertig angezogen war. Sie trug ihr neues, extra weit geschnittenes Kleid mit dem gelb-grünen Tupfenmuster, das ein wenig an den Schuppenpanzer eines Leguans erinnerte. Konnte es sein, dass ihr Bauch über Nacht noch sehr viel runder geworden war? Es kam ihm so vor, aber das lag wohl nur an seiner Müdigkeit und der Nervosität, die ihn alles überdeutlich wahrnehmen ließ. »Um Himmels willen, ist was mit dem Kind?«, fragte er.

Rachel schob sich an ihm vorbei, aus der Bettnische heraus, ohne ihn anzusehen. Ihr schmales Gesicht mit den hohen Wangenknochen wirkte angespannt, die dunklen, ein wenig schräg geschnittenen Augen schauten durch Rick hindurch. Er sah ihr hinterher und versuchte zur gleichen Zeit, sein

Hemd wieder zuzuknöpfen. Seine Finger zitterten. Mit einer fahrigen Bewegung riss er sich das Hemd herunter, ging zum Schrank und nahm ein schwarzes T-Shirt heraus.

Als er sich wieder zu ihr herumdrehte, lächelte ihn Rachel an. »Ja, ich glaube, es ist wegen dem Kind«, sagte sie. Mit beiden Händen strich sie sich sanft über den Bauch, der sich unter dem gelb-grünen Kleid wie eine Weltkugel wölbte. Rick hatte keine besonders präzise Vorstellung davon, wie dick die Bäuche von Schwangeren im fünften Monat gewöhnlich waren. Aber vielleicht würde Rachel ja auch Zwillinge bekommen? Der Gedanke trug nicht gerade zu seiner Beruhigung bei. »Jedenfalls kann ich hier nicht länger bleiben«, fuhr Rachel fort, und wieder nahm ihr Gesicht diesen angespannten Ausdruck an, als ob sie auf Geräusche in weiter Ferne lauschte. »Diese Stadt bedrückt mich«, sagte sie, »der kalte Wind von den Hügeln her, die staubigen Straßen, in denen weit und breit nichts Grünes wächst und keine Vögel singen. Lass uns weggehen von hier.«

Rick verstand jetzt überhaupt nichts mehr. Das T-Shirt in der Hand, Hose und Gürtel geöffnet, stand er todmüde neben seinem Bett, und das Zimmer mitsamt Rachel begann um ihn herum leise zu schwanken. Dem Kind in ihrem Bauch ging es also gar nicht schlecht? Sie hatte nur die Nase voll von New Providence und wollte, dass sie Hals über Kopf abreisten – und das, obwohl er wegen ihr und dem Kind gerade diesen neuen Job angenommen hatte?

»Ich habe schon alles zusammengepackt«, sagte Rachel. »Wir müssen nur noch schnell bei Lilly vorbeifahren, damit du meine Koffer einladen kannst.«

Er meinte nun einen Unterton von Ungeduld in ihrer Stimme zu hören. Bei keinem anderen Mädchen hatte er jemals auf solche Feinheiten geachtet.

»Gönn mir wenigstens ein paar Stunden Schlaf, Rachel. Dann fahr ich dich hin, wo immer du hinwillst.« Er gähnte demonstrativ und rieb sich übers Gesicht. Dabei wusste er jetzt schon, dass er kein Auge zumachen würde, egal wie viel Aufschub Rachel ihm gewährte.

Ihre Hände legten sich wieder um ihren Bauch. »In spätestens einer Stunde müssen wir los.« Sie schaute zum Dachfenster hinaus, als ob diese Botschaft auf dem blassblauen Morgenhimmel geschrieben stünde.

»Okay, wie du willst.« Rick ließ sich auf sein Bett fallen und streckte eine Hand nach ihr aus. »Komm, Liebes, leg dich so lange zu mir.«

Aber Rachel hatte die Zimmertür schon geöffnet. »Sei so nett und hol mich um halb sieben bei Lilly ab, ja?« Über die Schulter sah sie ihn an, mit einem so abwesenden Lächeln, als ob sie sich fragte, was sie mit dem jungen Mann auf dem Klappbett überhaupt anfangen sollte.

2. KAPITEL
HUNTER'S CASTLE

Die Straße wand sich einige Meilen weit durch die hügelige Landschaft, dann plötzlich ging es steil bergauf. In diese Richtung war Rick noch nie weiter als bis zu den Steinbrüchen gefahren. Die Piste war schmal, kurvig und mit Schlaglöchern übersät. Ab und zu donnerten ihnen riesige Lastzüge entgegen, in gelbliche Staubwolken gehüllt. Immer wieder musste er Geröllbrocken ausweichen, die von den schroffen Felsen auf die Straße gerollt waren. So steil rechts von ihnen die Bergwand aufragte, so Schwindel erregend ging es links ins Tal hinab. Anfangs glaubte Rick ab und zu noch einen Schimmer von New Providence zu erspähen, von seinen Dächern und Glasfassaden, die tief unter ihnen in der Sonne glitzerten. Aber bald schon war um sie herum nichts mehr als Berge und Wälder und der wolkenlose Himmel über ihnen.

Erwartungsgemäß hatte er heute früh in seinem Schrankbett nicht eine Sekunde geschlafen. Im Gegenteil war er immer nervöser geworden, je länger er sich auf dem Laken hin und her warf, das noch warm von Rachel war und nach ihrem Mandelduft roch. Also war er bald schon wieder aufgesprungen, hatte sich in der Fabrik für drei Tage abgemeldet, dann Kaffee gekocht und ein paar Sachen zusammengepackt. Nur das Allernötigste für eine kurze Reise, denn natürlich würden sie bald schon nach New Providence zurückkommen, ja was denn sonst. Er konnte doch nicht einfach seinen Job aufgeben und mit Rachel durchs Land vagabundieren. Sie müssten in Hotels übernachten und in Restaurants essen, und selbst wenn sie sich einschränken würden, wäre er nach spätestens acht Tagen pleite. Sparen war bisher nicht seine Stärke gewesen, und gerade jetzt, wo er angefangen hatte, sein Leben für Rachel umzukrempeln, wollte sie, dass er alles wieder hinwarf? Das mochte verstehen, wer konnte und wollte, er verstand es jedenfalls nicht. Und hatte Rachel ihm nicht vor ein paar Tagen erst erklärt, dass sie bis zur Geburt ihres Kindes die Stadt auf keinen Fall verlassen dürfe, damit die Ärztin, die sie und das Kind betreute, immer in ihrer Nähe war? So wie er selbst, dachte Rick, seine Security-Zelle in der Fabrik während der Schicht nicht verlassen durfte – für den Fall, dass das Kontrollsystem plötzlich Alarm schlug. Als ob so eine schwangere Frau letztlich auch nichts anderes wäre als eine Fabrik – nur eben eine Fabrik, die statt Halbleitern Babys produzierte.

Nein, bei solchen Gedanken war wirklich nicht an Schlaf zu denken. In letzter Zeit war Rick sogar ganz froh gewesen, wenn er für die Nachtschicht eingeteilt wurde, denn seit einigen Wochen schlief er ziemlich schlecht. Wachte fast jedes Mal nach ein paar Stunden wieder auf, weil er irgendeinen Mist geträumt hatte – dabei hatte er so etwas früher überhaupt nicht gekannt: Albträume, aus denen man schweißnass und mit wahnsinnigem Herzklopfen emporfuhr.

Er riskierte einen Blick zu Rachel hinüber, die wie eine Statue auf dem Beifahrersitz thronte. Seit er sie bei Lilly abgeholt hatte, saßen sie mehr oder weniger stumm nebeneinander, wechselten nur ab und zu ein paar Worte, ansonsten hing jeder seinen Gedanken nach. Rachels Gepäck bestand aus einem riesigen Koffer und drei unförmigen Reisetaschen. Je länger Rick darüber nachdachte, desto sicherer war er, dass sie nicht vorhatte, jemals nach New Providence zurückzukehren. Dabei schien sie selbst nicht zu wissen, wo sie überhaupt hinwollte. »Immer nach Osten« war alles, was er zu diesem Thema aus ihr herausbekommen hatte, und mit jeder Meile, die sie vorankamen, wuchs Ricks Nervosität.

Sie wollte ihn loswerden, anders war ihr Verhalten doch überhaupt nicht zu erklären. Sie benutzte ihn ein letztes Mal, indem sie sich von ihm zu ihrem geheimnisvollen neuen Ziel chauffieren ließ – und dort angekommen, würde sie ihn abservieren! Anders konnte es gar nicht sein, dachte Rick und umklammerte das Lenkrad so fest, dass seine Fingerknöchel ganz weiß wurden. Sie würde sich kühl bei ihm bedanken und ihn ein letztes Mal mit ihrem Blick aus schrägen Katzenaugen verwirren – und dann ab mit dir, Rick! Du bist ein netter Bursche, keine Frage, siehst ganz gut aus mit deinen kurzen braunen Haaren, breiten Schultern, dem energischen Kinn, dem jungenhaften Grinsen, und im Bett bist du zumindest keine totale Katastrophe. Aber mein Leben ist zu kostbar, um es mit dir zu vergeuden – also mach keine Szene, Ricky, und verschwinde.

So hörte er sie in seinem Innern zu ihm sprechen, keineswegs zum ersten Mal, und obwohl er immer noch todmüde war, fühlte er sich bald schon so überdreht wie der Motor seines räudigen Mustangs, der sich heulend und röchelnd die Serpentinen hochquälte.

Gegen Mittag kamen sie zu einem Parkplatz, den ein verblichenes Schild als »eindrucksvollen Aussichtspunkt« anpries. Zu Ricks Überraschung erwachte Rachel plötzlich aus ihrem Dämmerzustand, sah sich um und fragte: »Warum machen wir hier nicht eine kleine Pause, Rick?« Er nickte zustimmend und ging vom Gas. »Ich weiß nicht, was es ist«, hörte er Rachel murmeln, »aber irgendetwas muss hier sein, das spür ich genau.«
Sie wirkte auf einmal viel wacher als in den Stunden, seit sie aufgebrochen waren. Kaum hatte Rick den Motor abgestellt, da sprang sie aus dem Wagen, so geschmeidig und leichtfüßig, wie sie vor ihrer Schwangerschaft gewesen war. Rick blieb noch einen Augenblick hinterm Steuer sitzen und sah ihr zu, wie sie aufgeregt auf dem geschotterten Platz herumlief. War nicht alles viel besser und einfacher gewesen, bevor sie schwanger geworden war? Er tadelte sich für diesen Gedanken, aber eine Stimme irgendwo tief in ihm gab ihm flüsternd Recht. Als Rachel noch schlank und mädchenhaft war, wisperte die Stimme, als sie noch nicht diesen enormen Bauch vor sich hergetragen hat, als in ihrem Körper noch kein fremdes Leben herangewachsen ist...
»Wo bleibst du denn, Rick?« Wieder mit diesem Unterton, der ihre Stimme fast metallisch vibrieren ließ. Er beeilte sich auszusteigen, den Wagen zu verriegeln, um die Motorhaube herum zu ihr zu spurten – mit einer Dienstfertigkeit, die er absichtlich übertrieb, ohne Rachel auch nur das leiseste Lächeln zu entlocken. »Da drüben ist ein Hotel«, sagte sie und deutete auf einen düsteren, burgartigen Bau, der hinter einem Wall aus Tannen in den Himmel ragte. Die verwitterten Schriftzeichen an der Fassade besagten *Hunter's Castle – Hotel.*
Rick rieb sich die nackten Arme. Er hatte nur sein schwarzes T-Shirt an, und es war kalt hier oben, aber die Luft war rein und klar und der Ausblick über Berge und Wälder tatsächlich beeindruckend. Am liebsten hätte er mit Rachel die Nacht hier in den Bergen verbracht, wenn es sein musste auch in dieser finsteren Jägerklause. Aber ein halbes Jahr an Rachels Seite hatte

ihn gelehrt, dass es klüger war zu warten, wie sie sich entscheiden würde. Hatte sie Lust, die Nacht über hier zu bleiben – wunderbar. Hatte sie keine Lust, könnte er mit der Beredsamkeit eines Engels auf sie einwirken und würde sie doch niemals überzeugen. Und zwar aus dem einfachen, wenn auch niederschmetternden Grund, dass sie sofort abschaltete, einfach nicht mehr zuhörte, sich in ihr geheimnisvolles Inneres zurückzog, wenn ihr irgendwas gegen den Strich ging. Auf den ersten und auch noch auf den zweiten und den dritten Blick, dachte Rick, wirkte Rachel zierlich und zerbrechlich wie ein kleines Mädchen, aber hinter ihrer Zartheit verbarg sich eine Härte, die ihn jedes Mal erschreckte, wenn er ein Stück davon zu sehen bekam.

Verwundert sah sich Rick in der kleinen Hotelhalle um. Sie ähnelte der Höhle eines urzeitlichen Jägers. Hirschgeweihe an den Wänden, ausgestopfte Wildschweine und Rehe in schummrigen Nischen. Unter der Gewölbedecke schwebten glasäugige Falken und Habichte, an Nylonfäden aufgehängt, so dass es aussah, als ob sie im Sturzflug wären.

»Seltsamer Laden, oder?« Rachel gab ihm keine Antwort. Er stellte ihren Schrankkoffer neben der Tür ab und setzte seine kleine Reisetasche darauf.

»Hallo, ist jemand zu Hause?« Das Hotel machte einen verlassenen und verwahrlosten Eindruck. Aus Deckenfunzeln sickerte gelbstichiges Licht. Jetzt erst wurde Rick bewusst, dass der Parkplatz unter dem Schild *Hunter's Castle* leer gewesen war.

Im Hintergrund der Halle bemerkte er einen Tresen, auf dem eine altmodische Handglocke stand. Rick wollte darauf zugehen, aber Rachel hielt ihn zurück. Sie hatte sich bei ihm eingehängt, und plötzlich presste sie seinen Arm so fest, dass es beinahe wehtat. Ein Zittern überlief sie, ihr ganzer Körper spannte sich an, und im gleichen Moment hörte Rick ein unheimliches Knurren. Er fuhr herum. Vor ihnen stand ein riesiger schwarzer Hund, mit Augen so groß wie Espressotassen. Das Biest knurrte, und Rachel starrte es an, als ob sie die Dogge hypnotisieren wollte.

»Möchtest du, dass wir weiterfahren, Liebes?«, fragte Rick.

Wieder bekam er keine Antwort. Noch immer presste Rachel mit ihrer rechten Hand seinen Unterarm zusammen, und dabei bohrte sie ihren Blick in die Augen des riesigen Hundes, der irgendwie seinen Mumm zu verlieren

schien. Er hörte auf zu knurren, ließ den Kopf hängen und kniff den Schwanz ein.
»Hey, wie hast du das gemacht, Rachel?«
»Ich habe ihn verhext«, sagte sie und schaute Rick auf die gleiche Weise an. Mit einem so starren, durchdringenden Blick, dass es ihm plötzlich kalt den Rücken runterlief. Er versuchte zu lachen und riss sich von ihren Augen los. Wie eine riesige Katze hatte sie ihn angesehen. Wie sich der Hund wohl gerade gefühlt hatte? Rick schaute sich nach der schwarzen Dogge um, aber von dem Höllenvieh war weit und breit nichts mehr zu sehen.
»Womit kann ich Ihnen helfen?« Der heisere Klang ließ Rick wieder herumfahren. Hinter der Rezeption stand plötzlich ein stämmiger Glatzkopf im tannengrünen Wams, die Hände auf den Tresen gestützt. Unter struppigen Brauen sah er ihnen mürrisch entgegen, als ob Gäste in seinem Hotel unerwünscht wären.
»Wir brauchen ein Zimmer«, sagte Rick. Wieder versuchte er sich in Bewegung zu setzen, und diesmal ließ sich Rachel widerstandslos mitziehen. »Für eine Nacht, vielleicht auch für zwei.«
Auch diese Aussicht schien den Hotelbesitzer nicht aufzuheitern. Mit finsterer Miene zog er eine Kladde hervor und knallte sie vor ihnen auf die abgewetzte schwarze Holztheke. »Tragen Sie sich hier ein.« Die Arme vor der Brust verschränkt, beobachtete er argwöhnisch, wie Rick ihre Namen in das Heft schrieb. Als ihren ständigen Wohnsitz gab er nach kurzem Zögern seine Adresse in New Providence an.
Der Hotelbesitzer schob ihnen einen überdimensionalen Schlüssel über den Tresen. »Nummer Achtzehn«, sagte er. »Werfen Sie keine Abfälle ins Klosett.«
»Ist okay.« Mit einiger Mühe stopfte Rick den riesigen Schlüssel in seine Jeanstasche, dann schnappte er sich wieder ihr Gepäck und schleppte es durch den engen Gang, an dessen Ende Zimmer Achtzehn liegen sollte. Rachels Koffer war so schwer, als ob er randvoll mit Stahlplatten wäre. Auch hier im Gang hingen knochenbleiche Geweihe von Hirschen und Böcken an den Wänden, die mit schwarzem Holz vertäfelt waren. In Mauernischen standen verschlissene grüne Ledersessel, auf denen wahrscheinlich seit Jahren niemand mehr gesessen hatte. Es roch muffig, nach Staub und ranzigem Frittierfett, und obwohl draußen die Sonne senkrecht vom Himmel scheinen musste, war es hier drinnen fast so finster wie in einem Sarg.
Im Zimmer Nummer Achtzehn gab es ein großes Fenster auf den Wald hinaus. Rick ging gleich hin, zog die staubigen Vorhänge auf und öffnete beide

Flügel, um frische Luft und Tageslicht einzulassen. »Im Prinzip hab ich überhaupt nichts gegen Jäger«, sagte er. »Mein Vater ist früher regelmäßig auf Entenjagd gegangen, und als Junge war ich auch ab und zu dabei. Aber das hier?« Über der Badtür hing ein Geweih mit mindestens vierzehn Enden. »Wir werden uns beobachtet fühlen«, sagte Rick und deutete auf den ausgestopften Hühnerhabicht, der über dem Doppelbett schwebte.

Rachel schenkte ihm ein abwesendes Lächeln. Na immerhin, dachte er, ich hatte schon befürchtet, dass sie mich überhaupt nicht mehr wahrnehmen würde. Er wuchtete ihren Schrankkoffer auf den klapprigen Tisch, der mit einem Ächzen protestierte, und stellte seine Reisetasche daneben. Sie enthielt Wäsche zum Wechseln, Rasierzeug und Zahnbürste, Rachel dagegen hatte offenbar ihre sämtlichen zweihundert Kleider und Röcke sowie fünf Dutzend Paar Schuhe eingepackt. So als ob sie nie mehr nach New Providence zurückwollte, dachte er wieder.

Rachel war unterdessen ans Fenster getreten, vor dem riesige Tannen emporragten, so dicht nebeneinander und so himmelhoch wie eine Bergwand. Rick lehnte sich gegen den Rahmen der Badtür und sah Rachel zu, wie sie aus dem Fenster schaute, ihre zierliche Gestalt, das üppige schwarze Haar über dem Leguankleid, ihre langen Beine, die schmalen Füße in den Schlangenlederschuhen. Er liebte jeden Zoll ihres Körpers, er betete sie einfach an! Warum konnten sie sich jetzt nicht einfach in dieses Hotelbett legen und alles andere vergessen? »Rachel«, sagte er und beobachtete ihren Rücken, der starr blieb wie die Hinterseite einer Statue. »Rachel, Liebes, warum legen wir uns nicht ein biss...?«

Weiter kam er nicht, denn jetzt wandte sie sich wieder um, und ihr Blick wirkte noch viel abwesender als vorhin ihr Lächeln. Ihre rechte Hand fuhr mit kreisenden Bewegungen über ihren Bauch. »Lass uns im Wald spazieren gehen, Rick«, sagte sie, »deshalb sind wir ja schließlich hier, oder?«

Erstaunt hob er die Schultern und nickte ihr gleichzeitig zu. Wenn Rachel es so wollte, würden sie spazieren gehen, keine Frage. Aber seltsam war es trotzdem. In den sechs Monaten, seit er sie kennen gelernt hatte, war Rachel kein einziges Mal auch nur einen Block weit zu Fuß gegangen, wenn es sich irgendwie vermeiden ließ. Und jetzt wollte sie mit ihm durch diesen Wald spazieren? Na, warum denn nicht, dachte Rick. Das Bett unter dem Hühnerhabicht konnten sie später immer noch ausprobieren. Ein würziger Geruch nach Tannen und Moos strömte durchs Fenster und vermischte sich mit dem Mief, der seit vielen Jahren der einzige Bewohner von Zimmer Achtzehn zu sein schien.

Die Dogge lag auf einem räudigen Wildeberfell mitten in der Halle. Als Rick und Rachel aus ihrem Gang traten, sprang der Hund auf und begann aufs Neue drohend zu knurren. Aber Rachel brauchte ihn nur kurz anzusehen, da fing er wieder an zu winseln, zog den Schwanz ein und verkroch sich hinter dem Tresen.

»Na, den hast du ganz schön kirre gemacht«, sagte Rick und fragte sich im nächsten Moment, ob das nicht genauso für ihn selbst galt. Rachel hatte sich wieder bei ihm eingehängt und lächelte ganz leicht, ohne ihn anzusehen. Er fragte sich, ob sie seine Worte überhaupt gehört hatte. In seinem Rücken spürte er den erstaunten Blick des Hotelbesitzers und hörte, wie der Mann im jägergrünen Wams die Dogge ausschimpfte: »Was ist denn mit dir los, Zerbie? So kenne ich dich gar nicht, du winselst ja wie ein Mops!« Dann stieß Rick die Tür auf, und sie waren endlich wieder draußen, in der unwirklich hellen Mittagssonne.

»Da hinten müssen wir lang«, sagte Rachel und zog ihn nach links auf einen schmalen, mit Unkraut überwucherten Pfad, der unter verrammelten Fenstern an der stockfleckigen Hotelfront entlangführte. Aus verwilderten Büschen flatterten Falter empor, und unter ihren Sohlen stoben ganze Wolken von Insekten auf. Hier war offensichtlich seit Wochen und Monaten niemand mehr gelaufen. Aber Rachel bewegte sich so zielstrebig den Pfad entlang, als ob sie früher schon mal hier beim *Hunter's Castle* gewesen wäre.

Rick machte den Mund auf, dann zog er es doch vor, seine Frage wieder herunterzuschlucken. Direkt hinter dem Hotel begann der Wald, und hier wurde der Weg auch ein wenig breiter, so dass sie bequem nebeneinander laufen konnten. Allerdings ging es nun zwischen einer schroffen Bergwand zu ihrer Linken und einer Schwindel erregend tiefen Schlucht entlang, die zwei Hand breit neben Ricks rechtem Turnschuh verlief.

Die Waldvögel zwitscherten, und schwarze Eichkatzen von unwahrscheinlicher Größe schnellten an den glatten Tannenstämmen empor. »Schön hier, oder?«, fragte er.

»Diese Höhe«, murmelte Rachel, »macht mir Angst.« Sie sah gehetzt um sich, von der bemoosten Felswand neben ihr zu der Schlucht, an deren Grund ein Wildbach dahintoste.

»Dann lass uns zurückgehen, Liebes«, schlug Rick vor. »Es ist sowieso ziemlich kalt hier draußen.« Er hatte vorgehabt, vor dem Spaziergang seine Lederjacke aus dem Auto zu holen, aber Rachel hatte ihn gleich auf diesen Weg gelotst, so dass sie gar nicht mehr am Parkplatz vorbeigekommen waren. Doch obwohl er in seinem T-Shirt fröstelte, genoss er die kalte, frische Bergluft. Sie machte einen klaren Kopf, jedenfalls hoffte er das. Und überhaupt mochte er die Berge sehr viel mehr als das Tiefland, wo es meistens heiß und stickig war.

Plötzlich blieb Rachel stehen. Rick drehte sich zu ihr und sah sie voller Erstaunen an. Was ging nur mit ihr vor? Rachels Augen waren zu schrägen Schlitzen zusammengezogen, ihre Nasenflügel erbebten, als ob sie witternd die Waldluft einsöge. Mit dem rechten Arm hatte sie sich bei ihm eingehängt, ihre linke Hand fuhr immer wieder kreisend über ihren Bauch. So als ob sie mit dem Kind in ihrem Innern Zwiesprache hielte.

»Weiter«, sagte sie, »diesen Weg entlang.« Und sie setzte sich wieder in Bewegung, so dass Rick nichts anderes übrig blieb, als gleichfalls weiterzutrotten, obwohl Rachel seine Anwesenheit kaum mehr wahrzunehmen schien.

Ein bitteres Gefühl kochte in ihm hoch, aber er zwang sich, das Gefühl genauso wieder runterzuschlucken wie vorhin seine Frage. Es war lächerlich, auf ein ungeborenes Kind eifersüchtig zu sein. Und doch ertappte er sich immer wieder bei dem Wunsch, dass alles wie früher sein sollte, als Rachels Bauch noch nicht so prall und rund wie eine Erdkugel gewesen war. Als sie noch scharf auf ihn gewesen war und ihm in den unerwartetsten Momenten ins Ohr flüstern konnte: »Lass uns von hier verschwinden, Ricky. Ich bin ganz wild auf dich, ich würde dich am liebsten mit Haut und Haaren fressen!« Daran hatte er sich zwar auch nie so richtig gewöhnen können – dass Rachel so fordernd sein konnte, wie er es noch bei keinem Mädchen erlebt hatte, und dass sie ihn von Anfang an so behandelt hatte, als ob sein einziger Lebenszweck darin bestünde, ihrer Lust und ihren Launen zu dienen. Aber es war jedenfalls sehr viel besser gewesen als die jetzige Situation, in der er anscheinend nur noch als Chauffeur und Kofferträger benötigt wurde.

Rachel blieb abermals stehen, und Rick fuhr aus seinen Grübeleien auf. Sie entzog ihm ihren Arm und starrte auf die Felswand, die zu ihrer Linken emporragte, von nackten Furchen durchzogen und mit schütteren Moosflechten bedeckt. Warum schaute sie unverwandt auf dieses Stück Fels? Oder starrte sie einfach gedankenverloren ins Leere und lauschte auf die geheimnisvollen Zeichen, die das Kind in ihrem Innern ihr sandte?

Doch als Rick ihrem Blick folgte, kam es ihm plötzlich so vor, als ob das Durcheinander aus steinernen Rillen, aus Schmutz und Moosflechten nicht zufällig so angeordnet wäre. Jemand hatte diese Furchen mit einem Messer oder Meißel in den Stein gegraben und das Muster aus Moos und Schlamm

absichtlich einbezogen, sagte sich Rick. Es war eine Ritzzeichnung, ganz ohne Zweifel, und je länger er sie anstarrte, desto klarer sah er die höhlenartigen Umrisse einer Gebärmutter, in der ein winziges Skelett hockte. Oder verlor er jetzt ganz einfach seinen Verstand?

»Ich muss runter ins Tal«, hörte er Rachel murmeln. Schon wandte sie sich um, in Richtung Hotel, und Rick blieb erneut nichts anderes übrig, als hinter ihr herzulaufen.

»In was für ein Tal denn? Und was musst du da so dringend machen?«, fragte er und verdrehte sich im Gehen den Hals, um noch einen Blick auf die seltsame Stelle an der Felswand zu werfen. Hatte er sich nur eingebildet, dass die Ritzen und Moosflechten dieses bizarre Muster bildeten, oder hatte da wirklich jemand ein winziges Skelett in den Fels gekratzt, das im Mutterbauch hockte wie in einem Grab? Aber wer sollte so etwas tun – und zu welchem Zweck?

»Dringend? Gar nichts«, sagte Rachel. »Aber was suchst du denn nur dauernd da hinten?« Sie erschauerte und schmiegte sich an Ricks Seite. »Mir ist so kalt. Auch das Kind friert«, setzte sie hinzu und bekam wieder diesen abwesenden Ausdruck, als ob sie Zeichen aus großer Ferne empfangen würde. »Bringst du uns runter ins Tal, Ricky? Da ist es bestimmt viel wärmer.«

»Natürlich«, sagte Rick, »wie du willst, Liebes.« Er fragte sich, ob zumindest sie selbst sich noch in ihren Wünschen und Worten zurechtfand oder ob sie einfach so daherredete wie manchmal, wenn sie im Schlaf unverständlich murmelte und seufzte.

Als sie wieder beim Hotel waren, wandte sich Rachel nach links, wo ein Dutzend zertretener Stufen zum Parkplatz hinunterführte. »Holst du unsere Sachen, Rick? Ich bin so müde, ich warte im Auto auf dich.«

Wenn sie fror und müde war, warum verdammt noch mal legte sie sich nicht in ihrem Zimmer ins Bett und ließ sich von ihm wärmen? Rick biss sich auf die Unterlippe. »Wie du willst, Rachel«, sagte er wieder und zog die Tür zur Hotelhalle auf.

Doch als er mit Rachels Schrankkoffer und seiner Reisetasche erneut vor der Rezeption stand, war sein Ärger längst verraucht. Rachel hat ja Recht, dachte er, warum sollten wir in diesem muffigen Mausoleum übernachten?

Bestimmt kommen wir noch an viel schöneren Hotels vorbei, wenn wir die Berge erst hinter uns haben. Er nahm die altmodische Handglocke und schüttelte sie. Ihr rostiger Ton war noch nicht verhallt, da hörte er ein heiseres Bellen. Die Dogge! Und diesmal war an seiner Seite keine Rachel, die blutrünstige Bestien mit der bloßen Kraft ihres Blicks niederzwingen konnte.

Das Bellen wurde lauter, jetzt war das Vieh schon so nah, dass er das Geräusch der Pfoten auf dem steinernen Boden hörte. Nur ruhig Blut, versuchte sich Rick zu ermuntern und sah sich hektisch nach allen Seiten um. Im Halbdunkel der Halle war kaum zu erkennen, was da in den Wandnischen so alles hauste. Die plumpe Silhouette dort drüben, war das ein ausgestopfter Eber oder etwa die Dogge Zerbie? Hunde hatte Rick noch niemals leiden können, schon als kleiner Junge nicht. Die Biester schienen das zu spüren, jedenfalls gingen sie mit Vorliebe auf ihn los, während andere Leute meistens unbehelligt blieben. Er hatte das schon mehr als einmal beobachtet – wenn er mit einem halben Dutzend Kumpels um die Häuser zog und plötzlich so ein verdammtes Vieh aus einer Tür geschossen kam, stürzte es sich unweigerlich auf ihn! Und wo zum Henker befand sich also die Dogge Zerbie? Ihr Bellen echote hinter den Wänden und Türen der Halle, so als ob der riesige Hund durch eine Flucht von Zimmern im Kreis hetzte, auf der Suche nach einem Durchschlupf. Sein Bellen klang immer zorniger und heiserer, und ab und zu warf sich der Hund gegen eine Tür, dass das Holz nur so krachte.

»Hallo? Mister – Hunter?« Niemand antwortete ihm, aber das war Rick allmählich fast schon gewöhnt. Er beschloss, nicht länger auf den Hotelbesitzer zu warten. Wenn Mr. Hunter am helllichten Tag seinen Posten verließ, konnte er als Gast nicht dazu verpflichtet sein, auf unbestimmte Dauer in dieser Halle auszuharren. Schließlich wartete Rachel unten im Auto auf ihn, und die Dogge warf sich immer wütender gegen eine Tür, die schon reichlich mürbe klang.

Rick legte eben den gewaltigen Zimmerschlüssel auf den Tresen, als der Mann im grünen Wams durch eine Tür neben der Rezeption trat. Hinter ihm warf sich der Hund mit einem Röcheln durch den Spalt und schoss um den Tresen herum. Rick wurde hart angerempelt, dann stand die Bestie Auge in Auge vor ihm, die Vorderpfoten auf seinen Schultern, und hechelte ihm ihren stinkenden Atem ins Gesicht.

»Ruhig, Zerbie.« Der Hotelier beugte sich über seinen Tresen und musterte Ricks Gepäck. »Sie reisen wieder ab, Mister Nadar?«

»Leider«, sagte Rick. Er fuhr sich mit dem Handrücken über die Stirn, während die Dogge ihre Pfoten von seinen Schultern nahm und sich für den Moment damit begnügte, ihn knurrend zu umkreisen.
»Mit Nummer Achtzehn was nicht in Ordnung?«
»Wie? Ah, doch, alles bestens. Es ist nur so, dass meine Frau... das heißt wir... Also, wir haben uns anders entschieden.« Einen Moment lang hatte er ernsthaft vorgehabt, Rachels Schwangerschaft als mildernden Umstand anzuführen, damit der Mann ihn gehen ließ, ohne ihm den Preis für eine Übernachtung abzuknöpfen. Aber es wäre ihm wie Verrat erschienen, und so hatte er sich im letzten Augenblick noch korrigiert. »Wir haben im Zimmer nichts angefasst. Nur die Koffer abgestellt und sind gleich raus in den Wald.«
Bei dem Wörtchen »Wald« begann die Dogge wieder ohrenbetäubend zu bellen. Sie stand wie angenagelt vor Rick, die enormen Zähne gefletscht, und bellte so wild, dass sie am ganzen Körper wie von der Tobsucht geschüttelt wurde.
»Ruhig, Zerbie. Der Hund mag Sie nicht«, teilte der Hotelier ihm mit. »Ich sag immer – es gibt Hundetypen und es gibt Katzentypen. Und Sie sind ein Katzentyp, klarer Fall.«
»Stimmt«, sagte Rick um des lieben Friedens willen. »Jetzt muss ich aber wirklich gehen.« Er nahm seine beiden ungleichen Gepäckstücke auf. »Nichts für ungut, Sir.« Ohne den Hund aus den Augen zu lassen, bewegte er sich auf die Ausgangstür zu, so schnell es Rachels zentnerschwerer Koffer erlaubte. Was hatte sie da nur reingepackt? Eine Leiche? Blödsinn! Wie kam er denn auf so was? Aber natürlich fiel ihm jetzt auch diese seltsame Zeichnung wieder ein, die er vorhin auf dem Felsstück im Wald gesehen hatte.
Endlich war Rick bei der Tür. Er stieß sie auf, schob erst den Koffer, dann sich selbst ins Freie und wandte sich um. Der Mann im Jägerwams stand hinter seinem Tresen, die Ellbogen aufgestützt. Die Dogge hockte wieder mitten in der Halle auf dem räudigen Eberfell, und beide, Herr und Hund, sahen mit gerunzelten Stirnen hinter ihm her. »Sie haben wirklich Recht, Sir«, sagte Rick, »ich bin wahrhaftig kein Hundetyp. Aber Katzen –?« Weiter kam er nicht, denn da sprang die Dogge wieder auf und rannte mit heiserem Bellen hinter ihm her.

Kurz darauf musste Rick sich schon wieder über die Stirn wischen, die diesmal nicht mit dem Speichel der Dogge, sondern mit seinem eigenen Schweiß befeuchtet war. Er saß hinter dem Steuer seines Ford Mustang, ihr Gepäck war ordentlich im Kofferraum verstaut, und neben ihm saß Rachel und fragte: »Worauf wartest du denn, Rick?« Wieder mit diesem Unterton von Ungeduld, so dass er am liebsten mit der Faust auf die Hupe gehauen hätte.

Aber stattdessen legte er nur seine Hände um das Lenkrad und schaute starr geradeaus auf das *Hunter's Castle*, das sich hinter dem Parkplatz wie ein Stein gewordener Spuk erhob. »Wohin möchtest du denn?«, fragte er und achtete sorgfältig darauf, dass in seiner Stimme kein Zorn und schon gar keine Angst mitschwang.

»Runter ins Tal«, sagte Rachel. Ihre rechte Hand machte kreisende Bewegungen auf ihrem Bauch.

Rick ließ den Motor an. Am Rand des Parkplatzes, direkt unter der Treppe, die zum Jagdhotel hinaufführte, lag die Dogge Zerbie. Rick musste sich konzentrieren, damit er beim Ausparken in den Rückspiegel sah und nicht immer wieder zu dem riesigen Biest hinschaute, das dort tatsächlich so reglos lag, als ob es von seinem Herrn bereits ausgestopft worden wäre. Falls Hunde so etwas wie eine Persönlichkeit besaßen, dann hatte Rachel eben dieses Etwas in der Dogge Zerbie zerstört. Anders konnte Rick es nicht nennen.

Die Dogge war hinter ihm hergerannt, erneut wie tobsüchtig bellend, während er, Rick, den elenden Schrankkoffer über die Treppe nach unten gewuchtet hatte. Sie waren beide beinahe gleichzeitig am Parkplatz angekommen, und der Hund hatte sich eben auf ihn stürzen wollen, als er Rachel bemerkte. Sie hatte die Beifahrertür geöffnet, nur gerade weit genug, dass sie Kopf und Schultern oben durch den Spalt strecken konnte. Rachel hatte kein Wort gesagt, überhaupt keinen Ton von sich gegeben, sie hatte den Hund einfach nur angesehen. Rick hatte direkt daneben gestanden, und so hatte er diesmal ganz genau mitbekommen, wie Rachel dreingeschaut hatte. Auch seine Knie hatten zu zittern begonnen, aber das kam sicherlich von der Mühe des Kofferschleppens. Und ein wenig auch von der Angst, die in ihm hoch und immer höher gekrochen war – Angst vor dem verdammten Hund, der keinen Mucks mehr von sich gab, oder vor Rachel, die ihn einfach mit ihrem Blick niedergezwungen hatte?

Die Dogge Zerbie jedenfalls war wie ein Kartoffelsack zu Boden geplumpst und hatte keine Pfote, keine Ohrspitze mehr bewegt, während Rick weiter zum Wagen gegangen war, das Gepäck in den Kofferraum gewuchtet und sich selbst hinter das Lenkrad geklemmt hatte. Und der Hund lag auch jetzt noch wie ausgestopft unter der Treppe, als Rick den ersten Gang einlegte und seinen Mustang vom Parkplatz galoppieren ließ, dass die Reifen quietschten und der Motor aufheulte.

»Entschuldige«, sagte er, »das musste jetzt einfach sein.«

Rachel gab ihm keine Antwort. Er sah sie von der Seite an und wusste schon im Voraus, dass sie wieder mit abwesendem Blick in die Ferne schauen würde. Und dass ihre Hände mit kreisenden Bewegungen über ihren Bauch fahren würden, der so prall und rund wie die Erdkugel war.

3. KAPITEL

PYTHON RESORT

Der Abend dämmerte schon, als die Berge hinter ihnen zurückblieben und sie die fruchtbare Gegend von Lillison erreichten. Rick war noch niemals hier unten gewesen, aber auf den ersten Blick machte die Landschaft keinen üblen Eindruck auf ihn. Liebliche Hügel, gewässerreiche Schluchten, bei Anglern und Kajakfahrern beliebt. Allerdings war die Gegend auch berüchtigt für endlose Regenfälle, üppige Mückenschwärme und labyrinthische Sumpflandschaften, in denen schon manch ein Wanderer oder Reiter sich auf Nimmerwiedersehen verirrt hatte. Wenn es nach mir gegangen wäre, dachte Rick, wären wir besser in den Bergen geblieben, oder gleich zu Hause in New Providence. Aber er war in friedfertiger Stimmung – wo auch immer Rachel hinwollte, er würde sie hinbringen.

Stunde um Stunde waren sie auf kurvigen, abschüssigen Straßen dahingerollt, ohne mehr als das Allernötigste zu reden. Rachel wirkte zugleich schläfrig und auf beunruhigende Weise überwach, beinahe so wie das Medium, das Rick einmal bei einer Séance im »Spiritistenclub« von New Providence gesehen hatte. Nicht dass er an solchen Geisterkram glaubte, aber das Mädchen, mit dem er damals zusammen war, Monica mit den fuchsroten Haaren, hatte so lange gebettelt, bis er sich hatte breitschlagen lassen und zu einer Sitzung ihres Spukvereins mitgegangen war. Das Medium war eine bleiche, magersüchtige Frau gewesen, in fast allem das Gegenteil von Rachel, nur dass sie genauso glasig dreingeschaut hatte, wie er es in letzter Zeit immer öfter bei Rachel beobachtete – so als ob sie innerlich vollkommen überdreht und gleichzeitig im Halbschlaf wäre. An die Séance selbst erinnerte sich Rick gar nicht mehr so richtig, ein Dämon war angerufen worden und hatte mit Kaminruß irgendwas an die frisch geweißte Wand gekrakelt. Aber das hatte er nur ganz am Rande mitbekommen, denn die »spirituellen Schwingungen« hatten Monica so sehr auf Touren gebracht, dass sie sich im verdunkelten Saal rittlings auf ihn gesetzt und am Ende fast so laut wie das Medium gestöhnt und geröchelt hatte, wenn auch aus weniger geisterhaften Gründen.

»Sollen wir uns hier nach einem Hotel für die Nacht umschauen, Liebes?« Keine Antwort. Rick warf Rachel einen raschen Seitenblick zu. Ihre Augen waren halb geschlossen, ihr Gesicht immer noch, wie seit Stunden, zum Himmel hin erhoben, als ob sie in die Ferne witterte. Aber was immer da mit seiner Rachel vorging, dachte Rick, er würde das mit ihr durchstehen. Wenn sie erst einmal das Kind zur Welt gebracht hätte, würde bestimmt alles wieder viel einfacher werden, dann würde Rachel wieder sie selbst sein, die Rachel, die damals ins *Twilight* gekommen und neben ihm auf den Barhocker geglitten war. Beim Anblick ihres pantherschwarzen Minikleides war ihm beinahe die Sonnenbrille vom Kopf gefallen, sein Mund war staubtrocken geworden und sein Gehirn so benebelt, dass er nur noch herumstottern konnte: »Äh, ja... ich? Wieso? Na klar. Hi.« Dabei hatte sie ihn lediglich gefragt, ob er etwas dagegen einzuwenden habe, dass sie sich neben ihn setzte. Hatte er natürlich nicht, und nach einigem weiteren Gestotter war es ihm auch gelungen, ihr das mitzuteilen.

Du bist ein Narr, Rick Nadar, dachte er jetzt, aber glücklicherweise von der Sorte, die den Mädchen gefällt. In der Ferne sah er bereits die Lichter einer kleineren Stadt unter dem Abendhimmel glitzern. Er war ausgehungert wie ein Wolf – heiß auf Rachel, aber im Moment fast mehr noch auf ein Steak und ein großes, eiskaltes Bier.

Unternehmungslustig sah sich Rick nach links und rechts um. Bestimmt würden sie bald zu einem Hotel kommen, und wenn es halbwegs annehmbar aussah, würden sie dort für die Nacht einkehren. Natürlich nur, wenn Rachel einverstanden war. Früher wäre er nie auf die Idee gekommen, sein Mädchen erst lang und breit zu fragen, was es von seinen Plänen hielt – er hatte entschieden, und sie hatte zugestimmt. Jedenfalls in der Regel, und wenn sie zu sehr rumgenervt und sich aufgespielt und versucht hatte, ihn wie einen Zirkusaffen zu dirigieren, dann hatte er sie eben abserviert. Freundlich und höflich, aber konsequent. Ja, so war das früher gewesen, dachte Rick, aber okay, die Zeiten hatten sich eben geändert, mit Rachel war alles anders, aber Rachel war auch eine Klasse für sich. Ach was, eine Welt für sich, dachte er und spähte unwillkürlich nach ihrem Bauch, der den Raum zwischen ihrem Sitz und dem Handschuhfach immer mehr auszufüllen schien.

Hinter der übernächsten Kurve ragte ein riesiges Hinweisschild am Straßenrand auf. Es war von innen buttergelb angeleuchtet, und die grünen Schriftzeichen besagten *Python Resort – Hotel & More – 3 Meilen.* Rick überlegte, ob er Rachel vorschlagen sollte, hier zu übernachten. Er war sich nicht ganz sicher, irgendwas an diesem Schild missfiel ihm, aber das kam wahrscheinlich einfach von seiner Müdigkeit und Nervosität. Während er noch überlegte, kam die Hotelanlage bereits in Sicht – ein gigantischer gläserner Kuppelbau, eingebettet in ein weitläufiges Areal. Sattgrüner Rasen, bunte Blumenrabatten, alles von buttergelben Lichtern angestrahlt. *Python Resort – Hotel & More* stand in krokodilgrünen Lettern auch über der Einfahrt, und ehe Rick auch nur den Mund aufmachen konnte, deutete Rachel auf die Glaskuppel und sagte: »Hier ist es – unser Hotel für heute Nacht.«
»Yeah, Liebes, so gefällst du mir.« Er grinste sie an, setzte den Blinker und ließ seinen alten Mustang die gekieste Auffahrt rauftraben.

Das ist ja ein Wahnsinnsladen hier!« Beeindruckt sah sich Rick nach allen Seiten um, während er Rachels Koffer aus dem Wagen wuchtete. Mit Müh und Not hatte er noch einen freien Parkplatz gefunden, zwischen einem goldgelben und einem weinroten Jaguar. Offenbar war die Anlage gut besucht, und es schienen nicht gerade die Leute mit den engen Kreditlimits zu sein, die sich hier einquartierten. Der Gedanke an die Rechnung, die er für ihre Übernachtung würde berappen müssen, versetzte seiner Begeisterung einen Dämpfer. Aber egal jetzt, sagte sich Rick, Rachel wollte hier absteigen, und bestimmt gab es in der Anlage auch ein Restaurant, dessen Köche wussten, wie man ein gutes Steak zubereitete – außen knusprig, innen blutig roh.
Sachte schloss Rick den rostzernagten Kofferraumdeckel seines Mustangs, warf sich seine Reisetasche über die Schulter, schnappte sich Rachels Koffer und eilte hinter ihr die Stufen zum Hotelgebäude hoch. Der Architekt und das Management hatten sich wirklich allerlei einfallen lassen, um den Gästen des *Python Resort* mehr als ein Bett für die Nacht zu bieten. Rechts neben dem gläsernen Kuppelbau schloss sich ein zweites Glasgebäude an, deutlich kleiner, aber gleichfalls wie eine Halbkugel gerundet. Dahinter glitzerte in verführerischem Türkis ein großer, kreisrunder Pool. Zusammen sahen die beiden Bauten aus wie zwei wohlgeformte Brüste von allerdings

ziemlich ungleicher Größe, sagte sich Rick und musste grinsen. Eine zarte, handliche Mädchenbrust und daneben eine riesige, mit Milch gefüllte Mutterbrust, dachte er und spürte, wie ihm das Grinsen im Gesicht erstarrte. Schluss jetzt mit diesen blödsinnigen Grübeleien! Er blies sich eine Haarsträhne aus der Stirn und stolperte hinter Rachel, die auf ihren Schlangenlederschuhen geschmeidig dahinglitt, durch die Drehtür in die Empfangshalle des *Python Resort*.

Mein lieber Mann, dachte er drinnen, das war allerdings eine ganz andere Klasse als das *Hunter's Castle* mit seinem Panoptikum ausgestopfter Wildeber und Raubvögel. Und dass Rachel sich so zielsicher für dieses Hotel entschieden hatte, zeigte eben, dass auch sie ein Mädchen der Extraklasse war. Fragte sich nur, wie lange er sich diese Klasse leisten konnte. Hinter Rachel kämpfte sich Rick durch die Halle, die von Scharen emsig umhereilender Männer und schrill gekleideter, atemberaubend hübscher junger Frauen bevölkert war. Auch hier drinnen war alles dottergelb beleuchtet, sogar der Teppichboden hatte einen goldgelben Ton, so dass Rick den Eindruck gewann, knöcheltief durch geschmolzene Butter zu waten. Fernsehteams pflügten durch die Menge, der Kameramann jeweils vorneweg, die Assistenten mit Mikros und silbernen Metallkoffern hinterherwuselnd.

Aus Gesprächsfetzen, die er im Vorübergehen aufschnappte, reimte sich Rick zusammen, dass hier im Hotel gerade eine Modenschau stattfand oder vorbereitet wurde. Das erklärte auch, warum solche Mengen an jungen oder auf jugendlich getrimmten Männern mit Künstlermähne und bunten Seidenschals durch die Halle scharwenzelten. Jeder von ihnen trug eine überdimensionale Mappe unter dem Arm, die zweifellos seine allerhippesten Modezeichnungen enthielt, und ihren gezierten Gesten und Hüftbewegungen nach zu urteilen, war mindestens jeder Zweite von ihnen schwul. Okay, das war ein übles Vorurteil, ermahnte sich Rick, aber diese Typen schienen tatsächlich von dem Ehrgeiz beseelt, sämtliche über ihresgleichen kursierenden Spottreden zu bestätigen.

Neben Rachel trat Rick an den echsengrünen Tresen der Rezeption. Dahinter machten sich gleich fünf weibliche Portiers in prächtigen Uniformen zu schaffen, die den Gewändern antiker Tempeldienerinnen nachempfunden schienen – lindgrüne, wallende Kutten, die Säume blutrot. Obwohl sie alle fünf gleichmäßig lächelten, schauten sie gleichzeitig so hochnäsig drein, dass Ricks Handflächen ein wenig feucht wurden. Zumal er nun auch die diskrete kleine Tafel an einer Säule entdeckte, auf der unter dem Titel »Unsere Leistungen – Ihre Würdigung« in goldenen Lettern allerlei Wohlklingendes aufgelistet war. Von laotischer Haarwurzelmassage über altgriechische Opferrituale bis hin zu indischen Lotosblütengesängen wurde hier so ziemlich alles angeboten, was teuer und nach Ricks Ansicht garantiert überflüssig war. Aber auch ein Zimmer für die Nacht konnte man bekommen, wobei die hoch verehrten Gäste zwischen Präsidentensuite, Wellnessapartment und dem schlichteren Erlebnisdoppelzimmer wählen konnten. Letzteres kostete pro Nacht nicht sehr viel mehr, als Rick in seiner Halbleiterfabrik in einem halben Monat verdiente.

»Meine Dame, mein Herr – welche Wünsche dürfen wir vom *Python Resort* Ihnen erfüllen?« Die Angestellte beugte sich über den Marmortresen und lächelte Rachel an. Rick hatte sie nur mit einem kurzen Blick gestreift, offenbar war sie der Ansicht, dass bei diesem Paar die Dame das Sagen hatte. Aber Rachel sah sie nur ebenso kurz und vollkommen geistesabwesend an, dann wandte sie sich um und ließ ihren Blick durch die Halle schweifen.

»Ein Doppelzimmer, eine Nacht«, sagte Rick. »Einfachste Kategorie. Keine Extras.«

Das Lächeln der Angestellten verblasste um mehrere Schattierungen. Kühl verlangte sie Ricks Kreditkarte und schob ihm das Meldeformular über den Tresen, und diesmal trug Rick sie beide als Mr. und Mrs. Nadar aus New Providence ein. Dann sah er mit einem beklommenen Gefühl zu, wie die Empfangsdame seine Kreditkarte durch den Scanner zog und sie anschließend skeptisch ins Licht hielt, als ob sie dem Plastikstück ansehen könnte, wie jämmerlich es um sein Bankkonto bestellt war. Keineswegs zum ersten Mal an diesem Tag wischte sich Rick mit dem Handrücken über die Stirn. Doch schließlich reichte die Angestellte ihm mit einem hochnäsigen Lächeln seine Karte zurück, legte ihren Kartenschlüssel daneben auf den echsengrünen Tresen, winkte einen Boy herbei und wünschte Mr. und Mrs. Nadar einen angenehmen Aufenthalt. Rick fuhr zusammen und sah rasch zu Rachel hinüber, aber sie hatte anscheinend gar nicht zugehört.

Umso besser, dachte Rick. Er war nicht sicher, ob sie es komisch finden würde, dass er sie beide als Ehepaar ausgegeben hatte, und er hätte nicht einmal sagen können, ob diese kleine Lüge seinen tiefsten Wünschen wirklich entsprach. Ob er wirklich schon bereit und im Stande war, erwachsen zu werden, ein Ehemann, Vater und all das. So wie sein Dad, so weit er zurückdenken konnte, immer erwachsen gewesen war – ein müder, mutloser Mann, der zwischen seinen Pflichten und Sorgen herumirrte wie in jenem Spiegellabyrinth, in das er und Rick sich vor vielen Jahren mal hineingewagt hatten. Das war auf dem Jahrmarkt von New Providence, und Rick war höchstens vier gewesen, aber er erinnerte sich noch ganz genau – wie sein Dad sofort die Orientierung verloren hatte, schon nach den ersten fünf Schritten, wie er irgendwann tatsächlich um *Hilfe* gerufen hatte und sie durch ein Spalier grinsender Gaffer wieder nach draußen geführt worden waren, von einem Schaustellerjungen, der vor Lachen beinahe umgefallen war. »Das gehört doch verboten!«, hatte Ricks Vater draußen geschimpft. Ja, Dad, so viel Mutlosigkeit sollte bei Vätern wirklich nicht erlaubt sein. Aber verdammt, wie komm ich denn jetzt überhaupt auf diese uralte Geschichte, dachte Rick. Das ist doch ein paar Ewigkeiten her.

Der Hotelboy war ein Hüne, einen Kopf größer als Rick und mit Armen so dick wie die Bäume vor dem *Hunter's Castle*. Rick sah ihm zu, wie er Rachels Koffer mit zwei Fingern anhob und mühelos hin und her schlenkerte, während er ihnen zu den Aufzügen voraneilte. Ricks Reisetasche dagegen hielt er wie ein Stück Abfall in seiner Linken, den Arm demonstrativ abspreizend, als ob er befürchtete, sich damit zu beschmutzen.

Rick fühlte sich beinahe beschämt und fasste eben den Entschluss, diesem arroganten Riesenburschen nicht einen Cent Trinkgeld zu geben, als er den zweiten harten Rempler dieses Tages erhielt.

Diesmal knallte ihm keine Dogge ihre Vorderpfoten auf die Schultern, stattdessen ging vor ihm ein junger Mann in orangefarbenen Jeans zu Boden. Aus der gleichfalls orangeroten Mappe, die er zweifellos unter dem Arm getragen hatte, ergoss sich eine Flut wild bekritzelter Blätter auf den dottergelben Teppich. Schon kroch der junge Mann auf allen vieren über den Boden, wobei er mit weinerlicher Stimme Verwünschungen ausstieß, und Rick beeilte sich, neben ihm in die Hocke zu gehen und ihm beim Einsammeln zu helfen.

»Lass sein, geht schon, geht schon – Finger weg, hab ich gesagt!« Immer noch auf allen vieren, das magere Gesicht zwischen dünnen, platinblonden Haaren anklagend verzogen, kauerte sich der Modezeichner beschützend über seine Zeichnungen. Am linken Ringfinger trug er einen silbernen Reif, der wie ein Schlangen- oder Echsenleib geschwungen war, und der gelbe Stein hatte die Form eines Katzenkopfes mit zu Schlitzen zusammengekniffenen Augen.

»Entschuldigen Sie«, murmelte Rick, was zuerst einfach bedeuten sollte, dass er die Schuld für dieses kleine Missgeschick auf sich nahm. Aber dann fiel sein Blick auf das oberste der Blätter, die der junge Mann mit bebenden

Fingern aufeinander stapelte. »Entschuldigen Sie«, wiederholte Rick und beugte sich nach vorn, um die Skizze genauer ins Auge zu fassen.

Da sie im Gang vor den Aufzügen kauerten, nun beide auf allen vieren und Ricks Kopf halbwegs zwischen den aufgestemmten Armen des Künstlers, stellten sie ein beträchtliches Verkehrshindernis dar. Langbeinige Models, magere Modezeichner und dickschenklige Manager stiegen mit abgestufter Eleganz über sie hinweg. Rick kassierte den dritten bis achten Rempler des Tages, aber er nahm sie kaum zur Kenntnis. Ungläubig sah er auf die Zeichnung hinab, und er verharrte noch immer in dieser Lage, als der Modezeichner seine Blätter längst wieder zusammengerafft, sich aufgerappelt hatte und mitsamt seiner sonnenuntergangsroten Mappe in der Menge verschwunden war.

»Rick, wo bleibst du denn nur?«

Er erhob sich so mühsam wie ein Boxer, der einen Tiefschlag weggesteckt hatte. Dort drüben stand Rachel vor einer offenen Lifttür, und der riesenhafte Boy schwenkte noch immer ihren Schrankkoffer an zwei Fingern hin und her. Rick rieb sich mit den Fäusten über die Schläfen und trottete zu ihnen hinüber.

Warum zum Teufel schleppte der Künstler in seiner Mappe eine solche Zeichnung mit sich herum? Die wollte er doch wohl nicht den reichen Modetypen zeigen, damit die ihn mit dem Design ihrer neuesten Kollektion beauftragten? Eine Skizze, die eine junge Frau darstellte, hübsch und schlank und nackt, so dass bis dahin ja alles in Ordnung war – aber dort, wo ihr Unterleib sein sollte, trug sie einen grinsenden Totenschädel!

Entweder ich verlier jetzt wirklich den Verstand, dachte Rick, während sie in der Liftkabine samtweich durch die Glaskuppel aufwärts glitten. Oder... oder... Ratlos sah er in Rachels schönes Gesicht mit den schräg geschnittenen Katzenaugen, die schon wieder halb geschlossen waren. Ihr Kopf war ein wenig angehoben, ihre Nasenflügel bebten.

»Ihre Etage, Sir.« Rachel und der Hotelboy standen bereits draußen auf dem Gang und sahen zu ihm in die Kabine hinein wie in eine Marionettenbühne.

Rick schüttelte den Kopf und trottete hinter ihnen her. Ich muss mich geirrt haben, dachte er. Warum sollte dieser Typ eine solche Skizze mit sich herumtragen? In seiner Mappe, mit der er bei Modenschauen Auftraggeber zu ködern versucht? Ein nacktes Mädchen, dessen Muschi der Grinsemund eines Totenschädels ist? Ach du lieber Himmel, dachte Rick und fühlte, wie sich unterhalb seines Nabels alles Mögliche zusammenzog.

Das Erlebnisdoppelzimmer war höchstens viermal so groß wie Ricks Apartment in New Providence, und dazu kam noch das Badezimmer, in dem das gesamte Security Center aus der Halbleiterfabrik Platz gefunden hätte. »Mein lieber Mann«, wiederholte er ein ums andere Mal, während er barfuß durch den echsengrünen Teppichboden watete und so tat, als ob er die Einbauschränke inspizierte. In Wahrheit suchte er nach der Zimmerbar, und nachdem er ungefähr zwei Dutzend kleine Türen auf- und wieder zugemacht hatte, stieß er auf einen Einbaukühlschrank, bei dessen Anblick der Betreiber des *Twilight* blass geworden wäre. Und anschließend schamrot.

Rick ging rasch das Sortiment kleiner Flaschen durch – Champagner, Whiskey, Wodka, Rum, Liköre, Weißwein, Rotwein, Mineralwasser mit und ohne Kohlensäure sowie sieben verschiedene Obst- und Gemüsesäfte. Aber keine einzige verdammte Dose Bier. Ricks Laune sank rapide, er kickte den Kühlschrank zu und schaute sich nach seinem T-Shirt um, das er sich über den Kopf gezogen hatte, kaum dass der arrogante Riesenboy aus der Tür gewesen war. »Liebes, sollten wir jetzt nicht nach einem Steak Ausschau halten?«

Keine Antwort. Auch das T-Shirt konnte Rick weit und breit nicht entdecken, weder auf dem Kingsize-Bett mit den einladend aufgeschlagenen buttergelben Daunendecken noch auf einem der riesigen Polstersessel, die sich im Hintergrund der Suite um einen überraschend winzigen Tisch gruppierten. Rick warf dem Tisch einen mitfühlenden Blick zu und schickte sich an, das Erlebnisdoppelzimmer zu durchqueren. Bis zum Bad waren es nicht weniger als fünfundzwanzig große Schritte, und er überlegte eben, ob er dem Management vorschlagen sollte, die Hotelzimmer mit Laufbändern zu versehen, wie sie auf Flughäfen üblich waren, als er Rachel rufen hörte: »Lässt du uns ein Bad ein, Rick?«

Augenblicklich erlosch jeder Gedanke an Flughäfen in Ricks Gehirn. Er stürzte ins Badezimmer, mit einem Röcheln, das der Dogge Zerbie zur Ehre gereicht hätte, und warf sich am Rand des Whirlpools auf die Knie. Rachel stand vor einem deckenhohen Spiegel, anscheinend vertieft in ihren Anblick, und ehe sie es sich anders überlegen konnte, drehte Rick sämtliche Hähne auf. Rachel hatte »uns« gesagt, das war seine Chance, und Rick Nadar war nicht dafür bekannt, dass er derlei Gelegenheiten ungenutzt verstreichen ließ. Seine Finger jagten nur so über die Armaturen, gleichgültig, ob sie mit den Schriftzügen »Kalt«, »Heiß«, »Massage«, »Dampf« oder »Erlebnis« versehen waren.

Der Whirlpool war in den gelb gefliesten Boden eingelassen und hätte einem mormonischen Priester nebst allen sieben Ehefrauen Raum geboten. Heißes und kaltes Wasser schoss, dampfte und pulsierte aus zwei Dutzend Hähnen und Düsen in den Wänden und im Boden des muschelförmigen Beckens, und während Rick noch in der Haltung eines inbrünstigen Novizen am Poolrand kniete, zippte Rachel den Reißverschluss ihres Leguankleides auf, zog es sich über den Kopf und stolzierte im nächsten Augenblick nackt ins Becken hinab. Rick hätte jede einzelne ihrer Zehen küssen mögen, als sie auf den glitschigen Stufen an ihm vorbeiparadierten. Dann zogen Rachels Beine an ihm vorüber, lang und schlank, braun und samtig weich. Dann musste Rick plötzlich an die Skizze denken, die dem Trottel mit der orangefarbenen Jeans vorhin aus der Mappe gefallen war, und als er sich von seinem Schreck erholt hatte, schwankte vor seiner Nase Rachels Bauch vorbei. Aus dieser Perspektive sah er noch viel gewaltiger aus, wahrhaftig wie ein ganzer Planet, den Rachel da mit sich herumtrug. Wie eine Göttin, dachte Rick, tatsächlich hatte er vor ein, zwei Jahren mal einen Film gesehen, irgendetwas mit Ausgrabungen in uralten Pyramidenstädten, und in einem dieser freigelegten Tempel hatten die Forscher das steinerne Standbild einer solchen Göttin entdeckt. Mit einem riesigen, kugelrunden Bauch, den die Leute damals allem Anschein nach mit der Erdkugel und allem darauf herumkrauchenden Leben gleichgesetzt hatten.

Rick sprang auf und beeilte sich, seine Jeans und Boxershorts abzustreifen. Was trödelte er bloß hier am Beckenrand herum, während Rachel sich längst im wohlig warmen Wasser räkelte! Und dabei hatte sie doch gesagt: »Lass *uns* ein Bad ein, Rick!«

Die Stufen waren so glatt, dass er beinahe ins Rutschen gekommen wäre. Vorsichtig stakste er die Treppe hinab und setzte sich neben Rachel in den Pool. Sie lag reglos da, die Augen zu zwei Dritteln geschlossen, und falls ihre Nasenflügel wieder wie witternd erbebten, war dies in der dampfigen Luft nicht zu sehen. Im Moment war es Rick auch egal. Er lehnte sich an die Beckenwand, spürte die Massage- und Erlebnisdüsen an den entspannungsbedürftigsten und erlebnisfreudigsten Stellen seines Körpers und rutschte viertelzollweise näher an Rachel heran. Sein Gehirn produzierte Kaskaden fiebriger Bilder, in denen eine Schlange und eine Höhle tragende Rollen spielten. Die Schlange glitt im Gras umher, auf der Suche nach einer Höhle, die ihr Schutz bieten würde, und als sie einen Spalt gefunden hatte, tat sich der bereitwillig weiter vor ihr auf, so dass sie hineinschlüpfen konnte...

»Ich bin so müde«, murmelte Rachel. Ihre Hand nahm seine Hand und schob sie von sich weg. »Heute nicht, Rick, das Kind braucht seine Ruhe.« Ihre Hand kehrte auf ihren Bauch zurück, den sie mit kreisenden Bewegungen massierte.

Rick holte tief Luft. Sehr, sehr tief. Was sollte das bedeuten, das Kind brauchte Ruhe? Hieß das vielleicht, kein Sex mehr, damit sich das Kind nicht beunruhigte? Aber was gab's da noch zu überlegen, was schließlich sollte es sonst bedeuten? Er machte den Mund auf, dachte in dieser Haltung einen Moment lang nach und machte den Mund wieder zu. Dann rückte er ein Stück von Rachel ab, damit sie sich nicht von ihm bedrängt fühlte. Schlange und Höhle lösten sich vor seinen Augen auf, und zurück blieb nur heißer Dampf, der aus Düsen quoll und über dem Wasser wallte.

Er schloss die Augen und versuchte sich zu beruhigen. Lass uns ein Bad ein, Rick, hatte Rachel gesagt, aber »uns«, das waren sie und das Kind. Rachel und Bauch. Göttin und Erde. Das Herz schlug ihm in der Brust, als ob er gerade mit der Dogge Zerbie gekämpft hätte. Die Ritzzeichnung in der Schlucht am *Hunter's Castle* fiel ihm ein, und anstatt sich zu beruhigen, wurde er nur noch viel aufgeregter und unruhiger. Meine Nerven sind nicht in Ordnung, dachte er, denn es kann ja einfach nicht sein, dass da irgendjemand auf den Fels oben in den Bergen eine so seltsame Skizze kritzelt – die Umrisse einer Gebärmutter, in der ein skelettiertes Baby hockt. Und mindestens genauso unwahrscheinlich war es doch, dass der Modezeichner eine solche Zeichnung mit sich herumschleppte – die Darstellung einer nackten Frau, deren Becken aus einem Totenschädel bestand, mit dem grinsenden Knochenmund anstelle ihrer Vagina. Und was hatte der Typ nur für einen seltsamen Ring an seiner albern manikürten Hand getragen?

Das Wasser plätscherte und strömte, pulsierte und gluckste, und Ricks Gedanken mäanderten genauso ziellos umher. Auf einmal fiel ihm ein, wie er als kleiner Junge mal durch die Lower Street gelaufen war, wo er damals mit seinen Eltern gewohnt hatte. Als er an dem verwilderten Eckgrundstück vorbeigekommen war, um das er damals meistens einen großen Bogen gemacht hatte, war von der verfallenen Mauer eine schwarze Katze zu ihm herabgesprungen. Eine kleine, hungrige Katze, hatte er gedacht und sich hingekauert, um das niedliche Biest zu streicheln. Sie hatte sich erst eine Weile geziert und ihn betteln und schmeicheln lassen, aber dann war sie näher gekommen, mit gewundenen Bewegungen, als ob sie eine Schlange auf schwarzen Pfoten wäre, und hatte sich endlich an sein Bein geschmiegt. Rick hatte sie gestreichelt und getätschelt, und die Katze hatte geschnurrt, erst leise, dann immer lauter, und je lauter sie geschnurrt hatte, desto größer war sie geworden. Als ihm das klar geworden war, hatte er gleich aufgehört, sie zu streicheln, aber zu spät – die Katze hatte wütend geknurrt, vor Wut hatte sie sich noch mehr aufgeplustert und ihn angeschubst. Ihre Augen hatten gefunkelt, als ob grüne Funken daraus sprühten, und als er nicht nachgeben und sie weiter streicheln wollte, hatte sie plötzlich zugeschnappt und in seinen Finger gebissen, mit aller Kraft!

Vor Schmerz stöhnte Rick auf, und dann fuhr er zusammen und merkte, dass er immer noch im Whirlpool lag. Anscheinend war er eingeschlafen, kein Wunder – schließlich hatte er letzte Nacht gearbeitet, und den ganzen Tag über waren sie im Auto gefahren. Er tastete nach links, aber da war keine Rachel. In Gedanken war er immer noch bei der Katze, die größer und größer geworden war. Er spürte den Schmerz noch in seinem linken Zeigefinger, dabei war es fast zwanzig Jahre her, und schon damals war er bereits wenige Wochen später nicht mehr ganz sicher gewesen, ob er das Ganze geträumt oder wirklich erlebt hatte. Denn wie konnte es geschehen, dass eine Katze anschwoll wie ein Ballon, nur weil man sie streichelte? Und genauso unwahrscheinlich war es doch, dass jemand auf das Felsstück oben in den Bergen eine Gebärmutter gekrakelt hatte, mit einem winzigen Knochenmännchen drin. Der Unterschied war allerdings der, dass es ihm damals aus irgendeinem Grund peinlich gewesen war, seine Mutter zu fragen, ob er ein paar Wochen vorher mit einer Bisswunde am Finger heimgekommen war – während ihn diesmal nichts und niemand daran hindern würde, sich Klarheit zu verschaffen.

Rick öffnete die Augen. Die Luft über dem Whirlpool war mittlerweile derart mit Dampf gesättigt, dass er seine Hand nicht mehr vor Augen sehen konnte. »Rachel?«, rief er. »Hast du das vorhin auch bemerkt?« Keine Antwort. Er sprach lauter, um das Rauschen und Plätschern zu übertönen, und seine Stimme klang in all dem Dampf seltsam fremd, als ob er durch ein Handtuch spräche – »Ich meine, diese komische Zeichnung im Wald hinterm Jagdhotel?«

Keine Antwort. Rick richtete sich auf und drehte ein Dutzend Hähne und Düsen zu. Er erhob sich, stakste auf glitschigem Grund im wattedicken Nebel zu den Stufen und balancierte aus dem Pool hinaus. Tropfnass tastete er sich zur Tür, zog sie auf und trat über die Schwelle, von Dampfschwaden umwabert.

Rachel lag auf dem Bett, in ein überweites weißes Leinenhemd gehüllt. Im ersten Moment erschrak Rick über diesen Anblick, es sah beinahe wie ein Totenhemd aus. Aber das war eine ganz und gar unsinnige Assoziation, wie er sich sagte, während er nackt und triefend nass näher zum Bett tapste. Sie lag auf dem Rücken, und das weiße Hemd spannte sich so straff über ihrem Bauch, dass sich ihr vorgewölbter Nabel wie ein Knopf durch den Stoff hindurch abzeichnete. Auch ihre Brüste waren bereits größer geworden, dachte Rick, sie glichen schon mehr der großen, mütterlichen Kuppel des Hotels als der kleinen, mädchenhaften daneben.

Neben dem Bett kauerte Rick sich hin und sah Rachel an. Das Wasser tropfte ihm aus den Haaren, rann ihm über Brust und Rücken und sammelte sich in einer Pfütze zu seinen Füßen, aber er nahm es kaum wahr. Er sah Rachel an, ihr wunderschönes Gesicht mit der glatten Stirn, den hohen Wangenknochen, dem geschwungenen Mund, den schräg geschnittenen Augen, die sich unter spaltbreit geöffneten Lidern wild hin und her bewegten. Rachel murmelte im Schlaf, und Rick brachte sein Ohr ganz nahe an ihren Mund heran, vielleicht würde er auf diese Weise erfahren, was in ihr vorging. Aber ihr Gemurmel blieb unverständlich, und schließlich wurde es Rick zu dumm, noch länger nass und nackt neben ihrem Bett zu knien.

Er erhob sich und beschloss, noch einen kleinen Streifzug durchs Hotel zu unternehmen. Irgendwo im *Python Resort* warteten immer noch sein Steak und das eiskalte Bier auf ihn, und wenn er ausnahmsweise mal ein wenig Glück hatte, würde ihm auch der Künstler mit der orangeroten Mappe noch mal über den Weg laufen. Und diesmal würde er den Kerl nicht davonkommen lassen, bevor der ihm eine überzeugende Erklärung für das Zeug geliefert hatte, das er in seiner Mappe mit sich herumtrug.

Energisch zippte Rick seine Reisetasche auf und holte sein Rasierzeug hervor. Er kehrte ins Bad zurück, trocknete sich ab, ließ das Wasser aus dem Whirlpool ab, rasierte sich und klatschte sich Hände voll brennend scharfem Aftershave ins Gesicht. In Ermangelung glaubwürdiger Alternativen zog er seine alten Sachen wieder an, Jeans, Turnschuhe und sein schwarzes T-Shirt, das wie ausgespien auf einem der riesigen Polstersessel lag. Rick nahm Kreditkarte und Kartenschlüssel an sich und trat, nach einem letzten Blick auf die im Traum murmelnde Rachel, leise auf den Flur hinaus.

4. KAPITEL
CATWALK

Das Hotelgebäude war viel weitläufiger, als Rick vermutet hatte, und die Anordnung der Gänge, Treppen und Liftschächte war mindestens so verwirrend wie das Sumpflabyrinth von Lillison. Eine Zeit lang folgte er hoffnungsfroh einem ochsenblutroten Pfeil, der mit der Aufschrift *Hack 'n' Steak* versehen war, aber nachdem er mit dem Lift zwanzig Etagen abwärts gefahren war und in unterirdischen Gängen mehrere Meilen zu Fuß zurückgelegt hatte, verlor er den Pfeil aus den Augen. Mehr aus Trotz als aus Überzeugung ging er weiter durch den dämmrigen Flur und fand sich schließlich vor einer Saaltür, deren einer Flügel geöffnet war. Ein breitschultriger junger Mann in militärisch wirkender Uniform stand daneben und beobachtete durch seine verspiegelte Sonnenbrille, wie Rick vor der Tür stehen blieb und in den Saal hineinspähte.

Was dort drinnen ablief, in einem Raum von erstaunlichen Ausmaßen, war mehr als merkwürdig. Im Hintergrund gab es eine riesige Bühne mit dottergelbem Vorhang, auf der wenigstens zwanzig junge Frauen standen, reglos wie Statuen und mit eigenartigen Gewändern behängt. Von der Bühne führte ein Laufsteg durch den Gang zwischen den Sitzreihen, die bis auf den letzten Platz besetzt waren. Der Catwalk und die Bühne waren mit einem Teppich im gleichen Echsengrün ausgelegt, dem Rick im *Python Resort* schon mehrfach begegnet war. Aber was sollte das hier denn darstellen, dachte er – doch nicht etwa eine Modenschau? Die Mädchen auf der Bühne hatten ja hübsche Gesichter und lächelten so unentwegt auf die Zuschauer hinunter, dass man vom Weiß ihrer Zähne fast geblendet wurde. Aber die Kleider, die sie auf der Haut trugen, waren so hässlich und unförmig, dass Rick es kaum glauben mochte.

Aus unsichtbaren Lautsprechern erschallte ein Trompetenstoß, dann ergoss sich Soulmusik in den Saal. Zu diesen Klängen setzten sich die jungen Frauen tatsächlich eine nach der anderen in Bewegung, strichen sich die sackartigen Gewänder glatt, gingen auf der Bühne hin und her, betraten hintereinander den Laufsteg, liefen mit wiegenden Schritten bis zum Ende des Catwalks und ebenso langsam zurück, wobei sie weiter unaufhörlich lächelten. In unvorhersehbaren Abständen brachen die Zuschauer in Beifall aus, klatschten und trampelten, schrien Bravo, sprangen auf, gestikulierten und knipsten jedes Model, das ihnen vor die Linse kam. Auch die TV-Teams, die Rick vorhin in der Halle gesehen hatte, waren im Saal, die Kameramänner rannten vor der Bühne hin und her, ihre klobigen Apparate geschultert, und die Assistenten mit ihren riesigen, bepelzten Mikros taumelten hinterdrein.

Das ist völlig verrückt, dachte Rick und machte einen halben Schritt in den Saal. Was sollte das denn bedeuten? Wieso führten diese Mädchen derart unförmige, ja geradezu abstoßend hässliche Kleider vor, die ihnen mindestens fünf Nummern zu groß waren?

Eine harte Hand legte sich auf seine Schulter. »Kein Zutritt, Sportsfreund.« Rick wandte sich um und erblickte sich selbst in der Sonnenbrille des Mannes mit der militärisch wirkenden Uniform. Auf einem Schild an seiner Brust stand »Security«.

»Hey«, sagte Rick erfreut, »wir sind Kollegen.« Der breitschultrige junge Mann bewegte seine Kiefer langsam auf und ab, als ob er ein Kaugummi sehr sorgfältig durcharbeitete. »Ich hab früher oft vor Saaltüren wie dieser hier gestanden«, fuhr Rick fort. »Seit kurzem hab ich aber einen Job im Innendienst – Security Center, eine große Fabrik in New Providence. Das Equipment dort müsstest du mal sehen.«

»Kein Zutritt, hab ich gesagt. Oder hast du ein Ticket, Sportsfreund?« Rick sah sich selbst zu, wie er in den beiden kleinen schwarzen Spiegeln den Kopf schüttelte. »War 'n Witz«, erklärte der Sicherheitsmann und hielt kurz inne, um seinen Esprit zu würdigen. »Also sieh zu, dass du weiterkommst.« Die Hand auf Ricks Schulter packte fester zu und zerrte ihn zurück in den Gang.

»Bin ja schon weg«, sagte Rick. Im Gehen schaute er sich um und sah eben noch, wie ein besonders hübsches Model ein herausragend hässliches Kleid präsentierte, einen vollkommen formlosen Sack mit einem Muster aus überdimensionalen Butterblumen. Dann schob sich der Security-Mann in sein Blickfeld, und Rick zuckte mit den Schultern und ging weiter den Gang entlang.

Schade, dachte er, dass der Kollege ihn gleich weggescheucht hatte, er hätte gern noch ein wenig mit ihm gefachsimpelt. Sich über neue Revolvermodelle, Alarmanlagen, Sicherheitssensoren ausgetauscht, Themen, bei denen man festen Boden unter den Füßen spürte. Aber der Kollege hatte völlig korrekt gehandelt, keine Frage, denn so lautete nun mal die Vorschrift – kein Zutritt für Unbefugte. Aber was zum Teufel, dachte er dann wieder, war das da drinnen im Saal nur für eine seltsame Show? Ein Wettbewerb um die hässlichste Kollektion des Jahres, das abstoßendste Kleid, das stümperhafteste Design?
Kopfschüttelnd ging Rick weiter, kam irgendwann wieder zu einem Lift, fuhr bis zum Erdgeschoss hoch und trat in die Empfangshalle. Mittlerweile musste es elf Uhr abends oder noch später sein, aber komischerweise fühlte er sich immer noch nicht müde. Im Gegenteil, jetzt meldete sich wieder sein Appetit, und als er sich nach links und rechts umschaute, entdeckte er tatsächlich erneut seinen alten Bekannten, den ochsenblutroten Pfeil mit der Aufschrift *Hack 'n' Steak*. Diesmal wies er in einen Gang am anderen Ende der Halle, und mittlerweile war es praktisch schon eine Frage der Ehre, dass er das verdammte Steak-Restaurant aufspürte.
Also durchquerte Rick die Halle, ignorierte die Empfangsdamen hinter dem grünen Tresen, erwog in Gedanken nochmals die Vorzüge von Laufbändern und trat drüben in den Gang, auf den der rote Pfeil deutete. Doch statt zu einem Steak-Restaurant oder wenigstens zu einem Wettbewerb um die hässlichste Kittelschürze gelangte er diesmal zu einer gläsernen Drehtür, die ihn ins Freie kurbelte. Und Rick trat hinaus in die milde Nacht von Lillison. Der Himmel war mit Sternen übersät, und die Glaskuppel des *Python Resort* leuchtete mit den Gestirnen um die Wette. Wie Strahlen führten gesandete Wege vom Hotel fort in alle Himmelsrichtungen, und Rick folgte irgendeinem dieser Pfade, ohne sich lange den Kopf zu zerbrechen, wohin er gehen sollte. Das *Hack 'n' Steak* würde er sowieso nicht finden, dachte er, jedenfalls nicht, solange er den Laden derart verbissen suchte. Er schlenderte zwischen Hecken und Büschen dahin, in denen Tausende winziger, buttergelber Lichter glommen. Hoch über ihm schwebte der Mond am Himmel, zu zwei Dritteln erleuchtet, so dass er aussah wie eine hochschwangere Frau, die sich ins Hohlkreuz geworfen hatte, damit ihr enormer Bauch sie nicht zu Boden riss. War der Mond in den alten Religionen nicht sowieso als Göttin verehrt worden? Wieder kam ihm die Statue der trächtigen Göttin in den Sinn, die er irgendwann mal in einem Film gesehen hatte – dieses gewaltige steinerne Weibsbild im Pyramidentempel, dessen schwange-

rer Bauch eine Planetenkugel war, auf der Menschen und Tiere umherkrabbelten.

Rick war schon eine ganze Weile in der Hotelanlage herumgewandert, als ihm auf dem dämmrigen Pfad mehrere Gestalten entgegenkamen. Ihre Stimmen klangen aufgeregt, alle redeten gleichzeitig, so dass Rick nicht ganz sicher war, ob er richtig gehört hatte. Er trat in den Schatten am Wegesrand und sperrte die Ohren auf. Drei Männer kamen langsam näher, und einer von ihnen sagte: »Aber ich hab's doch selbst gehört – die wollen alle nach Idleton!« – »Und wenn schon«, erwiderte einer seiner Kumpels, »mich kriegt ihr da nicht hin!«

Keine Frage, dachte Rick, das ist der Kerl. Die weinerliche Stimme hätte er unter Tausenden wiedererkannt. Als die drei auf seiner Höhe waren, trat er aus dem Schatten hervor und sagte: »Einen Moment, bitte.«

Die Männer blieben stehen, umringten Rick, verschränkten die Arme vor der Brust. »Worum geht's denn?«, sagte einer von ihnen. Sie wirkten feindselig, dabei hatte Rick sie in höflichem Ton angeredet.

»Was hat der Typ hier überhaupt verloren?«, mischte sich der Kerl mit der weinerlichen Stimme ein.

»Entschuldigen Sie«, sagte Rick und wandte sich nun direkt an ihn. »Wir sind vorhin in der Empfangshalle zusammengestoßen.« Er unterbrach sich und hoffte, dass der andere ihm ein Zeichen des Wiedererkennens geben würde. Aber der magere Mann schnickte sich nur eine platinblonde Strähne aus der Stirn und sah ihn unter zusammengezogenen Brauen an. »Ihre Mappe war Ihnen runtergefallen«, versuchte Rick seinem Gedächtnis auf die Sprünge zu helfen. »Mit Modezeichnungen – ich wollte Ihnen helfen, alles wieder einzusammeln, aber Sie haben drauf bestanden, es allein zu machen.«

»Kennst du den Burschen, Carl?«, fragte nun der Dritte, der sich bisher rausgehalten hatte.

Der Modezeichner, Carl, schüttelte den Kopf. »Nie gesehen, Matt.« Aber Rick war vollkommen sicher, dass es der Mann war, den er vorhin angerempelt hatte. Er trug jetzt keine orangefarbene Jeans mehr, sondern einen formellen schwarzen Anzug, und er hatte auch seine Mappe nicht dabei, aber er war es trotzdem, keine Frage. Schließlich war Rick als Security-Mann darauf trainiert, sich Gesichter einzuprägen. Aber warum behauptete der Typ so hartnäckig, sich an ihren kleinen Zusammenstoß nicht zu erinnern?

»Der spinnt«, entschied schließlich einer der Kumpels von Carl.

»Oder er will was schnorren«, sekundierte der andere.

»Blödsinn!«, ereiferte sich Rick. »Ich übernachte hier im Hotel, und ich wollte Ihnen nur eine höfliche Frage stellen, Carl. Wegen einer der Zeichnungen, die Ihnen vorhin aus der Mappe gefallen ist.«

Aber Carl, Matt und der dritte Typ schienen jetzt vollends die Geduld mit ihm zu verlieren. Sie machten schon Anstalten weiterzugehen, da griff Rick nach Carls Hand und hielt sie fest. »Da, wusste ich's doch«, sagte er, »der Ring!« Und er schwenkte die Linke des Modezeichners, so dass der gewundene Silberreif mit dem gelben Stein in der Form eines Katzenkopfes im Mondlicht glitzerte.

»Der spinnt wirklich!« Carl entriss Rick seine Hand und suchte hinter seinen breiter gebauten Kumpels Deckung. »Hey, Typ, sieh dich doch um – hier haben fast alle solche Klunker an den Händen!«

Erstaunt sah Rick von einem zum anderen. Mit einem hämischen Grinsen hielten sie ihm ihre linken Hände hin, und tatsächlich trug jeder von ihnen einen solchen Silberreif, der wie eine Schlange gewunden war und auf dem ein buttergelber Katzenkopf mit zusammengekniffenen Augen prangte.

»Okay, sorry, nichts für ungut, Leute.« Rick trat zur Seite und ließ die drei Männer vorbei. Kopfschüttelnd verschwanden sie in der Dunkelheit. Rick hörte die näselnde Stimme noch etwas Unverständliches sagen, dann lachten alle drei laut und ohne eine Spur von Heiterkeit auf.

Und Rick ging weiter durch die Nacht von Lillison, er war viel zu durcheinander, um richtig wütend auf diesen Carl oder auf irgendwen zu sein, außer auf sich selbst. Er kam sich mehr und mehr wie ein Trottel vor. Er hatte das Gefühl, in ein kompliziertes Spiel geraten zu sein, dessen Regeln jeder außer ihm zu kennen schien. Rachel, die Männer mit den Katzenringen, alle. Nur er selbst hatte keine Ahnung, was hier oder irgendwo sonst ablief. Oder nein, dachte er dann, es war kein Spiel, sondern ein geheimes Ritual, eine archaische Zeremonie vielleicht zu Ehren der Göttin mit dem Erdkugelbauch. Und das alles war natürlich reiner Unsinn, das Ergebnis seiner kläglichen Verwirrung und sonst gar nichts.

Er blieb stehen und sah sich um. Offenbar hatte der Weg ihn zum Hotel zurückgeführt, genauer gesagt, zu der kleineren Glaskuppel neben dem Hauptgebäude. Zehn Schritte vor ihm glitzerte der türkisfarbene Swimmingpool, und während er weiterging, unterschied er fünf Gestalten, die hinter der Glaswand im Wasser umherschwammen. Erst als er direkt vor der Kuppel stand, erkannte er, dass die Schwimmer dort drinnen alles junge Frauen waren. Durch die Glaswand unhörbar, riefen sie einander Bemerkungen zu, lachten lautlos, bespritzten sich mit Wasser. Durch eine Tür im

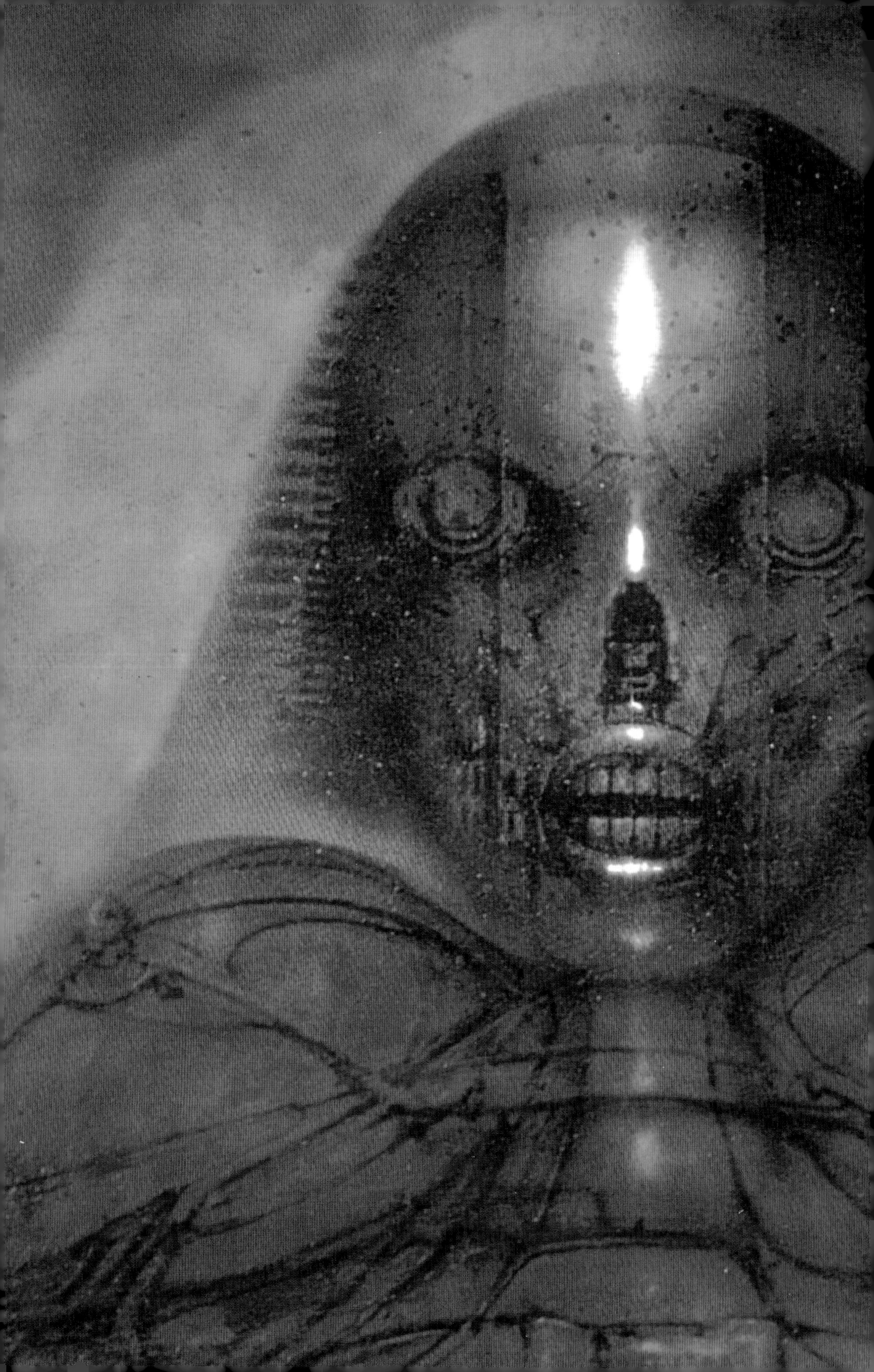

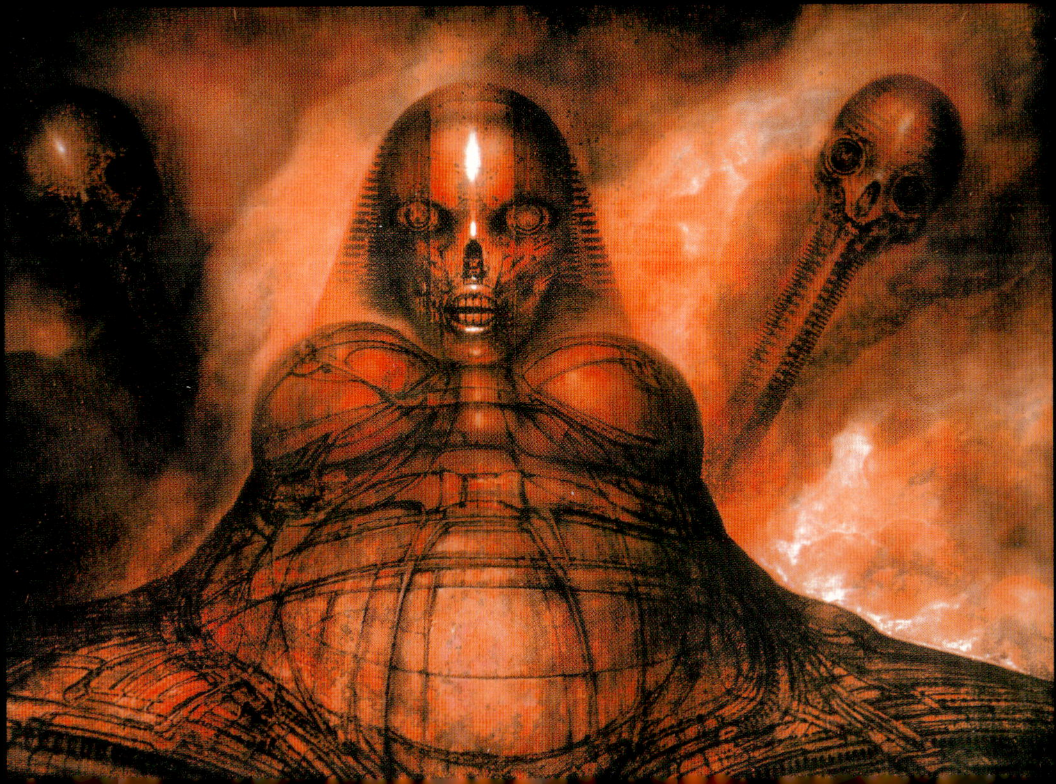

Hintergrund kamen weitere junge Frauen in die Schwimmhalle, und Rick riss die Augen auf.
Das gibt es doch gar nicht, dachte er, das träum ich jetzt aber wirklich nur. Die jungen Frauen da drin in der Schwimmkuppel hatten allesamt solche prall aufgetriebenen Bäuche wie Rachel. Einige von ihnen trugen Bikinis, andere Einteiler, aber jede Einzelne war mindestens im fünften bis siebten Monat schwanger. Mit trägen Schritten, wie große, schläfrige Katzen, liefen sie am Pool entlang, winkten einander zu, ließen sich am Beckenrand nieder oder glitten ins Wasser hinab. Einige standen im Hohlkreuz, die Hände hinten auf den Hüften aufgestützt, andere blieben ganz ruhig am Rand sitzen, die enormen Bäuche vorgewölbt. Ihre Bewegungen wirkten schwerfällig und doch geschmeidig, so als ob ihre kraftvolle Anmut nur unter einem Schleier von Trägheit verborgen wäre. Ihre Augen blickten glasig, wie Rick es in letzter Zeit so oft bei Rachel gesehen hatte, auf diese beunruhigende Weise, so als ob sie im Halbschlaf wären und gleichzeitig vollkommen überdreht.
Rick stand im Dunkeln vor der Glaswand und schaute in die erleuchtete Kuppel hinein wie in eine fremde, ihm ganz und gar unzugängliche Welt. Nach und nach dämmerte ihm, wie diese Versammlung von fünfundzwanzig schwangeren Mädchen an einem gottverlassenen Ort wie dem *Python Resort* höchstwahrscheinlich zu erklären war. Es waren Models für Umstandsmode, keine Frage, dieselben jungen Frauen, die er vorhin in dem unterirdischen Saal gesehen hatte, als sie diese herausragend hässlichen Kleider vor einem trampelnden und klatschenden Publikum präsentierten.
Und das ist alles, du Idiot, sagte sich Rick, das ist das ganze Geheimnis dieses *Python Resort* – eine Modenschau für schwangere Frauen.
Aus irgendeinem Grund beruhigte ihn diese Erkenntnis nicht annähernd so sehr, wie er gehofft hatte. Im Gegenteil, als es ihm endlich gelang, sich vom Anblick der schwangeren Models loszureißen, die wie träge Riesenechsen durch den Pool glitten oder am Beckenrand lagen, da fühlte sich Rick so zuinnerst alarmiert und bis ins Herz hinein verwirrt, dass er sehr erleichtert war, als er sich gleich darauf wie durch ein Wunder vor der geöffneten Tür des *Hack 'n' Steak* wiederfand. Aus dem Restaurant strömte ihm der anheimelnde Geruch frisch gebratenen Lendenfilets entgegen, Gläser klirrten einladend gegeneinander, und Rick beschloss, ein großes Bier gegen den Durst und mindestens einen doppelten Whiskey gegen das mulmige Gefühl zu bestellen, das sich in seinem Magen immer breiter machte.

557 *Future Kill I (film poster)* 1984 100x70 Acrylic on paper

5. KAPITEL
LILLISON VALLEY

»Ich hab so wunderbar geschlafen, Ricky!« Rachel kuschelte sich an seine Schulter. »Und einen irren Hunger hab ich! Aber lass uns noch einen Moment so liegen bleiben, bevor wir runterfahren.«

Rick traute seinen Ohren nicht, oder vielmehr – den süßen Worten, die Rachel mit der lieblichsten Stimme zu ihm sagte, traute er natürlich nur allzu gerne. Sie lagen in ihrem Kingsize-Bett, und vor dem Fenster schwebte die Morgensonne, riesig und gelb wie ein kosmischer Butterfleck.

»Ach, Rick, ist es nicht wunderbar, dass wir uns kennen gelernt haben?«

»Ganz und gar großartig«, versicherte Rick. Er hielt Rachel in seinem Arm, er drückte ganz sanft seinen Mund auf ihre Haare, auf ihre Schläfe. Es ist vorbei, dachte er, wir haben die Krise, oder was immer es war, überstanden. Rachel ist wieder Rachel. Alles, was er gestern gesehen und erlebt und sich in den zurückliegenden Tagen und Wochen zurechtgelegt hatte, zerfiel in Sekundenbruchteilen wie ein Spuk. Oder hatte er sich sowieso alles nur eingebildet – dass sie sich auf einmal vor ihm verschlossen hatte, dass sie ihn verlassen wollte, dass sie ihn nur noch so lange neben sich duldete, bis sie den Ort erreicht hatte, wohin es sie aus rätselhaften Gründen zog? Egal jetzt, Mann!

»Weißt du was, Ricky?« Sie schmiegte sich an seine Schulter.

»Hm?«, machte er und blies ihr eine Strähne ihres seidig schwarzen Haares hinters Ohr.

»Sogar wenn ich bald schon sterben würde, könnte ich trotzdem sagen, dass sich mein Leben gelohnt hat.«

Erschrocken sah er sie von der Seite an. »Was soll das denn heißen, Liebes?«

»Na, dass ich nicht umsonst gelebt habe. Weil doch das Kind in mir entstanden ist.« Aus weit geöffneten Augen schaute Rachel ihn an, oder ging ihr Blick schon wieder durch ihn hindurch?
»Wer wird denn an so einem schönen Tag ans Sterben denken?«, sagte er und versuchte vergeblich, seiner Stimme einen scherzhaften Klang zu verleihen.
Rachel hatte sich aufgesetzt und schien schon wieder angespannt in die Ferne zu lauschen. »Ans Sterben?«, wiederholte sie. »Nein, daran denke ich noch nicht.« Sie schlug die dottergelbe Decke zurück und schwang die Beine über den Bettrand. »Eigentlich denke ich nur noch an eines. Auch im Traum – und sogar wenn ich schlafe, ohne zu träumen.«
Ihre Hand vollführte wieder diese Bewegungen um ihren Nabel herum, und Rick sagte sich, dass die Krise offenbar doch noch nicht vorbei war. Auch wenn Rachel ihn immerhin wieder wahrzunehmen schien und sogar mit einem zärtlichen Unterton zu ihm sprach, der ihm allerdings auch nicht geheuer war. Mit einer mitfühlenden Sanftheit, die seine Mutter unversehens an den Tag gelegt hatte, kurz bevor sie für immer weggegangen war.
»Jetzt lass uns runterfahren, Rick.«
Er blieb noch einen Augenblick liegen, die Arme hinter dem Kopf verschränkt, und sah Rachel zu, wie sie durchs Zimmer ging, sich im Laufen das weiße Hemd über den Kopf zog, durch die Badtür verschwand. Runterfahren?, dachte er und war plötzlich gar nicht mehr sicher, dass sie nur den Hotel-Frühstücksraum gemeint hatte.
Aber was denn sonst, verdammt noch mal. Fing er etwa schon wieder an, Gespenster zu sehen?

Im Frühstückssaal saßen die schwangeren Models schweigend an langen Tischen. Eine düstere Aura schien sie heute zu umgeben, wie Priesterinnen eines urzeitlichen Kultes. Noch im Lift war Rachel in heiterer Stimmung gewesen, zum ersten Mal seit einer Ewigkeit hatte sie sogar über eine Bemerkung Ricks gelacht. Aber die finstere Laune der Models schien auch ihre Stimmung wieder einzutrüben, jedenfalls wirkte sie beim Frühstück schon fast wieder so geistesabwesend wie in den letzten Tagen.
Während er Rachel Obstsaft und sich selbst schwarzen Kaffee einschenkte, überlegte Rick, ob er ihr von der Umstandsmodenschau erzählen sollte, in

die er gestern fast hineingeplatzt wäre. Aber dann kam er zu dem Schluss, dass sie es nicht komisch finden würde, außerdem würden die finsteren Mädchen dort drüben mitbekommen, dass er über sie redete, und so hielt er lieber den Mund. In diesem Raum voll schwangerer Frauen stellte er als Mann sowieso eine verschwindende Minderheit dar.

»Soll ich dir noch was vom Büfett holen, Liebes?« Keine Antwort. Rick wiederholte seine Frage und wedelte mit der Hand vor Rachels Gesicht hin und her. »Rachel? Noch was zu essen gefällig?«

Immerhin erntete er nun ein abwesendes Kopfschütteln. Hatte Rachel nicht vorhin noch behauptet, dass sie irre hungrig sei? Tatsächlich war sie über einen Apfel und eine Hand voll Cornflakes kaum hinausgekommen. Rick dagegen wanderte ein ums andere Mal zum Büfett, wo die köstlichsten Dinge aufgetürmt lagen, und kehrte jedes Mal mit Bergen von Toast, Schinken und Eiern zurück. Sein Weg führte ihn an den Models vorbei, die in langen Reihen nebeneinander saßen, hinter ihren gewaltigen Bauchkugeln und Mutterbrüsten, über die sie kaum zu ihren Tassen und Tellern hinweglangen konnten. Auch sie schienen wenig Appetit zu verspüren, ihre Augen wirkten noch glasiger als gestern, ihr Lächeln war erloschen, wie Schlafwandlerinnen starrten sie ins Leere.

Rick war heilfroh, als sie der düsteren Atmosphäre des Frühstückssaals entkommen waren und in ihr Zimmer zurückkehrten. Während er ihre Sachen zusammenpackte, schien sich auch Rachels Stimmung wieder aufzuhellen. Er war schon drauf und dran, ihr endlich die Frage zu stellen, die ihm auf der Zunge brannte, seit sie gestern Früh aus New Providence abgefahren waren. Aber dann beschloss er, doch lieber auf einen besseren Zeitpunkt zu warten. Offenbar würden sie ja wieder den halben Tag im Auto verbringen, und da würde er sie einfach in einem günstigen Moment fragen: »Übrigens, Rachel, was hältst du davon, wenn wir heiraten?« Oder nein, das klang zu abgebrüht, also vielleicht besser so: »Rachel, Liebes, möchtest du meine Frau werden?« Hm, das klingt auch irgendwie seltsam, dachte Rick und beschloss, nicht nur die Frage selbst, sondern auch alle Vorbereitungen hierzu auf einen günstigeren Zeitpunkt zu verschieben.

Mittlerweile standen sie wieder vor der echsengrünen Rezeption, und eine der priesterlich gekleideten Empfangsdamen schob ihm gerade mit einem hochnäsigen Lächeln die Rechnung über den Tresen. Der Anblick der doppelt unterstrichenen Ziffernfolge jagte Rick Frostschauder über den Rücken, doch er verkniff sich jede Nachfrage und unterschrieb wortlos seinen Kreditkartenbeleg. Noch ein paar Tage in diesem Stil, dachte er, und ich bin pleite. Aber solange er es irgendwie deichseln konnte, würde er Rachels Wünsche erfüllen, ohne zu murren. Und falls sie wollte, dass sie sich hier in der Gegend niederließen, würde er ihnen eben in der nächsten Stadt eine Wohnung besorgen und notfalls als Tankwart oder Paketkurier jobben, jedenfalls fürs Erste, bis sich ihm eine bessere Gelegenheit bot. Eine Stelle wie die im Security Center der Halbleiterfabrik bekam man natürlich nicht alle Tage, aber er hatte es einmal geschafft, also würde es ihm auch ein zweites Mal gelingen. Solange Rachel bei mir bleibt, dachte Rick, solange sie mich nur nicht verlässt oder wegschickt, krieg ich alles hin, verdammt noch mal.

Er wuchtete ihr Gepäck die Stufen runter und in den Kofferraum. Gestern Abend hatte er nur mit Mühe eine freie Parkbox gefunden, aber heute Früh verloren sich auf dem riesigen Parkplatz bloß noch eine Hand voll Vans und Limousinen. Anscheinend waren die schwangeren Models, katzensteinberingten Modezeichner und dickschenkligen Kollektionsmanager größtenteils schon weitergezogen – vielleicht »alle nach Idleton«, wie der Künstler mit der weinerlichen Stimme gestern verkündet hatte.

Das mulmige Gefühl in Ricks Magen hatte sich längst zurückgemeldet, aber er war entschlossen, nichts darauf zu geben – nicht solange Rachel an seiner Seite war, ab und zu mit ihm lachte und sich sogar hin und wieder an ihn schmiegte wie an diesem wunderbaren Morgen im Erlebnisdoppelzimmer des *Python Resort.*

Ein paar Meilen hinter dem Hotel kamen sie zu einer Kreuzung. Rick wollte einfach geradeaus weiterfahren, aber Rachel sagte: »Was machst du denn, wir müssen doch nach links!«

Rick stieg hart in die Bremse, riss das Lenkrad herum und schaffte es irgendwie, mit kreischenden Reifen in die schmale Straße einzubiegen. »Wieso hier entlang?«, wollte er wissen, nachdem er und der Mustang sich wieder beruhigt hatten. »Ich meine, wo fahren wir eigentlich hin?«

»Ach, Rick, sei kein Spielverderber, ja?«

Was sollte er darauf erwidern? Natürlich wollte er kein Spielverderber sein. Aber war es wirklich zu viel verlangt, dass ihm irgendwer mal die Regeln dieses mysteriösen Spiels erklärte? Ihm zumindest mal einen kleinen Anhaltspunkt gab? »Was – ich meine, was für ein Spiel spielen wir denn, das ich verderben könnte?«, fragte er endlich und verlieh seiner Stimme vorsichtshalber einen spaßhaften Unterton, nur für den Fall, dass Rachel ihm die Frage krumm nehmen würde.

»Ach, Rick, sei doch nicht so – wir wollen doch nicht ewig so herumfahren, oder?«

Verwirrt sah Rick sie von der Seite an, dann musste er wieder nach vorn schauen, denn die Straße war verdammt eng und kurvig, außerdem ging es plötzlich steil bergab. Er hatte gedacht, dass die Landschaft von Lillison mehr oder weniger eben wäre, natürlich abgesehen von den berühmten »lieblichen Hügeln«, die in Musicals und Schlagern schmalzig genug besungen worden waren. Aber das hier war keine Hügelstraße, wie er sie aus der Umgebung von New Providence kannte, das war praktisch schon ein Canyon, mit einem Asphaltbändchen, das sich in haarsträubendem Zickzack an den Hängen der Schlucht hinunterwand, dünn wie ein Tangastring. Zu beiden Seiten der Straße erstreckten sich dichte Wälder, keine Tannen und Kiefern wie oben in den Bergen, sondern üppige Laubbäume mit fleischigen Blättern, und im Unterholz sprossen Farne, Schilf und andere Sumpfgewächse.

»Okay, es ist ein Spiel«, sagte er endlich und bemühte sich um einen komischen Gesichtsausdruck. »Wenn wir an eine Kreuzung kommen, bremse ich ab, und du entscheidest, wo wir weiter entlangfahren. Richtig, Liebes?« Keine Antwort. »Rachel?«

Mit quietschenden Reifen schlingerten sie durch eine Haarnadelkurve. Rick schaltete zurück und warf Rachel einen hastigen Blick zu. Ihr Gesicht war ein wenig erhoben, ihr Blick verschleiert, und ihre Hand machte kreisende Bewegungen um ihren Nabel herum. Aber Rachel lächelte, und es war ein Lächeln so glücklicher, hoffnungsvoller Erwartung, dass Rick unwillkürlich mit ihr lächelte. Na, warum nicht, dachte er, wenn es ihr so viel Spaß macht, dann spielen wir eben dieses Spiel – worum auch immer es dabei gehen mag.

Einige Meilen weiter kamen sie erneut zu einer Kreuzung. Rick stoppte, und Rachel sagte im selben Moment: »Fahr geradeaus, Rick.« Dabei hatte er geglaubt, dass sie mehr oder weniger tief eingeschlafen wäre, jedenfalls war sie in den Kurven so schlaff hin und her geschaukelt wie eine Puppe.

Rick hob die Schultern und ließ sie wieder fallen. Auf dem Geradeaus-Schild stand »Idleton« und darunter, etwas kleiner, »Lillison Valley«. Einen Moment lang überlegte er, was Rachel wohl machen würde, wenn er gegen ihre Anweisung nach links oder rechts abbiegen würde, in eines der noch winzigeren Sträßchen, die zu namenlosen Schluchten führten. Aber es wäre bestimmt keine gute Idee, das jetzt auszuprobieren, dachte er dann, legte den ersten Gang ein und trat ergeben aufs Gas. Die Dogge Zerbie fiel ihm ein, wie sie sich in der Halle des *Hunter's Castle* wimmernd vor Rachel verkrochen hatte und wie sie unten auf dem Parkplatz zu Boden gesackt und wie ausgestopft liegen geblieben war. Manchmal war Rachel ihm wirklich unheimlich.

Zwei Stunden oder länger fuhren sie schweigend dahin. Die Schlucht wurde noch enger und düsterer, die Straße immer abschüssiger und kurvenreicher. Die Luft war hier unten so schwülwarm, dass nicht mal der Fahrtwind Abkühlung brachte, dabei hatte Rick sein Fenster bis zum Anschlag runtergedreht. Seltsam war, dass Rachel überhaupt nicht zu schwitzen schien. In puppenhafter Starre saß sie neben ihm auf dem Beifahrersitz, und das Umstandskleid mit dem grün-gelben Leguanmuster spannte sich um ihren Bauch. Ihr Gesicht war blass, die Augen wieder halb geschlossen. Abgesehen vom Beben ihrer Nasenflügel wirkte sie porzellanhaft starr und kühl.

»Rachel«, sagte Rick unvermittelt, »wie stellst du dir eigentlich die Zukunft vor?« Sie schreckte hoch und sah ihn an. »Ich – ich meine«, stotterte er, »hast du vor, mit mir...?« Doch hier verließ ihn der Mut, er sah geradeaus auf die Straße und wartete mit angehaltenem Atem auf ihre Antwort. Die ganze Zeit hatte er hin und her überlegt, wann und wie er sie fragen sollte, und plötzlich war die Frage einfach so aus ihm herausgeplatzt. Eigentlich hatte er »unsere Zukunft« sagen wollen, erst im letzten Moment hatte er sich anders entschieden, und jetzt fragte er sich, ob das nicht erst recht ziemlich seltsam klang: »die Zukunft«.

»Ach, Ricky, was du dir immer für Sorgen machst.« Sie tätschelte ihm die Schulter wie eine Mutter, die ihren kleinen Sohn tröstet.

»Mach ich ja nicht«, sagte er, »ich dachte nur, du wolltest vielleicht drüber reden.« Aber ihre Hand war schon wieder von seinem Arm geglitten und auf ihren Bauch zurückgekehrt, den sie mit kreisenden Bewegungen massierte. Rick wartete noch einige Augenblicke, dann wurde ihm klar, dass sie in Gedanken schon wieder ganz weit weg von ihm war. Er atmete tief durch und umklammerte das Lenkrad so fest wie nur möglich. Der Wald war hier so dicht, die Schlucht so eng, dass vom Himmel über ihnen nur noch ein schmaler blauer Strich zu sehen war. Vor ihnen entrollte und wand sich das schmale Band der Straße, und plötzlich fiel Rick eine Szene ein, an die er seit Ewigkeiten nicht mehr gedacht hatte.

Er stand am Fenster ihres Wohnzimmers in der Lower Street, New Providence, und hinter ihm stand sein Vater. Es war früh am Abend, dämmrig,

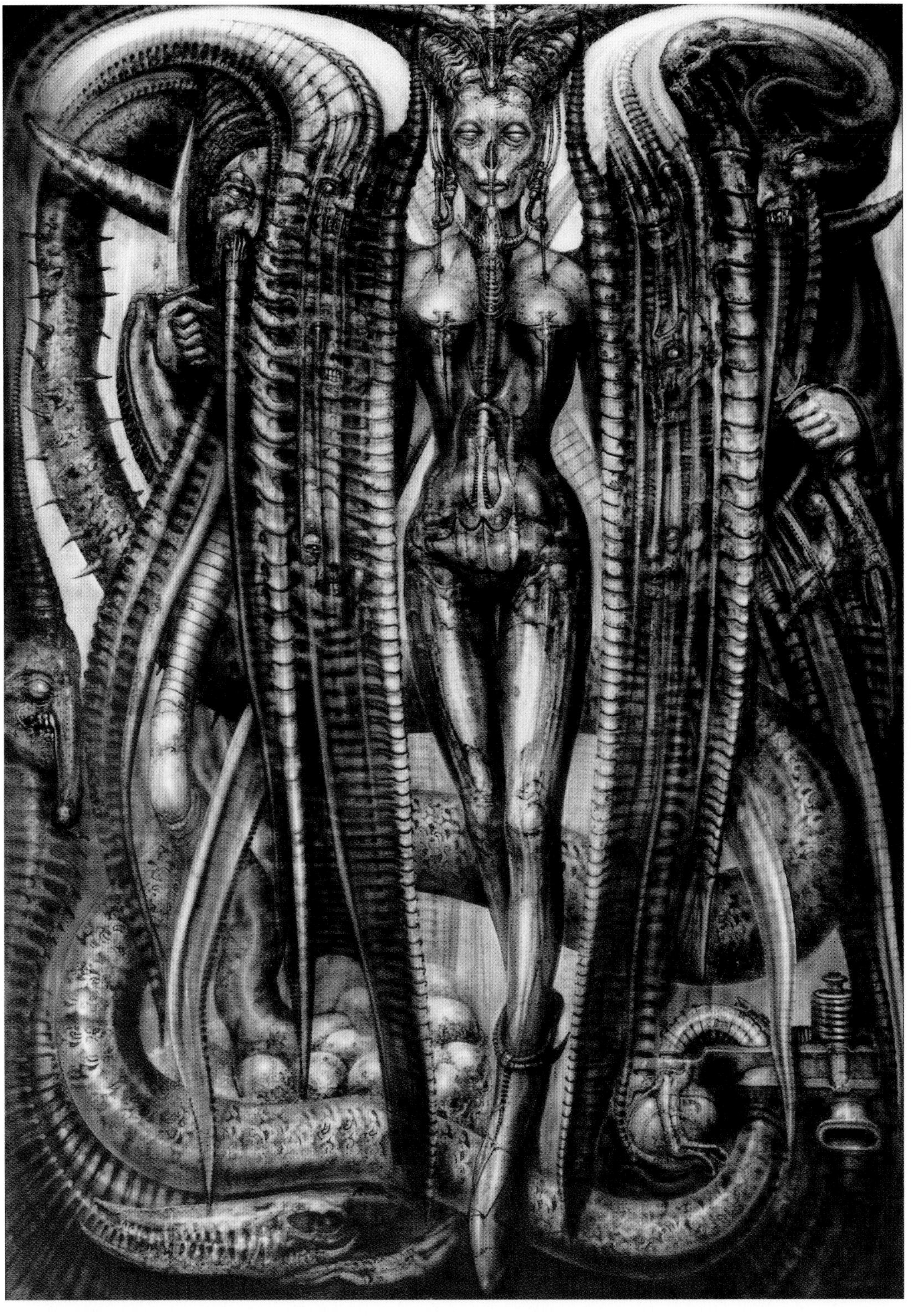

halb dunkel, ungefähr so wie hier in der Schlucht. Unten auf der Straße ging eben seine Mutter weg, sie trug einen dottergelben Hut und ein ziemlich enges Sommerkleid, das ihre schlanke Figur betonte. Damals hatte Rick auf so was nicht geachtet, er war ja ein kleiner Junge von acht Jahren, aber später hatte er irgendwann mal ausgerechnet, dass seine Mutter da gerade erst siebenundzwanzig war. Und er sah sich selbst, wie er am Fenster in der Lower Street stand und seine Finger so fest um das hölzerne, weiß lackierte Fensterbrett klammerte, dass es wehtat, und er spürte die Hände seines Vaters auf seinen Schultern, während sie beide der Mutter hinterherstarrten. Rick sah sie ganz genau vor sich, wie sie sich einmal noch kurz zu ihnen umwandte, zu ihrem Fenster emporsah, und wie ihre Augen vor Tränen glitzerten. Und er spürte die Wut und den Schmerz, als ob das alles erst gestern gewesen wäre, und hörte sich wie damals zu seinem Vater sagen: »Was hat *sie* denn zu heulen – so als ob *wir* schuld dran wären?«

Rick knirschte mit den Zähnen, so sehr nahm die unerwartete Erinnerung ihn mit. Warum fiel ihm das alles jetzt wieder ein? So viele Jahre lang hatte er nicht dran gedacht, anfangs hatte er um diese Sachen absichtlich einen großen Bogen gemacht, wie später als Wachmann, wenn er aufpassen musste, dass er nicht versehentlich einen Alarmdraht berührte. Bald schon war es ihm zur Gewohnheit geworden, irgendwie hatte er immer gespürt, dass es diesen Kram in einem bestens gesicherten Kellerraum seines Gedächtnisses gab, aber eben weil dort alles so gut abgesichert war, hatte er sich auch nicht mehr drum kümmern müssen. Und jetzt?, dachte Rick und biss sich auf die Unterlippe, dass es wehtat. Ist doch alles Ewigkeiten her, verdammt noch mal.

»Halt an, Rick!« Hatte er eine Kreuzung verpasst? Ohne lange zu überlegen, trat er auf die Bremse. »Hast du das Mädchen nicht gesehen?«

»Was für ein Mädchen denn?« Er stoppte und schaute in den Rückspiegel. Einige Dutzend Schritte hinter ihnen setzte sich eine schmale Gestalt in Bewegung, rannte mit wehenden Haaren am Straßenrand entlang, war im nächsten Moment bei ihnen und riss hinter Rachel die Wagentür auf.

»Nehmt ihr mich mit? Bis Idleton? Hey, großartig.« Damit glitt sie schon ins Auto, zog die Tür zu und räkelte sich auf dem Rücksitz zurecht. »Hi, ich bin Thena. Fahren wir los?«, fragte sie Rick, der sie im Rückspiegel anstarrte.

»Klar, wir fahren«, sagte er. »Ich bin Rick, und das hier ist Rachel.« Er legte den Gang ein und fuhr schwungvoll los. Es war ihm ein wenig peinlich, dass er Thena so unverhohlen angestarrt hatte, aber sie erinnerte ihn an Rachel, wie sie früher gewesen war, als sie sich kennen gelernt hatten. Bevor sie schwanger geworden war, dachte er und seufzte innerlich auf. Er kam sich schäbig und unfair vor, wann immer er das dachte, denn schließlich konnte Rachel ja nichts dafür, dass sie schwanger war, oder? Zumindest traf ihn selbst eine unbestreitbare Mitschuld, obwohl er es bestimmt nicht drauf angelegt hatte. Ach du lieber Himmel, das fehlte noch, dachte er und ertappte sich dabei, dass er Thena schon wieder im Rückspiegel belauerte. Sie sah Rachel, der früheren Rachel, wirklich ziemlich ähnlich. Mit ihren langen schwarzen Haaren, die sie offen trug, den Mandelaugen, dem blassen Teint und vor allem mit der mädchenhaft schlanken Figur, die er so sehr an Rachel gemocht hatte – lange, schlanke Beine, handliche Rundungen an den richtigen Stellen, wozu aber die Bauchgegend entschieden nicht gehörte. Ganz flüchtig sah er die seltsame Skizze wieder vor sich, die diesem Carl aus der Mappe gefallen war, ein nackter, schlanker Frauenkörper mit einem grinsenden Totenschädel als Unterleib. Verdammt, reiß dich zusammen, Rick! In ein paar Monaten ist der Spuk doch vorbei, schärfte er sich ein und zwang sich, nach vorne zu schauen. Dann hat Rachel das Kind zur Welt gebracht, und ihr Bauch ist wieder so schlank wie damals, als sie ins *Twilight* gekommen ist, in diesem pantherschwarzen Minikleid.

»Will jemand von den Damen ein Kaugummi?« Keine Antwort. Rachel neben ihm hatte schon wieder die Augen geschlossen, jedenfalls mehr oder weniger. Rick zuckte mit den Schultern, wartete, bis die Straße mal ein Stück weit geradeaus führte, dann ließ er den Lenker los, wickelte blitzschnell ein Kaugummi aus und warf es sich, als Krönung seiner artistischen Darbietung, in hohem Bogen in den Mund.

Verstohlen spähte er in den Rückspiegel. Thena hatte eine Art Notizblock aus ihrem Rucksack gefischt und krakelte mit einem Bleistift darin herum. Umso besser, dachte Rick, dann konnte er ab und zu mal einen Blick riskieren, ohne dass es auffiel. Wie alt mochte Thena sein? Vielleicht zwanzig, einundzwanzig, entschied er, drei, vier Jährchen jünger als Rachel. Er war schon mit einigen Mädchen zusammen gewesen, das hatte seinen Blick für die kaum sichtbaren Spuren geschärft, die der Zahn der Zeit sogar schon in die Gesichter ganz junger Frauen nagte. Um von sonstigen Körperpartien mal lieber zu schweigen. Thena jedenfalls hatte ein schwarz-gelb gestreiftes Kleid an, dessen Saum ihr bis über die Knie reichte, dabei brauchte sie ihre Beine bestimmt nicht zu verstecken. Und um den Hals trug sie eine extravagante Kette oder einen Halsreif, so genau konnte er das nicht erkennen, weil ihre langen Haare das Schmuckstück verdeckten. Lange schwarze Haare, das war fast das Beste bei manchen Mädchen. Obwohl er das so nie

sagen würde, es hörte sich ja auch ziemlich seltsam an. Aber wenn er sich vorstellte, dass Thena vor ihm stehen würde, mit nichts auf dem Leib als diesen üppigen schwarzen Haaren, die ihr fast bis zum Hintern reichten, und durch diesen Schleier hindurch konnte man ihre bestimmt sehr erfreulich anzufassenden Brüste mehr erahnen als wirklich sehen...
»Hey, nach rechts!« Rick stieg in die Bremse, dass die Reifen quietschten und er fast sein Kaugummi verschluckt hätte. Im Rückspiegel sah ihn Thena halb zornig, halb spöttisch an. »Ihr wollt doch nach Idleton, oder?«
»J-ja, ich glaub schon. Oder, Rachel?« Rick rüttelte sie sanft an der Schulter, aber Rachel murmelte nur im Schlaf, ohne aufzuwachen. »Klar, Idleton«, sagte Rick und kam sich ziemlich idiotisch vor. Er grinste Thena im Rückspiegel zu, legte den Gang ein und setzte den Blinker nach rechts.
»Sie ist schwanger, wie?«, fragte Thena, obwohl das nun wirklich nicht zu übersehen war.
Rick nickte und grinste. »Von mir«, sagte er und ärgerte sich im selben Moment über seine Antwort. In Thenas Ohren musste es angeberisch und hahnenhaft klingen, dabei war er überhaupt nicht stolz auf diese Leistung. Sein Gesicht wurde heiß, im Spiegel spürte er Thenas Augen, die nun ihn unverhohlen ansahen, aber er schaffte es nicht, ihren Blick gleich zu erwidern.
Erst nach der übernächsten Kurve schaute er wieder in den Rückspiegel, und was er da zu sehen bekam, verschlug ihm für einen Moment den Atem.
Das Mädchen hatte seinen Zeichenblock neben sich auf den abgewetzten Rücksitz gelegt. Sie hatte sich zurückgelehnt, ihre Augen waren halb geschlossen, anscheinend dämmerte sie vor sich hin. Die Haare hatte sie zurückgeworfen, so dass Rick den Schmuck bewundern konnte, den sie um den Hals trug. Es war ein silberner Reif, wie eine Schlange oder Echse gewunden, und vorne drauf saß ein großer, honiggelber Stein von der Form eines Katzenkopfes mit zusammengekniffenen Augen.
Eine weitere Haarnadelkurve zwang Rick, wieder nach vorne zu schauen, dabei überlegte er fieberhaft, wie er Thena auf den Halsreif ansprechen könnte. Oder hatte er sich alles wieder nur eingebildet? Aber nein, als er erneut in den Spiegel spähte, glotzte ihm wieder der buttergelbe Katzenkopf entgegen.
»Dein Halsreif«, sagte er und deutete auf seinen Adamsapfel, »sieht toll aus – wo hast du das Ding her?«
Im Spiegel warf sie ihm einen langen Blick zu, ihre Augen wurden immer schmaler, als ob er ihr plötzlich verdächtig vorkäme. Dann sah sie aus dem

Seitenfenster, stieß einen kleinen Schrei aus und rief: »Hey, da sind wir ja schon! Lässt du mich da vorne raus?«
»Hier im Wald?«, fragte Rick und ging zögernd vom Gas. »Wolltest du nicht bis Idleton mitfahren?«
Erneut ein langer Blick aus schmalen Augen. Den Silberreif mit dem Katzenkopf verdeckte unterdessen wieder ihr üppiges Haar. »Nicht ganz«, sagte sie endlich und stieß die Tür auf. »Ich wohne hier draußen, bis zur Stadt ist es noch ein ganzes Stück.« Sie stopfte den Notizblock in ihren Rucksack, ein zusammengeknüllter Papierfetzen blieb auf dem Sitz zurück. »Danke«, sagte sie, schlängelte sich aus dem Wagen, sprang über den Bach, der neben der Straße dahinrann, und war im nächsten Augenblick zwischen Bäumen und Büschen verschwunden.
Hier draußen wohnt sie?, dachte Rick. Und wieso konnte er sie schon nicht mehr sehen? Er beugte sich über die schlafende Rachel und verrenkte sich fast den Hals, denn Thena konnte doch nicht einfach so im Wald untertauchen? Mindestens eine Minute lang starrte er auf die Stelle, wo sie seinem Blick entschwunden war. Dann erzitterte genau dort das Laubwerk, und unter einem blühenden Rosenbusch kam eine große schwarze Katze hervor. Sie räkelte sich, scharrte mit den Vorderpfoten, plusterte sich auf und schaute aus grünen Augen zu ihnen herüber.
Rick lief es eiskalt den Rücken runter. Das war lächerlich, er wusste es ja selbst, aber was half ihm das – er sah die aufgeplusterte schwarze Katze an und fühlte, wie ihm ganz schwach in den Beinen wurde, so wie manchmal im Traum, wenn man wegzulaufen versuchte und nicht von der Stelle kam.
»Warum stehen wir denn hier rum, Rick?«
Sogar sein Gesicht fühlte sich so starr an, dass er nur ein verzerrtes Grinsen zu Stande brachte. »Thena wollte hier aussteigen«, sagte er. »Mitten im Wald.«
»Thena?« Rachel gähnte und rieb sich die Augen.
Verstohlen sah er noch einmal zu der Stelle, wo die Katze unter dem Wildrosenbusch hervorgekommen war. Auch von dem schwarzen Biest war jetzt weit und breit nichts mehr zu sehen. Die Tramperin, wollte er sagen, aber plötzlich war er sich gar nicht mehr so ganz sicher, dass auf den letzten Meilen wirklich ein Mädchen mit ihnen mitgefahren war. »Gleich geht's weiter, Liebes«, sagte er in munterem Tonfall, wandte sich um und schnappte sich das zerknüllte Blatt vom Rücksitz.
»Was hast du da, Rick?«, wollte Rachel wissen.
Er glättete das Blatt zwischen seinen Händen, knüllte es im nächsten

Moment wieder zusammen und warf es aus dem Seitenfenster. »Nichts, gar nichts, Liebes.« Er legte den Gang ein und fuhr so schwungvoll los, dass sein Mustang wie eine ganze Wildpferdherde wieherte.
Rick war froh, dass er das Blatt aus dem Fenster geschmissen hatte. So konnte er zumindest versuchen sich einzureden, dass seine Nerven ihm wieder mal einen Streich spielten. Denn warum sollte diese Thena sich zu ihm in den Wagen setzen und genau die gleiche Skizze in ihren Block kritzeln, die er gestern erst auf der Felswand hinter dem *Hunter's Castle* gesehen hatte – die Umrisse einer Gebärmutter, in der ein winziges Skelettmännchen hockte?

Als sie endlich den tiefsten Punkt der Schlucht erreicht hatten, dämmerte schon wieder der Abend. Oder kam ihm das nur so vor, weil die engen Canyonwände hier fast bis zum Himmel ragten? *Lillison Valley – Naturschutzgebiet*, verkündete eine Tafel. Gleich daneben gab es ein Ausflugsrestaurant mit hölzernen Tischen und Bänken unter Bäumen, und Rick beschloss, dass es an der Zeit war, eine Pause einzulegen.
»Liebes?« Wieder rüttelte er sie sanft an der Schulter. Musste er sich allmählich Sorgen machen, weil Rachel praktisch ununterbrochen schlief oder zumindest im Halbschlaf dahindämmerte? Vielleicht war mit ihrem Organismus etwas nicht in Ordnung. So ähnlich wie bei der Halbleiterfabrik, wenn das System auf Notstromversorgung umgeschaltet hatte. »Rachel? Hier ist ein nettes Café«, sagte er, als sie ihn schlaftrunken anblinzelte. »Ich dachte, wir trinken vielleicht einen Schluck und machen uns etwas frisch?«
Sie schaute aus dem Fenster und schien plötzlich ganz aufgeregt. »Hier sind wir«, murmelte sie. Ohne auf Ricks Frage einzugehen, stieg sie aus, lief eifrig hin und her und sah sich nach allen Seiten um.
Als Rick das Auto abgeschlossen hatte, ließ sie widerstandslos zu, dass er sie bei der Hand nahm und zum Eingang des Restaurants führte. Sie setzten sich an einen freien Tisch, und Rick bestellte einen Hamburger und ein Glas Bier für sich und für Rachel einen »Salat Lillison« mit einem frisch gepressten Obstsaft. Sie protestierte mit keinem Wort, aber Rick war sich nicht sicher, ob sie überhaupt mitbekommen hatte, was zwischen ihm und der Kellnerin gesprochen worden war. Plötzlich stand sie auf und ging auf die Tür mit der Aufschrift *Rest Rooms* zu. Rick sah ihr hinterher und

ertappte sich bei dem Gedanken, ob sie überhaupt noch einmal an ihren Tisch zurückkehren würde oder ob dies der Moment war, in dem sie ihn verlassen würde. Vielleicht war alles seit langem so geplant gewesen, vielleicht hatte sie deshalb eben »Hier sind wir« gesagt, in einem halb freudigen, halb ungläubigen Tonfall, so als ob sie vor der Erfüllung eines lang gehegten Traums stünde.

Plötzlich kam ihm wieder in den Sinn, was vor vielen Jahren mal ein Mädchen zu ihm gesagt hatte – Helen mit den grünen Augen, und zwar an dem Tag, als er mit ihr Schluss gemacht hatte. »Erkennst du eigentlich nicht das *Muster*, Ricky? Du gibst deinen Mädchen immer den Laufpass, bevor sie *dich* verlassen können – aus Angst, dass du es einmal sein könntest, den man allein irgendwo hocken lässt.« Gar nicht so blöd, die kleine Hel, hatte er sich damals gedacht, schließlich war er im zarten Kindheits- und Jugendalter von sämtlichen Leuten verlassen worden, die damals für ihn wichtig waren, die praktisch sein Sonnensystem dargestellt hatten – erst von seiner Mum, dann von seinem besten Freund Joey, zuletzt auch noch von seinem Dad. Vielen Dank, Leute, für die Erfahrung, wie leer so eine Galaxie sein kann. Aber was würde Hel sagen, dachte er dann, wenn sie mich jetzt sehen könnte – Ricky, wie er den Dampfkessel voller Panik in seinem Innern mit immer dickeren Steinen ummauert, Ricky, der nicht etwa wegrennt, sondern sein Mädchen lautlos beschwört: Rachel, Liebes, bleib bei mir!

Und da kehrte Rachel auch schon in den Restaurantgarten zurück. Mit trägen Bewegungen balancierte sie ihren enormen Bauch vor sich her, dabei lächelte sie ihm schon von weitem zu, und Rick fühlte sich wie ein Schurke. Wie kam er nur dazu, sie andauernd der seltsamsten Absichten zu verdächtigen! Schließlich war doch er es, der sich zumindest in seiner Fantasie laufend auf Abwege begab. Der ein Mädchen wie diese Thena nur im Rückspiegel anschauen musste – und schon malte er sich aus, wie sie nackt aussähe, wie sich ihre Brüste in seinen Händen anfühlten, und stellte unfaire Vergleiche zwischen ihr und Rachel an. Dabei brauchte Rachel ihn gerade jetzt dringender denn je.

»Wusstest du, dass im ganzen Land nirgendwo köstlichere Früchte wachsen als in Lillison?« Rachel setzte sich auf ihren Stuhl, nahm das Glas mit dem schäumenden Obstsaft und prostete ihm lächelnd zu.

»Nein, wusste ich nicht, Liebes.« Er schwenkte sein Bierglas, nahm einen kräftigen Schluck und fragte: »Warst du denn schon mal hier in der Gegend?«

»Hier, Rick? Was für Gedanken du dir immer machst.«

Die Kellnerin brachte ihre Speisen. Heißhungrig stürzte sich Rick auf seinen Hamburger, während Rachel wieder nur in ihrem Salat herumstocherte. Wie schwül es hier im Valley war, dabei war die Dämmerung schon weit fortgeschritten, und in den Bäumen ringsum glühten Lampen in der Form von Äpfeln und Orangen.
Mit seinen vorletzten Dollars bezahlte er ihre Zeche. Auf seine Frage nach einem Bett für die Nacht verwies die Kellnerin sie auf eine Herberge in der Nähe. »Das *Overidge*«, sagte sie, »ein gutes Motel, sauber und nicht zu teuer. Fünf oder sechs Meilen von hier, direkt auf dem Hügel über der Stadt. Folgen Sie einfach der Straße nach Idleton, Sie können es gar nicht verfehlen.«

6. KAPITEL
OVERIDGE

Die Straße führte steil bergauf, und immer müder, immer mühevoller holperte der Mustang dahin. »Verdammt noch mal«, fluchte Rick, »wo ist denn dieses blödsinnige Motel?« Er flüsterte es, um Rachel nicht zu wecken, die wieder mal von Dämmerschlaf umfangen schien. Auch wenn die Kellnerin vorhin behauptet hatte, das *Overidge* sei ganz leicht zu finden, irrten sie seit mindestens zwei Stunden durch die Hügel und Täler von Lillison. Mittlerweile war es stockfinster, und von einem Hotel oder gar von der Stadt Idleton, die doch angeblich irgendwo hier in der Nähe anfing, war weit und breit nichts zu sehen.

Überhaupt hatte Rick die Nase allmählich voll von Hotels. Warum hatten sie nicht in New Providence bleiben können? Und jetzt schien auch noch sein guter alter Mustang den Geist aufzugeben. »Das hat mir gerade noch gefehlt«, stöhnte er und schlug mit der Faust aufs Lenkrad.

Der Motor stotterte und hustete. Die Tanknadel zeigte auf Null, aber das hatte nichts zu bedeuten, die Sprituhr war schon defekt gewesen, als er den Wagen vor acht Monaten aus dritter Hand übernommen hatte. Sehr viel beunruhigender war, dass jetzt auch die anderen Anzeigen auszufallen schienen. Die Lichter im Armaturenbrett flackerten wie bei Alarmstufe Gelb. Für einen Moment setzte der Motor aus, und als er wieder ansprang, gab es unter der Motorhaube eine Serie kleiner Explosionen.

Da tauchte vor ihnen ein beleuchtetes Schild auf, geisterhaft in der Dunkelheit schwebend. Silbernes Neonlicht, das einen Wolkenumriss in die Nacht zeichnete, darin der altmodisch verschnörkelte Schriftzug *Overidge Motel.*

»Na Gott sei Dank«, murmelte Rick, »gerade noch rechtzeitig!« Er riss den Lenker herum und bog auf den Parkplatz ein. Die Hinterräder waren noch auf der Straße, da ging der Motor mit einem nach Endgültigkeit klingenden Röcheln aus. Die Scheinwerfer flackerten ein letztes Mal auf, und dann war nur noch das Ächzen der Federn und das Malmen der Reifen auf dem Schottergrund zu hören.

Rick ließ den Mustang neben dem Baum ausrollen, über dessen kahler Krone das Neonschild schwebte wie ein riesiger Heiligenschein. Um den Motor würde er sich morgen kümmern, jetzt fühlte er sich zerschlagen vor Müdigkeit. Sein Kopf dröhnte, kein Wunder nach den Stunden rast- und ergebnislosen Grübelns, und das mulmige Gefühl schien mittlerweile in jeder einzelnen Zelle seines Körpers zu pulsieren. Aber Rachel ging es wahrscheinlich nicht besser, sie musste genauso erschöpft sein wie er, auch wenn sie den ganzen Tag im Halbschlaf vor sich hin gedämmert hatte. Stunde um Stunde im schaukelnden Auto zu sitzen war bestimmt nicht gerade angenehm, wenn man durch so eine enorme Last in den Sitz gedrückt wurde.

»Rachel, Liebes, aufwachen – wir sind da.«

Im stockfinsteren Wageninnern sah er, wie ihre Augen glänzten, als sie ihm den Kopf zuwandte. »Da?«, wiederholte sie mit schlaftrunkener Stimme.

»Na, bei diesem *Overidge*-Ding. Komm, steigen wir aus und schauen, ob wir hier für die Nacht bleiben können.«

»Aber warum denn hier?« Rachel schien noch nicht so richtig wach zu sein. Ihre Stimme klang gehetzt, beinahe panisch. »Jetzt, wo wir fast am Ziel sind?« Sie sah links und rechts aus den Fenstern, drehte sich sogar schwerfällig um und versuchte irgendetwas zu erkennen, das sie anscheinend hinter der Rückscheibe vermutete.

»An welchem Ziel sind wir denn fast schon?«, fragte Rick und hoffte, dass seine Stimme gelassen klang.

Keine Antwort. Rachel drückte ihre Wagentür auf und stieg aus, und Rick blieb nichts anderes übrig, als es ihr gleichzutun. Erst mal schlafen, sagte er sich, morgen im Tageslicht würde sich schon alles klären. Sie würden eine Werkstatt für den Wagen suchen, und wenn er ganz, ganz viel Glück hatte, würde Rachel ihn vielleicht auch endlich mal in ihre geheimnisvollen Pläne einweihen. Vielleicht wohnte ja ihre Familie hier in der Nähe? Ja, das war bestimmt die Erklärung für ihre Geheimniskrämerei, dachte Rick – Rachel hatte ihn hierher gelotst, damit er ihre Eltern kennen lernte. Und ihre Geschwister, falls sie Brüder und Schwestern hatte. Bestimmt hatte sie befürchtet, dass er es mit der Angst bekommen würde, wenn sie ihm zu früh ihre Pläne offenbarte, und ihn deshalb die ganze Zeit mit mysteriösen Andeutungen abgespeist. Aber was immer des Rätsels Lösung sein mochte, heute würde er es nicht mehr herausbekommen, da er vor Müdigkeit kaum mehr wusste, ob er noch wach war oder schon im Stehen schlief.

Rick trottete um den Wagen herum, wuchtete wieder mal Rachels Koffer heraus, warf sich seine Reisetasche über den Rücken und sah sich besorgt nach allen Seiten um. Der Parkplatz war ziemlich voll, hinter all den Vans, Limousinen und Pick-ups erkannte er gedrängte Reihen kleiner Bungalows. Hinter manchen Fenstern glomm dünnes Licht, andere waren mit Jalousien verrammelt, und der geisterhafte Schriftzug *Overidge* spiegelte sich dutzendfach in den quadratischen Scheiben. Hoffentlich würden sie überhaupt noch ein Zimmer bekommen. Aber solange sie hier auf dem finsteren Parkplatz herumstanden, würde er das bestimmt nicht herausfinden.

»Rachel, wo bist du denn?« Keine Antwort. Er stellte ihren Koffer wieder ab, setzte seine Tasche darauf und lief um den Mustang, dann um den Baum herum, der offenbar vollkommen kahl und abgestorben war. Da sah er Rachel am Rand des Parkplatzes, ihre von hinten immer noch mädchenhaft schlanke Silhouette, halb schon auf der Straße, die auf der anderen Seite des Hügels genauso steil wieder abwärts führte.

Rick rannte zu ihr hinüber. »Liebes, du schlafwandelst ja praktisch schon. Komm schnell, gleich liegst du in einem weichen Bett.« Er nahm sie bei der Hand und war erleichtert, dass sie sich nicht sträubte, als er sie zurück zum Auto zog.

Ohne ihre Hand loszulassen, warf er sich die Tasche erneut über die Schulter, stemmte abermals den Koffer hoch und ging mit Rachel auf den vordersten Bungalow zu. Über der schmalen Tür brannte ein trübes Licht, erst im Näherkommen entzifferte er den Schriftzug *Rezeption.*

Sie traten in ein winziges Zimmer, das durch einen silbergrauen Schalter fast vollständig ausgefüllt wurde. Mit Mühe gelang es Rick, Rachel und sich selbst in den Vorraum vor dem wuchtigen Tresen zu schieben. Ihr Gepäck blieb vor der Schwelle stehen, und Rick ließ die Tür offen, damit er ihre Sachen im Auge behalten konnte.

Hinter der Rezeption saß ein alter Mann mit grauen Haaren und einem kurz geschnittenen weißen Vollbart. »Guten Abend«, sagte er, »machen Sie bitte die Tür zu. Keine Sorge«, fügte er hinzu, als Rick etwas erwidern wollte, »ich bin Richard Overidge, der Besitzer dieses Hotels, und verbürge mich persönlich dafür, dass Ihnen im *Overidge Motel* nichts abhanden kommen wird, was Ihnen rechtmäßig gehört.«

Auf diese feierliche Erklärung wusste Rick nicht gleich etwas zu erwidern. Schwankend vor Müdigkeit klammerte er sich an den silberfarbenen Tresen und sagte schließlich nur: »Wir suchen ein Zimmer für die Nacht. Rick Nadar und Gattin, aus New Providence.«

Auf seiner rechten Schläfe glaubte er Rachels entgeisterten Blick zu spüren, aber das bildete er sich vielleicht nur ein. Jedenfalls war er viel zu müde, um diesen Punkt jetzt mit Rachel oder irgendwem sonst zu erörtern.

Mr. Overidge sah ihn einen Moment lang unter zusammengezogenen, struppig grauen Augenbrauen an, dann nickte er fast unmerklich und drehte sich zu seinem Schlüsselbord herum. Es gab siebenundzwanzig Haken, alle mit Täfelchen versehen, auf denen in Silbergrau die jeweilige Bungalownummer prangte, und sechsundzwanzig Haken waren leer. »Sie haben Glück, Mister Nadar«, sagte der Hotelbesitzer, »ein Zimmer habe ich noch frei. Es ist allerdings mehr eine Privatunterkunft, ganz hinten am Ende der Anlage, der älteste unserer Bungalows.« Er nahm den Schlüssel von dem Haken unter der *Siebenundzwanzig* und sah ihn an, als ob es ihm schwer falle, sich davon zu trennen. »Meine Frau hat früher dort gewohnt«, sagte er, »und vor ihr meine Mutter. Aber das ist lange her und braucht Sie also nicht zu interessieren.« Er legte den Schlüssel, ein riesiges, altersdunkles Schmiedestück mit gewaltigem Eisenbart, vor Rick auf den Tresen.

Erst als der alte Mann sich umständlich erhob, bemerkte Rick, dass Mr. Overidge einen langen, silberfarbenen Hausmantel trug, so als ob er schon im Bett gelegen hätte und nur noch einmal kurz aufgestanden wäre, um die späten Gäste abzufertigen. Seine Vorliebe für die Farbe Silbergrau war jedenfalls überwältigend.

Rick streckte den Arm aus und reichte ihm die Hand. »Danke, Sir«, sagte er, »das ist sehr freundlich von Ihnen. Wir hätten gar nicht gewusst, wohin, wenn Sie uns fortgeschickt hätten. Wir sind völlig übermüdet, und außerdem ist mein Wagen defekt.«

Mr. Overidge nickte mitfühlend. Schon als er draußen vor der Tür im Dunkeln ihr Gepäck einsammelte, kam Rick das Verhalten des alten Mannes äußerst merkwürdig, das ganze Gespräch unwirklich vor. Aber dann vergaß er Mr. Overidge und sein feierliches Benehmen wieder, da er mehr als genug damit zu tun hatte, Rachel und ihre Gepäckstücke im Mondlicht zwischen endlosen Reihen dunkler Bungalows hindurchzumanövrieren. Rachel hatte sich bei ihm eingehängt, aber es kam Rick so vor, als ob sie sich nur noch widerstrebend von ihm mitziehen ließe. Mehrfach wandte sie sich im Gehen um, so als ob sie eigentlich lieber die Gegenrichtung nehmen würde, zur Straße zurück

und den Hügel auf der anderen Seite hinab. Aber dann drehte sie ihren Kopf jedes Mal wieder nach vorn und ließ sich weiter an den Bungalows entlangführen, deren Hausnummern im Mondlicht silberfarben funkelten.
Nummer Siebenundzwanzig befand sich tatsächlich am äußersten Ende der Motel-Anlage. Anstelle der einfachen, hell lackierten Türen, mit denen die anderen Bungalows versehen waren, wies dieser ein schwarzes Portal auf, das mit Schnörkeln übersät schien. Rick nahm sich vor, die Verzierungen und alles andere morgen näher in Augenschein zu nehmen. Im Moment interessierte ihn kein Schnitzwerk, und auch die altmodische Möblierung des völlig überladenen kleinen Zimmers nahm er nur in stumpfer Ergebenheit zur Kenntnis. Dunkelrote Plüschsessel, Schränke und Tische aus Mahagoni, darauf vergilbte Spitzendecken, Porzellanpüppchen, staubige Kristallpokale. Das Bett ein riesiger schwarzer Kasten auf krummen Biedermeierbeinen, darüber ein Bildnis der Muttergottes, die mit rätselhaftem Entsetzen auf einen Punkt außerhalb des Bildes sah.
Rick nestelte sich Jeans, Turnschuhe, T-Shirt vom Leib und fiel aufs Bett, das so weich war, dass Decken und Matratzen beinahe über ihm zusammenschlugen. Rachel war noch im Bad, und er nahm sich vor, erst einzuschlafen, wenn sie neben ihm läge, er sie an sich gezogen, geküsst, ihr »Schlafen Sie gut, Misses Nadar« ins Ohr geflüstert hätte, als kleinen zärtlichen Scherz, der auch seine Bemerkung, die er vorhin zu Mr. Overidge gemacht hatte, nachträglich in ein spaßhaftes Licht rücken würde. Aber noch während er sich all das vornahm und das mulmige Gefühl in seinem Innern durch sämtliche Schichten seiner Erschöpfung hindurch wie ein Netz aus hoch sensiblen Alarmdrähten vibrieren spürte, fielen ihm die Augen zu, und Rick schlief ein.

Ein heller, sirenenhaft schwankender Sirrton. Auf und ab. Laut und leise. Hell und noch etwas heller. Rick saß an seinem Schaltpult im Security Center und hatte alles vollkommen unter Kontrolle. Rote Lichter leuchteten auf, und er wusste sofort, welche Knöpfe zu drücken, welche Hebel umzulegen waren. Zack – und wieder Stille. Die Armaturen hörten auf zu blinken. Die Monitore zeigten nur noch friedliche Standbilder. Ein leerer Platz bei Nacht. Eine verlassene Straße. Ein dunkler Flur. Eine leere Betthälfte – leere Betthälfte? Schon begann wieder das nervtötende Sirren. Hoch und runter. Wie wenn Draht auf Eisen reibt. Und alle Lampen im Security Center blinkten und flackerten jetzt in Echsengrün und Dottergelb und Ochsenblutrot. Auf allen Monitoren die leere Betthälfte, die leere Betthälfte, die leere Betthälfte...

Mit einem Schrei fuhr Rick aus dem Schlaf. Sah um sich und hatte nicht die blasseste Ahnung, wo er war, wie er hierher geraten war. Ein winziges Zimmer, mit uraltem Plunder voll gestopft. Plüschsessel, so wulstig, dass ihm gleich Tante Ida einfiel, die Schwester seiner Mutter, die ihn als kleinen Jungen in erstickende Umarmungen gezogen hatte. Die Porzellanpüppchen im Schrank schienen verstohlen zu grinsen, als ob sie viel mehr wüssten als er. Irgendwo draußen erklang wirklich so ein helles, beharrliches Sirren, wie von Draht auf Eisen, nur viel leiser als in seinem Traum.

Die Betthälfte neben ihm war tatsächlich leer, Kissen und Laken glatt, als ob dort nie jemand gelegen hätte. Niemand?, dachte er dann. Aber wo ist Rachel? Wir sind hier im *Overidge*-Ding, und Rachel sollte neben mir liegen und... Mühsam richtete er sich auf und stellte fest, dass seine Hände zu Fäusten geballt waren. Er hievte seine Beine über den Bettrand und stemmte sich hoch. Was war nur los mit ihm? Sein Kopf voller Nebel, als ob er ein Schlafmittel geschluckt hätte. Auf Wattebeinen tapste er über den zertretenen Teppich mit dem altmodischen Lebensbaummotiv.

Seltsam, diese trübgelbe Deckenfunzel, die sah doch gestern Abend noch ganz anders aus? Mitten im Zimmer blieb er stehen, lockerte seine Hand- und Armmuskeln, die vollkommen verkrampft waren, versuchte sich zu erinnern. Blödsinn!, dachte er dann, was interessierte ihn jetzt die dämliche Deckenlampe? Er ging zur Badtür, zog sie auf, musste sich mit der rechten Hand am Türrahmen abstützen. »Rachel?« Keine Antwort, wie auch, im Bad war niemand, nur sein eigenes Gesicht im Spiegel, das ihm trübgelb entgegenstierte.

»Rachel?« Er wandte sich wieder um, so schwerfällig wie ein angezählter Boxer. Ich hab's doch gespürt, dachte er, seit Wochen hab ich's ja geahnt – dass sie weggehen würde, dass sie mich verlassen würde. Dass sie mich nur deshalb noch an ihrer Seite geduldet hat, damit ich sie an den Ort bringe, wo ihr neues Leben beginnen soll. Ohne dich, Ricky, dich braucht sie nicht mehr. Das Herz klopfte ihm wild in der Brust, er musste sich zusammenreißen, damit er Rachels Namen nicht brüllte, mit überkippender Stimme aus sich herausschrie.

Wo konnte sie hingegangen sein, so mitten in der Nacht? Ob sie abgeholt worden war, von ihrer Familie, ihren Freunden, ihrem neuen Liebhaber, von wem auch immer – während er, Rick Nadar, wie ein dummer kleiner Junge in diesem Sarg von einem Doppelbett schlief? Von der Wand über dem Bettkasten sah die Muttergottes schreckensstarr zu ihm herüber. Aber ihr Blick schien durch ihn hindurch zu gehen, so als ob die Quelle ihres Entsetzens irgendwo hinter seinem Rücken läge, außerhalb des Bungalows, des ganzen *Overidge*. Jenseits des Hügels.

Und doch war es immer noch möglich, dass Rachel irgendwo dort draußen herumlief. Im Mondlicht zwischen den Bungalows oder über den Parkplatz des *Overidge*, weil sie nicht schlafen konnte oder weil sie irgendetwas im Auto vergessen hatte. Möglich, na klar, so wie es auch möglich war, dass der Mond nächste Nacht vom Himmel fallen würde. Und doch wusste jeder, dass es nicht zutraf. Der Mond würde nicht herunterfallen. Rachel war nicht mehr da. Sie hatte ihn verlassen. Wie Rick es seit Wochen und Monaten befürchtet, geahnt, immer deutlicher gespürt hatte. Eigentlich schon an ihrem ersten Abend, als er sie vom *Twilight* nach Hause gefahren und ihr hinterhergesehen hatte, wie sie zwischen den verwilderten Rosenhecken im Garten der alten Miss Lilly verschwunden war.

Verschwunden, verschwunden, dachte Rick, und er – er stand hier immer noch rum wie ein trotteliger Wachmann, der nicht bemerkt hatte, dass ihm alles, was er bewachen sollte, unterm Hintern weggeklaut worden war. Rick zwang sich, auf die Tür nach draußen zuzugehen. Immer noch fühlten sich seine Knie weich an, sein Herz klopfte wie wahnsinnig, gleichzeitig kam er sich vollkommen ausgelaugt vor, als ob er gerade alle vierzehn Treppen zu seinem Apartment in New Providence hochgerannt wäre.

An der Zimmertür blieb er schon wieder stehen, die Hand auf der Klinke. Schwarzes Holz, mit Schnitzereien und metallenen Intarsien übersät. Schlangen glaubte er zu erkennen, kleine Kreaturen mit hässlich verzogenen Gesichtern. Dann einen Erzengel, dem das wild durch die Luft geschwungene Flammenschwert zu einem grotesken Lavawulst zerfloss, noch bevor er seine Waffe in den Leib des riesigen Drachen bohren konnte, der den größten Teil des Türblattes einnahm.

Plötzlich glaubte Rick eine helle Stimme zu hören, die seinen Namen rief. »Ricky, Ricky!«

»Rachel?« Er riss die Tür auf, taumelte nach draußen, bekam nur vage mit, dass hinter ihm die Tür wieder ins Schloss fiel. »Rachel? Wo bist du denn?« Keine Antwort. Nur der Draht der elektrischen Leitung, die von einem Bungalow zum nächsten führte, vibrierte und rieb sich mit nervtötendem Schleifton an den Metallringen, durch die er am Giebel jedes Bungalows hindurchlief. »Ricky, Ricky, Ricky!« Das Sirren klang tatsächlich beinahe so, als ob eine unheimliche Geisterstimme seinen Namen riefe.

Wieder blieb Rick stehen, sah zu dem Draht hinauf, so als ob der die Ursache allen Unbehagens wäre. Dann schüttelte er den Kopf, rieb sich mit den Fäusten über Schläfen und Augen, trottete weiter, den düsteren Gang zwischen den Bungalows entlang.

Immer noch war es Nacht, mit einer Ahnung fahlen Morgengrauens. Aber die Luft war schwülheiß, viel wärmer und feuchter als gestern Abend, als sie hier angekommen waren. Immer wieder rief er Rachels Namen. Doch außer dem schwankenden Sirren, das ihn bis in den Traum verfolgt hatte, und dem Tappen seiner nackten Füße auf dem Steinboden war weit und breit nicht der leiseste Ton zu hören. Nur ganz am Rande bemerkte er, dass er praktisch nackt nach draußen gelaufen war, bloß mit seinen schwarzen Boxershorts bekleidet, aber darauf kam es jetzt wirklich nicht an. Es ging um Rachel, um ihn selbst, um ihre Zukunft.

Das wattige Gefühl in Kopf und Knien wollte nicht weichen. Von Rachel nirgendwo eine Spur. Die Drähte sirrten und vibrierten. »Ricky, Ricky!« Die ganze Anlage wirkte verlassen, so als ob die Gäste in der Nacht allesamt die Flucht ergriffen hätten.

Am Rand des Parkplatzes blieb Rick wieder stehen. Das bildete er sich doch alles nur ein, oder etwa nicht? Vielleicht gehörte das hier noch zu seinem Traum, vielleicht lag er ja immer noch in seinem Bett im Bungalow Nummer Siebenundzwanzig und träumte nur, dass er nach draußen gelaufen war, fast nackt, von dem sirenenhaften Sirren verfolgt? »Ricky, Ricky, Ricky!« Dass der ganze weite Platz leer war, obwohl sich hier gestern Abend Vans und Pick-ups und Limousinen gedrängt hatten?

Langsam ging Rick weiter, schaute ungläubig um sich, spürte den Schotter so deutlich unter seinen nackten Sohlen, wie es ihm im Traum niemals passiert war. Die Steine, die sich in seine Füße drückten, die weiche, warme, widerlich feuchte Luft, die sich wie ein Ölfilm auf seine Haut legte.

»Rachel?« In immer größeren Abständen, mit immer weniger Hoffnung rief er ihren Namen, während er über die riesige leere Fläche ging, auf seinen Mustang zu, der am anderen Ende des Platzes unter dem kahlen Baum stand. Über der abgestorbenen Krone schwebte der Neonschriftzug *Overidge Motel*, ein silbriger Heiligenschein über der Silhouette eines aufrechten Leichnams.

Als Rick endlich bei seinem Auto war, fühlte er sich so ausgepumpt, dass er sich erst mal gegen den Kotflügel lehnen musste. Was war nur mit ihm los? Das kam bestimmt von dieser eigenartigen Schwüle, die Luft fühlte sich klebrig an, als ob warmer Schlamm vom Himmel fiele. Aber als er nach oben schaute, war die Nacht sternenklar. Mehr denn je ähnelte der Mond einer hochschwangeren Riesin, die sich so weit wie möglich ins Hohlkreuz geworfen hatte, und um sie herum glitzerte und funkelte ihre unabsehbare Kinderschar.

Die Fahrertür seines Mustangs war seltsamerweise nicht verschlossen. Rick zog sie auf und ließ sich auf den Sitz fallen. Vielleicht hatte sich der Motor ja über Nacht ein wenig erholt? Auf dem Rücken und an seinen Beinen spürte er die rissige Kühle des Kunstlederbezugs. Seine Hand tastete unter dem Lenkrad herum, und komischerweise steckte der Schlüssel im Zündschloss. Er drehte ihn herum, der Anlasser orgelte, keuchte kurz auf und erstarb. Rick wartete einige Sekunden, probierte es noch einmal – nichts. Keine Antwort, auch hier keine Antwort mehr.

Minutenlang saß er einfach so da, starrte durch die Scheibe nach draußen. Der schmierige Film hatte sich auch auf das Fensterglas gelegt und verlieh allem einen Stich ins Gelbe. Dem toten Baum, den verlassenen Bungalows, dem nächtlichen Himmel. Und der hoch gewachsenen, breitschultrigen Gestalt, die er auf einmal neben dem Baum bemerkte – Mr. Overidge!

Rick beeilte sich, die Wagentür wieder zu öffnen und auszusteigen. Warum nur fiel ihm jede Bewegung so schwer, als ob er Bleimanschetten um Hand- und Fußgelenke trüge? Mühsam trottete er zu dem alten Mann hinüber, der neben dem Baum stand und ihm seinen Rücken zuwandte. Jedenfalls nahm Rick an, dass es sich um den Hotelbesitzer handeln musste, denn der Mann hatte graues Haar und trug wieder seinen beeindruckenden silberfarbenen Hausmantel, der ihn ein wenig wie den gütigen Gottvater altmodischer Märchen wirken ließ.

»Mister Overidge!«, rief Rick ihm im Näherkommen zu. »Entschuldigen Sie, Sir, eine Frage, bitte.« Der alte Mann blieb stehen, wo er stand, wandte sich nicht um zu ihm und ließ mit keiner Regung erkennen, dass er Ricks Gegenwart bemerkt hätte. »Mister O–«, setzte Rick neu an, aber weiter kam er nicht. Er war neben den Hotelbesitzer getreten und schaute wie Mr. Overidge von der Kuppe, auf der das Motel stand, hinab ins Tal.

Zu seinem Erstaunen glitzerten und funkelten dort unten die zahllosen Lichter einer großen Stadt. Das musste natürlich Idleton sein, und im Grunde war es auch überhaupt nicht erstaunlich, dass die Stadt dort in der Senke unter ihnen lag. Schließlich hatte die Kellnerin im Valley ihm gestern noch den Hügel gezeigt, auf dem das *Overidge* liegen und hinter dem Idleton beginnen sollte. Und doch kam es Rick sonderbar vor, dass er die ganze Zeit so nah bei der Stadt gewesen war und nichts davon gewusst, nicht das matteste Glit-

zern ihrer Lichter bemerkt hatte, die doch am Abend, als sie hier angekommen waren, bestimmt auch schon im Dunkeln gefunkelt hatten.
»Entschuldigen Sie, Sir«, wiederholte Rick. »Mein Name ist Rick Nadar, sicher erinnern Sie sich – der späte Gast von Nummer Siebenundzwanzig.«
Erst der Klang dieser Zahl schien Mr. Overidge aus seiner Versunkenheit zu wecken. Er drehte ein wenig seinen Kopf mit dem weißen Vollbart und sah Rick unter struppigen Augenbrauen an. »Mister Nadar, natürlich.«
Verblüfft musterte Rick den alten Mann. Hatte Mr. Overidge nicht gestern Abend noch einen kurz gestutzten Vollbart getragen? Jetzt sah er wahrhaftig ganz wie ein altmodischer Gottvater aus. In einer gewaltigen schneeweißen Woge wallte ihm der Bart bis zum Gürtel seines silberfarbenen Mantels hinab. Aber es war natürlich nicht möglich, dass dem Hotelbesitzer binnen weniger Stunden ein so biblischer Bart gewachsen war. »Ich suche meine Frau, Rachel«, sagte er. »Sie haben sie nicht zufällig gesehen?«
Doch der alte Mann hatte sich schon wieder von ihm abgewendet und sah auf die Stadt hinunter, deren gelbliches Glitzern Rick wenig geheuer schien.
»Mister Overidge«, sagte er in drängendem Tonfall, »haben Sie nicht eine schwangere junge Frau bemerkt, in einem grün und gelb getupften Umstandskleid? Sie muss hier vor kurzem vorbeigekommen sein. Bestimmt ist Rachel nach Idleton runter, sie wollte ja schon gestern Abend dorthin gehen.«
»Idleton?« Mr. Overidge schien ihn nun zum ersten Mal richtig wahrzunehmen. Er blickte Rick an, sein Gesicht plötzlich von Zorn und Schmerz erfüllt. »Gehen Sie nicht dort hinunter, junger Mann«, rief er aus und deutete mit ausgestrecktem Arm auf die Stadt. »In Idleton haust die Sünde, dort nistet das Laster!« Seine Augen glitzerten glasig im Schein des Neonlichts, und Rick fragte sich, ob der alte Mann vielleicht getrunken hatte.
»So schlimm wird es schon nicht sein«, sagte er und bemühte sich um einen leichten Tonfall. »Ich muss jedenfalls weiter. Gute Nacht, Sir.« Und er wollte an Mr. Overidge vorbei und auf die Straße treten, die mit steilem Gefälle zur Stadt hinunterführte.
»Geh nicht dort hinab!« Der alte Mann hielt Rick an der Schulter fest. »Verderben und Tod haben Besitz von der Stadt ergriffen! Jeder Mann, der sich in diesen Pfuhl wagt, kommt qualvoll ums Leben!«
»Aber Mister Overidge, ich bitte Sie.« Mit unerwarteter Kraft hielt ihn der Hotelbesitzer noch immer an der Schulter fest. Rick fragte sich, ob er seine Hand einfach abschütteln sollte, aber er scheute sich, gegenüber einem so alten Mann grob zu werden. »Es ist eine Stadt, nichts weiter, Sir.«

»Eine Stadt, sagst du? Nichts weiter, sagst du?« Anstatt ihn loszulassen, legte Mr. Overidge auch noch auf Ricks zweite Schulter eine große, weiß behaarte Hand. »Wie oft habe ich schon mahnend meine Stimme erhoben, aber sie wollten ja niemals hören!« Er bohrte seinen Blick in Ricks Augen. In diesem Moment schien Rick alles möglich – dass Mr. Overidge ihn an sich ziehen und ihm seine Greisenlippen auf den Mund pressen oder dass er ihn im Gegenteil mit der ganzen Kraft seiner beiden Hände von sich stoßen würde. Doch Mr. Overidge tat nichts dergleichen, er begnügte sich damit, Rick zu schütteln, und rief aus: »Schon der Name sagt doch alles – Idleton! Eitler Götzendienst! Die ganze Stadt ist ein einziger Götzentempel geworden!«

»Bei allem Respekt, Sir, das sehe ich anders.« Er entschloss sich nun doch, sich aus Mr. Overidges Griff zu befreien, denn der Alte hörte einfach nicht auf, ihn zu schütteln. »Ich arbeite in der Computerbranche, Security, um genau zu sein.« Mit einem sanften Ruck warf er Mr. Overidges Hände ab und trat vorsichtshalber einen Schritt zur Seite. »In meiner Branche, Sir, bedeutet ›Idle Status‹ ganz einfach ›System außer Betrieb‹.«

Versonnen sahen er und Mr. Overidge wieder auf die Stadt hinab. Als er gestern das erste Mal den Namen Idleton auf einem Straßenschild gelesen hatte, war ihm ein ganz anderes Bild in den Sinn gekommen. *I-doll*, Ich-Puppe. Wieder einmal hatte er daran denken müssen, wie sehr er sich in seinem tiefsten Innern als Marionette in Rachels Händen fühlte, eigentlich schon von der Sekunde an, als sie im *Twilight* neben ihm auf den Barhocker geglitten war. Es war immer noch ein ganz und gar ungewohntes Gefühl für ihn, selbst nach einem halben Jahr mit Rachel, aber es war keineswegs unangenehm – im Gegenteil, es war behaglich wie ein Kokon. Allerdings auch so einengend und umschnürend. Manchmal hatte Rick sich in den letzten Monaten bei eigenartigen Gedanken ertappt – dass Rachel ihn beschützte, dass sie so viel stärker als er selbst sei, dass ihm an ihrer Seite eigentlich gar nichts Schlimmes passieren könnte, dass er jetzt also endlich aufhören könnte, sich allein gelassen, ausgestoßen, wie von Feinden umzingelt zu fühlen. Aber gerade nach solchen Gedanken verspürte er nicht selten auch den Drang, gegen Rachel aufzubegehren, sich ihrer sanften Herrschaft zu entwinden, nicht länger tatenlos zuzusehen, wie er mehr und mehr von ihr abhängig wurde, im Grunde wie ein kleiner Junge von der großmächtigen Mama. Und dann begann er meistens nach anderen Mädchen Ausschau zu halten und von einer lockeren Liebschaft zu träumen, wie er sie früher immer bevorzugt hatte – zärtlich, aber unverbindlich, jedenfalls von seiner Seite aus.

Aber wie kam er überhaupt dazu, hier nachts auf dem Parkplatz herumzustehen und sich sinnlosen Betrachtungen hinzugeben? Den alten Hotelbesitzer gingen diese Hirngespinste nun wirklich nichts an, und er machte auch nicht den Eindruck, als würde er sich für derlei interessieren. Er war Gottvater, auch wenn er irgendwie angeschlagen wirkte. »Gute Nacht, Sir«, wiederholte Rick und setzte sich in Bewegung, die Straße hinunter, ehe Mr. Overidge ihn erneut an der Schulter packen konnte.

»Hüte dich vor der Brut der Bestie!«, schrie der alte Mann hinter ihm her. »Komm zurück, ich beschwöre dich! Es werden immer mehr, vor langer Zeit schon wurde prophezeit, dass sie eines Tages zurückkehren würden. Warte!«

Hinter sich hörte Rick die taumelnden Schritte des Alten, seinen heiseren Redeschwall, aber er ging weiter, so schnell er irgend konnte.

Hinter einer Biegung tauchten schon die ersten Häuser von Idleton auf, hoch aufragend, glatte Metall- und Glasfassaden. »Grabt nicht in die Tiefe!«, hörte er Mr. Overidge keuchen, abgeschlagen und so atemlos, dass kaum mehr etwas zu verstehen war. »Lasst das dort unten ruhen!«

Endlich erstarb hinter Rick der unheilschwangere Redeschwall, auch die unsicheren Schritte des alten Mannes waren nicht mehr zu hören. Er atmete auf und wischte sich über die Stirn. Der Schweiß lief ihm nur so aus den Haaren, tropfte ihm über Brust und Rücken. Eigentlich konnte er froh sein, dass er nicht mehr als das Allernötigste am Leib trug. Obwohl es auch einigermaßen peinlich werden konnte, wenn Leute ihn sahen, wie er mehr oder weniger nackt durch die Straßen ihrer Stadt lief. Aber noch war es eher Nacht als Morgen, und niemand außer ihm war hier am Stadtrand unterwegs. Außer ihm und Rachel, korrigierte er sich. Bestimmt war Rachel wieder im Schlaf gewandelt, wie er es ja gestern Abend schon beobachtet hatte. Und in ihrem Zustand konnte sie nicht besonders weit gekommen sein, feuerte sich Rick an, bestimmt würde er sie hinter einer der nächsten Straßenbiegungen entdecken, wie sie an einer Hauswand lehnte oder auf der Bank in einem Bushäuschen saß. Traumverloren würde sie ins Leere sehen und dem Kind in ihrem Bauch mit kreisenden Fingern geheimnisvolle Signale senden. Und wenn sie ihn dann erblickte, würde ein Lächeln über ihr Gesicht gehen, er würde sie bei der Hand nehmen und nach Hause bringen, dachte Rick und lief weiter, so schnell der Nebel in seinem Kopf und die Watte in seinen Knien es ihm erlaubten.

7. KAPITEL
MAKABARETT

Für jede Richtung gab es vier Fahrspuren, dafür waren die Gehsteige so schmal, als ob die Bewohner von Idleton so selten wie möglich zu Fuß gingen. Kein Wunder, dass Rachel sich von dieser Stadt angezogen fühlte, dachte Rick und musste sogar ein wenig grinsen. Dabei fühlte er selbst sich so ausgelaugt, dass er kaum mehr einen Fuß vor den anderen brachte. Diese stickige Schwüle, das war doch nicht normal? Vorgestern in den Bergen hatte er noch am hellen Tag gefroren, und jetzt lief er hier im Morgengrauen durch die Stadt und glaubte vor Hitze fast umzukommen. Wurden in den Musicals nicht immer die linden Lüftchen von Lillison besungen? In Idleton schienen allenfalls Winde aus dem Rachen von Lindwürmern zu wehen. Einen scheußlichen Durst hatte Rick, die Zunge klebte ihm am Gaumen, und seine Kehle fühlte sich an, als ob er Sand geschluckt hätte. Sehnsüchtig sah er sich nach allen Seiten um, aber um diese Stunde wirkte das ganze Viertel noch wie ausgestorben. Kein Auto auf der Straße, hinter keinem Fenster ein Lichtschein. Keine offene Bar, kein Frühcafé weit und breit.

Dabei gefiel ihm dieses Idleton eigentlich ziemlich gut. Die Häuser waren in einem klaren, sachlichen Stil erbaut, der ihm immer schon zugesagt hatte. Kein Durcheinander dürftiger Häuschen, die sich aneinander festhalten mussten, um nicht nach vorne auf ihr steinernes Gesicht zu fallen – wie beispielsweise in der Lower Street, New Providence. Nein, hier in Idleton waren die Häuser allesamt mindestens fünfundzwanzig Stockwerke hoch, ihre Fassaden mit Glas und Metall verkleidet. Wie die Server im Rechenzentrum der Halbleiterfabrik standen sie ordentlich nebeneinander, und im Grunde ähnelten sie mehr Maschinen als Wohnhäusern, in denen Leute lebten, stritten, einander betrogen und verließen. Hier herrschten klare Verhältnisse, alles wirkte wie mit dem Lineal gezogen. Von Brutstätten des Lasters und Verderbens, die Mr. Overidge mit Prophetenstimme heraufbeschworen hatte, war weit und breit nichts zu sehen.

In einem anderen Punkt musste Rick dem alten Mann aber trotzdem Recht geben – irgendetwas Seltsames schien mit dieser Stadt zu passieren. Und anscheinend hing es mit der stickigen Schwüle zusammen, mit dem gelblich-schmierigen Film, der jeden Zoll von was auch immer bedeckte, seine Haut, die geparkten Autos, die Hausfassaden, den Gehsteig, die Straße – alles. Besonders der Boden schien von dem gelblichen Aussatz betroffen zu sein, so als ob Stein und Asphalt das Zeug ausschwitzen würden, was ja eigentlich nicht sein konnte. Mittlerweile war Ricks Mund so ausgedörrt, dass sogar die Wörter, die er nur dachte, in seinem Kopf so klangen, als ob ihm die Zunge am Gaumen klebte.

Er schleppte sich weiter die Straße entlang, da ihm schließlich keine andere Wahl blieb. Irgendwo musste Rachel doch abgeblieben sein? Er würde nach ihr suchen, solange seine Kräfte reichten, seine immer noch watteweichen Beine ihn halbwegs trugen. An einer Straßenecke bemerkte er einen Wasserspeier und ging hoffnungsvoll darauf zu. Eine marmorne Drachenfratze, aus deren Rachen ein dünner, gelblicher Strahl in ein Becken lief, das wie ein halbiertes Riesenei geformt war. Argwöhnisch hielt Rick eine Hand in den Strahl und zog sie gleich wieder zurück, die Brühe war so klebrig und warm wie Blut. Ekel schüttelte ihn, schnell wischte er die Hand an seiner Hose ab. Was hatte das nur zu bedeuten? Wieso rann aus diesem Wasserspeier eine solche Brühe, obwohl das Schildchen darüber Trinkwasser verhieß? Den Schriftzug hatte Rick allerdings erst entziffert, nachdem er den darauf haftenden Schmierfilm mit dem Daumen bearbeitet hatte.

Unterdessen war es ein wenig heller geworden, jedenfalls kam es Rick so vor. Der Himmel war immer noch dunkelgrau, mit einem Stich ins ekelhaft Gelbe, und zwischen den Häusern waberte feuchtheiße Luft wie giftiger Nebel. Die ganze Stadt wirkte mehr und mehr wie eine riesige Maschine, die urplötzlich in Dschungelklima geraten war. Die Metallfassade des Hauses, an dem er gerade vorbeiging, schimmerte feuchtgelb, als ob sie mit irgendeiner abstoßenden biologischen Substanz überzogen wäre. Wenn ich nicht bald was zu trinken bekomme, dachte Rick, falle ich hier auf dem Gehsteig einfach um. Oder nein, lieber würde er weiter und weiter vorantaumeln, bis er zu einem Gebilde aus Haut und Knochen ausgedörrt wäre. Lieber das, als

mit dem Gesicht in eine der klebrigen Pfützen zu fallen, zu denen das gelbe Zeug sich auf dem Boden mancherorts schon sammelte.

Er gelangte zu einer Kreuzung, hinter der anscheinend die inneren Stadtviertel begannen. Die Straße wurde hier jedenfalls noch breiter, und vereinzelt fuhren nun auch Autos an ihm vorbei. Die Fahrer hatten ihre liebe Mühe, durch die verschmierten Scheiben irgendetwas zu erkennen. Zum Beispiel, dass die Straßenlaternen zuckten und flackerten und die Ampellichter so schnell von Rot auf Grün und wieder zurück sprangen, dass Rick vom bloßen Hinsehen ganz schwindlig wurde. Offenbar war die gesamte elektrische und elektronische Steuerung außer Kontrolle. Idleton, dachte Rick wieder, Stadt außer Betrieb. Von den Brutstätten der Sünde, die Mr. Overidge angekündigt hatte, war allerdings noch immer nichts zu sehen. Die Stadt machte auch hier in den inneren Bezirken einen verlassenen Eindruck. Rick hatte es kaum gedacht, da fiel in der ganzen Straße die Beleuchtung aus, und es wurde so dunkel, dass er unwillkürlich stehen blieb.

Als die Laterne über ihm flackernd wieder anging, leuchtete gleichzeitig ein unscheinbares Schild über der Tür auf, vor der Rick gerade stand. *MakaBARett* stand darauf, und Rick drückte auf die Klinke und stellte erleichtert fest, dass die Bar geöffnet war.

Die junge Frau hinter dem Tresen musterte ihn aus schräg geschnittenen Augen. Katzenaugen, dachte Rick und musste an Thena denken, das Mädchen, das sie gestern im Auto mitgenommen hatten. »Einen doppelten Espresso, bitte«, sagte er, »und ein Glas Wasser gegen den Durst.«

Sie sah ihn an, als überlegte sie, ob sie lächeln oder ihm die Nase abbeißen sollte. Ihr mädchenhaft schlanker Körper steckte in einem eigenartigen Gewand, eine Mischung aus schwarzem Pelz und schillerndem Schlangenleder. Unbehaglich rutschte Rick auf seinem Barhocker hin und her. Schließlich öffnete sich ihr Mund zu einem Lächeln, das eher schon einem Zähnefletschen ähnelte. Ziemlich unheimlich, die Gute, dachte Rick, genauso wie der ganze Laden hier. Schummrig wie das Innere einer Grotte, mit einer schimmelfarbenen Beleuchtung, die an den Teppichboden aus dem *Python Resort* erinnerte. Die ganze Dekoration des Ladens zeugte von einem mehr als bizarren Geschmack. Beispielsweise die Knochenapplikationen in dem Tresen, vor dem Rick Platz genommen hatte. Er fuhr mit der Hand darüber, es fühlte sich an, als ob die Platte mit Schlangenhaut bespannt worden wäre. Darunter wölbten sich winzige Knochen und metallische Einsprengsel. In einer Wandnische bemerkte er einen Totenkopf, der halb ins Mauerwerk eingearbeitet schien. Glücklicherweise war es hier drinnen so düster, dass die meisten makabren Einzelheiten seinem Blick entzogen blieben. Und ebenso erfreulich war, dass die Barfrau schließlich doch noch aufgehört hatte, ihn zähnefletschend anzusehen.

Stattdessen machte sie sich jetzt an eigenartig geformten Apparaten hinter der Theke zu schaffen. Das Gerät, aus dem sie eine Flüssigkeit in einen Becher rinnen ließ, erinnerte Rick an die Ritzzeichnung von der Felswand hinterm *Hunter's Castle*. Er schaute genauer hin, denn das konnte ja wirklich nicht sein. Aber als er sich über den Tresen beugte, um den seltsamen Apparat schärfer ins Auge zu fassen, war er tatsächlich haargenau wie der höhlenartige Uterus geformt, in dem auf dem Felsstück und auf Thenas Skizze ein skelettiertes Baby gesessen hatte.

»Das Glas Wasser gegen den Durst«, sagte die Barfrau und stellte den knochenfarbenen Becher auf die Schlangentheke. Vorsichtig setzte er das Ding an seine Lippen und nippte von der Flüssigkeit. Sie war lauwarm, klebrig und schmeckte so eigenartig, dass ihn ein krampfhaftes Zucken befiel, als der erste Tropfen seine Zunge berührte. Aber die Barfrau beobachtete ihn mit so finsterem Gesichtsausdruck, die Augen zu Schlitzen zusammengekniffen, dass er den Becher mit vorgetäuschter Gelassenheit auf den Tresen zurückstellte, ohne sich auch nur mit einem Sterbenswörtchen zu beschweren.

Aus einem weiteren Apparat, der in einen verdächtigen Schlauch mit Schlangenkopf auslief, ließ sie nun eine schwarze, dampfende Brühe in eine Tasse fließen. »Und der doppelte Espresso«, verkündete sie und stellte die Tasse neben dem Knochenbecher auf den Tresen.

Rick wollte ihr danken, aber im selben Moment schaltete sie laute Musik ein, einen wütenden Disput von Trommeln und keifenden Muschelflöten. Behutsam fasste er nach dem Griff seiner Tasse, deren Porzellan ihm fast so dünn und durchscheinend vorkam wie die Haut rothaariger Mädchen. Wieder nippte er, doch der Kaffee war so brennend heiß, dass er sich den Mund verbrühte. Die Barfrau wandte sich kurz um zu ihm, und diesmal grinste sie so breit und hämisch wie die schwarze Katze in jenem Traum, der Rick um sein zwölftes, dreizehntes Jahr herum mehrfach heimgesucht hatte. Es war im Grunde die Fortsetzung jenes Traums von der Katze gewesen, die ballonhaft angeschwollen war, als er sie gestreichelt hatte. Aber in diesem zweiten Traum hatte sich die Katze nicht damit begnügt, ihn zu schubsen, anzuknurren und ihm schließlich in den Zeigefinger zu beißen. Sie hatte ganz genauso breit und hämisch gegrinst wie gerade die Barfrau, dann hatte sie ihr Maul weit und immer weiter aufgesperrt und Rick mit einem einzigen Biss in sich hineingeschlungen.

Rick blies vorsichtig in seinen Kaffee. Doch als er wieder davon nippte, war das Zeug immer noch kochend heiß. Er beschloss, erst einmal die Toilette aufzusuchen, sich den Schweiß und das ekelhafte gelbe Zeug von Gesicht und Händen zu spülen. Rick schaute sich um und entdeckte im Hintergrund der Bar zwei nebeneinander liegende Türen, auf denen kleine Bildnisse angebracht waren. Doch anstelle der üblichen, mehr oder weniger schmucklosen Piktogramme waren es winzige Skelettfiguren. Der Knochenmann war in stehender Haltung dargestellt, die Beine ein wenig gespreizt, mit einer Hand vor seinem Becken hantierend. Die Knochenfrau dagegen saß in der Hocke, ihr Unterleib glich einem Totenschädel, und aus dem grinsenden Mund fiel gerade kopfüber ein skelettierter Fötus heraus.

Rick beschloss, seine Pläne zu ändern. Plötzlich klopfte ihm das Herz wieder wie wild in der Brust. Die Hände waschen konnte er sich auch anderswo, und lieber würde er verdursten, als auch nur noch einen Tropfen von dem klebrigen Zeug aus dem Becher oder von der kochend heißen schwarzen Brühe zu trinken. Er gab der Barfrau ein Zeichen. Sie beugte sich zu ihm über den Tresen, so dass er ihr seine Wünsche ins Ohr schreien konnte. »Haben Sie vielleicht eine junge Frau bemerkt, die in den letzten ein, zwei Stunden hier die Straße entlanggekommen ist?«

Die Barfrau richtete sich wieder auf, mit einer Handbewegung stellte sie die Musik so leise, dass es Rick in den Ohren sauste. »Schwanger?«, fragte sie. Rick nickte. »Ja, genau«, sagte er eifrig. »Sie heißt Rachel, und sie trägt so ein gelb-grün getupftes Umstandskleid.« Die Barfrau sah ihn aus schrägen Augen an. »Haben Sie mein Mädchen also gesehen?«, fragte Rick, doch sie starrte ihn nur weiter an, ohne mit einer Wimper zu zucken. Endlich hob sie die Schultern und ließ sie wieder fallen, und als wäre sie auf geheimnisvolle Weise mit dem Elektrizitätswerk von Idleton verbunden, fiel im selben Moment wieder mal der Strom aus. Die Musik erstarb mit einem Jaulen, es wurde stockdunkel, und Rick bekam eine Gänsehaut.

Als das Licht wieder anging, die Musik leiernd weiterlief, die Apparate hinter dem Tresen zischend und gurgelnd wieder zum Leben erwachten, standen zu seinem Erstaunen drei Barfrauen hinter der Theke. Er schaute von einer zur anderen, von dieser zur dritten, sie sahen vollkommen gleich aus. Die gleichen schrägen Katzenaugen, hohen Wangenknochen, die gleichen

eigenartigen Gewänder, eine Mischung aus schwarzem Fell und schillerndem Schlangenleder.
»Drillinge, wie?«, sagte er. Sie verzogen keine Miene. Auch in seinen eigenen Ohren klang es nicht wie ein gelungener Scherz. Unverwandt sahen sie alle drei ihn an, und aus den Lautsprechern sickerte immer noch der zornige Streit der Trommeln und Muschelflöten. Es klang ungefähr wie die Musik, die sie damals in dem Film mit den uralten Pyramidenstädten und der Göttin mit dem Erdkugelbauch gespielt hatten, eigenartig kreischende Melodien, die den Kampf von Geistern und Dämonen darstellen sollten und ausnahmslos mit Instrumenten erzeugt wurden, die aus menschlichen Knochen, aus Menschenhaut und Menschenhaaren bestanden. Jedenfalls hatte der Sprecher im Film das behauptet, und Rick war mehr denn je geneigt, ihm Glauben zu schenken. Er beschloss zu gehen. »Zahlen«, sagte er zu den Katzenfrauen und tastete nach seinem Kleingeld.
Wo er die Münztasche seiner Jeans vermutet hatte, fühlte er dünnen Baumwollstoff. Erschrocken sah er an sich herunter, und in diesem Augenblick erst wurde ihm richtig bewusst, dass er praktisch nackt war. Er hatte nichts dabei, keine Brieftasche, keine Kreditkarte, nicht mal ein paar Münzen. Er trug nichts als seine schwarzen Boxershorts, und das machte ihn so fassungslos, dass er zu zittern begann, sein Kopf ganz leer wurde, er nur mit großen Augen von einer Barfrau zur nächsten sehen konnte. Was ist denn überhaupt passiert?, überlegte er fieberhaft, und nach und nach fiel ihm alles wieder ein, aber so, wie man sich an irgendwann mal gesehene Bilder erinnerte. Das Motel, ich bin aufgewacht, Rachel war weg. Es kam ihm alles ganz unwirklich vor, viel weniger real als der Film über die Göttin mit dem Erdkugelbauch, die im Tempel unter der riesigen Pyramide angebetet worden war. Es kann ja nicht sein, dachte er wieder, dass ich praktisch nackt losgelaufen bin, nur mit diesen blöden Boxershorts?
Als Rick wieder aufschaute, schienen ihn die drei Katzenfrauen mit grimmiger Begierde zu betrachten. Ihre Blicke fuhren über seinen Oberkörper, den er bestimmt nicht verstecken musste, schließlich trainierte er dreimal die Woche mit Eisengewichten – aber das war noch lange kein Grund, in der Unterhose durch die Stadt zu laufen!
»Das macht acht Dollar«, sagte die mittlere der drei Barfrauen. »Wenn du nicht bezahlen kannst, geh dort hinten durch die Tür.«
Rick wandte sich nach rechts und schaute sich die Tür an, auf die sie mit einer Kopfbewegung gedeutet hatte. Was er sah, gefiel ihm noch viel weniger als die makabren Piktogramme auf den Toilettentüren. Das schwarze

Portal dort drüben war mit dem Bildnis einer sphinxhaft dreinblickenden jungen Frau verziert, deren gesamter Körper ein dicker, kugelrunder Katzenkopf war. Wo die Brüste der jungen Frau sein sollten, glotzten ihn stattdessen die Katzenaugen gierig und finster an. »Warum sollte ich das machen?«, fragte er und wünschte sich, dass seine Stimme gelassener klingen würde, nicht so ängstlich, beinahe schrill wie die Stimme eines kleinen Jungen.

»Um deine Schulden abzuarbeiten«, sagte die rechte Barfrau. Und die linke fügte hinzu: »*Abzudienen* wäre vielleicht das bessere Wort.«

Rick beschloss, nicht durch diese Tür zu gehen. Alle drei Barfrauen sahen ihn nun mit eindeutig hungrigem Gesichtsausdruck an. Ihre Blicke strichen über seine Schultern, seine Brust und noch weiter nach unten, als ob sie sich schon Stücke von ihm aussuchten, die sie nachher hinter jener Tür von ihm abbeißen wollten.

Er sprang vom Hocker, mit dem festen Vorsatz, zum Ausgang zu spurten, doch seine Beine versagten ihm den Dienst. Wie auf Gummifüßen, Watteknien, Nebelschenkeln wankte er durch die Bar, die ihm auf einmal riesengroß vorkam, mit Dutzenden feixender Totenköpfe in den Wandnischen und Vorhängen aus aufgefädelten Knochen, die er beim Hereinkommen überhaupt nicht bemerkt hatte. Mit wedelnden Armen fegte er die Vorhänge auseinander, taumelte hindurch, hatte plötzlich den Eindruck, dass nicht Totenknochen, sondern die Hände der Katzenfrauen auf seinen Schultern lagen, über seine Arme strichen, wagte es nicht, sich umzudrehen, durch einen Blick zu vergewissern, ob die hungrigen Barfrauen ihn wirklich verfolgten. Endlich war er bei der Tür, riss sie auf, taumelte hinaus.

Auf der Straße herrschte noch das gleiche gelbliche Morgengrauen wie vorhin, ein paar Autos schlichen vorbei, die Straßenlampen flackerten. Rick wandte sich nach rechts und lief und lief, den Hügel wieder hinauf, so schnell seine schwerfälligen Beine ihn trugen. Längst rann ihm der Schweiß wieder über die Wangen, den Rücken hinunter, aber er blieb erst wieder stehen, als seine Lunge brannte, seine Beine zitterten und ochsenblutrote Sterne vor seinen Augen tanzten.

Vorsichtig drehte er sich herum, darauf gefasst, die Katzenfrauen um die Ecke biegen zu sehen. Doch die Straße lag leer und verlassen hinter ihm, und Rick dachte, dass er sich wie ein Trottel, wie ein jämmerlicher Feigling, ein Nervenwrack kurz vor der Einlieferung benommen hatte. Vor diesen drei Weibern die Flucht zu ergreifen, nur weil sie sich wie Riesenkatzen aufgetakelt und ihre Bar mit diesem makabren Knochenzeug dekoriert hatten! Was war nur mit dem alten Rick Nadar los?

8. KAPITEL
VERSACKT

Ricks neuer Plan war eigentlich ganz einfach – er würde zurück zum *Overidge* gehen, schließlich konnte er nicht immer weiter nackt durch die Stadt laufen. Im Motel würde er sich irgendwas überziehen, seine Brieftasche einstecken, sich um den Wagen kümmern. Wenn erst der Mustang wieder lief, konnte er viel besser nach Rachel suchen, und vielleicht war sie ja auch längst wieder aufgetaucht, lag in ihrem Bett im Bungalow Nummer Siebenundzwanzig oder irrte ihrerseits in der Anlage herum, beunruhigt, weil er, Rick, urplötzlich verschwunden war.

Ein guter Plan, keine Frage, und das Problem war nur, dass diese verdammte Straße nicht mehr zum *Overidge* zurückzuführen schien. O doch, es war ganz genau dieselbe Straße, die Rick vorhin hügelab in die Stadt gelaufen war, da war er hundertprozentig sicher. Er erkannte es an unzähligen Einzelheiten, beispielsweise an dem Haus mit der Metallfassade, die allerdings plötzlich wie von Rost zerfressen aussah, oder dem Wasserspeier mit der Drachenfratze, die immer noch ihr gelbliches Rinnsal in das halbierte Riesenei spie. Und trotzdem führte die verdammte Straße nicht mehr zum Motel hinauf, es war zum Verrücktwerden! Dabei sah er doch schon das Neonschild dort oben auf der Kuppe, den wolkenförmigen Umriss, das silbrige Geisterlicht, den aufblinkenden Schriftzug, den er allerdings aus dieser Entfernung nicht richtig entziffern konnte.

Dieses Idleton war wie verhext, dachte Rick, aber diesmal würde es ihm gelingen, er würde den Gehsteig hinauftraben wie beim Endspurt des Marathonlaufs von New Providence, an dem er vor Jahren mal teilgenommen hatte. Rick senkte den Kopf und ballte die Fäuste. Wie schwerfällig seine Beine sich bewegten, so als ob flüssiges Blei in seinen Adern kreiste. Und doch kam er voran, schnaufend und stampfend, an den glatten Stein- und Glasfassaden entlang, hinter denen sich immer noch kaum irgendwer zu regen schien. So als ob die Stadt verlassen, von ihren Bewohnern größtenteils aufgegeben worden wäre. Aber das bildete er sich bestimmt nur ein, es schien ja immer noch sehr früh zu sein, eher Nacht als Tag, ein bleiernes Morgengrauen mit einem Stich ins giftig Gelbe.

Schritt für Schritt kämpfte sich Rick den Hügel hoch. Noch nicht aufschauen, ermahnte er sich, noch zehn Schritte, fünf, vier, drei... Doch als er schließlich den Kopf wieder hob, seinen Blick auf das silbrig blinkende Neonschild in der Höhe richtete, war das *Overidge* noch ganz genauso weit weg wie vor seinem Trab den Hügel hinauf. So als ob die Kuppe mit jedem Schritt, den er machte, um die gleiche Distanz vor ihm zurückweichen würde, was natürlich überhaupt nicht sein konnte, denn so etwas gab es höchstens in Träumen.

Er blieb stehen. Seine Brust hob und senkte sich, in der Seite spürte er ein schmerzhaftes Stechen. Nein, dachte er, es kann nicht sein, dass ich all das nur träume, dafür fühlt es sich zu wirklich an. Rick wischte sich über die Stirn, er schwitzte mindestens so sehr wie beim Marathonlauf von New Providence, der auch durch die Lower Street geführt hatte, zu seinem Entsetzen, darauf war er nicht gefasst gewesen. Viele Jahre lang war er nicht mehr dort gewesen, er hatte die Gegend nicht absichtlich gemieden, aber warum sollte man sich an einen Ort begeben, mit dem man praktisch nur albtraumhafte Erinnerungen verband? In einem Pulk von Kollegen und Kumpels war Rick an ihrem alten Haus vorbeigetrabt, erst in diesem Moment hatte er überhaupt mitbekommen, wo sie entlangliefen. Er hatte aufgeschaut, über die Schulter zurückgesehen, die hässliche Fassade betrachtet, mit dem Fenster in der ersten Etage, wo er und sein Vater damals gestanden hatten, und dann war er gestolpert, der Länge nach hingefallen. Es hatte ein schreckliches Durcheinander gegeben, ein anderer Läufer hatte ihn angerempelt und war gleichfalls zu Boden gegangen, weitere Sportler waren gestrauchelt und über sie gestürzt, mühsam hatte er sich endlich wieder aufgerappelt, von allen Seiten beschimpft, mit Häme und Hohn überschüttet, und das alles direkt vor ihrem alten Haus in der Lower Street.

»Hey, da oben ist noch einer!«

Rick schreckte zusammen, schaute um sich – dort unten, fast noch am Fuß der Hügelstraße, standen vier junge Männer. Sie gestikulierten, unterhielten sich lauthals, deuteten immer wieder zu ihm herauf.

»Auf, Jungs, den schnappen wir uns auch!« Tatsächlich setzten sie sich in

Bewegung, kamen mit raschen Schritten die Straße rauf. Einer von ihnen trug einen großen Sack über der Schulter, sein Nebenmann ein unförmiges Metallding, das im flackernden Schein der Straßenlaternen aufblitzte.
Rick bekam es mit der Angst zu tun. Was immer die Burschen vorhatten, er wollte nichts damit zu schaffen haben. Hektisch sah er an der glatten Front der Hausfassaden entlang, entdeckte eine Tür, rüttelte an der Klinke, aber sie war verschlossen. Doch da vorn, der schmale Gang zwischen den beiden Häusern mit der Spiegelglasverkleidung, das musste eine Passage sein. Rick beeilte sich, die paar Schritte hinter sich zu bringen. Die Stimmen der vier Jungs schallten mittlerweile so deutlich zu ihm herauf, als ob sie praktisch schon neben ihm stünden. Auf bleiernen Beinen trabte er in den Gang, dessen Wände und Decke gleichfalls verspiegelt waren. Daher erblickte Rick alles, was sich in der Passage befand, gleich dutzendfach gespiegelt, sich selbst, wie er nackt, verschwitzt und mit weit aufgerissenen Augen in den Gang taumelte, und das lange, silberfarbene Bündel, das mitten in der Passage am Boden lag.
Es hätte eine Teppichrolle oder sonst etwas Belangloses sein können, aber aus irgendeinem Grund wusste Rick sofort, dass es Mr. Overidge war. Seltsamerweise musste er ausgerechnet in diesem Moment an das Spiegellabyrinth denken, in dem er als ganz kleiner Junge mit seinem Dad herumgeirrt war. Schuldgefühl überflutete ihn, als er neben dem alten Mann auf die Knie fiel. Der Motelbesitzer lag auf dem Bauch, seine Arme unter dem Leib verborgen, auch die Beine und Füße waren von dem langen, silberfarbenen Mantel vollständig bedeckt. »Mister Overidge, Sir«, sagte Rick leise und berührte zaghaft die Schulter des alten Mannes. In seinem Rücken hörte er die aufgekratzten Stimmen der vier Jungs, die in wenigen Augenblicken die Passage erreichen mussten. Mr. Overidge war hinter ihm hergelaufen, dachte er, um ihn zu warnen, ihn zurückzuhalten, vor den Gefahren der Stadt zu beschützen. Und was hatte er getan? Er hatte den alten Mann abgeschüttelt, dem Verderben preisgegeben.
Rick fasste ihn bei den Schultern und drehte ihn vorsichtig um. Mr. Overidges Augen waren weit geöffnet, sein zerfurchtes Gesicht mit dem wallenden weißen Bart in einem Ausdruck äußersten Grauens erstarrt. Jemand hatte ihn umgebracht, und zu allem Überfluss war er auf grässliche Weise verstümmelt worden. Die Mörder hatten seine rechte Hand und den linken Fuß abgetrennt und offenbar mitgenommen, jedenfalls konnte Rick weit und breit keine Spur von Mr. Overidges Gliedmaßen entdecken. Panisch schaute er um sich und erblickte immer nur sich selbst, wie er neben

dem verstümmelten Leichnam kniete, und jetzt allerdings auch die vier Burschen, die von der Straße her in die Passage stürmten. Rick erhob sich, so schnell der Nebel hinter seiner Stirn und die Watte in seinen Beinen es erlaubten. Zwei von den Kerlen hielten Äxte in den Händen, der dritte eine Säge, der vierte schleppte den riesigen Sack. Bestimmt waren sie es, die den alten Mr. Overidge umgebracht, ihm Hand und Fuß geraubt hatten, und auch wenn Rick sich überhaupt nicht erklären konnte, was sie zu dieser wahnsinnigen Bluttat veranlasst hatte, war ihm doch vollkommen klar, dass sie vorhatten, auch seine Gliedmaßen abzuschneiden und in den unförmigen Sack zu stopfen, aus dem er jetzt dunkelrote Tropfen rinnen sah.

Ganz kurz überlegte er, ob er versuchen sollte, sich den Weg zur Straße hin freizukämpfen, immerhin war er ein guter Boxer, der es zur Not auch mit mehreren Gegnern aufnehmen konnte. Aber vier waren auch für ihn wenigstens einer zu viel, es waren zwar eher noch Jungs als Männer, doch sie hatten Waffen, und er besaß nur seine Fäuste und war außerdem in der miesesten Form seines Lebens. Also blieb ihm keine andere Wahl – Rick wandte sich um und lief tiefer in die Passage hinein, taumelnd und schnaufend, während die Kerle mit ihren Äxten und der Säge hinter ihm hergerannt kamen. Er hatte das hässliche Gefühl, dass er in eine Falle lief, und obwohl der Spiegelgang nicht vor einer verrammelten Tür endete, wie er befürchtet hatte, sondern mit einem Durchlass hinaus zu einer schmalen, dunklen Straße, wurde Rick das ekelhafte Gefühl nicht los, dass er seine Verfolger auf diesem Weg nicht abschütteln würde. Wenn sie glaubten, dass er auch nur den Schatten einer Chance hatte, ihnen zu entkommen, würden sie nicht so gelassen hinter ihm hertraben und sich unterwegs sogar Scherzworte zuwerfen, mit diesen aufgekratzten Stimmen, die immer noch in der Passage widerhallten, als Rick bereits den Durchlass hinter sich ließ und kurz innehielt.

Die Straße war eng und löchrig, eigentlich war es nur ein schlammbedeckter Weg. Links führte er hügelan, aber dort oben schien er sich schon nach kurzer Strecke in Sumpf und Gestrüpp zu verlieren. Von hier aus war offenbar erst recht kein Durchkommen zum *Overidge*, dachte Rick, also wandte er sich wieder nach rechts und lief das schmale Sträßchen hinab, das auf der Rückseite der Hochhäuser in steilem Gefälle zurück in die Stadt zu führen schien.

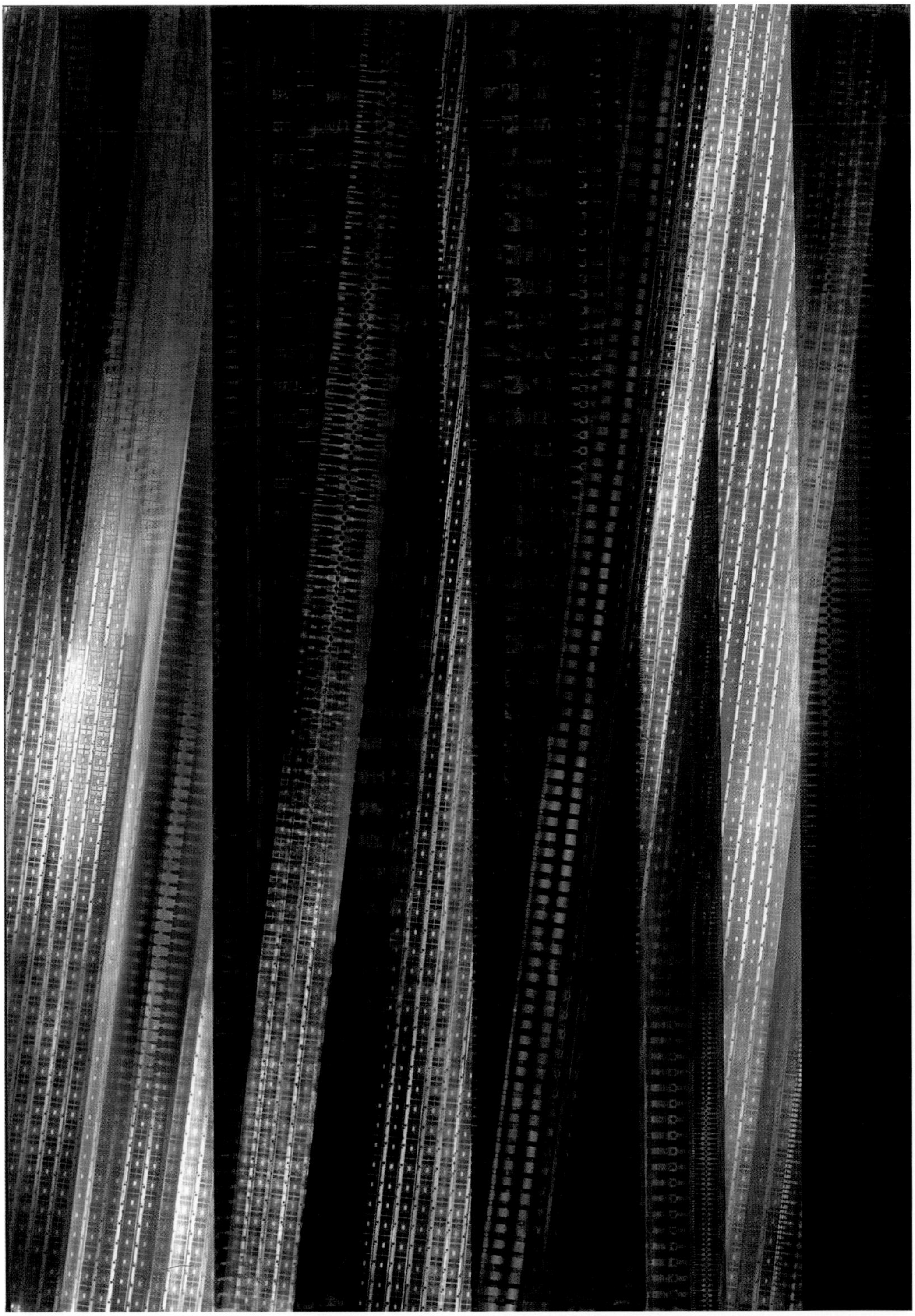

Von hinten sahen die Häuser überhaupt nicht wie Maschinen aus, sehr viel eher kamen sie Rick wie riesige Organismen vor, die starr im gelbstichigen Dämmerlicht hockten. Er trabte an den Rückfronten entlang, zwang sich, gleichmäßig zu atmen, lauschte immer wieder hinter sich, versuchte herauszubekommen, ob die verrückten Mörder noch hinter ihm her waren. Dabei ließ er die Hinterseiten der Häuser nicht aus dem Auge, sie schienen ihm mindestens so bedrohlich wie die vier Burschen mit dem Sack voller Hände und Füße. Gewaltige Rohre ragten aus den Bauten hervor, doch von hier hinten wirkten die Anlagen schadhaft und verwahrlost. Die Rohre waren rissig, eigenartig riechende Flüssigkeiten sickerten heraus und verwandelten alles, den Weg und die Ödflächen ringsum, in stinkenden Schlamm. Aus Löchern in den Fassaden quoll ein Wirrwarr von Kabeln hervor, und immer wieder sprühten Fontänen von Funken auf, wenn es aus den brüchigen Rohren auf blanke Kabelstellen tropfte. Für ihn als Security-Fachmann sah das alles hier wie eine einzige Katastrophe aus.

Je weiter er auf dem Weg vorankam, desto widerlich weicher fühlte sich der Boden unter seinen Füßen an. Beinahe fleischig, federnd und glucksend, als liefe Rick über das Bauchfell einer riesigen, hingestreckten Kreatur. Diese Vorstellung erschreckte ihn so sehr, dass er stehen blieb und überlegte, ob er nicht doch besser umkehren sollte. Doch da hörte er schon wieder die Schritte und Stimmen seiner Verfolger, die sich laut und scheinbar unbekümmert unterhielten. »Beeilt euch, verdammt«, sagte einer von ihnen, »wenn der Typ erst im Tunnel ist...« Der Rest war nicht zu verstehen, doch Rick hatte genug gehört. Da unten gab es also einen Tunnel, und wenn er vor den Burschen mit den Äxten dort ankam, konnte er ihnen anscheinend entwischen. Er setzte sich wieder in Bewegung, trabte weiter den schlammigen Weg hinunter, obwohl er sich so müde und ausgelaugt fühlte wie niemals vorher in seinem Leben.

Murmelnd und plätschernd rann es aus den rissigen Rohren heraus, der Boden unter Ricks Füßen quietschte vor Nässe, und Kaskaden von Funken sprühten aus den nackten Kabelsträngen. Der Weg wurde auf einmal noch steiler, beinahe schon senkrecht führte er auf eine Art Unterführung zu. Das musste der Tunnel sein, dachte Rick, von dem die Burschen geredet hatten. Im Dämmerlicht erkannte er nur einen stockschwarzen Eingang, umgeben vom kaum merklich helleren Schwarz einer gewaltigen Formation. Die Umrisse erinnerten ihn vage an eine riesige Kirche, aber der Turm ragte beängstigend schief in den Himmel, und das Kirchenschiff stand so schräg

wie ein wirkliches Schiff, das mit dem Bug voran in den Boden gerammt worden war.
Schiffbruch, dachte Rick und blieb erneut stehen. Er lauschte nach hinten und versuchte gleichzeitig abzuschätzen, was ihn da vorn erwarten mochte. Das schwarze Loch wirkte ganz und gar unheimlich, so als ob dort unten etwas unsagbar Scheußliches lauerte – vielleicht gar nicht mal speziell auf ihn, sondern einfach auf eine Beute, über die es sich hermachen würde, falls er weiterginge, den steilen Weg hinunter und in den finsteren Tunnel hinein. Er würde umkehren, beschloss Rick, lieber mit den vier Burschen um sein Leben kämpfen, als von dem namenlosen Schlund dort unten aufgesaugt, verschlungen zu werden, wie damals von der riesigen schwarzen Katze in seinem Traum. Doch als er sich umwandte, standen drei der Burschen vor ihm, über ihm, einer holte eben mit der Axt aus, der zweite schwang die Säge, der dritte beugte sich vor, um ihn beim Hals zu packen. Und Rick warf sich abermals herum, so schnell er irgend konnte, rannte, stolperte, stürzte den steilen Weg hinab und landete in einem Tümpel aus stinkendem Wasser und Schlamm.
Jetzt ging es wirklich auf Leben und Tod, dachte Rick – die Kerle rutschten schon hinter ihm her, den Abhang hinunter, und feuerten sich gegenseitig an, ihre Beute nicht entkommen zu lassen. »Wir nehmen ihm beides ab«, hörte er, während er sich aufrappelte und mit möglichst langen Schritten tiefer in den Tümpel hineinwatete. »Wenn wir Hand und Fuß kriegen, müsste es fast schon reichen«, sagte ein anderer, und Rick lief weiter und weiter in den schwarzen Schlund hinein. Anscheinend war es kein Tunnel, keine Unterführung, wie er geglaubt hatte, sondern der Eingang zu einem unterirdischen oder halb verschütteten Bauwerk. Jedenfalls stand hier alles unter Wasser, eine warme Brühe, die mit jedem Schritt tiefer, klebriger, schlammiger wurde. Erst ging ihm das Zeug bis zu den Knien, dann schon bis zu den Hüften, zum Nabel. Es umschloss ihn so zäh wie Brei, nach jedem Schritt schien es seine Beine widerwilliger freizugeben. Schon reichte ihm der Sumpf bis zur Brust, dann bis zu den Schultern, noch ein Schritt, und er musste den Kopf zurücklegen, das Kinn hochrecken, damit ihm die ekelhafte Brühe nicht in den Mund schwappte. Stockfinster war es hier unten, außer dem Glucksen der Brühe, dem Tosen seines Blutes, dem Schmatzen des Schlamms waren keine Laute zu hören. Aber jetzt gab es wirklich kein Zurück mehr, er würde durch diesen Sumpf hindurchwaten oder darin untergehen.
Und Rick machte einen weiteren Schritt, und dann war kein Grund mehr

unter ihm, er sackte in die Tiefe, sein Kinn sank unter, der Mund, die Nase, Augen, seine Stirn. Verzweifelt ruderte er mit den Armen, strampelte mit den Beinen, aber er fand keinen festen Boden mehr. Seine Kräfte schwanden, der Schlamm umschloss ihn, zog ihn immer tiefer herab. Er bemerkte gerade noch, wie er beim Arm gepackt wurde – aus und vorbei, dachte Rick, jetzt hatten die Kerle mit den Äxten ihn doch noch erwischt. Dann schwanden ihm vollends die Sinne, und es wurde schwärzer als schwarz um ihn.

Liebe Gemeinde, tut Buße, sonst müssen wir alle verderben!« Rick blinzelte mit den Augen, spähte um sich und fühlte sich mehr denn je wie in einem ausweglosen Traum. »Immer habe ich euch zu Zucht und Enthaltsamkeit angehalten, aber das war falsch!« Die Stimme des Priesters hallte von den Wänden und rollte in Echowellen um ihn her. Jedenfalls nahm Rick an, dass es sich um einen Prediger handelte, denn der riesige Saal, in dem er sich auf dem Bauch liegend fand, glich tatsächlich dem Innern einer gewaltigen Kathedrale.
Rick hob den Kopf und schaute verstohlen nach links und rechts. Er lag in einem Gang zwischen langen Bankreihen, in denen weit und breit niemand zu sitzen schien. Dennoch predigte der Priester so inbrünstig, als ob sich eine große Gemeinde in seiner Kirche versammelt hätte. Irgendwo hinter sich, nicht weit von seinen Füßen entfernt, spürte Rick undeutlich das Schlammloch, aus dem ihn allem Anschein nach eine rettende Hand hervorgezogen hatte – sicher die Hand des Priesters, der sich jetzt irgendwo dort oben auf der Galerie befinden musste, oder auf einer der kleinen Kanzeln, die in Nischen und zwischen Säulen angebracht waren.
Mühsam rappelte sich Rick auf, es kostete ihn beinahe mehr Kraft, als er noch in sich spürte. Einen Moment lang blieb er in der Hocke, auf den Fußspitzen schwankend, auf seine Fäuste gestützt. Der Steinboden vor ihm sah speckig aus, von Tausenden Füßen abgetreten. Schriftzeichen waren vor langer Zeit hineingemeißelt, mit Gold und Silber verziert worden, aber die ganze Pracht war längst verblasst und unleserlich geworden. Tatsächlich war die Kirche mit ihrer Vorderseite schon so tief ins Erdreich eingesunken, dass Rick, nachdem er sich erhoben hatte, an den Bankreihen Halt suchen musste. Da erst fiel ihm auf, dass er von Kopf bis Fuß mit dem ekelhaft stinkenden Morast bedeckt war. Aber das war ganz bestimmt nicht das größte seiner Probleme.

Irgendwo hinter ihm im Sumpf lauerten die Jungs mit den Äxten und der Säge. Er stand in dem Gang wie auf einer steilen Rampe, und wenn er nicht aufpasste, würde er in das Schlammloch zurückrutschen. Er war ausgezogen, um die schlafwandelnde Rachel in die Obhut des *Overidge* zurückzuholen, aber stattdessen hatte er sich selbst in die ausweglosește Patsche manövriert, in der er jemals gesessen hatte. Bravo, Rick Nadar, dachte er. Sogar seine Boxershorts waren in dem Schlammloch zurückgeblieben, nackt und besudelt wie ein Neugeborenes stand er in dieser Kirche, deren Priester unentwegt weiterpredigte.
»... eure Nächsten zu lieben, einander zu achten und zu ehren, aber das war falsch! Dass der Mann dem Weibe, die Frau ihrem Gemahl beistehe in guten wie in schlechten Zeiten, aber das war falsch! Dass ihr einander lieben und treu sein möget, dass ihr in Frieden beisammen leben möget – doch auch das war falsch, alles falsch!« Eine Flut rätselhafter Selbstanklagen entströmte dem Mund des Predigers. Eine nach der anderen schien er sämtliche Lehren und Glaubenssätze zu widerrufen, die in Gotteshäusern seit Jahrtausenden den Gläubigen eingeschärft worden waren, gleichgültig, welcher der großen Religionen sie angehörten.
In einiger Entfernung vor sich erblickte Rick jetzt einen Altar, über dem sich ein riesiges schwarzes Kreuz erhob. Auf dem Altartisch, ringsum auf dem Boden, auf kleinen Tischen entlang der Wände, überall brannten dicke Kerzen, die ein gelbes Licht verströmten. Um das Kruzifix war eine Art Schärpe gewunden, was genau es darstellen sollte, konnte Rick nicht erkennen in dem rauchigen Halbdunkel, das die Kathedrale erfüllte.
Langsam ging er auf den Altar zu, dabei musste er sich an den Bänken festklammern, regelrecht emporhangeln, damit das Gefälle ihn nicht in Richtung des versunkenen Eingangs zurückriss. Doch schließlich stand er vor dem Altar und sah voller Erstaunen zu dem gewaltigen schwarzen Kreuz empor. Der Priester predigte unentwegt weiter, aber Rick hörte ihm nicht mehr zu. Was er für eine schillernde Schärpe gehalten hatte, die der Prediger oder seine Gehilfen aus irgendwelchen rituellen Gründen um das Kreuz geschlungen hatten, war tatsächlich eine riesige Schlange. Ihr Leib war so dick wie der Oberschenkel eines erwachsenen Mannes, sie ringelte sich um das Kreuz und schien aus winzigen Augen auf Rick hinabzustarren. War es eine wirkliche, womöglich gar eine lebendige Schlange – oder eine täuschend lebensechte Skulptur, die ein Künstler angefertigt hatte? Und zu welchem Zweck war sie, ob lebendig oder tot, dort oben hingehängt worden? Rick schaute sich um, auf einmal war er gar nicht mehr so sicher, ob

er sich wirklich in einer Kirche befand. Vielleicht war es ein Museum, eine Galerie oder etwas in dieser Art.

Wieder sah er zu der Schlange empor. Um sie genauer ins Auge zu fassen, legte er seinen Kopf in den Nacken und klammerte sich an dem steinernen Altar fest, damit er nicht rücklings zu Boden fiel. Thena, dachte er, die Tramperin im Lillison Valley, hatte eine solche Schlange um den Hals getragen, aber ja, er erinnerte sich ganz genau! Einen silbernen Reif, geformt wie ein Schlangenleib, und vorne drauf saß der dicke, dottergelbe Katzenkopf. Und die Modezeichner im *Python Resort* hatten genau solche Ringe an den Fingern getragen, den Schlangenreif mit einem gelben Stein drauf, der wie ein Katzenkopf geformt war.

Rick starrte zu der Schlange am Kreuz empor und hörte gleichzeitig noch einmal, wie Carl, der Modezeichner mit der weinerlichen Stimme, ihm zurief: »Hey, Typ, sieh dich doch um – hier haben fast alle solche Klunker!« Aber warum nur, dachte Rick, was zum Teufel hatte das zu bedeuten? Die Schlangenringe, Katzenköpfe, die makabren Zeichnungen in der Schlucht, im *Python Resort*, in Thenas Skizzenblock? Und weshalb liefen diese durchgedrehten Jungs durch die Stadt, um arglose Passanten ihrer Gliedmaßen zu berauben? »Wenn wir seine noch kriegen, müsste es fast schon reichen«, hatte einer der Axttypen gesagt – aber reichen wofür, verdammt? Und auf irgendeine geheimnisvolle Weise hingen diese ganzen finsteren Vorfälle mit Rachels Verschwinden zusammen – das spürte er ganz genau. Schließlich war er ein ausgebildeter Security-Mann, er ließ sich doch nicht so einfach an der Nase herumführen! O nein, ich komm euch auf die Schliche, dachte Rick und sah unwillkürlich auf den Boden vor und neben dem Altartisch, ob da nicht vielleicht wieder eine Katze herumschlich, schwarz und riesig wie die Katze unter Thenas Rosenbusch oder gelb und tückisch starrend wie die Köpfe auf den Schlangenreifen. Aber das Einzige, was er in der ungefähren Höhe des Altars erblickte, waren seine eigene schlammverkrustete Nacktheit und ein über den Altar gespanntes gelbes Leintuch, auf dem sich eine stilisierte Schlange wand.

»Aus dem Sumpf bist du emporgestiegen – wie die ehrwürdige Schlange, unsere einzig wahre Gottheit, wie Kröte und Frosch, ihre heiligen Gefährten. Was führt dich zu mir, mein Sohn?«

Als Rick erneut nach oben schaute, bemerkte er eine reich verzierte Kanzel, die zur Rechten des riesigen Kreuzes zu schweben schien. Sie war wie die Gondel eines altertümlichen Luftschiffs geformt, mit einer verschnörkelten Balustrade und einer Kuppel aus zerbröselndem Blattgold, die in so gerin-

ger Höhe angebracht war, dass der Priester mit eingezogenem Kopf predigen musste. Verblüfft spähte Rick zu ihm hinauf. Der Prediger war ein hagerer, hoch gewachsener alter Mann mit grauen Haaren und einem schlohweißen Bart, der ihm bis zum Gürtel seiner Robe wallte. Er sah dem alten Mr. Overidge so ähnlich wie ein Zwillingsbruder, auch wenn seine Robe schwarz war, nicht silbergrau wie der Hausmantel des so grässlich ermordeten Motelbesitzers.
»Sprich schnell, wenn du etwas auf dem Herzen hast«, ermahnte ihn der Priester und beugte sich über die Brüstung.
Rick legte den Kopf noch weiter in den Nacken und klammerte sich am Altartisch fest. Die ganze riesige Kathedrale schien ein Beben zu überlaufen. »Was ist mit dieser Stadt los?«, rief er zu dem Priester hinauf. »Was geschieht hier, was hat das alles zu bedeuten – die Schlange, die schreckliche Schwüle, dieser gelbe Schmierfilm, der alles überzieht?«
Der Priester beugte sich noch tiefer über die Balustrade, fast sah es so aus, als wollte er Rick die Hand entgegenstrecken, ihn zu sich hinauf in sein steinernes Luftschiff ziehen. »Das fragst du mich, mein Sohn?«, rief er mit hallender Stimme. »Die Antwort ist in dir selbst – in jedem von uns, wie die göttliche Schlange lehrt. Erkenne dich selbst – in den Zeichen der Welt!«
»Aber ich suche Rachel, meine Freundin«, sagte Rick. Unter seinen Fußsohlen spürte er die Schwingungen, die den ganzen kolossalen Bau erfasst hatten, jeden einzelnen Stein, jede Mörtelkrume, jedes Bröckchen Blattgold vibrieren ließen. »Sie ist schwanger, wir wollen heiraten«, fügte er hinzu, da der Priester nur schweigend auf ihn heruntersah. »Sie muss irgendwo hier in Idleton sein – so helfen Sie mir doch, ich bitte Sie, Pater!«
Der Priester öffnete den Mund, doch was er sagte, konnte Rick nicht verstehen. Das Kirchenschiff zitterte nun so heftig, als ob der ganze Bau von einem Krampf geschüttelt würde. Von der Krypta her ertönte ein schreckliches Malmen und Knirschen, Staub, Mörtel, kleine Gesteinsbrocken rieselten von Decke und Wänden hernieder, dann sackte die Kathedrale mit der Portalseite so tief ins Erdreich, dass ihre hintere Hälfte auf einmal fast senkrecht stand.
Rick verlor das Gleichgewicht, er fiel hin und wäre ums Haar den Gang wieder hinabgekollert, zurück in den Morast, der unterdessen schon bis zu den mittleren Bankreihen emporgekrochen war. Im allerletzten Moment klammerte er sich an den Beinen des Altartischs fest, doch nun hing er wie eine Verlängerung des Schlangentuchs unter dem Altar und wagte kaum, sich zu bewegen.

»Dieser Tempel ist dem Untergang geweiht!«, schrie der Prediger. »Liebe Gemeinde, viel zu lange haben wir die falsche Gottheit angebetet, deshalb haben wir kein gnädiges Schicksal verdient!« Die Kathedrale versackte ein weiteres Stück im Sumpf. »Allein schon von Gnade zu sprechen war falsch!«, schrie der Priester, dessen Kanzel nun waagerecht unter der Decke klebte, denn die Wand war zur Decke geworden, der Boden zur Wand, an dem der stinkende Schlamm höher und höher stieg. »Wie oft habe ich euch aus Sümpfen und Morasten gerettet, meine Lämmchen«, schrie der Priester, »aber das war falsch! Ich hatte nicht das Recht dazu, es war eine Beleidigung der wahren Gottheit! Denn es gibt keinen gütigen Vater im Himmel, es gibt keinen Erlöser, keine heilige Muttergottes – alles falsch, alles falsch!« Er lag nun auf der Brüstung seiner Kanzel, mit Händen und Füßen festgeklammert, sein Kopf schaute zwischen der zerbröckelten Goldkuppel und der Balustrade auf Rick herunter, so dass sein langer, weißer Bart beinahe bis auf den Altar herabhing. »Es gibt nur die Gottheit der Tiefe«, schrie der Priester, »die heilige Zweieinigkeit von göttlicher Schlange und Dea Mortis!« Er deutete auf das riesige schwarze Kreuz an seiner Seite, das so drohend über Rick und dem Altartisch schwebte, als ob es im nächsten Moment mitsamt der Schlange auf ihn herunterkrachen würde. Gottheit der Tiefe?, dachte Rick. Dea Mortis? Was hatte das alles nur zu bedeuten?

Es war kein guter Moment, um über diese Mysterien nachzudenken, denn die Kathedrale versank nun immer rascher im sumpfigen Untergrund, und Ricks allerletzte Kräfte drohten zu erlahmen. Mit beiden Händen hing er an den Beinen des über ihm in der Wand verankerten Altartischs, wie er vor vielen Jahren beim Schulunterricht an den Ringen in der Turnhalle gezappelt hatte. Unvermittelt musste er an Joey denken, seinen besten Freund aus den fernen Zeiten der Lower Street – Joey, der eines Tages genötigt worden war, eine Schlange zu küssen. Aber auch diese unerwartete Erinnerung half ihm leider überhaupt nicht, sich aus seiner jetzigen Lage zu befreien. Als Junge war er immer ein guter Turner, Läufer und Ballspieler gewesen, doch heute kostete es ihn schreckliche Mühe, sich auch nur an den verdammten Tischbeinen emporzuziehen. Seine Arme fühlten sich fast so breiig an wie der Morast, den er unter sich gurgeln und schmatzen hörte und der schon wieder an seinen Füßen zu lecken schien. Über ihm winkte der Priester mit einer resignierten Geste in Richtung des Schlangenkreuzes ab, dann wälzte er sich auf der Brüstung herum und stieß mit emporgereckten Füßen eine kleine Tür auf, die ursprünglich in die Rückwand seiner Kanzel eingelassen war. Die Tür flog auf, der alte Priester stieß sich ab und schnellte mit einer unvermutet geschmeidigen Schraube durch die Luke hindurch, mit den Füßen voran und als Letztes mit den schulmäßig über seinem Kopf erhobenen Armen.

Diese Darbietung verblüffte Rick so sehr, dass er aus seiner Lähmung erwachte und sich nun energischer zum Altar emporzog. Mit einiger Mühe gelang es ihm, auf die obere Längsseite des Tischs zu klettern, wo er sich schwankend aufrichtete und im letzten Moment das Altartuch an sich riss. Er wand sich den gelben Lappen mit der stilisierten Schlange um die Hüften, dann machte er sich so lang wie irgend möglich, balancierte mit den Zehenspitzen auf der Oberkante des in die Horizontale geratenen Altars, streckte seine Arme, Hände, Fingerspitzen in die Höhe, bekam tatsächlich die Brüstung der Balustrade zu fassen, holte tief Luft, sehr tief, so als ob es sein letzter Atemzug wäre, und zog sich auf die Kanzel neben dem riesigen Kruzifix hinauf.

Geraume Zeit lag er dann bäuchlings auf der Brüstung, wie vorhin der alte Priester, und spürte den Blick der schenkeldicken Schlange auf sich, die neben ihm am Kreuz hing. Rick schaffte es nicht, ihren Blick zu erwidern, es war wie manchmal in Albträumen, wenn man wusste, dass man sich nur überwinden müsste, irgendetwas scheinbar ganz Belangloses zu tun, sich umzudrehen, ein Wort zu sagen, dann wäre der Spuk vorbei. Aber von der Schlange ging eine eigenartige Macht aus, eine dunkle, niederdrückende Energie, und Rick dachte, wenn er noch länger hier auf der horizontalen Balustrade liegen bliebe, würde er niemals mehr die Kraft aufbringen, um dem Prediger durch die Luke zu folgen.

Sein Blick fiel auf die schlammtrübe, mit gelblichen Schlieren bedeckte Brühe unter ihm. Kerzen trieben auf dem Morast umher, silberne Kelche und andere heilige Dinge, die vom Altar gefallen waren. Der Schlamm füllte die versackte Kathedrale nun schon bis hinauf zu den vordersten Bankreihen. Auf diesen Bänken hatten bestimmt vor kurzem noch die würdevollsten und frommsten Persönlichkeiten der Stadt Idleton gesessen und andächtig der Predigt ihres Priesters gelauscht, dachte Rick, doch jetzt glitten aus dem Sumpf unzählige Schlangen hervor, durchsichtige Wasserschlangen, schillernde und gefleckte Schlangen, gepunktete und bebrillte Schlangen. Und Rick drehte sich herum, legte die Arme an seinen Kopf an und hob seine Beine in die Schräge, dann schnellte er sich mit der miesesten Schraube seines Lebens in die Höhe, ohne die geringste Ahnung, was er jenseits der Deckenluke vorfinden würde.

Er hockte auf den Stufen der beängstigend schiefen Wendeltreppe und betastete seine Glieder. Der Aufprall war hart gewesen, doch offenbar hatte er sich nichts gebrochen. Wie es aussah, befand er sich in dem Turm, den er vorhin, ehe er durch das Sumpfloch gewatet war, im Dunkeln neben der Kirche hatte aufragen sehen.

Wenn er durch das Türloch einige Stufen über sich schaute, konnte er in die versackte Kathedrale hinabsehen, durch die Schnörkelstäbe der Kanzelbrüstung hindurch. Irgendetwas stimmte hier ganz und gar nicht, dachte Rick, mit der Anordnung von Turm und Kirche, aber er kam einfach nicht drauf, wo der Fehler lag. Wenn sich das Kirchenschiff mit der Nase voran in den Sumpf gebohrt hatte, wie hatte er dann mit einem Sprung von der Kanzel in den Turm gelangen können? Rick rieb sich mit den Fäusten über Schläfen und Augen, versuchte wieder und wieder, das Problem zu durchdenken, aber der Nebel in seinem Kopf ließ es nicht zu. Nur in Träumen war so etwas möglich, dachte er, aber was sollte das heißen – das hier war doch nicht einfach ein verdammter Traum. Oder etwa doch?

Auf einmal hörte er Schritte auf der Treppe, die von den engen Turmwänden widerhallten, und sprang auf. Offenbar kam jemand die Stiege hinauf, eilige Schritte, gedämpfte Stimmen. Die vier Jungs mit den Äxten, dachte Rick, wenn die ihn hier aufgespürt hatten, war es aus mit ihm. Der Turm war die perfekte Falle.

Er drückte sich an die Wand und spähte noch einmal durch die Luke, doch da unten war von der Kirche überhaupt nichts mehr zu sehen. Keine Bankreihen, kein Altar, alles war im glucksenden Sumpf versunken, über dem nur noch das Kreuz mit der Schlange schwebte. Wenn es die Axtkerle sind, dachte er, kann ich höchstens versuchen, mich an das Kruzifix zu hängen, bis sie wieder verschwunden sind. Doch ihm graute bei der Vorstellung, dass er Seite an Seite mit der riesigen Schlange am Kreuz kleben sollte, obwohl er immer noch nicht herausgefunden hatte, ob es sich um ein lebendiges Tier, ein Kunstwerk oder vielleicht um einen ausgestopften Tierkadaver handelte, wie sie das *Hunter's Castle* so reichlich bevölkerten.

Wie gelähmt stand er da und wartete, bis die Schritte zu Schatten, das Geflüster zu verständlichen Worten geworden war. »Pater Rudy muss oben auf dem Glockenboden sein«, sagte eine junge Frauenstimme. »Mach schnell, bevor er sich etwas antut«, drängte eine zweite, ältere Stimme, die unverkennbar gleichfalls einer Frau gehörte. Rick drückte sich in die Nische neben der Türluke, machte sich so schmal wie irgend möglich.

Dicht hintereinander stiegen die beiden Frauen die Wendeltreppe herauf, beide in schwarzen Roben ähnlich der, die der Priester getragen hatte. Ihre Haare waren durch weiße Hauben verdeckt, die Roben verbargen auch ihre Füße, so dass es aussah, als ob sie die Treppe emporschwebten. Als sie Rick bemerkten, blieben sie stehen wie vom Blitz getroffen, starrten ihn an. Die jüngere Nonne schlug sich die Hand vor den Mund, wie um einen Schrei zu ersticken. Rick folgte ihrem Blick, er sah wirklich Furcht einflößend aus. Von Kopf bis Fuß mit dem stinkenden Schlamm bedeckt, und unter seinem Nabel bäumte sich die stilisierte Schlange.

»Bitte erschrecken Sie sich nicht«, sagte Rick, obwohl es hierfür offensichtlich zu spät war. »Der Pater hat mich aus dem Sumpfloch gezogen, deshalb...« Und er deutete an sich hinab, als ob damit alles erklärt wäre, seine Nacktheit und das Altartuch um seine Hüften.

Ehe er noch etwas hinzufügen oder eine der Frauen etwas antworten konnte, begannen über ihnen die Glocken dröhnend zu läuten. »Pater Rudy!«, rief die ältere Nonne aus und rannte mit rudernden Armen weiter die Treppe hoch. Die jüngere sah Rick an, als ob ihr noch etwas Wichtiges auf der Zunge läge, dann schüttelte sie den Kopf und eilte hinter ihrer Gefährtin her.

»Bitte warten Sie!«, schrie Rick. »Ich bin fremd hier in Idleton, es ist alles so rätselhaft! Können wir uns nicht irgendwo treffen, und Sie beantworten mir ein paar Fragen?«

Die Glocken schepperten und dröhnten. Doch die jüngere Nonne war tatsächlich stehen geblieben, und jetzt kehrte sie zu ihm zurück. Es ist Thena, dachte Rick erstaunt, durch die unförmige Robe und die Haube, die nur Augen, Nase und Mund freiließ, hatte er sie nicht gleich erkannt. Aber wie war das wieder möglich – dass Thena plötzlich eine Nonne war? Ganz nah trat sie zu ihm, sie legte sogar eine Hand auf seinen Arm und führte ihre Lippen dicht an sein Ohr. »Komm zum Froschteich«, glaubte er zu verstehen, dann wandte sie sich wieder um, raffte ihre Robe und eilte die Stufen hinauf.

Vollkommen entgeistert sah Rick hinter ihr her. Unter ihrer Robe trug sie tatsächlich die gestreiften Seidenstrümpfe, die er gestern so sehr an Thenas schlanken Beinen bewundert hatte. Aber wie passte das nur alles zusammen?, überlegte Rick, während er sich umwandte und langsam die Treppe hinunterging. Unterwegs rieb er sich mit den Händen über Gesicht und Arme, Brust und Beine, säuberte sich, so gut es ging, von dem ekelhaften Schlamm. Endlich war er unten angekommen, fand eine Tür und stieß sie auf.

Dort draußen verlief eine breite Straße, ähnlich der, die er vorhin entlanggegangen war. Seltsamerweise war die Dämmerung noch immer kaum weiter fortgeschritten. Der Himmel schien erstarrt in einem gelbstichigen Grau, nur wenige Autos und Fußgänger waren unterwegs. Die Schwüle allerdings war noch drückender, der gelbe Schmierfilm auf Boden, Autos und Hausfassaden noch dicker geworden.
Was sollte es für einen Sinn ergeben, überlegte er wieder, dass Thena »Komm zum Froschteich« zu ihm gesagt hatte? Der einzige Froschteich, den ich kenne, dachte Rick, liegt in New Providence, auf dem verwahrlosten Eckgrundstück in der Lower Street. Joey und er hatten sich dort manchmal getroffen, als sie dreizehn oder vierzehn Jahre alt waren. Sein Freund Joey, der damals behauptet hatte, Miss Emma Downing habe ihn gezwungen, einen Schlangenkopf zu küssen. Aber das alles hatte doch verdammt noch mal nicht das Geringste mit Idleton, mit Rachels Verschwinden, mit Thena oder womit auch immer zu tun!
»Sir! Bitte warten Sie, Sir!« Einige Häuser weiter war ein Mann mittleren Alters aus der Tür getreten. »Bitte beantworten Sie mir eine Frage!«, rief Rick, aber der Mann sah nur gehetzt um sich, dann eilte er stadteinwärts davon.
Rick ballte die Fäuste, verfluchte einmal mehr den Nebel hinter seiner Stirn, die Watte in seinen Knien und trottete, so schnell er konnte, hinter dem Einheimischen her.

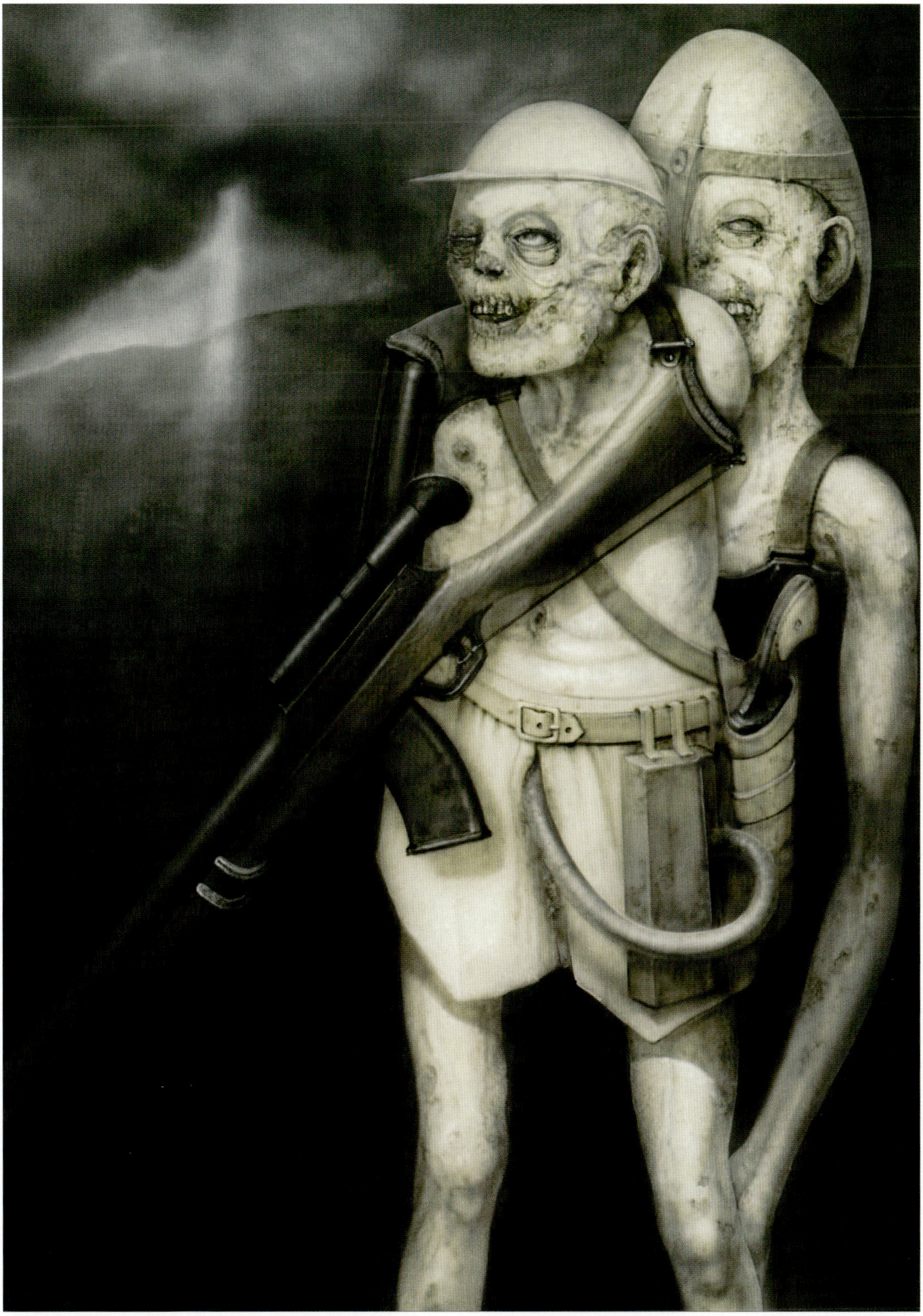

9. KAPITEL

JOEY UND DIE ASIATIN

Rick trottete und trabte, torkelte und taumelte. Durch Straßen und Passagen, über Kreuzungen, Fußgängerbrücken, an Glas- und Metallfassaden entlang, Treppen hinauf und hinunter. Den Einheimischen von vorhin hatte er längst wieder aus den Augen verloren. Immer wieder sah er vereinzelte Gestalten, die aus Haustüren traten, in dunklen oder grauen Anzügen, die Aktentasche unter dem Arm. Aber sowie Rick sie anrief, auf sie zulief, schauten sie gehetzt um sich, pressten ihre Mappen unter die Achseln und rannten auf und davon. Worauf Rick mit seinen bleiernen Beinen die Verfolgung gleich wieder aufgab, er kam sich vor wie ein Ritter in Eisenrüstung, der sich mit stampfenden Schritten als Schmetterlingsjäger versuchte.

Dabei hätte er sogar eine scheppernde, zentnerschwere Rüstung seiner schlammverkrusteten Nacktheit vorgezogen. Von Kopf bis Fuß verdreckt, und um die Hüften dieses lächerliche Altartuch! Wenn Rachel ihn so sähe, wäre erst recht alles aus. Die Schlange am Kreuz und die Selbstanklagen des Predigers Rudy gingen ihm nach, während er ziellos durch die Straßen irrte. Es war so heiß wie im Schwitzbad, und das gelbe Zeug schmatzte unter seinen Fußsohlen. Irgendjemand muss mir doch sagen können, was mit diesem Idleton los ist!, dachte Rick. Da flog direkt vor ihm eine Haustür auf.

Ein junger Mann stürzte heraus, so ungestüm, dass Rick nicht mehr ausweichen konnte. Sie rannten regelrecht ineinander, fuhren zurück, rieben sich beide die Schulter. »Entschuldige«, sagte Rick, »ich war in Gedanken.«

»Und ich in Eile. Kein Problem.« Rick sah sich den jungen Mann genauer an. Er erinnerte ihn an Joey, seinen Freund aus fernen Zeiten in der Lower Street. »Also dann«, sagte der andere, rückte seine Windjacke zurecht und wollte weitergehen.

»Einen Moment noch, bitte«, erwiderte Rick schnell. »Ich bin fremd hier, mein Name ist Rick, ich suche meine Freundin. Sie ist…«

»… verloren gegangen?«, ergänzte der andere, der unmöglich Joey sein konnte, auch wenn er haargenau so aussah, wie Joey heute wohl aussehen würde – die gleichen lehmbraunen Haare, wässrigen Augen, die gleichen aufgeworfenen Lippen, die damals Emma Downings Schlangenkopf geküsst hatten.

»Na ja, sozusagen«, bestätigte Rick. »Wir sind oben im *Overidge* abgestiegen, und wie ich in der Nacht mal wach werde…«

»Und die Kleine ist natürlich schwanger?« Der andere sah ihn mit forschender Miene an, die Augen zusammengekniffen, den Mund ein wenig geöffnet – ganz genau so, wie auch Joey ihn immer angeschaut hatte, wenn er herausfinden wollte, was sein Freund von seinen neuesten Plänen hielt. Die natürlich ausnahmslos verrückt, tollkühn, vollkommen unausführbar waren.

Rick nickte zögernd. »Ja, schon«, sagte er. »Aber woher weißt du das denn alles?«

Der andere berührte ihn flüchtig am Arm, mit vorgestrecktem Zeige- und Mittelfinger, wie Joey es immer gemacht hatte. »Wenn du einen guten Rat von deinem Kumpel Dickie hören willst – renn weg, so schnell du kannst. Raus aus Idleton, solange du noch zwei Füße hast, um damit wegzurennen.«

»Dickie?«, wiederholte Rick kopfschüttelnd. Wenn er sich nur nicht so schwummrig fühlen würde – als hätte er wieder mal die ganze Nacht im *Twilight* durchgemacht! »Aber was soll denn das heißen?« Da erst fiel ihm auf, dass der andere ja genauso lächerlich zurechtgemacht war wie er selbst – von Kopf bis Fuß mit Dreck verkrustet, um die Hüften ein albernes gelbes Tuch, auf dem sich die stilisierte Schlange ringelte. Aber wieso Dickie?, dachte er wieder. Und weshalb lief dem anderen genauso der Schweiß runter wie ihm selbst – in tausend Bahnen und Rinnsalen, die ein fleckiges Mäandermuster in den Schlamm auf seiner Brust, seinen Armen malten?

Als Rick seine Hand hob, um sich die Stirn zu trocknen, tat der andere es ihm gleich. »Okay, jetzt nur nicht durchdrehen«, murmelte er. Anstatt sich über die Stirn zu wischen, fuhr er mit der Fingerspitze über die Wange seines Gegenübers.

Glas. Glattes Spiegelglas, mit dem glitschigen Zeug überzogen. Sein Finger hinterließ eine Schneckenspur in dem gelblichen Schmier.

Das gibt es doch überhaupt nicht, dachte Rick. Vollkommen ausgeschlossen. Jede Wette, dass hier eben noch dieser andere Typ gestanden hat, der haargenau wie Joey aussah. Wie der heutige Joey, der ja natürlich nicht mehr zwölf oder dreizehn Jahre alt wäre wie in seiner Erinnerung, sondern ein junger Mann Mitte zwanzig wie er selbst. Okay, okay, dachte Rick und atmete tief durch. Sehr tief. Er hatte also wieder mal ein Selbstgespräch geführt. War ihm schon lange nicht mehr passiert. Aber so was konnte ja schließlich jedem mal unterlaufen, vor allem bei extremem Stress. Und das hier war ja wohl eine verflucht stressige Situation, oder etwa nicht? Er schnitt seinem Spiegelbild eine finstere Grimasse. Und sein Konterfei hatte ihm also den goldenen Tipp gegeben, so schnell wie möglich aus der Stadt zu verschwinden? »Raus aus Idleton, solange du noch zwei Füße hast, um damit wegzurennen.« Rick schaute auf seine Füße herunter, die bleich und schmutzig in einer Pfütze aus Schlamm und gelbem Glibberzeug standen.

Verdammt noch mal, dachte er, die Typen, die Mr. Overidge umgebracht und verstümmelt und anschließend mich in das Schlammloch gejagt haben – das waren doch einfach ein paar Verrückte, oder etwa nicht? Warum sollte irgendwer allen Ernstes versuchen, mir Hand oder Fuß zu rauben? Er schaute zu, wie sich seine Füße unbehaglich zusammenkrümmten. Mein Mädchen hab ich hier verloren, dachte Rick – aber meine Füße?

Er konnte sich gar nicht erinnern, wie er sich von seinem Spiegel-Ich endlich losgerissen und abgewendet hatte, aber jetzt war er jedenfalls wieder unterwegs. Lief eine breite Straße entlang, schwitzend und schnaufend, denn es wurde immer noch schwüler, obwohl die Morgendämmerung einfach nicht zu enden schien. Als ob der Himmel für immer in diesem gelbstichigen Betongrau erstarrt wäre. Als ob Himmel und Erde sich gleich werden, ineinander verschwimmen wollten in diesem schmierigen Gelbton, der Asphalt, Wände, Autos, einfach alles immer dicker, immer glibbriger überzog.

Unterwegs musste er immer wieder an die Botschaft des Priesters Rudy denken: »Erkenne dich selbst – in den Zeichen der Welt!« Was zum Teufel sollte das bedeuten? Wahrscheinlich war Priester Rudy nur genauso verrückt wie

alle anderen, die er bisher hier in Idleton getroffen hatte, wenn nicht noch verrückter.
Rick schreckte aus seinen Grübeleien auf, als er einige Schritte vor sich auf einmal eine junge Frau bemerkte. Im ersten Augenblick glaubte er, dass es Rachel wäre, und er wollte schon ihren Namen rufen, als ihm einfiel, dass Rachel ja gar nicht mehr so aussah, so schlank, so mädchenhaft zart, und sich überhaupt nicht mehr so rasch und geschmeidig voranbewegen konnte wie das Mädchen dort vorn. Jedenfalls nicht im Moment, nicht mit diesem enormen Bauch, dachte Rick und kam sich schon wieder schäbig vor, weil irgendetwas in ihm sich einfach weigerte, Rachels Verwandlung zu akzeptieren. Sie ist jetzt kein Mädchen mehr, sie ist eine erwachsene Frau, eine werdende Mutter, schärfte sich Rick ein, während er hinter der schlanken Gestalt hereilte, stampfend und keuchend wie ein übergewichtiger Greis. »Hey, hallo«, rief er, »eine Frage, bitte – und nicht erschrecken, ich weiß schon, ich seh ziemlich seltsam aus.«
Zu Ricks riesiger Erleichterung blieb sie tatsächlich stehen. Wandte sich um zu ihm, und da glaubte er, dass es Thena wäre, aber auch damit lag er falsch. Gestern im Rückspiegel seines Mustangs hatte Thena ihn an Rachel erinnert, wie sie ausgesehen hatte, bevor sie schwanger geworden war. Dieses Mädchen hier aber sah aus wie Thenas asiatische Zwillingsschwester. Was war das nur für ein Durcheinander in seinem Kopf! Asiatische Zwillingsschwester? Was sollte das denn bitte schön sein? Also okay, korrigierte sich Rick, sie sieht aus, wie Rachel aussehen würde, wenn sie nicht schwanger wäre plus wenn sie einen asiatischen Elternteil hätte.
Schnaufend und schwitzend kam er vor ihr zum Stehen. »Danke, dass du gewartet hast«, sagte er. »Also, mein Name ist Rick, ich bin fremd hier in Idleton. Was ist denn nur los mit eurer Stadt?« Sie lächelte ihn bloß an, oder nicht mal das – lächelte durch ihn hindurch, mit sanft geschwungenen Lippen und schrägen Augen, die tatsächlich so schmal wie Schlitze waren. »Vor allem aber«, fuhr Rick fort, »suche ich meine Freundin, Rachel. Sie ist …«
»… verloren gegangen?« Ihre Stimme klang so sanft, wie der Schwung ihrer Lippen es verheißen hatte, und ihr Lächeln wirkte nun ein wenig bekümmert, als ob sie Mitleid mit Rick empfände. Er nickte, dabei überlegte er angestrengt, warum sie wohl genau die gleichen Worte gebraucht hatte wie vorhin der geheimnisvolle Dickie. »Und bestimmt ist sie auch schwanger?«, fuhr das Mädchen fort.
Er nickte wieder, und sie legte den Kopf ein wenig in den Nacken, um ihn genauer anzusehen. Unbehaglich registrierte er, dass sie sein Blut in Wal-

lung brachte. Mann, reiß dich zusammen, Rick, ermahnte er sich, du hast nur dieses dämliche Schlangentuch um, wie sieht das denn aus, wenn du plötzlich in Fahrt gerätst! Aber es half alles nichts, sie war haargenau der Typ Mädchen, auf den Rick Nadar seit jeher stand, schlank, langgliedrig, üppige schwarze Haare und bei aller Zartheit an den richtigen Stellen rund. Und dazu diese Augen, schräge Schlitze, durch die sie ihn regelrecht anzusaugen schien.

Rick verschränkte die Arme vor der Brust, ließ sie wieder herabsinken und rückte sein Hüfttuch zurecht. Ihr sanftes Lächeln, du liebe Güte, er wusste schon kaum mehr, wohin er schauen sollte. Aber mit Rachel hatte sie überhaupt keine Ähnlichkeit, dachte Rick, er verstand jetzt gar nicht mehr, warum er sie vorhin sogar mit Rachel verwechselt hatte. Dieses Mädchen hier sah so schwach und schutzbedürftig aus, wie Rachel bestimmt nie gewesen war, nicht mal als kleines Kind.

»Woher – ich meine…« Er musste sich erst mal räuspern, mit der Hand über Stirn und Augen fahren, aber der Nebel in seinem Kopf wollte sich einfach nicht auflösen. »Woher weißt du das?«, gelang es ihm endlich zu fragen. »Hast du Rachel denn hier in der Stadt gesehen – eine junge Frau in einem gelb-grün getupften Umstandskleid?«

Sie sah ihn nur weiter an, so sanft, gleichzeitig so brennend, so bedrängend, dass Rick immer seltsamer zumute wurde. In seinem Kopf begann es zu rauschen, seine Knie wurden noch weicher, und dazwischen ging erst recht alles drunter und drüber. »Besser, du vergisst diese Rachel«, sagte sie plötzlich.

Sie vergessen? Sekundenlang war in seinem Kopf nur noch sausende Leere. »Aber was soll das denn heißen?«, protestierte er dann. »Hast du sie gesehen? Bitte hilf mir doch, ich muss Rachel finden!« Dabei hatte er den unheimlichen Eindruck, dass er gleichzeitig log und die Wahrheit sagte – log, weil er völlig verzaubert von dem asiatischen Mädchen war, und die Wahrheit sprach, weil er sich ja trotzdem wegen Rachel immer schrecklicher sorgte.

Für einen winzigen Moment erlosch ihr Lächeln, und Rick durchfuhr der Gedanke, dass ihre Sanftheit bloß eine Maske war, hinter der sie etwas verbarg. Aber dann kam es ihm wieder ganz abwegig vor – was sollte so ein zartes Geschöpf schon großartig zu verbergen haben? Sie war genau die Art Mädchenfrau, die ihn verrückt machen konnte, durch ihren bloßen Anblick, ihre Nähe, ihren Geruch, durch die Gedanken, die sie in seinem Kopf herumwirbeln ließ. Wie sie sich in seine Arme schmiegen würde, ganz nackt,

nur vom Schleier ihrer langen schwarzen Haare bedeckt. Wie sie sich in seinen Händen anfühlen würde, wie er seinen Mund, seine Nase in ihre Halsbeuge einwühlen würde, wie er...
»Dann such sie – dort.« Sie deutete in eine Seitenstraße.
Rick schaute in die gewiesene Richtung. »Warum gerade da?« Die Straße sah genauso aus wie zwei Dutzend andere, durch die er an diesem endlosen Morgen schon getrabt und gestolpert war. »Wo geht es da denn hin?«
Aber das Mädchen hatte sich schon abgewendet, Rick sah eben noch, wie sie in einen schmalen Gang zwischen zwei riesigen Glashäusern trat. »Hey, warte noch!«, rief er ihr nach. »Wie heißt du überhaupt?« Sie konnte doch nicht einfach so weggehen, ihn erst auf Touren bringen, ihm den Kopf verdrehen, die Knie weich machen und dann auf und davon gehen mit diesem rätselhaften Lächeln? Vor allem aber schien sie zu wissen, wohin Rachel gegangen war – wie sonst hätte sie ihm raten können, dass er Rachel vergessen sollte?
Schnaufend lief er hinter ihr her, durch den engen Gang, aber da war niemand, keine Rachel, kein asiatisches Mädchen, da war überall nur glattes Glas. Der Gang endete nach wenigen Schritten vor einer verspiegelten Tür. Rick rüttelte an der Klinke, presste sich mit dem ganzen Körper dagegen und hinterließ einen hässlichen Abdruck auf dem Spiegelglas.
Einige Augenblicke lang blieb er noch stehen, wo er stand, und versuchte sich darüber klar zu werden, was er eben wirklich erlebt hatte. Was tatsächlich passiert war und was er sich vielleicht nur eingebildet hatte. Joey, der behauptet hatte, Dickie zu heißen, und plötzlich nur noch sein eigenes Spiegelbild war. Das Mädchen, das er erst für Rachel, dann für Thena gehalten hatte und das weder die eine noch die andere war. Damals in der Lower Street hatte Mrs. Sinking, die Schulpsychologin, ihm eine feurige Predigt gehalten, in der sich alles um diese Unterscheidung drehte: Fantasie und Realität. Einbildung und Wirklichkeit. Joey und Rick. Auch sein Vater hatte ihn damals beschworen, sich zusammenzureißen, kein verfluchter Traumtänzer zu sein. »Okay, Dad, schon gut, ich versprech's.« Er hörte sich diese Worte murmeln, wie er sie damals, mit vierzehn Jahren, stimmbrüchig gemurmelt hatte. Und er hatte sein Versprechen gehalten, oder etwa nicht? Nie mehr sich dem *Dawn* genähert, wo Joey angeblich seine Mutter entdeckt hatte, wie sie mit einem dottergelben Nichts auf der Haut vor aller Augen tanzte. Nie mehr auch nur den Namen Joey erwähnt, weder vor seinem Vater noch vor Mrs. Sinking.
Aber warum zur Hölle fiel ihm dieser ganze Mist jetzt wieder ein? So lange

hatte er nicht dran gedacht, und das alles war doch wirklich schon Ewigkeiten her. Diese elenden Spiegel! Und Rick wandte sich um, trottete aus dem gläsernen Gang heraus und wandte sich der Seitenstraße zu, die das Mädchen ihm gewiesen hatte.

Die Straße wand sich im Zickzack zwischen himmelhohen Glas- und Betontürmen hindurch. Zur Abwechslung fiel wieder mal die Straßenbeleuchtung aus, aber diesmal blieb Rick nicht stehen. Das Zusammentreffen mit Joey alias Dickie und mit dem asiatischen Mädchen hatte ihn so sehr verwirrt, dass er einfach mechanisch weitertrottete, ohne auf seinen Weg zu achten. Doch auf einmal ertönten laute Rufe irgendwo vor ihm, und Rick fuhr aus seinen Gedanken auf.
Weitere Rufe, dunkle, klare Stimmen wie von sehr jungen Männern. Rick war nun doch stehen geblieben, er hielt den Atem an und spähte ins Halbdunkel, wo kaum etwas zu erkennen war – nur ein paar hin und her taumelnde Schatten auf der Straße. Dazu hastige Schritte, ein Trappeln und Stampfen, dann knallte ein schwerer Körper auf den Asphalt. Gleichzeitig schrie ein Mann grässlich auf, seine Stimme überschlug sich. Jetzt hörte Rick auch noch ein Fauchen, wie von einer riesigen Wildkatze, die Schreie des Mannes verebbten in krampfartigem Wimmern, und in diesem Moment ging mit einem Flackern die Straßenbeleuchtung wieder an.
Schwerfällig suchte Rick hinter einer Litfaßsäule Deckung. Keine fünf Schritte vor ihm lag ein Mann auf der Straße, wimmernd, zusammengekrümmt. Er lag auf dem Bauch und versuchte sich offenbar vor seinen Peinigern zu schützen, indem er den Kopf einzog und seine Arme und Beine unter dem Körper versteckte. Vier junge Männer standen um ihn herum, eher noch Jungs, höchstens sechzehn, siebzehn Jahre alt. Einer von ihnen hatte eine Axt in der Hand, ein zweiter hielt tatsächlich einen fauchenden Schneidbrenner, vor dessen Ende eine Flamme tanzte, blau und orange.
Rick traute sich kaum mehr zu atmen. Die beiden anderen Jungs gingen neben dem Mann in die Knie, drehten ihn mit Gewalt auf den Rücken und hielten ihn bei den Füßen fest. Jetzt sah Rick auch die Blutlache, die sich unter ihm gebildet hatte. Der Mann fing wieder an zu brüllen und zu heulen, und dann hätte auch Rick vor Entsetzen beinahe aufgeschrien. Im Liegen fuchtelte der Mann mit einem Arm in der Luft herum. Wo seine Hand sein sollte, zuckte ein roter Stumpf.

Der Junge mit der Axt schwang seine Waffe empor und schlug dem Mann mit einem einzigen Hieb den linken Fuß ab. Rick sah völlig entgeistert zu. Der Schrei des Verstümmelten klang überhaupt nicht mehr nach einem Menschen, eher wie der Alarmruf eines großen, tödlich übertölpelten Vogels. »Reg dich nicht so auf, Alter«, sagte der Junge mit dem Schneidbrenner. »Wir lassen dich schon nicht verrecken, siehst du doch.« Und er hielt die Flamme gegen den Fußstumpf.

Der Gestank von brennendem Fleisch wehte zu Rick herüber. Er musste ein Würgen unterdrücken, aber er starrte weiter zu dem Mann und seinen Peinigern hin, er konnte nicht anders. Vage wurde ihm bewusst, dass die Burschen sich auch über ihn hermachen würden, wenn sie ihn hinter seiner Säule erspähten, aber er war wie gelähmt, nur das Herz klopfte ihm bis in die Schläfen hinauf. Der verödete Fußstumpf hatte tatsächlich aufgehört zu bluten, doch der Mann lag wie tot zwischen den Jungs auf der Straße.

Die beiden, die ihn am Boden festgehalten hatten, standen jetzt wieder auf. Einer von ihnen erhob sich, wippte auffordernd mit seinem Rucksack. »Na los, Mensch, rein das Ding!« Der andere bückte sich, nahm den Fuß auf, stopfte ihn in den Rucksack seines Gefährten.

»Und die Hand?«, rief der mit der Axt.

»Hab ich schon im Sack.«

Sie lachten auf, ohne einen Anflug von Heiterkeit, dann liefen sie davon, Axt und Schneidbrenner schwingend, und aus dem Rucksack des Dritten tropfte Blut.

Es waren nicht die vier Burschen, dachte Rick, die ihn vorhin verfolgt und die Mr. Overidge auf die gleiche Weise verstümmelt hatten wie den armen Kerl da drüben. Die Jungs oben in der Passage hatten aufgekratzt geklungen, diese vier aber wirkten düster und freudlos wie Leute, denen eine grässliche Pflicht auferlegt worden war. Immer noch stand Rick hinter der Litfaßsäule, dabei war von den Typen weit und breit nichts mehr zu sehen. Auch ihre Schritte waren nicht mehr zu hören, nur noch das Sirren der elektrischen Drähte über der Straße – »Ricky, Ricky, Ricky!«

»Renn weg«, hatte vorhin sein Spiegel-Ich zu ihm gesagt, »solange du noch zwei Füße hast.« Aber wenn es nur sein Spiegelbild war, wie hatte es ihn warnen können? Und Spiegel oder nicht, Dickie oder Joey – aus welchem Grund zogen allem Anschein nach bewaffnete Jugendbanden durch die Straßen von Idleton, um jedem die Gliedmaßen abzuhacken, der dumm genug war, sich von ihnen überraschen zu lassen? Rick grübelte und rollte dabei mit den Schultern, um seine völlig verkrampften Muskeln ein wenig

zu lockern. Und er dachte noch immer über all diese Rätsel nach, als er aus seinem Versteck hervortrottete. Auf der Straße spähte er nach links und rechts, dann ging er neben dem Verstümmelten in die Knie.
Der Mann war wieder zu sich gekommen, mit glasigem Blick schaute er zu Rick auf. Sein Gesicht war schmerzverzerrt, die Muskeln um seinen Mund herum zuckten wie im Krampf. Er war längst nicht so alt, wie Rick angenommen hatte, nicht im mittleren Alter, sondern allenfalls drei, vier Jahre älter als er selbst. Und trotzdem war für ihn alles vorbei.
»Hey«, sagte Rick leise und wusste nicht weiter. Er fühlte sich vollkommen hilflos, sollte er den Mann nicht irgendwo hinschleppen, wo man ihm beistehen konnte? Seine Wunden verbinden, ihm ein Mittel einflößen gegen Schock, Schmerzen, Blutverlust? Aber wie sollte er in dieser Stadt ein Krankenhaus oder eine Arztpraxis finden, die noch in Betrieb waren? »Hey, du«, wiederholte er. »Ich hab alles mit angesehen, aber ich – tut mir Leid, ich konnte dir nicht helfen.« Zur Erklärung zeigte er ihm seine leeren Hände vor, doch dann wurde ihm wieder bewusst, dass der Mann ja nicht mal mehr beide Hände besaß, und er verschränkte hastig seine Arme vor der Brust. »Was ist hier in Idleton los?«, fragte er stattdessen. »Warum sind diese Typen denn mit der Axt auf dich losgegangen?«
Der Mann sah ihn mit flehentlichem Ausdruck an, seine Lippen bewegten sich, aber Rick hörte nicht den leisesten Ton. Er brachte sein Ohr näher an die Lippen des Liegenden heran. »Es hat... erst vor kurzem... angefangen...« Der Mann flüsterte es, mit langen Pausen, in denen nur sein keuchender Atem zu hören war. »Keiner weiß... woher... Aber seitdem... die Schwangeren... eine nach der anderen... und keiner weiß... wohin... auch meine Frau... Liza, vorgestern Früh...« Der Mann schloss die Augen, riss sie plötzlich wieder auf. »Bring mich nach... Hause!« Ein Lächeln wehte über sein Gesicht, und Rick fragte sich, für wen ihn der Mann wohl gerade gehalten hatte.
»Klar, mach ich«, sagte er. »Wenn du mir sagst, wie du heißt und wo deine Wohnung ist.«
Mit dem Armstumpf zeigte der Mann auf das Haus neben ihnen, einen heruntergekommenen Betonturm. »Da drüben... Hendrik...«
Rick wollte ihn gerade fragen, ob Hendrik sein Vor- oder Nachname war, da hörte er wieder Schritte aus der Richtung, in die vorhin die Jungs davongelaufen waren. Ohne auch nur einen Augenblick zu zögern, beugte er sich vor, packte den Schwerverletzten unter den Achseln und wuchtete ihn sich auf die Schulter.

Als er sich aufrichtete, löste sich das verdammte Altartuch von seiner Hüfte und glitt zu Boden. Rick erwog einen Moment lang, den Mann wieder hinzulegen, sich das Tuch erneut umzuknüpfen, dann den schweren Körper abermals emporzustemmen, aber er spürte, dass seine Kräfte hierfür nicht reichen würden. Und in Hendriks Wohnung würden sich ja wohl ein paar Kleidungsstücke finden, so dass er nicht länger mit dem albernen Schlangentuch herumlaufen musste. Außerdem kamen die Schritte beharrlich näher, und wenn er jetzt nicht mehr oder weniger losspurtete, würden die Kerle ihn doch noch erwischen.

Schnaufend trottete Rick über die Straße, tief unter seine Last gebückt. Hendrik war von massiger Statur, nicht fett, aber ein Mann mit schweren Knochen und viel Muskelfleisch darauf. »Und deine Liza«, fragte er Hendrik zwischen zwei Japsern, »ist sie denn auch schwanger?«

Hinter Ricks Rücken gab Hendrik ein Stöhnen von sich, dass Ja bedeuten konnte oder vielleicht auch einfach ein Schmerzenslaut war. Aber Rick kannte die Antwort sowieso schon. Die Schwangeren verschwanden spurlos, und den Männern wurden Hand und Fuß abgenommen – warum, zum Teufel, warum? Weil sich herausgestellt hatte, dass Gott eine riesige, schillernde Schlange war?

Aber es war wieder mal der falsche Moment, um über derlei Mysterien nachzugrübeln. Die Schritte da drüben schallten jetzt so laut, dass keine Zeit mehr zu verlieren war – mit einer Hand hielt Rick den Mann auf seiner Schulter fest, mit der anderen griff er ihm in die Hosentasche. »Sorry«, murmelte er, »aber das geht jetzt wirklich nicht anders.«

Glücklicherweise wurde er gleich in der ersten Tasche fündig. Ein schmaler Sicherheitsschlüssel, den er in seiner Panik viel zu fest ins Türschloss rammte, aber das Glück blieb ihm noch einmal treu. Der Schlüssel passte, und er zerbrach nicht – mit dem Knie drückte Rick die Tür auf und stolperte in ein düsteres Treppenhaus. Hinter ihm glitt die Tür wieder ins Schloss, und er hörte eben noch, wie sich jemand von draußen gegen das Türblatt warf – nicht die Dogge Zerbie, natürlich nicht, aber es klang mindestens genauso Furcht einflößend.

Keuchend setzte Rick seine Last neben dem Lift ab. Die Halle wirkte verwahrlost, mit abblätternder Lackfarbe an Wänden und Decke und einer Wand voller Blechbriefkästen, deren Türchen größtenteils aufgebogen waren. Kein gutes Zeichen, dachte Rick, aus Security-Sicht sogar ziemlich katastrophal.

Hendrik hockte auf dem Boden neben dem Lift, mit dem Rücken an die

Wand gelehnt. »Welches Stockwerk?«, fragte Rick, aber er bekam keine Antwort. Das wird allmählich zum Normalzustand, dachte er und begann das endlose Klingelbrett neben dem verwaisten Concierge-Tresen abzusuchen. Nur ein Hendrik, Nachname Rienar, achtundzwanzigste Etage rechts.
Er kehrte zu Hendrik zurück, wuchtete sich den Körper wieder auf die Schulter und drückte auf den Knopf, um den Lift zu rufen. Auch wenn es grässlich war, mit einem schwer verletzten und wahrscheinlich schon sterbenden Mann auf der Schulter in dieser verkommenen Halle zu stehen, fühlte er sich doch fast schwindlig vor Erleichterung. Ein Dach über dem Kopf, dachte Rick, wie wundervoll, wären wir doch nie aus New Providence weggefahren. Oben bei Hendrik würde er sich säubern, etwas anziehen, ein wenig relaxen. Natürlich würde er auch den Verletzten versorgen, so gut er es konnte, einen Arzt anrufen oder irgendeinen Helfer, den Hendrik ihm nennen würde. Falls in dieser Stadt außer Betrieb nicht auch das Telefon ausgefallen war. Na, das würde er schon sehen, dachte Rick, während er Hendrik auf seiner Schulter behutsam zurechtrückte, und wenn er nachher wieder auf die Straße treten würde, wäre der ganze Spuk bestimmt wieder vorbei. Das erstarrte Zwielicht, der Terror der Axtkerle, der gelbliche Schmierfilm auf Straßen, Autos, allem. Einfach wieder vorbei, dachte Rick und glaubte schon, dass er im nächsten Moment umfallen müsste, da kam endlich der Lift, und mit einem unheilvollen Zischen glitt die Kabinentür auf.
Zwei Männer traten heraus, in dunklen Anzügen. Bei seinem Anblick wechselten sie verstohlene Blicke, dann eilten sie durch die Halle und waren schon aus der Tür. Als ob es mehr oder weniger normal wäre, in diesem Apartmenthaus einen völlig nackten, schlammverkrusteten Mann zu treffen, der einen nahezu Toten mit verstümmelten Gliedmaßen auf seiner Schulter trug.
Aufatmend trat Rick in die Liftkabine, setzte Hendrik auf der zerschlissenen Kunstlederbank unter dem zersprungenen Spiegel ab und drückte auf den Knopf mit der *Achtundzwanzig*.

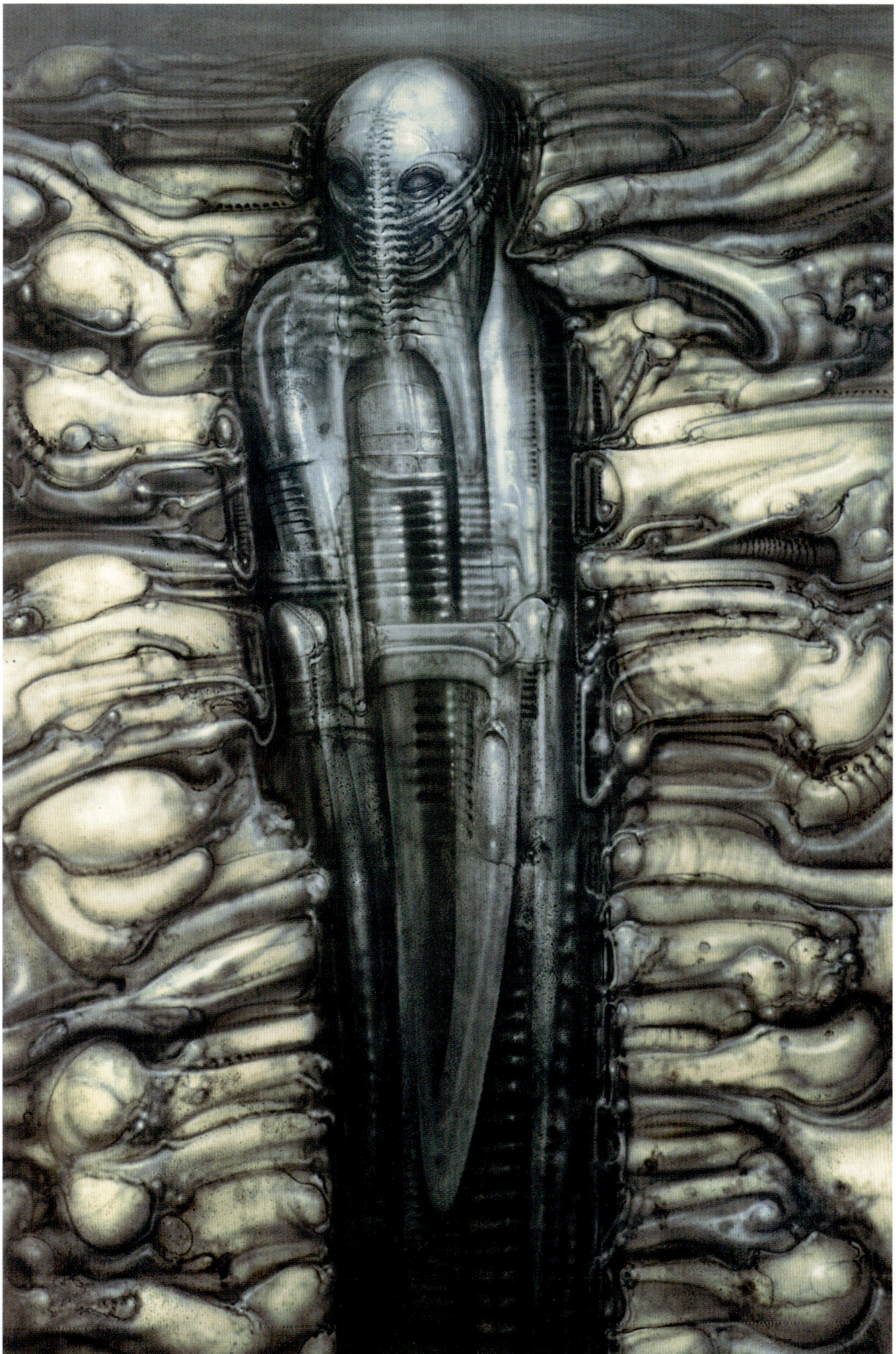

10. KAPITEL

DAS FLUGBLATT

Hendriks Apartment machte auf Rick keinen üblen Eindruck, ganz im Gegenteil. Einfach und sachlich möbliert, viel Glas, Metall, dunkles Leder. Keine Schnörkel, kein Firlefanz, jedenfalls nicht im vorderen Zimmer, wo er den Verletzten behutsam auf die schwarze Couch legte. Hendrik hatte wieder das Bewusstsein verloren, im Dämmerschlaf stöhnte er, warf den Kopf hin und her.

»Verdammt, Kumpel, was stell ich jetzt mit dir an?« Gehetzt schaute sich Rick im Zimmer um. Auf dem Glastisch neben der Couch stand ein Telefonapparat, der so unglaublich altmodisch wirkte, dass es vielleicht einfach ein Dekorationsstück war. Ein riesiges schwarzes Trumm mit Wählscheibe und einer mächtig geschwungenen Gabel, die einem Rehbock zur Ehre gereicht hätte. Rick hob den gewaltigen, wie ein Schenkelknochen geformten Hörer an sein Ohr und vernahm ein Rauschen und Glucksen, als ob das Telefon versehentlich an die Kanalisation angeschlossen worden wäre. Er zuckte mit den Schultern und legte den Hörer auf die Gabel zurück.

In seinem Rücken begann Hendrik laut zu röcheln, unverständliche Wörter zwischen den Zähnen hervorzuknirschen.

»Verflucht, was mach ich nur?« Wo mochten die Rienars ihr Arzneizeug aufbewahren, falls sie so etwas überhaupt besaßen? Er ging zu einem Schrank mit Rauchglastüren, der jedoch nichts Brauchbares enthielt – Whiskey, Filmkassetten, ein paar zerfledderte Romane: *Irrlauf*, *Stadt aus Glas*, *Der Räuber*. In den Schubladen allerlei Papierkram, Taschenmesser, Korkenzieher, weitere Taschenbuchromane: *Der Schrei aus der Tiefe*, *Berge des Wahnsinns*, *Der Namenlose*. Rick fühlte sich völlig überfordert, orientierungslos. In der Halbleiterfabrik gab es für solche Fälle einen Sanitätsraum mit ausgebildeten Notfallschwestern und eine Hotline zur Unfallklinik von New Providence. Er dagegen verhielt sich wie Dr. Frankenstein persönlich – taumelte nackt und verdreckt durch diese fremde Wohnung, machte wahllos Fächer und Laden auf und wieder zu, während sich hinter ihm der schwerstverletzte Mann auf der Couch hin und her warf.

Okay, Rick, ganz ruhig. Alle Welt bewahrt ihr Arzneizeug im Badezimmer auf, also werden die Rienars das wohl auch so halten. Klare Sache, warum kam er jetzt erst drauf? Er kratzte sich am Kopf, ein wenig getrockneter Schlamm rieselte auf den Parkettboden. Seltsam, wie wenig Spuren Mrs. Rienar in dieser Wohnung zu hinterlassen schien. Im ganzen Zimmer keine Anzeichen einer weiblichen Hand, keine Zierdeckchen, keine gerahmten Fotografien an der Wand, ja nicht mal eine erbärmliche Zimmerpflanze auf der Fensterbank. Nur der riesige Kaktus dort drüben, der zwischen den Clubsesseln siebenschwänzig emporschwoll.

Rick ging zurück in die kleine Vordiele, entschied sich für die linke der beiden Zimmertüren und stieß sie auf. Das Badezimmer, na also. Winzig und von gelbstichigem Dämmerlicht erfüllt. Ein schmales Milchglasfenster, darunter die riesige altmodische Wanne. Wunderbar. In diese Emaille-Muschel würde er sich gleich hineinfläzen, heißes Wasser an, irgendwelches Schaumzeug dazu, und dann träumen, dämmern, neue Kräfte tanken. Weg mit all dem Dreck, »runter von Haut und Seele«, wie seine Mutter immer gesagt hatte. Okay, okay, zuerst die Medizin.

Über der Kloschüssel hing ein weißes Lackschränkchen mit einem roten Kreuz drauf. Vorbildlich, dachte Rick und begann in Unmengen von Arzneipackungen, Scheren, Aderpressen, Mullverbänden zu wühlen. Ob sie auch so ein Zeug hatten, das den Nebel hinter seiner Stirn vertreiben würde? Fürs Erste fand er zumindest Verbandszeug, Schmerzmittel und Jodtabletten und trabte mit seinen Fundstücken ins vordere Zimmer zurück. Hendrik war wieder zu sich gekommen, seine Augen glänzten Rick im Halbdunkel des Zimmers entgegen. Er drehte einen Schalter neben der Tür, gelbliches Licht sickerte aus der Deckenlampe. Seltsam, dachte Rick, die gleiche Funzel, die gleiche trübe Lichtbrühe wie im *Overidge*. Er ging neben Hendrik in die Knie, aber der Mann sah nur kurz auf die Erste-Hilfe-Sachen, dann schüttelte er matt seinen Kopf. »Zu spät«, flüsterte er so leise, dass Rick sein Ohr wieder ganz nah an Hendriks Lippen heranführen musste. »Für mich … für Idleton … alles zu spät!«

»Aber was ist denn hier überhaupt passiert?« Rick schrie es so laut, dass Hendrik zusammenfuhr. »Entschuldige, Kumpel, meine Nerven. Aber erklär mir doch um Himmels willen mal, was hier los ist – ich suche meine Freundin, Rachel, sie muss irgendwo hier in der Stadt sein. Aber anscheinend sind hier ja alle schwangeren Mädchen und Frauen verschwunden – warum, zum Teufel noch mal?« Er hatte schon wieder zu schreien begonnen und beeilte sich, seine Stimme zu dämpfen. »Wohin verschwinden sie?«, flüsterte er, über Hendriks bleiches, schweißnasses Gesicht, die glasigen Augen gebeugt. »Wer schleppt sie weg?«

Hendrik Rienar schien ihm überhaupt nicht zugehört zu haben. »Der gelbe Film... die nasse Hitze«, murmelte er, »seit acht Tagen... es sickert... aus der Erde... die Schwangeren... verschwinden... manche sagen... es hat mit der... Baustelle...« Hendriks Gesicht überlief ein krampfartiges Zucken. Sein Blick wurde starr, dann fiel sein Kopf zur Seite.

»Was für eine Baustelle? Hendrik, herrje, ich muss das wissen!« Rick starrte ihn an. Auf einmal fiel ihm auch wieder ein, was Mr. Overidge hinter ihm hergerufen hatte: »Grabt nicht in die Tiefe, lasst das dort unten ruhen!« Er musste sich zusammenreißen, damit er Hendrik nicht bei den Schultern packte und schüttelte. »Hendrik?«

Keine Antwort. Schon wieder keine Antwort, verflucht! Hendrik gab keinen Schnaufer mehr von sich, sein Gesicht sah wie eine Wachsmaske aus. Ich halt das nicht mehr aus, dachte Rick, dass ich niemals eine Antwort krieg, wenn ich die Leute frage! Wut kochte in ihm hoch, so heiß und überrumpelnd, dass seine Hände zu Hendriks Hals emporgeschnellt waren, ehe er halbwegs mitbekommen hatte, was die beiden da anstellten. Sie umklammerten den Hals des Toten und schüttelten ihn jetzt tatsächlich, so wild und wütend, dass der Kopf auf der ledernen Sofalehne hin und her flog. »Keine Antwort, keine Antwort!«, keuchte Rick. »Aber damit ist jetzt Schluss! Ich hab dich was gefragt, ich hab dich was gefragt! Warum du jetzt auch noch weggegangen bist, wo ich doch sowieso schon nur noch dich hatte in der ganzen scheißverdammten Stadt!«

Plötzlich war es vorbei, so unvermittelt, wie es über ihn gekommen war. Rick ließ Hendriks Hals los, schob den Toten wieder ordentlich auf die Couch, von der er ihn halb heruntergezerrt hatte. Seine Augen brannten, seine Kehle brannte, eine brennend heiße Linie führte weiter abwärts, durch seine Brust, noch weiter, bis in seinen Bauch. Verdammt, verdammt, was soll das jetzt, Rick? Er schüttelte den Kopf, schüttelte seinen benommenen, verwirrten Kopf wild und immer wilder hin und her. Das ist doch alles uralter Kram, Ewigkeiten her! Mrs. Sinking, die Psychotante mit dem schmiedeeisernen Lächeln, hätte ihn damals bestimmt in den Himmel gelobt für so einen bühnenreifen Ausbruch. Aber das war verdammt noch mal vor mehr als zehn Jahren, Rick, und dieser Mann hier ist ein armer Teufel namens Hendrik Rienar, und das eine hat mit dem anderen nicht das Geringste zu tun. Okay, ruhig, ganz ruhig.

Plötzlich Schritte, gedämpfte Stimmen draußen im Treppenhaus. Rick schreckte hoch, schlich in die Vordiele raus, hielt die Luft an, presste sein Ohr gegen die Wohnungstür.

Ach was, das hatte er sich doch auch wieder nur eingebildet! Fantasie und Wirklichkeit, Rick, wann wirst du die Lektion endlich lernen, die man dir damals eingepaukt hat? Er wandte sich um und ging auf die Tür neben dem Badezimmer zu, die er bisher noch nicht geöffnet hatte.

Was er zu sehen bekam, überraschte ihn so sehr, dass er auf der Schwelle stehen blieb. So nüchtern, nahezu technisch der vordere Raum möbliert war, so theatralisch wirkte hier hinten die Dekoration. Offenbar war es das Schlafzimmer der Rienars, aber Rick fragte sich, wie man in diesem Raum nächtigen konnte, ohne von Albträumen und Herzsausen heimgesucht zu werden. Die Wände waren mit dunkelroten Stofftapeten verkleidet, den Boden bedeckte ein mehr oder weniger schon blutroter Teppich, in dem Rick, als er zögernd eintrat, bis über die Knöchel versank. In einem mittleren Rotton prangte das riesige Himmelbett, das mehr als die Hälfte des Raums einnahm. Es erinnerte an eine gewaltige Muschel, deren Hälften nur eben weit genug auseinander klafften, dass man sich auf Nimmerwiedersehen hineinzwängen konnte. Armer Hendrik, dachte Rick und wollte sich von dieser plüschigen Bühne gerade wieder zurückziehen, als sein Blick auf den kleinen Schreibtisch unter dem Fenster fiel.

Es war ein altmodisches Möbel jener Art, die in früheren Zeiten als Damensekretär bezeichnet worden war. Eine schmale, angeschrägte Schreibfläche, dahinter ein verschnörkelter Aufbau mit allerlei Fächern und winzigen Schubladen. Rick ging hin, zog Türchen und Laden auf. Er hatte keine Vorstellung, was er hier überhaupt suchte, und es wäre ihm mehr als unangenehm gewesen, wenn er überrascht worden wäre – wie er nackt und grotesk verschmutzt in dieser Blut- und Gluthöhle herumschlich und im Schreibtisch einer fremden Frau stöberte. Aber das Herz klopfte ihm auf einmal bis zum Hals, und das kam bestimmt nicht nur von diesem vielen Rot, das er allerdings auch ziemlich beklemmend fand.

Doch die Fächer und Laden schienen nur belanglosen Krimskrams zu enthalten. Poesiebändchen und parfümiertes Briefpapier, Familienfotos und in einer versteckten Lade allerdings auch einen kleinen Stoß Hochglanzfotografien, die eine rothaarige Frau in üppiger Nacktheit zeigten. Mrs. Liza Rienar? Rick pfiff leise durch die Zähne und legte die Bilder an ihren Platz zurück.

Die größte Schublade befand sich unter der Schreibplatte, und sie als Einzige war verschlossen. Rick zögerte kurz, dann fingerte er aus einem der oberen Fächer eine Büroklammer heraus, bog sie sich zurecht und riegelte das läppische Schloss auf.

Die Lade war leer, jedenfalls fast. Nur ein einziges, halb zerfleddertes Blatt lag darin, und Rick zog es mit bebenden Fingern heraus. Es handelte sich offenbar um ein Flugblatt, eine billige, an den Rändern fast unleserliche Kopie. Eine hastig hingekritzelte Skizze nahm den größten Teil des Blattes ein, und es war ganz unverkennbar die gleiche Zeichnung, die Rick bereits an der Felswand in den Bergen und auf Thenas Skizzenblock gesehen hatte. Und trotzdem verstand er nicht, begriff weniger denn je, was es zu bedeuten hatte, was irgendwer sich davon versprach, solche Bilder unter die Leute zu bringen. Den hingekritzelten Umriss eines höhlenartigen Uterus, in dem mehrere winzige Skelette eng zusammengedrängt hockten. Höhlenartig wie dieses Schlafzimmer, dachte Rick und sah sich mit erneuertem Unbehagen in dem von dröhnender Röte erfüllten Raum um.

Das Flugblatt nahm er mit nach draußen, und erst nachdem er die Tür zum Schlafzimmer der Rienars wieder sorgfältig geschlossen hatte, hielt er den Papierfetzen unter die Deckenfunzel, um den Text unter der Zeichnung zu entziffern. Es war nur eine Zeile, im Gangster-Stil aus Zeitungslettern schief zusammengeklebt, und sie ließ sich wegen der miesen Kopierqualität nur teilweise entziffern. »Frauen – kommt... Citypark... Froschteich«.

Das mulmige Gefühl in Ricks Innerem fühlte sich mittlerweile an wie ein Bündel Dynamit kurz vor der Explosion. Und die Lunte führte von seinem Magen geradewegs hinauf in sein Gehirn, so glühend heiß, als ob sie bereits in Brand gesetzt worden wäre.

Im Kühlschrank der Rienars fand Rick ein paar Eier, die er in einer gusseisernen Pfanne briet, von beiden Seiten und mit reichlich Schinkenspeck, wie er es am liebsten mochte. Dazu eine ordentliche Portion Toast und starken schwarzen Kaffee. Schon allein der vertraute aromatische Frühstücksduft ließ seine Stimmung steigen. Wäre doch gelacht, wenn er diese ganze verrückte Angelegenheit

jetzt nicht endlich in den Griff bekäme! Sein Frühstück schlang er dann allerdings in der Küche in sich hinein, am Kühlschrank lehnend, in der einen Hand eine Gabel, in der anderen den Teller, da er es nicht über sich brachte, sich ins Wohnzimmer zu setzen, wo der tote Mann auf dem Sofa lag. Er hatte Hendrik die Augen geschlossen, trotzdem kam es ihm andauernd so vor, als ob der andere ihm hinterherschaute, seinen Blick suchte, ihm etwas mitzuteilen versuchte. Blödsinn! Hendrik Rienar war tot, und was immer er vielleicht über die rätselhaften Geschehnisse in seiner Stadt noch hätte sagen können, würde zusammen mit seinem Leichnam begraben werden. Vorausgesetzt, dass sich jemand die Mühe machen würde, Hendrik Rienars erstarrten Körper in einen Sarg zu legen und in der sumpfigen Erde von Idleton zu bestatten.
Rick schenkte sich Kaffee nach, schlang die letzten Bissen herunter. Ein wenig besser fühlte er sich jetzt, das schon, aber der Nebel in seinem Kopf, die Mattigkeit in seinen Beinen wollten einfach nicht weichen. Ganz zu schweigen von dem mulmigen Gefühl, das fast schon seinen ganzen Körper auszufüllen schien, seine Muskeln verkrampfen, sein Herz hastig und holpernd schlagen ließ. »Grabt nicht in die Tiefe!« Wieder musste er an die Ausrufe des alten Motelbesitzers denken. Auch Hendrik hatte von einer Baustelle gesprochen, mit der das Unheil möglicherweise begonnen hatte. Aber was sollte das für eine Baustelle sein, die derartiges Grauen hervorbrechen ließ? Das gelbe Zeug, das die Erde auf einmal auszuschwitzen schien, das Verschwinden der Schwangeren, die durchgedrehten Jugendgangs – wie passte das alles zusammen? Und dann tauchten auch noch an allen Ecken und Enden diese mysteriösen Zeichnungen auf – Graffiti im Wald, Gekritzel auf Carls und Thenas Skizzenblöcken, das Flugblatt in Mrs. Rienars Sekretär. Bilder, die alle die gleiche verschlüsselte Botschaft zu enthalten schienen – nur welche Botschaft mochte das sein? Etwa auch wieder die gleiche Message, die Pater Rudy ihm von der versackenden Kanzel aus zugerufen hatte: »Erkenne dich selbst – in den Zeichen der Welt!«?
Rick schüttelte den Kopf und stellte seinen Teller in den Spülstein, ging Kaffee schlürfend noch einmal hinüber zu Hendrik. Das zerknitterte und lückenhaft kopierte Flugblatt lag noch auf dem Rauchglastisch, wo er es vorhin abgelegt hatte. *Frauen – kommt... Citypark... Froschteich.* Offenbar wurden die Frauen von Idleton aufgefordert, sich im Citypark am Teich zu versammeln, soweit okay. Aber leider war auf dem Flugblatt weder der Zweck der Veranstaltung noch das Datum vermerkt, an dem die Sache über die Bühne gehen sollte.

Rick ließ den Flyer sinken. Der Tote schien ihn schon wieder anzuglotzen, durch seine geschlossenen, erstarrten Lider hindurch. Auf der Seite liegend wie zu einem kurzen Schlummer, sah er auf unheimliche Weise friedlich aus, jedenfalls solange Rick nur in sein Gesicht schaute und sich zwang, nicht auf die brandroten Arm- und Beinstümpfe zu achten.

Was willst du mir mitteilen, Kumpel?, dachte Rick. Na los, sag es mir! Er senkte nun auch seinerseits die Lider, so wie es der Vorsitzende des Spiritistenclubs von Idleton damals von allen Anwesenden verlangt hatte, »damit das Fluidum ungehemmt fließen kann«. Und gerade in diesem Moment fiel ihm wieder ein, was die jüngere der beiden Nonnen heute im Glockenturm zu ihm gesagt hatte, die junge Frau, die ganz genauso wie Thena ausgesehen und unter ihrer schwarzen Kutte sogar Thenas gestreifte Seidenstrümpfe getragen hatte: »Komm zum Froschteich.«

Er hatte zuerst geglaubt, dass er sich verhört, dass wieder mal seine Nerven, seine zügellose Fantasie ihm einen Streich gespielt hätten. Der einzige Froschteich, den er jemals aufgesucht hatte, befand sich auf dem verwahrlosten Grundstück in der Lower Street, New Providence, dem Schauplatz seiner Katzenträume und geheimen Begegnungen mit Joey. Aber natürlich konnte es auch in einer Stadt wie Idleton einen Froschteich geben, und wenn sich die Frauen von Idleton dort versammelten, sollte er selbstverständlich auch dorthin gehen, um sich nach Rachel umzusehen und jede Person, die er im Citypark antreffen würde, nach Rachel zu fragen. Warum war er nicht längst schon dorthin unterwegs?

Okay, okay, bin ja schon fast weg, dachte Rick. Vorher würde er nur noch rasch ein Bad nehmen, dann sich mit ein paar von Hendriks Anziehsachen versehen. Schließlich konnte er ja nicht so nackt und verdreckt vor den versammelten Frauen von Idleton erscheinen, sagte sich Rick und ging zurück ins Badezimmer, wo er die Hähne über der altmodischen Wanne aufdrehte und einen großzügigen Spritzer von Mrs. Liza Rienars echsengrüner Badeessenz hinzufügte.

Während das Wasser in die Emaille-Muschel rauschte, ging Rick noch einmal ins Schlafzimmer der Rienars und stöberte im Kleiderschrank. Er fand ochsenblutrote Boxershorts, Jeans und T-Shirt, alles ein wenig zu weit für ihn, denn Hendrik war um die Schultern und Hüften herum deutlich breiter gebaut als er selbst. Aber besser als ein Altartuch mit einer sich aufbäumenden Schlange darauf war es allemal.

Mit den Klamotten des Toten kehrte er ins Bad zurück, legte sie neben der Wanne auf den Boden und sich selbst ins erfrischend kühle Wasser, auf dem der grüne Schaum knisterte und schillerte. Die Schlammkruste auf seiner Haut löste sich langsam auf, und auch die krampfhafte Spannung in seinen Muskeln begann sich zu lockern. Rick räkelte sich im Wasser, die Augen halb geschlossen. Mit den Händen fuhr er sich über Brust und Bauch und stellte sich vor, dass es keineswegs seine eigenen Hände wären. Das asiatische Mädchen, dachte er, hatte ihn vorhin mit Absicht in die falsche Richtung geschickt, keine Frage. Aber aus welchem Grund? Vielleicht wollte sie nicht, dass er den Ort fand, wo sich Rachel und die anderen schwangeren Frauen aufhielten – freiwillig oder weil sie dorthin verschleppt worden waren? Aber das würde nur dann einen Sinn ergeben, wenn das asiatische Mädchen wüsste, was sich hier in Idleton abspielte, wohin die Schwangeren gingen oder gebracht wurden und wer der Drahtzieher der ganzen Angelegenheit war.

»Lasst das dort unten ruhen!« Ricks Augen gingen noch ein Stück weiter zu, er dachte an Rachel, stellte sich vor, dass sie hier bei ihm in der Wanne wäre, versuchte sich in Rachels Lage zu versetzen. Was könnte sie dazu bringen, mitten in der Nacht aufzustehen und sich an einen Ort zu begeben, wo sich vielleicht schon Dutzende oder hundert andere schwangere Frauen befanden? Ganz deutlich sah er sie jetzt vor sich, ihr wunderschönes Gesicht, das ihn anlächelte, zum Greifen nah. »Ricky, was du dir nur immer für Gedanken machst!« Er würde es nicht ertragen, wenn auch Rachel ihn noch verließe, das fühlte er in diesem Moment mit überwältigender Klarheit. Wenn er auch sie noch verlieren würde, es wäre der Schlag, von dem er sich nicht mehr erholen würde. Er konnte ohne Rachel nicht leben. Er liebte und brauchte sie, er hatte ja sonst niemanden in der ganzen Welt. Ohne Rachel würde alles um ihn herum wieder leer und bedeutungslos werden.

Sein halbes Leben lang hatte er sich allein durchgeschlagen, mutterseelenallein, dachte Rick, auch wenn es da fast immer ein Mädchen in seiner Nähe gegeben hatte. Doch als Rachel ihn zum ersten Mal in seinem Apartment besucht hatte, als sie zugelassen hatte, dass er seine Arme um sie legte, seinen Mund auf ihre Lippen drückte für einen endlosen, zärtlichen und leidenschaftlichen Kuss, da hatte er wahrhaftig empfunden, dass sie gekommen war, um ihn zu erlösen. Jawohl, Sir, ihn zu erlösen, durch ihren Kuss, durch ihre Liebe, nicht weniger als das. Ihn von einer Verdammnis zu befreien, die ihm irgendwie von seinem Dad vererbt worden war, ihn von einer rätselhaften Strafe zu begnadigen, durch ihre Liebe, durch ihr Lächeln, einfach dadurch, dass sie bei ihm war. Und wenn Rachel jetzt wirklich wieder weggegangen wäre, dachte Rick, dann wäre er dieser Hölle doch aufs

Neue ausgeliefert, dem Spiegellabyrinth seiner unendlichen Kämpfe um ein wenig Lebensmut, Vergessen, Sicherheit. Verflucht noch mal, Rachel, dachte Rick, tu mir das nicht an. Wo bist du, Liebes, was soll ich nur machen, um dich wiederzufinden?

Er beschwor sie im Stillen, zermarterte sich den Kopf, aber es war sinnlose Mühe, er wusste ja viel zu wenig von Rachel, um die Welt mit ihren Augen sehen zu können. Außerdem bezweifelte Rick seit langem, dass ein männliches Wesen überhaupt jemals in der Lage war oder sein würde, die Welt mit den Augen eines weiblichen Wesens zu sehen. Zu diesem Schluss war er schon als kleiner Junge gelangt, eigentlich schon mit acht oder neun Jahren, nachdem er seinen Vater wieder mal mit der Frage gelöchert hatte, die ihn damals mehr als alles andere beschäftigt hatte: »Warum ist sie weggegangen, verdammt, Dad, warum?« Worauf sein Vater meistens nur erwidert hatte, mit müdem Blick, hängenden Schultern, die Bierdose vor sich auf dem rechten Knie: »Fluch nicht rum, Rick, ich weiß es doch auch nicht, verdammt noch mal.«

Längst hatten seine Hände sich wieder zu Fäusten geballt, unter Wasser, wo sie sich unbeholfen unter der prickelnden Schaumfläche bewegten. Wie Frösche, die im trüben Teichwasser untergetaucht waren, um aufs Geratewohl nach nahrhafter Beute zu angeln. Der Pyramidenfilm mit der unterirdischen Göttin fiel Rick wieder ein, wie sie in ihrem Tempel thronte, und ihr ungeheurer Kugelbauch war die Erde, über die Menschen und Tiere krochen. »Aus dem Sumpf bist du emporgestiegen«, hatte der Prediger in seiner versackenden Kathedrale ihm zugerufen, »wie die ehrwürdige Schlange, unsere einzig wahre Gottheit, wie Kröte und Frosch, ihre heiligen Gefährten!« Aber das ist doch alles völlig verrückt!, dachte Rick. So etwas gibt es doch gar nicht in Wirklichkeit: eine göttliche Schlange? Das träume ich doch nur, dachte er, und gleichzeitig hörte er sich selbst, wie er mit kindlich heller Stimme zu Joey sagte: »Das hast du doch bestimmt wieder nur geträumt!« Und Joey schüttelte den Kopf, sah ihn mit forschendem Blick an, wie es seine Art war, und deutete auf seine Lippen, die immer wie zu einem Schmollmund aufgeworfen waren: »Miss Downing hat mich dazu gezwungen, jetzt glaub mir doch endlich!« Dabei hatte Rick ihm vom ersten Moment an geglaubt, auch wenn es die ungeheuerlichste Geschichte war, die er in seinem damals elfjährigen Leben je gehört hatte.

Ganz deutlich sah er jetzt Joey vor sich, wie er neben ihm hockte in dem hohlen Holunderbusch auf dem Eckgrundstück in der Lower Street. Joeys staubige Knie neben seinen Knien, Joeys Mund so dicht an seinem Gesicht, dass er den Atem des anderen auf der Wange spürte. Es war ihr geheimer Treffpunkt, seit sie sich kannten, hier ließen die Erwachsenen, aber auch die anderen Kinder aus der Lower Street sie in Ruhe, denn die meisten glaubten, dass es in dem verwilderten Gelände mit seinen Brennnesselmeeren, Sumpfstellen, dem Froschteich hinter der Hausruine spukte. Das Einzige, was hier herumspukte, waren allerdings die schwarzen Katzen, die in Mengen auf dem Gelände hausten.

Was Mädchen und Frauen anging, war Joey bis zu jenem Erlebnis genauso schüchtern gewesen wie Rick. Sie beide hatten keine Mütter mehr, Joeys Mum war kurz nach seiner Geburt gestorben. In der Schule saßen sie immer in derselben Bank, auch im Religionsunterricht, den sie von der sagenhaften Miss Emma Downing erhielten. Wie sonderbar, dachte Rick in der Badewanne der Rienars, er sah alles wieder ganz genau vor sich, so als ob er es noch einmal erleben würde, noch einmal elf Jahre alt wäre, als ob Joey noch am Leben wäre. Aber gleichzeitig war es, als ob er einen Film ablaufen sähe, im Security Center säße, und auf allen Monitoren flimmerten nur er selbst und Joey, als Jungs von elf Jahren. Und natürlich die großartige, schreckliche Miss Downing.

Emma Downing war eine junge Frau Mitte zwanzig, und Rick und Joey beobachteten sie bei jeder Gelegenheit. Sie hatte fuchsrote Haare, katzengrüne Augen und eine fast durchsichtige Haut, die mit Milliarden Sommersprossen übersät war. Vor allem aber hatte Emma Downing den gewaltigsten Busen, den Rick und Joey jemals gesehen hatten, oder vielmehr, den sie eben leider noch nie in seiner ganzen Schönheit und Fülle geschaut hatten. Glücklicherweise bevorzugte Miss Downing Blusen mit großzügigem Dekolleté, doch die geheimnisvolleren Regionen ihres Innenlebens blieben Rick und Joey trotzdem verborgen. Was ihre Fantasie aber heißer als alles andere entflammte, war ein eigenartiger Schmuck aus Schlangenleder, den Miss Downing jederzeit um den Hals trug.

Eigentlich war das Ding zu dick, um einfach eine Lederschnur zu sein, eher schon ähnelte es einer vollständigen kleinen Schlange. Der Schlangenleib wand sich um Emma Downings zarten Hals, ringelte sich in ihrem Ausschnitt über dem zartweißen Busen hinab und verschwand in der unbeschreiblich geheimnisvollen Furche zwischen ihren Brüsten. Wie weit der

Schlangenschmuck unter Miss Downings Bluse noch hinunterreichte und was sich an seinem unteren Ende befinden mochte, darüber konnte vor allem Joey in leidenschaftlichen und verrückten Monologen endlos fantasieren. Von einem goldenen Jesuskreuz bis zu irgendwelchen mysteriösen Klammern, die dazu dienten, Miss Downings Busen in der Schwebe zu halten, schien Rick und Joey mancherlei möglich, und ihre Überzeugungen wechselten oft noch schneller als die Farbe von Miss Downings Dekolleté. Denn Emma konnte vom Busen bis zum Hals höchst eindrucksvoll erröten, während ihr Gesicht blass und scheinbar unbeteiligt blieb.
Und dann geschah das Unerhörte. Joey hatte sich irgendeines kleinen Vergehens schuldig gemacht und musste zum Nachsitzen in der Schule bleiben, und zwar unter der Aufsicht von Miss Emma Downing. Im leeren Klassenzimmer saß er an einem Pult, ihm gegenüber die Lehrerin, die wie immer großherzig dekolletiert war und ihre kleine Schlange um den Hals trug. Das Ende des Schlangenschmucks verschwand in der Spalte zwischen ihren Brüsten, und Joey starrte unentwegt dorthin. Ab und an blickte Miss Downing von ihrer Lektüre auf und lächelte ihn an, jedenfalls behauptete Joey das nachher gegenüber Rick: »Sie hat immerzu gelächelt, ihre Unterarme hatte sie auf dem Pult übereinander gelegt und ihren Busen darauf andauernd zurechtgerückt, es war einfach unglaublich.« Und als sie ihm einmal mehr ihre Brüste mit den darunter liegenden Armen scheinbar entgegenhob, machte Joey einfach das, wovon er hundertmal geträumt und worüber er tausendmal mit Rick geredet hatte. Seine rechte Hand fuhr wie von selbst empor, schnappte sich die Schlangenschnur und zog dran – erst sachte, dann fester, als sie wider Erwarten nicht gleich nachgab, nicht sofort aus der Spalte hervorgeschnellt kam und endlich preisgab, was an ihrem unteren Ende hing.
Miss Downing sah Joey bei dieser Prozedur nur entgeistert an, aus großen Augen, mit einem Erschrecken, in das sich Schmerz zu mischen schien, dann aber auch ein heißes, hastiges Lächeln, als mit einem jähen Flutschen das Ding aus ihrem Ausschnitt hervorschoss. Emma Downing schrie leise auf, ihr Mund formte ein vollkommenes O, und unter ihrem Busen baumelte ein länglicher Schlangenkopf an der Lederschnur, schimmernd feucht und sogar ein wenig blutig.
Joey war furchtbar erschrocken – über das ploppende Geräusch, den hervorschnellenden Schlangenkopf, Miss Downings Schrei, am meisten jedoch über das Blut. Und wie sehr erschrak er erst, als ihm die Lehrerin den Schlangenkopf in der Schale ihrer Hand hinhielt. »Das durftest du nicht tun,

Joey, das war ein schreckliches Vergehen.« Er starrte sie aus großen Augen an, und zur gleichen Zeit schien die Schlange ihn anzustarren mit ihren winzigen, giftig gelben Augen. »Dafür muss ich dich bestrafen, Joey«, fuhr Miss Downing mit leiser, ein wenig schleppender Stimme fort, so als ob sie unter den Folgen von Joeys Tat noch immer leiden müsste. »Mir bleibt nur die Wahl, dir die Hose runterzuziehen und den nackten Hintern mit meiner bloßen Hand zu versohlen. Oder…«

Der Schlangenkopf schien in ihrer Handmulde zu zucken, sich aufzubäumen, hin und her zu schnellen. Joey starrte ihn an wie ein hypnotisiertes Kaninchen. In seinem Bauch und darunter hatte er ein so heißes, ziehendes, Wonne und Schreck erregendes Gefühl wie niemals vorher in seinem Leben. »Oder…?«, krächzte er.

»Oder du musst ihn küssen, Joey. Such es dir aus. Aber eins von beiden muss sein, sonst…«

Was sonst mit ihm passieren würde, wollte Joey lieber gar nicht wissen. Dass Miss Downing ihm die Hose runterziehen und ihm wie einem kleinen Kind den nackten Hintern durchprügeln würde, kam jedenfalls überhaupt nicht infrage. Joey beugte sich vor und drückte seine Lippen auf die Stirn der Schlange.

»Warm, glitschig, feucht«, mit solchen und eng verwandten Attributen beschrieb Joey später, wie sich die Schlange auf seinen Lippen angefühlt hatte. Die Schlange, der Schrecken, das Blut. Joey war sehr stolz auf sein Erlebnis, und auch für Rick war damals sofort klar, dass Joey jetzt einen praktisch uneinholbaren Vorsprung besaß, was Mädchen, Frauen, die Geheimnisse der Weiblichkeit betraf. »Aber wo ist denn die Schlange nur rausgeploppt, Joey? Und warum war Blut drauf, um alles in der Welt?« Auf diese und ähnliche Fragen hin pflegte Joey fortan nur überlegen zu schweigen, mit dem Lächeln des Kenners, der Mysterien geschaut hatte, die Ricks Augen niemals sehen würden.

Ein Knirschen und Rumpeln, wie wenn sich ein schwerer Körper gegen eine Tür warf. Rick fuhr aus Träumen und Badeschäumen auf. Die Geräusche kamen vom Treppenhaus, kein Zweifel. Da machte sich jemand an der Tür zum Apartment der Rienars zu schaffen, und Rick brauchte nicht lange zu überlegen, wer die Übeltäter sein mochten. So leise wie nur möglich stand er auf, stieg aus der

Wanne, riss ein erdbeerrotes Handtuch vom Wandhalter und trocknete sich hastig ab. Vor seinem inneren Auge schlackerte noch die Schlange, die damals aus Emma Downings Busenfurche geflutscht war, feucht, blutig, mit giftig gelbem Blick. »Mein lieber Mann, Joey«, flüsterte er zwischen zusammengebissenen Zähnen, während er in Hendrik Rienars rote Boxershorts stieg. Er fand keine Gelegenheit, seine Garderobe zu vervollständigen, denn noch während er sich die Shorts auf der feuchten Haut hochzerrte, flog draußen mit berstendem Laut die Wohnungstür auf.
Einen Moment lang verharrte Rick noch neben der Wanne, lauschte nach draußen und unterschied vier Stimmen. Junge Kerle, dachte er, nicht dieselben, die vorhin Hendrik überfallen hatten, aber bestimmt hatten sie auch wieder Äxte, Schneidbrenner, Säge dabei. Und den Sack, in den sie ihre Beute stopfen wollten – Hände, Füße. Er stieg auf den Wannenrand, verfluchte lautlos seine Watteknie, riegelte das schmale Milchglasfenster auf, öffnete es ganz langsam und hoffte, dass es nicht allzu laut knarren würde. Dann hob er ein Knie, stemmte es auf die Fensterbank, wuchtete das zweite Bein hinterher und musterte zweifelnd das schmale Sims, das unter dem Fenster an der Hauswand entlanglief.
Die Straße war von hier aus nur ein gelber Strich, auf dem ab und an ameisenkleine Autos entlangkrochen. Aber besser im achtundzwanzigsten Stock auf einem Sims an der Hauswand balancieren, als sich von den Jungs da drinnen die Gliedmaßen abschneiden lassen. Bis zur Feuerleiter neben dem nächsten Fenster rechter Hand waren es vier oder fünf Schritte. Rick holte tief Luft, sehr, sehr tief, dann schob er ein Bein aus dem Fenster, senkte es tiefer und tiefer, bis er das glitschige Sims unter der Fußsohle spürte.
Hinter ihm zerbarst die Badezimmertür unter einer Serie von Axthieben. »Hier ist der Kerl«, hörte Rick eben noch, »der Verrückte, der den anderen hier hochgeschleppt hat« – dann war er draußen, tastete sich mit angehaltenem Atem über das schmale Steinband und war eben auf der Feuertreppe, als er im Badfenster der Rienars einen der Burschen auftauchen sah – fast noch ein Kind, die Axt in der Hand, während er wie zum Kurzstreckensprint auf der Fensterbank kniete.
Auf scheppernden Metallstufen rannte Rick nach unten, so schnell seine breiigen Beine, bleiernen Füße ihn trugen, und in seinem Innern hallten die Worte wider, die sein Spiegel-Ich ihm zugerufen hatte: »Raus aus Idleton, solange du noch zwei Füße hast, um damit wegzurennen!« Aber ich kann ja nicht einfach abhauen, dachte Rick, solange ich nicht weiß, was mit Rachel passiert ist! Als kleiner Junge hatte er sich immer, wenn er nicht mehr

weiterwusste, einfach vorgestellt, dass er ein Schauspieler wäre, der in einem Abenteuerfilm mitspielte – alles nur ein Spiel, Ricky, reg dich nicht so auf. Aber das hier war ja auch kein verdammter Film, es war die scheppernde Wirklichkeit, oder?

Endlos wendelte sich die Metalltreppe unter ihm in die Tiefe. Rick überlegte schon, ob er eine kleine Pause einlegen sollte, denn seine Lunge brannte mit seinen Beinmuskeln um die Wette, und vor seinen Augen begannen schon wieder bunte Lichter zu kreisen. Doch dann schaute er zu dem Sims im achtundzwanzigsten Stock hoch, und seine Füße fingen ganz von selbst wieder so schnell zu rennen an wie die Pfoten der Dogge Zerbie auf der Treppe vom *Hunter's Castle* runter zum Parkplatz.

Zwei der Burschen hangelten sich an der Hauswand hinter ihm her, die Klingen ihrer Äxte funkelten im trüben Morgenlicht. Bestimmt waren die beiden anderen schon wieder im Lift, dachte Rick, und rumpelten mit der Kabine viel schneller nach unten, als er auf dieser Treppe jemals laufen konnte. Und unten würden sie ihn in die Zange nehmen, und dann würde er in diesem verfluchten Idleton so erbärmlich verrecken, wie es vor ihm dem armen Mr. Overidge, Hendrik Rienar und bestimmt schon zahllosen anderen Männern geschehen war. Aber warum, verdammt, warum? »Fluch nicht, Rick, woher soll ich das wissen, verdammt!« Ja, Dad, vielen Dank, dachte er, du warst mir immer schon eine große Hilfe und Stütze in meinem gottverdammten Leben.

Rick rannte und fluchte, und dabei überlegte er gleichzeitig fieberhaft, wie er die Kerle hinter sich abschütteln könnte. Eines der Fenster einschlagen, die um Armesbreite neben der Wendeltreppe wie aufgefädelt untereinander lagen, aber die beiden Burschen waren mittlerweile schon viel zu dicht hinter ihm. Ehe er irgendein Fenster geöffnet, seinen ausgerechnet heute so schrecklich schwerfälligen Körper hindurchmanövriert hätte, wären die Axtkerle bei ihm. Aber vielleicht wohnte ja hinter einem der Fenster eine Frau, die sah, dass er in Not war, ihr Fenster und ihr Herz für ihn öffnete und ihn hineinschlüpfen ließ? Doch auch darauf konnte er bestimmt nicht hoffen, alle Frauen, denen er in dieser Stadt bisher begegnet war, hatten sich ihm gegenüber abweisend, gleichgültig, wenn nicht feindselig, zumindest aber Furcht einflößend verhalten – ausgenommen höchstens die Nonne, die wie Thena ausgesehen hatte.

Okay, Thena, ich schwöre es, dachte Rick – ich schwör's bei eurem Gott, der heiligen Schlange, dass ich zum Froschteich kommen werde, wenn du und die Schlange mich vor diesen milchbärtigen Killern rettet.

Als seine Füße endlich wieder Asphalt berührten, glaubte er zuerst, dass die Straße zitterte, wie schon der Boden der versackenden Kathedrale vibriert hatte. Aber das Beben kam aus seinem Innern, seine Beine schlotterten vor Angst und Überanstrengung, und in seinen Füßen echoten noch die Vibrationen der Metalltreppe, die unter seinen Schritten und dem Trampeln seiner Verfolger in immer wildere Schwingungen geraten war.
Er warf einen Blick über die Schulter, und da waren die beiden verfluchten Kerle höchstens noch ein Dutzend Stufen über ihm. Er sah nach rechts, an der verwahrlosten Betonfassade entlang, und da drüben stürzten eben die beiden anderen aus der Tür. Der eine schwenkte eine riesige Säge, auf dem Rücken des anderen tanzte ein unförmiger Sack, der ohne Zweifel mit geraubten Gliedmaßen voll gestopft war. Und genau in diesem Moment kam mit kreischenden Eisenrädern eine grotesk altmodische Trambahn angefahren, auf rostzerfressenen Schienen, die Rick vorhin überhaupt nicht bemerkt hatte, und hielt direkt vor ihm an.
Es war ein einziger, uralter Straßenbahnwagen, nebelgrau, mit winzigen, beschlagenen Fenstern, unverkleideten Rädern, haarsträubend ungesichertem Antriebsgestänge, viel zu hohen Stufen unter den kutschartigen Türen. Die Glocke schrillte, über dem Wagen sprühten Funken von der Gabel, die der Fahrer wieder und wieder einzog und zu den Stromleitungen hochfahren ließ. Mit einem Rumpeln und Quietschen ging vor Rick die Tramtür auf, er packte nach dem Haltegriff neben den Tramstufen, zog sich hoch und taumelte in die Kabine hinein. Als er sich umwandte, sah er gerade noch, wie die beiden Axtkerle vor dem Wagen zurückprallten, der mit kreischendem Schleifgeräusch und nervzerfetzendem Alarmläuten wieder anfuhr und im nächsten Augenblick schon mit einer so irrwitzigen Geschwindigkeit dahinraste, dass Rick sich mit beiden Händen an den speckigen Schlaufen festklammern musste, die von der Holzdecke herabhingen.

11. KAPITEL

FROSCHTEICH, CITYPARK

Rick brauchte eine ganze Weile, um zu begreifen, in was für eine seltsame Gesellschaft er hier geraten war. Und auch dann war er sich noch keineswegs sicher, ob er die Situation zutreffend beurteilte. Die Verfolgungsjagd über die Feuerleiter steckte ihm noch in den Knochen, auch die plötzliche Erinnerung an Joey und davor der Tod des armen Hendrik Rienar gingen ihm immer noch nach. Außerdem raste die Bahn mit so irrwitzigem Tempo dahin, dass Rick Mühe hatte, sich auf den Beinen zu halten, wenn der Fahrer rücksichtslos durch die Kurven jagte, im einen Moment brutal abbremste, um im nächsten Augenblick mit aufbrummendem Motor zu beschleunigen. Zu allem Überfluss machte die Tram einen Höllenlärm, die Eisenräder kreischten, der ganze Wagen ratterte und rumpelte, und fast unaufhörlich ließ der Fahrer die Alarmglocke schrillen, obwohl bestimmt nach wie vor kaum jemand in der Stadt unterwegs war.

Nur ganz allmählich beruhigten sich Ricks Atem und seine Nerven ein wenig, und seine Aufmerksamkeit wandte sich nach außen. Dann jedoch wollte er seinen Augen nicht trauen – der ganze Tramwagen war voller Nonnen.

Verstohlen sah er sich um, während er sich mit beiden Händen an den Lederschlaufen festklammerte. Ganz sicher war er sich keineswegs, aber zumindest schien es ihm so, als ob diese Frauen allesamt Nonnen wären. Sie trugen lindgrüne Kutten mit blutig roten Säumen, die ihm von irgendwoher bekannt vorkamen. Er überlegte angestrengt, doch im Moment kam er einfach nicht drauf, wo er in letzter Zeit junge Frauen mit genau solchen seltsamen Gewändern gesehen hatte. Bodenlangen Roben, lindgrün, die Ränder blutig rot. Dazu trugen sie Hauben vom gleichen Lind- oder Echsengrün, die von ihren Köpfen

nur die Gesichter freiließen, die katzenhaft schrägen Augen, hohen Wangenknochen, geschürzten Münder, doch die Kutten selbst waren keineswegs so weit und unförmig geschnitten, wie man dies bei Nonnen erwartet hätte. Aber da gab es sicherlich auch Unterschiede, dachte Rick. Er jedenfalls hatte überhaupt nichts dagegen einzuwenden, dass sie durchaus nicht alle weiblichen Umrisse verschwinden ließen, ganz im Gegenteil.

Genauso wie er selbst hielten sich die jungen Nonnen an Lederschlaufen über ihren Köpfen fest, so dass ihre Brüste unter dem dünnen, beinahe durchscheinenden Stoff gut zur Geltung kamen. Außerdem war es so eng in diesem Wagen, dass sich Berührungen beim besten Willen nicht vermeiden ließen, und in dieser Hinsicht war es um Ricks Willen noch niemals gut bestellt gewesen. Immer, wenn sie schwungvoll in eine Kurve rasten, wurde eine junge Nonne regelrecht gegen Rick geworfen, und dann ließ er es gerne geschehen, dass sie ihren Busen an ihn drückte und mit zarten weißen Händen an seiner nackten Brust Halt suchte. Stieg der Fahrer in die Bremse, so wurde eine andere Nonne noch sehr viel wilder gegen ihn gepresst und musste seinen Oberkörper mit beiden Armen umschlingen, damit sie nicht zu Boden fiel.

Es war wie in einem süßen, heißen Traum, dachte Rick, er war von den Körpern junger Frauen umgeben, er badete praktisch in einem Meer aus Mädchenleibern. Und wie es sich gehörte, wenn man badete, war er selbst mehr oder weniger unbekleidet. Keine der jungen Nonnen schien sich an seiner Nacktheit oder seinen allerdings ziemlich albernen roten Boxershorts zu stören. In den Rechtskurven fiel ihm die eine Nonne in den Arm, bei jedem Bremsmanöver die andere. Rick fing schon an, sich an diesen erfreulichen Rhythmus zu gewöhnen, da hielt die Tram plötzlich mit kreischenden Bremsen an, die Türen gingen auf, und eine Unmenge weiterer Nonnen drängte die Stufen hinauf.

Als der Chauffeur die Glocke wieder schrillen ließ und erneut mit irrwitzigem Tempo lospreschte, war es im Wagen so eng geworden, dass Rick kaum mehr Luft holen konnte. Die Nonnen umschlossen ihn wie Mauern aus echsengrünem Fleisch. Auf seinen Armen, an seiner Brust und verschiedenen anderen Stellen spürte er Hände, die sich an ihm festhielten, als ob er eine der verkupferten Stangen wäre, die waagerecht unter der Decke und senkrecht zu beiden Seiten der Tür verliefen. »Wohin fährt diese Bahn eigentlich?«, schrie Rick der jungen Nonne zu, die frontal gegen ihn gepresst stand und seine Taille jetzt dauerhaft mit beiden Armen umschlungen hielt. Sie öffnete den Mund, doch im gleichen Moment ließ der Chauffeur wieder seine Alarmglocke kreischen, und so war sich Rick nicht ganz sicher, ob er richtig verstanden hatte. Immerhin hatte es sich so ähnlich wie »Citypark« angehört.

Doch auch wenn die Tram schnurgerade zur Hölle gerast wäre, Rick hätte keine Chance gehabt, vor der Endstation auszusteigen. Die Nonnen pressten ihn zusammen, er bekam kaum noch Luft. Obwohl die Bahn kein weiteres Mal mehr angehalten hatte, schien sich die Zahl der Frauen im Wagen wundersam immer weiter zu vermehren. Zu Dutzenden hingen sie an seinen Armen, etliche Nonnen hielten sich an seinem Hosensaum und an Stellen seines Körpers fest, die hierfür keineswegs gerüstet waren. Jedenfalls kam es ihm so vor, obwohl er längst nicht mehr unterscheiden konnte, wo die Hände, Knie, Rümpfe, Schenkel der jungen Nonnen ihn berührten, sich gegen ihn pressten.

Rick war nass geschwitzt und außer Atem, als die Tram endlich wieder anhielt, die Türen aufflogen und alle Reisenden gleichzeitig zu den Ausgängen drängten. Er wurde vom Strudel der Nonnenleiber mitgerissen, taumelte die Stufen hinunter, ließ sich noch einige Schritte mitziehen und blieb schließlich schwer atmend stehen. Direkt neben der Tramstation begann tatsächlich ein riesiger Park, und die Nonnen, oder was sie darstellen mochten, eilten allesamt durch ein weit geöffnetes Tor und den breiten Sandweg entlang, der dahinter zwischen Wiesen und Blumenbeeten, Büschen und Laubbäumen verlief.

In einiger Entfernung, nur vage zu erkennen im Morgendämmer, bemerkte Rick nun die Umrisse eines gewaltigen Felsbrockens, der sich inmitten eines ausgedehnten Gewässers erhob. Gelblich-grauer Nebel schien von der dunklen Wasseroberfläche aufzusteigen, und jetzt erst sah Rick, dass durch den Park von allen Seiten Wege auf das Gewässer zuliefen. Offenbar bildete es das Zentrum eines Sterns, dem von überallher Gestalten in lindgrünen Gewändern entgegenstrebten. Unzählige Nonnen befanden sich bereits an den Ufern des dunklen Sees, lagerten auf den Wiesen oder wandelten umher. Soeben wurde dort, vor dem Felsbrocken in der Mitte des Gewässers, ein gigantisches Kreuz aufgerichtet, echsengrün wie die Kutten der Hunderte junger Frauen. Offenbar sollte da drüben ein Gottesdienst stattfinden, dachte Rick, eine Zeremonie zu Ehren der heiligen Schlange, deren Tempeldienerinnen oder Priesterinnen diese Nonnen also höchstwahrscheinlich waren.

Überall auf seiner Haut meinte Rick noch die Hände der jungen Frauen zu spüren, die sich während der Tramfahrt an ihm festgehalten hatten, und überall in seinem Innern fühlte er eine bange und doch brennende Erwartung, während er hinter den Priesterinnen herlief, durch das Parktor und auf das düstere Gewässer zu, das nichts anderes sein konnte als der Froschteich, von dem auf Mrs. Rienars Flugblatt die Rede gewesen war.

So gemessen die grünen Nonnen zu wandeln schienen, Rick kam einfach nicht hinterher. Endlos zog sich vor ihm der Sandweg, der viel schlammiger war, als er erwartet hatte – bei jedem Schritt sackte er etliche Zoll tief in den Untergrund, der seinen Fuß nur mit einem widerwilligen Schmatzen wieder freigab. Die Nonnen oder Priesterinnen schienen über dem Sumpf dahinzuschweben, er aber stampfte und watete keuchend hinterdrein.
Als er endlich beim See war, standen die Frauen schon in geschlossener Formation an den Ufern, fünf echsengrüne Ringe, eng hintereinander gestaffelt, die das Gewässer umschlossen wie der Panzer eines riesigen Reptils. Rick blickte zu dem übermannsgroßen Kreuz empor, das mitten im See vor dem gewaltigen Felsbrocken aufragte, und da erst sah er, dass eine Gestalt an dem Kruzifix hing, ein junger Mann wie er selbst, die Augen riesengroß vor Angst, während sein Mund wie bei einem Heulkrampf zitterte. Der arme Kerl war vollkommen nackt, eigenartig schillernde Schlingen fesselten ihn mit Hand- und Fußknöcheln an das krokodilgrüne Kruzifix. Hinter dem Kreuz klaffte im Felsbrocken eine finstere Höhlung, offenbar war es eine Grotte, vielleicht der Tempel dieses Schlangenheiligtums. Ohne seinen Blick von dem Kreuz auf der Felseninsel zu wenden, ging Rick in die Hocke und kroch in einen blühenden Busch hinein, der neben ihm am Wegrand stand. Rick zitterte am ganzen Körper. Längere Zeit kauerte er einfach so in dem hohlen Busch, wie er hineingekrochen war, auf den Fußballen hockend, die Fäuste in die nasse Erde gestemmt. Das gibt es doch nicht, dachte er wieder und wieder, das können sie doch nicht machen! Dabei hatte er überhaupt keine Vorstellung davon, was die Priesterinnen mit dem armen Kerl am Kreuz anstellen würden, doch die Panik in seinem Gesicht sagte Rick mehr als genug – sie würden ihn ihrem Schlangengott opfern, was ganz bestimmt mit schauerlichen Zeremonien verbunden war.
Vom See her setzten nun dumpfe Trommelklänge ein, und Rick spähte zaghaft aus seinem Busch hervor. Er kniff die Augen zusammen. Das konnte doch einfach nicht sein – dass die Schlinge um das linke Handgelenk des

Gekreuzigten da drüben sich gerade eben bewegt hatte? Dass sie sich geringelt, gekrümmt, von selbst enger um den Handknöchel des bedauernswerten Burschen zusammengezogen hatte – dass es einfach eine verfluchte lebendige Schlange war? Rick biss die Zähne zusammen, damit er nicht laut zu schreien begann. Denn jetzt sah er es ganz deutlich: Der arme Teufel da drüben war mit lebendigen Schlangen an das Riesenkreuz gebunden, immer wieder überlief die Biester ein Beben, und ihre Schuppenhaut schillerte, wenn sie sich enger zusammenzogen oder wenn sie sich im Kreis schlängelten, um Hand- oder Fußknöchel herum, wieder und wieder grässlich im Kreis.

Immer lauter dröhnten die Trommeln, und nun setzten auch die keifenden Muschelflöten wieder ein, es war die gleiche nervenzerfetzende Streitmusik, die schon im *MakaBARett* der Katzenfrauen erschallt war. Die lindgrünen Priesterinnen begannen sich in den Hüften zu wiegen, ihrerseits schlängelnde Bewegungen mit Armen und Oberkörpern zu machen, mit ihren Hälsen, die sie immer länger in die Höhe zogen. Und während Rick noch mit seiner Panik kämpfte, abwechselnd zu den tanzenden Priesterinnen und dem lautlos schluchzenden Opfer am Schlangenkreuz schaute, machte er eine Entdeckung, die ihm die allerletzten Reste seiner Fassung raubte.

Am Fuß des riesigen Kreuzes, auf dem kargen Uferstreifen der Felseninsel, stand mindestens ein weiteres Dutzend junger Männer, alle etwa in Ricks Alter, an Händen und Füßen gefesselt, die Köpfe vor Angst und Scham gesenkt. Priesterinnen in grünen Gewändern standen daneben, auf riesige Armbrüste gestützt, den Köcher voller Pfeile schussbereit auf der Schulter. Sollten diese Burschen etwa auch noch geopfert werden, einer nach dem anderen aufgehängt an diesem abscheulichen Kruzifix?

Unter seinem Busch erwog Rick die verrücktesten Pläne, um die armen Teufel da drüben zu retten, aber er verwarf alle gleich wieder, denn er hatte nicht die geringste Chance. Aus seinem Versteck hervorbrechen, sich mit berserkerhaftem Gebrüll durch das Meer aus Priesterinnen wühlen, in den See hechten, zur Insel rüberkraulen, und dann? Er würde nicht mal bis zum Fuß des Kreuzes kommen, schon in der zweiten oder dritten Reihe der Priesterinnen würde er stecken bleiben, und dann würden sie ihn genauso überwältigen wie die armen Kerle auf der Insel. Ihn zu Boden werfen, mit Schlangen fesseln, zur Insel rüberschaffen, nackt zur Schau stellen, von den Priesterinnen mit den riesigen Armbrüsten bewacht. Und schließlich würden sie auch ihn an das Kreuz hängen, fünfundzwanzig Fuß über dem widerlich trüben Froschgewässer – und dann?

Rick biss die Zähne zusammen, dass es ihm in den Ohren knirschte. Die Trommeln waren noch lauter, die Muschelflöten noch schriller geworden, und unter diesen zermürbenden Klängen glitt aus der Grotte hinter dem Kruzifix die gewaltigste Schlange hervor, die er jemals gesehen hatte. Ihr Leib war so dick wie der Oberschenkel eines altgriechischen Gewichthebers und wenigstens vierzehn Fuß lang. Am hinteren Ende lief er in einen gepanzerten Stachel aus, vorne saß der lang gestreckte, haifischartige Kopf mit den eng stehenden gelben Augen. Die Schuppenhaut schillerte in tausend Facetten zwischen Knochenbleich und Echsengrün.
Die Priesterinnen waren allesamt auf die Knie gefallen, die Trommeln und Flöten erstarben mit einem letzten Dröhnen und Keifen. »Göttliche Schlange, nimm unser Opfer an, wir wollen um dich werben!«, riefen die Priesterinnen im Chor. »Göttliche Schlange, er brachte weder Fuß noch Hand, drum soll er heut verderben! Göttliche Schlange, es ist ein Mann, und ergo muss er sterben.«
Die Schlange ringelte sich von der Grotte zum Kruzifix hinüber. Sie glitt auf den Querbalken und legte sich wie ein abscheulicher Schal um Nacken und Schultern des Burschen, der einen erstickten Schrei von sich gab. Kopf- und Schwanzseite der Schlange hingen vor seinem Körper herunter, bis in Höhe seiner Hüften, wo der Schlangenkopf ein paar Mal hin und her schwang. Dann legte sich das Biest um den Brustkorb des armen Teufels, Rick hörte ein Krachen und Knacken, als ob jemand ein Bündel trockener Äste über dem Knie entzweigebrochen hätte, und dann war es vorbei. Der Kopf des Burschen fiel zur Seite. Die Schlange löste sich von ihm und glitt in die Grotte zurück. Der Oberkörper des Geopferten war nur noch eine formlose Masse. In hellen Strömen rann das Blut an ihm herab, und die Priesterinnen am Fuß des Kreuzes fingen es in grünen Schalen auf. Im gleichen Augenblick setzten die Trommeln und Flöten wieder ein, aber Rick nahm es kaum mehr wahr. Die kleinen Schlangen lösten sich von den Hand- und Fußgelenken des Geopferten, und der Leichnam stürzte auf das Felsenufer hinab, kollerte ins trübe Gewässer, wo ihn eine träge Strömung packte und im Kreis zu ziehen begann, immer um die schwarze Felseninsel herum. Längst schon hatten sich die Priesterinnen wieder erhoben und aufs Neue zu tanzen begonnen, und während der nächste Mann ruckweise am Kruzifix emporgezogen wurde, kauerte sich Rick auf Hände und Knie und machte sich bereit, aus dem Busch hervorzukriechen.
Am liebsten wäre er einfach mucksmäuschenstill in seinem Versteck hocken geblieben und hätte abgewartet, bis die grässliche Zeremonie vorüber wäre.

Denn wenn sie ihn aufstöberten, würden sie ihn bestimmt ganz genauso wie die Typen da drüben ans Kreuz binden und von ihrer monströsen Schlange zerquetschen lassen. Aber die Zeremonie konnte noch endlos dauern, es schien überhaupt kein Gottesdienst mit festgelegtem Beginn und Ende zu sein. Sehr viel eher war es eine Nonstop-Messe zu Ehren des Schlangengottes, bei der jeder Mann geopfert wurde, der »weder Fuß noch Hand« beibringen konnte, um sich in dieser makabren Währung freizukaufen. Ein irrsinniges Tauschgeschäft, dachte Rick, als er sich zollweise aus dem Busch hervorschob.

Von der Stadt her strömten immer noch Mengen lindgrüner Frauen zum Heiligtum am Froschteich, immer näher rückten die Reihen der Priesterinnen an sein Versteck heran, bestimmt würden sie ihn über kurz oder lang in seinem Busch aufspüren, wenn er nicht rechtzeitig einen Ausbruch wagte. Und Rick bog einen Zweig zur Seite, schob seinen Kopf ins Freie und versuchte sich mit der Geschmeidigkeit einer Katze oder Schlange aus dem Gestrüpp hervorzuwinden, doch sein Körper versagte ihm abermals den Dienst. Anstatt sich lautlos hinauszuschieben, brach er wie ein Keiler aus dem Strauchwerk hervor. Äste knackten, Blütenblätter stoben auf, kleine, blutrote Früchte prasselten auf seinen Kopf und die Erde hernieder. Schon drehten sich die ersten Nonnen zu ihm um, schon blieben auf dem Weg von der Tramstation her einige Nachzüglerinnen stehen, machten einander durch Blicke und Gesten aufmerksam.

»Ein Mann!«, schrie eine Priesterin und deutete mit gestrecktem Arm auf Rick, der immer noch mit den Zweigen kämpfte, sich endlich aus der Umschlingung des Buschs befreit hatte und taumelnd erhob. »Bestimmt von der Insel geflohen!«, rief eine andere Frau, während Rick gehetzt um sich sah, auf die Reihen der Priesterinnen, das Kruzifix, die Grotte, aus der eben wieder die riesige Schlange glitt. Die Trommeln und Flöten erstarben, die Priesterinnen fielen auf die Knie.

Das ist die Chance, dachte Rick und rannte auf weichen Knien los, quer über die Wiese, die unter seinen Füßen gluckste und murmelte, als liefe er wahrhaftig über den Leib eines riesigen Wesens, das sich über seinen Fluchtversuch amüsierte. Jemand sprintete hinter ihm her, er spürte es, ohne sich umzusehen. Eine langbeinige, kraftvolle Gestalt, die viel schneller vorankam als er. Irgendwo rechter Hand hörte er die Anrufungen der Schlange, dann den Aufschrei des Mannes am Kreuz, das grässliche Knacken und Krachen wie von dürrem Holz. Und wieder die Flöten und Trommeln – und einige Schritte voraus ein glitzernder Strich quer durchs glitschige Gras.

Rick bremste unbeholfen ab, kam ins Straucheln. Ein Kanal, zu breit, um drüberzuspringen, randvoll mit einer gelben Brühe, die träge auf den See zutrieb. Von hinten warf sich ein Körper auf ihn, klammerte sich um seinen Hals, seine Hüften, riss ihn vollends zu Boden. Kämpfend und keuchend wälzten sie sich im Gras herum. Die Hände schnürten Rick den Atem ab, schon tanzten wieder ochsenblutrote Lichter vor seinen Augen, verzweifelt versuchte er den Griff um seinen Hals aufzusprengen, dann wurde es finster um ihn.

Er kam zu sich und wusste sofort, dass er nur ganz kurz ohnmächtig gewesen sein konnte, keine zehn Sekunden lang. Er lag immer noch auf der Wiese im Citypark, Idleton, aber seine Lage hatte sich schrecklich verschlechtert. Seine Verfolgerin hatte ihn auf den Rücken gewälzt und hockte mit ihrem gesamten Gewicht auf seinem Unterleib. Muskulöse Beine in schillernden Seidenstrümpfen umklammerten seinen Brustkorb. Zuerst hatte er geglaubt, dass es der Leib einer dicken Schlange wäre, aber es waren die bestrumpften Schenkel einer kräftig gebauten Schlangenpriesterin, und das war nicht besser, oder jedenfalls nicht sehr viel besser, als von der monströsen Schlange droben auf dem Kruzifix umschlungen zu werden.

Sie hockte vorgebeugt über ihm, presste seinen Rumpf mit ihren Schenkeln zusammen, drückte seine Hände oberhalb seines Kopfes ins Gras. Rick kämpfte und ächzte, aber vergeblich, wie ein Alb hockte sie auf ihm, ihr Gesicht eine Hand breit über seinem, kühl und gelassen, während er unter ihr schwitzte und keuchte. Wie zum Hohn bewegte sie sich auf ihm hin und her, ihre Lippen kräuselten sich zu einem winzigen Lächeln, ihre Augen wurden noch schmaler, und da erst erkannte er, dass es Thena war.

Oder bildete er sich das nur ein? Fantasie und Wirklichkeit, Rick, du weißt doch – dein altes Problem. Drüben am See verstummten abermals die Flöten und Trommeln, wurde zweifellos schon der dritte arme Teufel von der Riesenschlange zerquetscht. Während das Mädchen in der lindgrünen Kutte, die ihr bis zu den Hüften hochgerutscht war, auf Ricks Becken hockte, kühl auf ihn herablächelte, die Muskeln ihrer Oberschenkel spielen ließ. Wenn sie nur wollte, würde sie ihn in der Zange ihrer Schenkel zermalmen, keine Frage, dachte Rick und versuchte ihren Blick festzuhalten, obwohl ihm schon wieder ganz schwummrig vor Augen wurde. »Thena«, flüsterte er. »Bitte, Thena, ich suche nur Rachel, ich hab doch mit alledem hier nichts zu tun.« Er schämte sich für seine Feigheit, für seinen Verrat, aber er wollte nicht sterben, nicht zwischen den Schenkeln dieses Mädchens verröcheln, und schon gar nicht wegen einer Sache, die ihm immer noch von vorn bis hinten schleierhaft war.

Unter dem Saum ihrer Kutte zog Thena eine schillernde Schnur hervor. Ganz kurz hatte sie Ricks linke Hand losgelassen, doch ehe er auch nur zucken konnte, hatte sie die Schnur schon um sein linkes Handgelenk, im nächsten Moment auch um seine rechte Hand geschlungen. Wie zum Abschied presste sie noch einmal seinen Brustkorb mit ihren Schenkeln zusammen, dann glitt sie von ihm herunter, kauerte neben ihm im Gras, hatte ihm die Boxershorts schon bis zu den Knien runtergezogen, bevor Rick auch nur mitbekam, was sie vorhatte. »Hey, was soll das?«, schrie er, und Thena deutete mit der Schläfe zur Felseninsel hinüber. Immer noch kühl, mit schmalen Augen, einem winzigen Lächeln.

Und Rick verstand. Sie zog ihm die Boxershorts über die Unterschenkel, die Füße, jetzt lag er nackt und mit gefesselten Händen vor ihr. Hinter ihnen wieder Stille, dann die Anrufungen: »Göttliche Schlange, er brachte weder Fuß noch Hand, drum soll er heut verderben! Göttliche Schlange, es ist ein Mann, und ergo muss er sterben.« Der erstickte Schrei, das Knacken wie von dürrem Holz.

Steh auf, bedeutete ihm Thena mit dem Kopf. Weil er einfach liegen blieb, sprang sie nun ihrerseits auf, packte ihn bei den Handfesseln, zerrte ihn hoch. Einige Augenblicke lang standen sie dicht voreinander, so nah, dass Rick den Mandelduft ihres kühlen, jungen Körpers roch. Auf einmal waren ihre Lippen direkt neben seinem Ohr. »In den Kanal.« Mit ungläubiger Freude bemerkte er, dass sie tatsächlich seine Handfesseln losließ. »Und keinen Mucks!«

»Warum?«, fragte er. Zwischen ihnen lagen seine – Hendrik Rienars – rote Boxershorts im Gras. Thenas schlanker Fuß im Schlangenlederschuh trat mit einer Geste endgültiger Inbesitznahme darauf. Es muss Thena sein, dachte Rick, sie sieht ganz genauso aus wie Rachel, als sie damals ins *Twilight* gekommen ist. Die gleichen schrägen Katzenaugen, hohen Wangenknochen, der gleiche üppige und doch kühle Mund.

»Geh schon«, sagte sie. »Nimm Abschied von Rachel.«

»Also weißt du, wo sie ist?« Er trat noch näher an sie heran. »Bitte sag mir, wo ich Rachel finden kann.«

»Kein Wort mehr, sonst bist du verloren.« Ihre flache Hand legte sich auf seine Brust und schob ihn über die Böschung des Kanals, in dem die gelbe Brühe dahintrieb, auf den See mit dem Schlangenheiligtum zu.

Er trieb um die Felseninsel herum, in der trüben Tunke und der trägen Strömung, immer im Kreis. Er gab sich Mühe, wie eine Leiche auszusehen, mit keinem Zeh, keiner Wimper zu zucken, wie die anderen Körper, die vor und hinter ihm im Wasser schwankten. Im Kreis, immer im Kreis. Die Brühe gurgelte, gluckste. Der ganze See schien zu dampfen, das Wasser stank zum Erbarmen nach Modder und Tod, Schlange und Frosch, nach dem Blut der Geopferten, denen er möglichst ähnlich sehen musste, damit die Priesterinnen ihn nicht doch noch herausfischten, ans Kreuz hängten, von der Riesenschlange zerquetschen ließen.

Dabei konnte er noch von Glück reden, dass der Froschteich derart verdreckt war, sehr viel eher ein Schlammloch als ein See. Auf Ricks Rücken hatte sich Unrat aller Art angesammelt, Modder und Äste, Schlamm und wusste der Himmel was sonst noch alles, und obwohl es sich ekelhaft anfühlte, machte er keinerlei Anstalten, das glitschige Zeug von seiner Haut herunterzuschütteln. Ganz im Gegenteil, je mehr Unrat ihn bedeckte, desto weniger war er von den Leichen zu unterscheiden.

»Göttliche Schlange, nimm unser Opfer an, wir wollen um dich werben!«

Über sich spürte er die Präsenz der grässlichen Riesenschlange, das himmelhoch aufragende Kruzifix vor der Felsgrotte, darunter die Gefesselten und ihre Wächterinnen mit den aufgepflanzten Armbrüsten. Tausende Augenpaare um den See herum, die zum Kruzifix emporstarrten, Tausende Münder, die wieder und wieder in Anrufungen der Schlange ausbrachen.

»Göttliche Schlange, er brachte weder Fuß noch Hand, drum soll er heut verderben! Göttliche Schlange, es ist ein Mann, und ergo muss er sterben.«

Dann der Schrei, das trockene Krachen, schließlich der dumpfe Aufprall, mit dem der stürzende Leichnam auf dem Felsenufer aufschlug. Und alles wieder von vorn, im Kreis, immer im Kreis. Die Trommeln, die Flöten. Der Tanz, die Anrufungen, dann wieder Stille, der Schrei ...

Auch Ricks Gedanken begannen zu treiben, in Mäandern und Spiralen, immer tiefer im Kreis. Wie eigenartig, vorhin noch hatte er sich erinnert, zum ersten Mal seit Ewigkeiten daran erinnert, wie er mit Joey im hohlen Busch gehockt hatte, auf dem verwahrlosten Grundstück in der Lower Street. Und im übernächsten Moment hatte er selbst unter einem Busch gesessen und die Luft angehalten, damit die echsengrünen Priesterinnen ihn nicht entdeckten. Mein lieber Mann, Joey, ich kann's bis heute nicht glauben, dass es dich nicht mehr gibt. Nein, verflucht, dachte Rick, was immer Mrs. Sinking und sein Dad ihm auch damals einzuschärfen versucht hatten, eigentlich glaubte er's bis heute nicht. Wie sollte das denn bitte sehr möglich sein: dass Joey so viele Jahre lang in der Schulbank neben ihm gesessen, ihn jeden Tag zu Hause besucht oder sich mit ihm auf dem Katzengrundstück getroffen hatte – und plötzlich war er angeblich nicht mehr da? Auf einmal taten alle so, als ob es Joey nie gegeben hätte, als ob es ein Zeichen von Verrücktheit oder jedenfalls irgendwie gefährlich wäre, den Namen Joey auch nur flüsternd zu erwähnen. Auch wenn er sich damals verstellt, auch wenn er gehorcht und niemals mehr von Joey gesprochen hatte, wusste er doch bis heute, dass nichts von alledem, was Mrs. Sinking und sein Dad über Joey behauptet hatten, der Wahrheit auch nur so ähnlich sah wie der Halbmond einer schwangeren Frau. Und ganz plötzlich, noch während er »Halbmond« dachte, kam Rick eine Idee, die ihn so sehr erschreckte, dass er beinahe vergessen hätte, wovon sein Überleben momentan abhing: davon, dass er so vollkommen wie möglich einer zerquetschten Leiche glich.

Alles, was hier in Idleton passiert, dachte Rick, hat mit Joey zu tun, hat im Grunde genommen mit Joey begonnen, anders kann es gar nicht sein! Mit Joey und Miss Downing, mit dem Schlangenkopf, den Joey geküsst hatte. Und mit dem *Dawn*, wohin er ihn mitgeschleppt hatte, um ihm seine Mum zu zeigen. Wie sie tanzte, wie sie tanzte, immer im Kreis.

Damals sagte Joey ganz einfach: »Also hör zu, Rick, ich hab sie entdeckt.«

»Wen denn entdeckt?«

»Na, deine Mutter. Im *Dawn*.« Da waren sie dreizehn, fast schon vierzehn Jahre alt und hockten sich schon längst nicht mehr unter den hohlen Busch, wenn sie in Ruhe miteinander reden wollten. Ein paar Monate vorher hatte Joey die Hintertür des halb verfallenen Hauses aufgeknackt, und seitdem trafen sie sich entweder drinnen, wenn es regnete, oder draußen am Froschteich. An jenem Tag war es heiß, Mengen schwarzer Katzen strichen um Joey herum, während er zwischen Farnwedeln am Teichufer saß. »Sie tanzt auf der Bühne«, sagte er, »mit nichts an außer so ein paar Blüten.« Er rupfte den Blütenkopf einer Sumpfdotterblume ab, hielt ihn sich links und rechts vor die Brust, warf ihn sich in den Schoß. »Hier und da. Und da unten.«

»Du spinnst doch.« Noch während er es sagte, kroch das Grauen in Rick hoch. Joey sprach die Wahrheit, er spürte es selbst. Und Joey sah ihn auch nur an, mit forschendem Blick, aufgeworfenen Lippen, wie immer, wenn er herausfinden wollte, was Rick dachte. »Wieso hast du sie denn überhaupt gesucht?«

»Hab ich ja nicht. Hat sich einfach so ergeben.« Joey schob eine große schwarze Katze von sich weg und sprang auf. »Wenn du willst, komm heut Abend mit.«

»Wohin denn mit?« Seit ein paar Monaten trug Joey dieses Schlangenband um den Hals, und seitdem war er Rick immer fremder geworden. Fremd und unheimlich. »Was hast du denn vor, Joey?«

»Na, ins *Dawn* gehen.« Joey grinste auf ihn herunter. »Ich hab da jemanden kennen gelernt. Die lässt mich durch die Hintertür rein.«

»Die?«, wiederholte Rick und stand gleichfalls auf.

»Na komm schon, Rick, du brennst ja vor Neugierde, gib's doch zu.«

»Tu ich nicht.«

Am Abend stand er mit Joey auf wackligen Beinen, ein äußerst unangenehmes Gefühl im Magen, vor einer Tür im Hinterhof eines heruntergekommenen Hauses im Hafenviertel von New Providence. *Personal*, stand auf der Klingel, und Joey drückte mit dem Daumen drauf, kurz, kurz, kurz. Joey in Jeans, T-Shirt, Turnschuhen, genauso wie er selbst, nur dass sich unter seinem Hemd die Schlangenschnur abzeichnete. Ein dicker Wulst über Joeys magerer Brust.

Die Tür ging quietschend auf. Im Lichtspalt ein Mädchengesicht, viel jünger, als Rick erwartet hatte, ein kleines Kind noch. »Joey!« Ihr Piepsen klang vertraut, ihr Gesichtchen strahlte, als ob Joey hier ein und aus ginge. Rick verstand das alles überhaupt nicht, das *Dawn* war eine Nachtbar mit eindeutigem Ruf und einem Schaufenster neben dem Vordereingang, in dem Bilder von sehr dürftig bekleideten Frauen hingen, vorwiegend Asiatinnen mit zierlichen Körpern, schmalen Augen und maskenhaftem Lächeln. Unvorstellbar, was dieses kleine Mädchen mit dem *Dawn* zu schaffen haben sollte. Und noch viel unmöglicher, dachte Rick, dass meine Mum …

»Kommst du nicht, Rick?« Joey war schon durch die Tür geschlüpft. Jetzt packte er Rick beim Handgelenk und zog ihn hinter sich her.

Die Kleine hieß Melitta und war bestimmt nicht älter als sechs. Wispernd, die Wangen glühend vor Aufregung, erzählte sie Rick, was es mit dem *Dawn* auf sich hatte. »Eine ganze Reihe Kinder leben hier im Haus. Unsere Mütter arbeiten vorn in der Bar. Und Joey sagt, dass Eva-Li deine Mum ist.«

»Eva-Li?« Rick schaute verständnislos von der Kleinen zu Joey. Sie standen in einem dämmrigen Flur, es roch nach Staub und Parfüm, durch verschiedene Türen drangen Musik, Gelächter, Gläserklirren. »Meine Mutter heißt nicht so.«
»Wird eben ihr Künstlername sein.« Melitta lächelte tröstend zu ihm herauf. Mit ihren braunen, glatten Haaren, dunklen Augen, dem schlaksigen kleinen Körper sah sie beinahe aus wie die Schwester, die Rick sich früher mal heimlich gewünscht hatte. Bevor seine Mum eines Tages unten auf der Straße gestanden und mit feuchten Augen zu ihnen hochgeblinzelt hatte. »Wie heißt sie denn in echt?«
»Mary-Lo.« Rick folgte den beiden bis zum Ende des Flurs. Melitta legte einen Zeigefinger auf ihre Lippen. »Was soll das?«, fragte er.
»Psst, Rick.« Joey zog lautlos eine Tür auf. Direkt dahinter hing ein roter Samtvorhang herunter, der den ganzen Türrahmen bedeckte. Die Musik war nun viel lauter, perlende Klaviertöne, dazu der lang gezogene, klagende Klang einer Flöte. »Komm näher ran.« Wieder packte Joey nach seinem Ärmel, und Rick ließ sich ganz dicht vor den roten Vorhang ziehen.
Der Geruch nach Staub und Zigarettenrauch, nach Alkohol und einem Dutzend verschiedener Parfümnoten war überwältigend, und so dauerte es eine Weile, bis Rick begriff, was Joey da machte. Er ging ein wenig in die Knie, genau wie Joey, bis sein rechtes Auge vor einem der Brandlöcher im Vorhang war. Und dann vergaß er ganz einfach zu atmen, vergaß, wo er war, wer bei ihm war, alles.
Sie schauten von der Seite her auf eine kleine, mit rotem Dämmerlicht beleuchtete Bühne. Eine einzelne Frau tanzte in dem Würfel aus rotem Samt, der nach vorne offen war, zur Bar hin, wo zwanzig oder dreißig Männer an kleinen Tischen saßen, die meisten allein mit einem Glas Whiskey oder Bier. Die Frau auf der Bühne tanzte. Sie hatte wirklich nur ein paar dottergelbe Kleckse auf der nackten Haut, Blütenblätter, die ihre Brustwarzen und ihre Scham eher hervorhoben als verdeckten. Um ihren Hals hing eine lange, in allen Farben schillernde Schlange, und die Frau wiegte sich zum Rhythmus der Klavier- und Flötenmelodie und streichelte mit beiden Händen den Schlangenleib. Ihre Augen waren geschlossen, ihr Gesicht stark geschminkt, schillernd in Grün und Gelb, als ob sie selbst eine Schlange wäre. Und doch war sie es, keine Frage, zumindest schien es Rick so, während er atemlos durch das Loch im Vorhang spähte.
»Das darf sie nicht, verdammt noch mal!« Rick versuchte, sich durch das Samttuch hindurchzukämpfen, er schlug mit seinen Fäusten dagegen, zerrte

mit den Händen daran herum, in der Hoffnung, dass sich irgendwo ein Spalt auftun würde. »Komm da raus!« Er brüllte es wieder und wieder, auch nachdem Joey und die kleine Melitta ihn längst umklammert, in den Flur zurückgezogen, die Tür geschlossen hatten, und er flüsterte es immer noch vor sich hin, als er schon wieder mit Joey in dem schmuddligen Hinterhof stand, zwischen Mülltonnen und abblätternden Fassaden. »Das darf sie doch nicht, Joey?«

Auch Joey wirkte angegriffen, und im Schein einer Straßenlaterne sah Rick, dass ihm das Schlangenhalsband vor dem T-Shirt baumelte. Offenbar war es beim Gerangel herausgerutscht, zum ersten Mal sah Rick damals den Schlangenkopf, den Joey ihm nie hatte zeigen wollen.

Als er Ricks Blick bemerkte, schob er das Schlangenband mit einer hastigen Bewegung unter sein Hemd zurück. »Sie war's, oder?«

Rick zog die Schultern hoch. Ohne ein weiteres Wort zu Joey begann er zu rennen, er rannte die ganze Strecke vom *Dawn* bis in die Lower Street, und als er endlich zu Hause war, rannte er weiter, die Treppe hoch, in ihre Wohnung, ins Schlafzimmer seiner Eltern, wo sein Dad seit sechs Jahren meistens allein schlief.

»Ich hab Mum gesehen.« Er setzte sich auf ihre Seite des Ehebettes. »Im *Dawn*. Sie tanzt da mit einer Schlange und heißt Eva-Li.«

Sein Dad fuhr aus seinen Kissen auf und saß wie erstarrt im Bett, als hätte er einen Geist erblickt. Ohne die geringste Vorwarnung holte er aus und schlug Rick ins Gesicht. Bereits am nächsten Morgen musste Rick in der Praxis von Mrs. Sinking erscheinen, und die ältliche Psychologin behielt ihn gleich da und bearbeitete ihn so lange, tage- und wochenlang, bis er allem abschwor.

Das Verschwinden seiner Mum war ein schmerzlicher Verlust, erklärte ihm Mrs. Sinking, und dass er so gut wie keinen Kontakt zu seinen Altersgenossen in der Nachbarschaft und in der Schule hatte, war eine Folge dieses Verlustes. Aber er machte alles nur noch viel, viel schlimmer, wenn er zum Ausgleich in Traumwelten flüchtete. Er war niemals in einer Bar namens *Dawn* gewesen, und folglich hatte er dort auch keine Tänzerin gesehen, die sich Eva-Li nannte und in Wahrheit seine Mutter war. Er würde niemals wieder etwas so Unsinniges behaupten, denn es war wichtig für seine geistige Gesundheit, dass er endlich lernte, zwischen Traum und Wirklichkeit zu unterscheiden. Er würde auch niemals mehr den Namen Joey erwähnen und nie wieder das so genannte Katzengrundstück in der Lower Street betreten.

Ein einziges Mal hatte Rick noch aufbegehrt. »Aber wieso darf ich denn nicht mal Joey...?«

Mrs. Sinking fuhr mit dem Zeigefinger über das Schlangenband, das sich um ihren Hals wand und im Kragen ihrer hochgeschlossenen Rüschenbluse verschwand. »Schon wieder vergessen? Es gibt keinen Joey. Du musst zu dir selbst zurückfinden, du musst endlich lernen, die Grenze zwischen dir und der Welt zu ziehen.« Als er nach drei Wochen in die Schule zurückkehrte, war in seinem Klassenzimmer die Sitzordnung umgekrempelt worden. Er bekam einen Platz neben einem pickelgesichtigen Jungen namens Harold zugewiesen, der erst seit ein paar Wochen in New Providence lebte.

»Für uns Männer ist es ein Scheißspiel, ein einziger Albtraum, verdammt noch mal.« Es waren die vorletzten Worte, die Rick von seinem Dad zu hören bekam, gesprochen anstelle eines Gute-Nacht-Grußes, gar nicht mal zornig, wie es Rick im Rückblick erschien, auch nicht verzweifelt, eher so, als ob er lange nachgedacht hätte und endlich zu dem Schluss gekommen wäre, dass es sich so und nicht anders verhielt.

»Was meinst du damit, Dad?«

»Na, das verfluchte Leben, mit der Schlange und alldem.«

Auch von Joey hörte Rick nie wieder, denn Joey ließ sich auch an jenem schwülheißen Spätsommertag nicht blicken, als Ricks Vater auf dem Ostfriedhof von New Providence beerdigt wurde.

Mit dem Kopf stieß Rick gegen ein weiches Hindernis, das hin und her schlackernd ein wenig nachgab. Er tauchte aus Erinnerungen, Träumen, aus Modder und Froschwasser auf und spähte um sich. Das Karussell der zerquetschten Leichen war ins Stocken geraten. Vielleicht war eine von ihnen auf Grund gelaufen oder hatte sich im dürren Ufergestrüpp der Felseninsel verfangen. Jedenfalls schoben sie sich vor Rick über- und ineinander wie Autowracks bei der Massenkarambolage, und die Leiche hinter ihm war eben dabei, Rick in den Haufen kalter Körper vor ihm hineinzubohren, mit dem Kopf voran zwischen die Beine seines schlammigen Vordermanns.

Rick hatte Mühe, sich zu orientieren. Die Felseninsel, das riesige Kruzifix. Thena, die ihn überwältigt hatte, um ihn dann doch noch laufen zu lassen. Er war schon verurteilt und im letzten Augenblick begnadigt worden, dachte Rick, und was hatte er daraus gemacht? Sich wieder mal seinen sinnlosen Fantasien in die Arme geworfen, anstatt seine Chance zu nutzen. Joey, seine Mutter, Mrs. Sinking, das *Dawn* – das war doch alles Kinderkram, uraltes Zeug, Ewigkeiten her. Und es war wirklich mehr als zweifelhaft, ob er irgendwas davon tatsächlich erlebt hatte, ob es zumindest damals wahr gewesen war. Jetzt dagegen war es nur noch lebloser Mist, tot und morastig wie die Leichen da vor ihm und wie der kalte Bursche hinter ihm, der einfach nicht aufhörte, ihn in seinen Vordermann reinzuschieben. Hey, kriech dem gefälligst selber rein, dachte Rick und riskierte einen Blick nach rechts.

Na also, da drüben ging der Kanal weiter, höchstens drei Schwimmzüge von ihm entfernt. Da hättest du auch mal früher drauf kommen können, Ricky – wenn hier ein Bach oder so was reinfließt, muss die Brühe auch wieder irgendwo raus. Sonst wäre der ganze schöne Froschteich längst übergelaufen wie eine Badewanne, wenn man das Wasser nicht rechtzeitig abstellt.

Er spähte zum Ufer hinüber, den Priesterinnen schien es egal zu sein, was die schwankenden Leichen am Rand der Felseninsel trieben. Dass sie sich von der Strömung immer kompakter auf- und ineinander schieben ließen, als ob das noch etwas gegen die Kälte in ihren Gliedern helfen könnte. Rick holte tief Luft. Dann tauchte er ab, in die schlammige Brühe runter, bewegte sich ganz sachte, um keine Wellen zu machen, hielt den Atem an, damit keine Luftblasen aufstiegen, und quappte sich mit den Beinen in die Richtung, wo er eben noch den Kanal gesehen hatte.

Da, die Strömung. Sie ergriff ihn, zog ihn mit sich, aber er blieb noch unten, in der gelb-braunen Unterwelt, ließ sich treiben und zog und ruckte an den Fesseln, die ihm die Hände zusammenschnürten. Das hättest du auch eher schon mal erledigen können, schimpfte er im Stillen, anstatt in dem alten Schlamm rumzuwühlen, mit Joey, den Sumpfdotterblumen, dem Schlangenhalsband, das Joey bestimmt irgendwo bei einem Trödler gekauft hatte, obwohl er immer so getan hatte, als ob es das Zeichen eines Geheimbundes sei. Alles nur Angeberei, dachte Rick, armer Joey, dich hat's ja sowieso niemals gegeben, so wenig wie deine Verschwörung von Schlangenbandträgern. Tatsächlich war es Mrs. Sinking damals gelungen, Zweifel in Ricks Seele zu säen, und mehr als das, er hatte viele Jahre lang überhaupt nicht mehr an den Kinderkram gedacht, nicht an Joey, nicht an das *Dawn*. Unter dem Einfluss von Tante Ida hatte er sich zu einem unauffälligen, sportlichen, mehr oder weniger gut aussehenden Jungen entwickelt, der mit seinen Kumpels Basketball spielte, sich vor abwegigen Tagträumen hütete, in

Bars ging, mit Mädchen herumflirtete und dem jetzt allerdings die Luft knapp wurde. Rick zwang sich, noch ein paar Beinstöße weit durchzuhalten, dann tauchte er vorsichtig auf.

Schlick und Schlamm auf dem Scheitel, und nur bis unter die Nasenlöcher aus dem Wasser. Beinahe kam er sich selbst wie ein Krokodil vor. In dem Film mit der unterirdischen Göttin hatte es auch so eine Szene gegeben – die Krokodile trieben in einem schlammbraunen Fluss, und die Priesterinnen der Erdkugelbauchgöttin tanzten im flachen Uferwasser, ohne dass die Echsen sie anzugreifen wagten. Oben auf der Böschung, riesig wie ein Berg, grün und gelb bemalt mit kunstvoll verschlungenen Hieroglyphen, ragte die Pyramide auf, das Heiligtum der Göttin. Das hier aber, dachte Rick, das hier war ganz was anderes.

Ungläubig schaute er sich um. Anscheinend war er im Pool eines Hotels aufgetaucht, auch wenn das ja überhaupt nicht sein konnte. Er ließ seine Füße zum Boden hin sinken und tastete vorsichtig über den Untergrund. Schlamm, Modder, Morast, in den er sofort bis unter die Knöchel einsank. Nein, das war immer noch sein alter Bekannter, der stinkende Kanal, und doch standen hier am Rand des Gewässers Sonnenliegen, Zierpflanzen in Terrakottakübeln, all die unvermeidlichen Requisiten, die sich um Hotelpools herum zu versammeln pflegten. Im Hintergrund ragte ein protziger Bau auf, mit Marmorfassade, Säulenportal über einer geschwungenen Freitreppe und riesigen Fenstern.

Rick watete an den Rand des Kanals, stützte seine Ellbogen auf die gemauerte Brüstung. Ganz genau wie im Umkreis eines Hotelpools war der Boden da draußen gefliest und sogar mit aufwändigen Einlegearbeiten versehen. Schlangen glaubte Rick zu erkennen, kleine Kreaturen mit hässlich verzogenen Gesichtern, dann einen Erzengel, dem das wild durch die Luft geschwungene Flammenschwert zu einem grotesken Lavawulst zerfloss, noch bevor er seine Waffe in den Leib des riesigen Drachen bohren konnte. Das Bild kam ihm bekannt vor, Rick starrte auf seine Handfesseln und dachte einige Sekunden lang angestrengt nach. Aber verdammt noch mal, er kam einfach nicht drauf, wo er diese beiden schon mal gesehen hatte, und im nächsten Moment vergaß er den Erzengel mit dem kläglich schlappen Schwert und den Drachen mit dem Höllenrachen, denn da drüben, auf einer der Sonnenliegen, lag ein junger Mann mit Sonnenbrille und in bunt getupften Shorts, der haargenau wie Rick selbst aussah. Genauer gesagt – wie Rick ausgesehen hätte, wenn er nicht über und über mit Schlick und Morast bedeckt gewesen wäre.

Sein Doppelgänger schien zu schlafen, denn dass er im allerersten Morgendämmer ein Sonnenbad nahm, war schwerlich anzunehmen. Und Rick machte sich daran, seinen nach wie vor grässlich unbeholfenen Körper aus dem Kanal zu wuchten, die Arme aufzustemmen, ein Knie auf den Rand zu hieven, das zweite Bein hinterherzuziehen, und stand endlich auf dem bizarr gemusterten Kachelboden, stinkend und triefend, mit Schlamm umkrustet wie eine wandelnde Moorleiche.

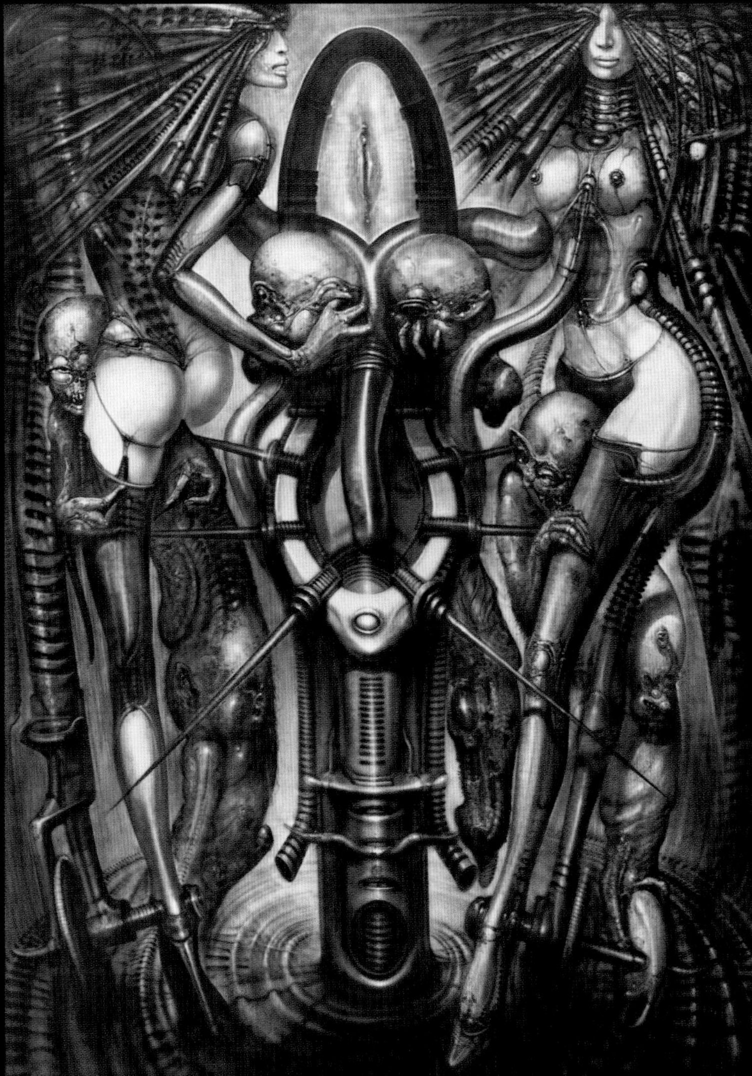

12. KAPITEL
DIE GANZE WELT

Aus der Swimmingpool-Dusche kam viel zu warmes Wasser mit einem Stich ins giftig Gelbe, aber besser als der Schlamm aus dem Kanal war es allemal. Um seine Füße herum füllte sich das grün geflieste Becken mit dem Modder, den Rick sich von der Haut brauste und mit unbeholfenen Händen schrubbte. Die Fesseln hatten sich von seinen Handgelenken gelöst, kaum dass er die Lederschnur über den scharfkantigen Duschkopf gerieben hatte. Jetzt drehte und wendete er sich unter der Wasserfontäne hin und her, dabei behielt er den Mann auf der Liege im Auge. Kaulquappen, Zweige, Spinnweben, Lederband, Blütenstaub und Schlamm, Schlamm, Schlamm - er selbst staunte, was sich da alles unter ihm im Becken ansammelte, im Kreis drehte, gurgelnd im Ausguss verschwand.

Sein Doppelgänger auf der Sonnenliege gab ein leises Schnaufen von sich, aber das hatte er sich vielleicht nur eingebildet. Vielleicht, vielleicht. Angeblich besaß jeder Mensch auf der Welt einen Doppelgänger, dachte Rick, zumindest hatte ihm das mal irgendwer erzählt. Die rote Monica? Gut möglich bei ihrem Spiritistentick, den lieben langen Tag warf sie mit solchen ominösen Behauptungen um sich. Oder hatte sie ihm erzählt, dass man am selben Tag sterben musste, an dem man seinem Ebenbild begegnete? Egal jetzt! Rick drehte die Dusche ab, schüttelte sich Wasser aus dem Haar und trat mit wedelnden Armen aus dem Becken.

Bisschen peinlich, dem Typen da drüben so ganz und gar nackt gegenüberzutreten. War aber jetzt nicht zu ändern, dachte Rick, und bei einem Knaben, der sich seinen Protzpalast neben den stinkendsten Kanal von Idleton, ach woher, von ganz Lillison Valley bauen ließ, kam es ja wohl auch nicht so genau drauf an. Aus irgendeinem Grund war Rick plötzlich wütend. Keine Ahnung, auf wen oder was, auf Mrs. Sinking, die echsengrünen Priesterinnen, auf Dad, was weiß denn ich, verflucht noch mal. Tropfen sprühend stakste er über die glitschigen Fliesen mit dem Erzengelmuster.

Der schlafende Mann sah Rick wirklich ziemlich ähnlich. Leidlich gut gebaut, keine zehn Gramm Fett zu viel um die Hüften, und ein gutes Gesicht mit energischem Kinn und klarer Stirn. Nur der Mund glich seinem eigentlich überhaupt nicht – diese aufgeworfenen Mick-Jagger-Lippen erinnerten ihn viel eher an Joey. Na, wie auch immer. Der Kerl lag jedenfalls breit auf dem Rücken, die Beine weit weggestreckt, das Gesicht der Sonne dargeboten, auch wenn die heute partout nicht aufgehen wollte. Seine Augenpartie allerdings versteckt hinter der spiegelnden Sonnenbrille, so dass Rick auch in den Gläsern sich selbst sah, wie er sich über den Liegenden beugte.

»Eine Frage, Kumpel.« Keine Antwort. Schon wieder keine Antwort, verdammt. »Hey, ich hab dich höflich angeredet!« Er packte den Kerl bei der Schulter, und da fiel dem der Kopf zur Seite, und die Schulter fühlte sich so kalt, so klamm, so wächsern an, dass Rick zurückfuhr.

Tot. So tot wie Hendrik Rienar, so tot wie sein Vater, nachdem der ihm erklärt hatte, was das Leben für Männer war. »Ein Scheißspiel, ein einziger Albtraum, mit der verfluchten Schlange und alldem.« Ja, Dad, vielen Dank, ich weiß. Vielen Dank, dass du auch noch weggegangen bist, wo ich sowieso schon nur noch dich hatte in der ganzen scheißverdammten Stadt.

Er packte die Shorts und zerrte sie dem Kerl langsam, ruckweise über den Hintern, die Beine runter, über die Füße. Grün-gelb getupft, wo hatte er dieses Muster zuletzt gesehen? Weiß ich jetzt nicht, Scheiße noch mal. Seine Laune wurde immer übler, während er sich die Hose des Toten überzog, den schmalen Ledergürtel festzurrte. Hatte der Typ nicht eben wieder einen Schnaufer von sich gegeben? Ach was, keine Spur. Und wetten, dass der Kerl mir überhaupt nicht ähnlich sieht, dachte Rick. Wenn überhaupt irgendwem, dann höchstens Joey. Letztlich kam es nur auf die Augenpartie an, alles andere war austauschbar. Erneut beugte er sich über den Mann auf der Liege, sah sich in den Gläsern, wie er zweifach nach der Brille griff. »Erkenne dich selbst – in den Zeichen der Welt«, hatte der Priester gefordert. Er nahm dem Toten die Spiegelbrille von den Augen, und da war die Schlange, die Schlange! Schoss zischend aus den Augenhöhlen, links der Kopf, rechts der gestachelte Schwanz. Mit einem Schrei prallte Rick zurück. Die gleiche Schlange wie vorhin in der Felsengrotte, verflucht noch mal!

Mit bebender Hand drückte er dem Kerl wieder die Spiegel ins Gesicht. Das gibt's doch nicht! Aber besser, er schaute nicht noch mal nach.
Seine Wut ersoff in Entsetzen. Die Schlange, die verfluchte Schlange. Er biss die Zähne zusammen, ging so schnell, wie er irgend konnte, auf die marmorne Freitreppe zu. Schaute alle drei Schritte über die Schulter zurück, aber von dem Toten war von hier aus nichts zu sehen. Rick wusste nicht mal mehr genau, in welcher Liege der Mann gelegen hatte, und einen Augenblick lang kämpfte er mit dem Drang, zum Kanalrand zurückzugehen und die Reihe der Liegen nochmals von vorn anzusehen. Da war doch überhaupt niemand, verflucht! Aber die Fliesen waren bedeckt mit einem Schlangenmuster, das zur Treppe hin immer dichter, wimmelnder wurde. Weg hier, schnell weg. Zwischen diesen steinernen Schlangen könnte sich die lebendige, wirkliche unbemerkt voranringeln. Was für eine wirkliche Schlange denn? In den Augenhöhlen dieses Toten? Blödsinn, so was gibt's doch überhaupt nicht!
Rick gab seiner inneren Stimme von Herzen Recht, trotzdem war er froh, als er endlich das Schlangenmosaik hinter sich hatte und die Marmortreppe zu erklimmen begann. Auch hier war alles, jede Stufe, das Geländer, Fassaden und Fenster, mit dem gelblichen Schmier bedeckt. Rick schlingerte die Treppe hoch, erreichte eine Plattform unter einem geschwungenen Vordach, erkannte da erst, dass es ein monströses Maul darstellte, mit Säulen dazwischen, die wie Reißzähne geformt waren. Geschmacklos, dachte er, drückte die Klinke der Glastür herunter und trat in eine riesige Marmorhalle ein.
Es sah ganz genauso aus wie die Empfangshalle eines Fünf-Sterne-Hotels, mit einer Art Rezeption im Hintergrund, knöcheltiefen Spannteppichen, Clubsesseln in Wandnischen, alles in kühlen Grautönen, was Rick nach den zurückliegenden Farbgewittern angenehm fand. Nur seine grün-gelb getupfte Hose passte nicht so recht in das dezente Interieur. Gerade in diesem Moment fiel Rick auch wieder ein, wo er die Gewänder der Priesterinnen, echsengrün mit blutroten Säumen, schon mal gesehen hatte – bei den Empfangsdamen im *Python Resort.* Er blieb stehen, wo er stand, zwei Schritte hinter der Türschwelle, und überlegte angestrengt, wie diese Übereinstimmung zu erklären war. Aber sein Kopf war immer noch voller Nebel, er hatte Mühe, überhaupt die Frage im Gedächtnis zu behalten, über die er nachgrübeln wollte, und sowieso war es wieder mal ein schlechter Moment zum Überlegen.
Gleich zwei junge Männer in dunklen Anzügen eilten aus verschiedenen

Richtungen auf ihn zu, und Rick machte sich schon darauf gefasst, dass er aus dieser noblen Umgebung verscheucht werden sollte wie die Wespe vom Stachelbeerkuchen. »Sir, verzeihen Sie, ich habe Sie nicht gleich bemerkt«, sagte der erste der beiden, ein schwarzhaariger Brocken mit enormen Koteletten, und blieb in strammer Haltung vor Rick stehen.

Ehe Rick etwas antworten konnte, war der zweite bei ihnen eingetroffen und meldete atemlos: »Doktor Loveham erwartet Sie bereits, Sir.« Es war ein mageres Bürschlein mit aschfarbenem Haar und ebensolchem Teint, das selten an die frische Luft zu kommen schien.

Loveham? Der Name versetzte Rick einen Schlag. Im Moment hatte er keinerlei Vorstellung, wo er ihn schon einmal gehört hatte, aber der Name brachte gewaltige Glocken in seinem Innern zum Schwingen. »Doktor Howard Loveham?«

»So ist es, Sir.« Das Lächeln des jungen Mannes verblasste ein wenig. »Sie kommen doch von der Presse, Sir – für ein Interview mit Doktor Loveham? Wir haben eine Erklärung an sämtliche Redaktionen geschickt, dass er angesichts der verzweifelten Lage für Interviews unentgeltlich zur Verfügung steht.« Sein Blick glitt an Rick hinab, blieb an den Leguan-Shorts haften, und sein Gesicht nahm einen grüblerischen Ausdruck an. »Aber Sie sind der Erste, der von diesem Angebot Gebrauch macht, Mister –?«

»Nadar.« Über der vermeintlichen Rezeption stand in riesigen, nebelgrauen Lettern *Produktion Sig Freudenthal – die ganze Welt im Augenball.* Wo war er hier nur wieder hingeraten?, dachte Rick. Freudenthal? Auch dieser Name kam ihm bekannt vor, aber im Moment fiel ihm einfach nicht ein, woher. »Rick Nadar«, ergänzte er, »New –«

»Vom *New Chronicle?*« Der Brocken mit dem gewaltigen Backenbart strahlte ihn an. »Das wird Doktor Loveham freuen. Er hält große Stücke auf Ihr Blatt, wenn ich das mal so sagen darf, Sir.«

Rick beugte sich ein wenig zu ihm herüber. An seinem Revers steckte ein kleines Schild mit einem goldenen Schriftzug drauf. *Dan Twice*, entzifferte er, *Security, Sig Freudenthal Comp.* Rick atmete tief durch. »Okay, Dan, dann lassen Sie uns keine Zeit mehr verlieren – bringen Sie mich zu Loveham.«

»Einen Moment noch, Sir.« Der schmale Bursche mit dem Ascheteint legte ihm eine graue Hand auf den Arm. An seiner Anzugbrust steckte ein Schild mit der Aufschrift *Gus Youngblood, Produktionsassistent, Sig Freudenthal Comp.* »Doktor Loveham legt Wert auf die Feststellung, dass er alles, was er heute vor der Presse erklären wird, nicht in seiner Eigenschaft als Berater

der Filmproduktion Freudenthal aussagt, sondern als freier Wissenschaftler, der nur seinem Gewissen und der Wahrheit verpflichtet ist.«
Rick begnügte sich mit einem viel sagenden Kopfnicken. Filmproduktion Freudenthal? Also kannte er diesen Namen vielleicht einfach aus dem Abspann irgendeines Films, den er mal im Kino gesehen hatte?
»Ich weiß nicht, inwieweit Sie da informiert sind, Mister Nadar«, fügte Gus Youngblood hinzu. »Das Verhältnis zwischen Sig Freudenthal und Doktor Loveham ist seit dem Filmprojekt *Die Göttin der Erde* – wie soll ich sagen – ein wenig angespannt.«
Rick fiel fast die Kinnlade herunter. »Ich verstehe, Sir.« Er bemühte sich, sein Erstaunen zu verbergen. Dieser Freudenthal hatte also den Film mit der Göttin produziert, auf deren Erdkugelbauch Mensch und Tier herumkrochen? Seltsamer Zufall, dachte er, aber es erklärte jedenfalls, warum ihm der Name so bekannt erschienen war. »Übrigens ein sehr eindrucksvoller Film.«
Die beiden wechselten Blicke. Rick fühlte sich reichlich unwohl in der Rolle, in die er da hineingeschlittert war. Er hatte ja nicht direkt behauptet, dass er ein Reporter vom *New Chronicle* sei, aber er hätte diesem Irrtum gleich energisch entgegentreten müssen. Doch dafür war es jetzt zu spät. Dan Twice, der Brocken von Security-Mann, würde ihn mit seinen bloßen Händen vierteilen, wenn er sich jetzt als Hochstapler zu erkennen gab. Vor allem aber ließ Rick der Name Loveham keine Ruhe. Er musste mit diesem Mann reden. Herausfinden, ob er Howard Loveham wirklich von irgendwoher kannte, aus seiner eigenen Vergangenheit – oder vielleicht auch von einem Film, den er irgendwann mal gesehen hatte.
Wie ein Monument perfekter Sicherheit stand Dan Twice vor ihm, die Beine gespreizt, die ungeheuren Arme vor der Brust verschränkt. Gus Youngblood dagegen tänzelte nervös von einem Bein aufs andere und zurück.
»Kein Problem, Gus.« Rick ließ seinen Blick durch die Halle schweifen. Er verspürte den starken Drang, quer durch den riesigen Raum zu spurten und sich mit der gläsernen Drehtür ganz da hinten ins Freie zu kurbeln. Aber sehr viel stärker war der Sog, der von dem Namen Loveham ausging. »Können wir jetzt?« Er schaute von Gus Youngblood zu Dan Twice. »Wie kommt es übrigens, dass Sie mit diesem Filmladen neben dem stinkendsten Kanal von ganz Lillison Valley hausen?« Schließlich hielten sie ihn für einen Reporter, und die Frage beschäftigte ihn schon die ganze Zeit, seit er sich da draußen Schlamm und Schlick von der Haut geduscht hatte.
Gus brach in schrilles Gelächter aus. Sogar Dan verzog seinen Mund zu

einem dünnlippigen Grinsen. »Da legen Sie Ihren Finger zielsicher in die Wunde, Mister Nadar!«, prustete Gus, während rosafarbene Wellen von seinem Hals zu seiner Stirn wallten. »Aber diese Frage sollten Sie lieber mal« – er zwinkerte dem Security-Brocken zu – »unserem Chef stellen, dem alten Sig Freudenthal!«

»Seine Antwort kenne ich jetzt schon.« Dan Twice machte die Augen schmal, wie um anzudeuten, dass er hundertmal gehörte Parolen aus dem Gedächtnis zitiere. In feierlichem Singsang begann er eine ganze Litanei herunterzubeten, und schon nach wenigen Worten stimmte Gus Youngblood murmelnd mit ein.

»Es ist die Bestimmung dieser Traumfabrik, den Schlamm aus den Abgründen einer finsteren Vorzeit aufzurühren. Aus den kindlichen Verstörungen einzelner *Mama-Mama* brabbelnder Menschlein – und aus den reptilienhaften Uranfängen unserer Spezies, die vor grimmigen Göttinnen im Dreck kriecht. Diesen Seelenmorast aus den versunkensten Gedächtnisgewölben veredeln wir, Ladys und Gentlemen, zu traumhafter Kunst. – Wenn Sie uns jetzt folgen würden, Mister Nadar?«, fragte Gus Youngblood mit seiner gewöhnlichen Stimme. »Ich gebe Doktor Loveham nur rasch Bescheid, dass Sie da sind. Dann können Sie zu ihm hoch.«

Rick nickte ihm geistesabwesend zu. Er war so verblüfft über die Darbietung der beiden Freudenthal-Jünger, dass er immer noch über ihre Litanei nachgrübelte, als er neben Gus Youngblood durch die Marmorhalle marschierte, in den gelb-grün getupften Shorts des Toten von der Sonnenliege und gefolgt von Dan Twice, dem Security-Mann.

Der Raum kam Rick total bekannt vor, aber das konnte ja nicht sein. Ein gläserner Würfel, Jalousien an den Wänden, um das Innere abzuschotten. An einer Wand Batterien von Monitoren, lange Reihen von Signallampen, grün, gelb, rot. Auf der Glastür in verwackelten grauen Lettern die Aufschrift *Simulation Center*, falls Rick sich nicht verlesen hatte. Genau gegenüber eine weitere Glastür, hinter der ein Treppenhaus mit einem Liftschacht zu erkennen war.

Dan Twice hatte dicht zu Rick aufgeschlossen, schob ihn regelrecht in den Raum, schloss hinter ihnen die Tür und lehnte sich mit dem Rücken dagegen.

»Nur noch einen kleinen Moment, Mister Nadar.« Gus tippte eine Ziffernfolge in die Tastatur des Wandtelefons. »Das da ist übrigens unser neuestes Werk – jedenfalls schon mal der Rohschnitt.« Er fuchtelte in Richtung der Monitore, dann deutete er auf ein paar Klappstühle, die vor den Bildschirmen aufgereiht standen. Rick ließ sich auf einen Sitz fallen, versuchte sich auf die Fernsehschirme zu konzentrieren, auf denen ein Werbevorspann mit dem Logo der Freudenthal-Produktion lief – eine stilisierte Erdkugel, die sich auf einmal rasend schnell um sich selbst drehte. Als sie wieder zum Stillstand kam, konnte man erkennen, dass der Erdball gleichzeitig der Augapfel einer Person war, die vor einem Spiegel stand und sich selbst betrachtete. Diagonal über dieses Bild flammte ein Schriftzug auf: *Produktion Sig Freudenthal – die ganze Welt im Augenball.*

Gus Youngblood schüttelte den Telefonhörer und räusperte sich nervös. »Komm, Doktor, geh endlich ran.«

»Schon mal mit den Axtkerlen Bekanntschaft gemacht?« Rick bemühte sich um einen beiläufigen Tonfall. »Ich meine, draußen in der Stadt?«

Gus Youngblood gab ein hysterisches Lachen von sich. Dan Twice verschränkte die Arme noch monumentaler vor seinem Brustkorb. »Doktorchen«, flehte Gus ins Telefon, »komm schon, bitte!«

Auf sämtlichen Monitoren erschien jetzt ein nebelfarbener Schriftzug: *Dawn City.* Dazu eine zermürbende Musik, die Rick vage bekannt vorkam, ein Streitkonzert von Trommeln und Muschelflöten. Ein junger Mann, der in einem altmodisch eingerichteten Motelzimmer mitten in der Nacht aus dem Schlaf fuhr. »Offenbar hat unser junger Mann schlecht geschlafen«, verkündete eine stählerne Stimme aus dem Off. »Er fährt aus seinem Traum auf, schaut wirr um sich, und die Betthälfte neben ihm ist leer. Sein Name: Joe Darey.«

Während das Bild eingefroren wurde, mit diesem Darey in Großaufnahme, wie er panisch vor sich hinstarrte, erschien der nebelgraue Schriftzug *Starring: Tony Idle.* Dann lief das Bild weiter, Joe sprang aus dem Bett, schaute im Bad nach, rief: »Liebes, wo bist du denn?«

Und exakt in dem Augenblick, als Mr. Joe Darey auf den Bildschirmen die Zimmertür aufriss, wurde die Glastür zum Filmraum aufgestoßen, so heftig, dass Dan Twice mit seinen sämtlichen zweieinhalb Zentnern Kampfgewicht zu Boden krachte. Grelles Licht flammte auf, Dan kauerte auf allen vieren vor Rick, wie beim Turnunterricht in der Lower Street, wenn es galt, über den hockenden Vordermann drüberzuflanken. Durch die Tür quollen ein, zwei, drei junge Burschen in der Einheitskluft der Jugend, Jeans, Turnschuhen, T-Shirts. Der erste ließ den Griff seiner enormen Säge auf das

Schaltpult unter den Monitoren donnern, das Licht flackerte, die Bilder erloschen, die Filmgeräusche verebbten in einem schleifenden Jammerton. Der zweite Gang-Typ schwang einen Schneidbrenner über seinem Kopf und schrie unverständliche Kommandos, während irgendwo mit nervzerfetzendem Gejaule eine Alarmsirene losging.

Der Dritte trug eine Indianermähne. Er sprang mit einem Satz in die Glasloge hinein, schnickte sich das schimmernde Haar über die Schulter. Plötzlich hatte er eine Axt in der Hand und drückte dem kauernden Security-Mann die Klinge in den Nacken. »Wir wollen nur, was die Göttin fordert. Verhaltet euch ruhig, dann habt ihr eine echte Chance.«

Das Alarmgeheule erstarb. Der erste Gang-Typ hatte sich breitbeinig in der offenen Tür aufgestellt. Auf dem Rücken trug er einen Rucksack, der noch ziemlich leer zu sein schien. Rick starrte ihn an und überlegte fieberhaft, wie er den Axtkerlen entkommen könnte. Der Magen zog sich ihm zusammen, so heftig, wie er es noch niemals erlebt hatte. Erschrocken schaute er an sich herunter, und da sah er, wie sich der Ledergurt in seinen Shorts krampfartig zusammenzog.

Es war überhaupt kein Gürtel, kein bloßes, totes Lederband, es war eine schlanke Schlange, die jetzt aus den Gürtelschlaufen schlüpfte und blitzschnell verschwand. Es ging so unglaublich rasch, dass er gar nicht richtig mitbekam, wohin sie sich davongeringelt hatte, in seine Hose hinein, irgendwie in seinen Körper, oder ganz einfach auf und davon. Er hatte plötzlich ein merkwürdiges Gefühl im Bauch, als ob sich da irgendetwas gewaltsam hin und her bewegte, dann plötzlich griff er sich zwischen die Beine, schrie in Panik auf. »Die Schlange, die verdammte Schlange!«

Der Indianertyp ließ seine Axt sinken, mit der er auf das rechte Handgelenk des kauernden Dan Twice gezielt hatte. Es tat nicht eigentlich weh, Rick hätte gar nicht sagen können, was da unten überhaupt geschah, ob die Schlange ihn biss oder sich um ihn wand, was das verdammte Biest mit ihm anstellte. Falls es überhaupt noch da war, drinnen oder draußen. Er zog sich die Hose ein Stück runter, aber da war nichts, jedenfalls nichts, was dort nicht hingehörte, also riss er sich die verdammten Shorts bis über den Nabel wieder hoch.

Bei seinem Aufschrei war Gus herumgeschnellt, nun starrte er auf Rick herab, wie der in seiner Hose rumwühlte. Der Kerl mit der Säge trat neben Rick und hielt ihm das gezackte Blatt an die Kehle. »Zeig her, Typ. Wehe, du spielst uns was vor.«

Rick stand so langsam auf wie im Traum. Aber es konnte kein Traum sein,

dafür fühlte sich alles viel zu echt an, seine Panik, die Schlange, die plötzliche Vorsicht der Gangster-Kids.
Der Indianertyp beugte sich vor, schob Rick die Axtklinge unter den Bund und die Hose ein Stück weit runter. Nur so weit, dass der Nabel freigelegt wurde, ein paar Zoll Haut darunter und zwei Kringel schwarzes Haar. Schimmernd schwarz wie seine Winnetoumähne.
»Scheiße, der is'n Träger.« Säge und Axt bewegten sich so schnell von Rick weg, als ob er der Minuspol eines starken Magneten wäre. »Verzieh dich, Alter«, rief der Typ mit der Säge, »aber schnell!«
Rick schaute noch einen Moment lang an sich herab, auf seine Nabelgegend und die Partien darunter. Was denn für ein Träger, verdammt? Er verkniff sich die Frage, legte dem kauernden Dan Twice eine Hand auf den muskelstrotzenden Rücken, flankte unbeholfen über ihn hinweg und war aus der Hintertür, bevor die Kids es sich anders überlegen konnten. *Simultaneity Center*, las er im Vorübertaumeln, nebelgraue Schriftzeichen, aber das konnte ja alles gar nicht sein.
»Mister Nadar?« In seinem Rücken die hysterische Stimme von Gus Youngblood, dann ein dumpfer, klatschender, grässlicher Laut. »O mein Gott«, wimmerte Gus, der Schneidbrenner begann zu fauchen, und Rick trabte durch das Treppenhaus, in seinen rutschenden Shorts mit grün-gelbem Leguanmuster, auf die Liftkabine zu, deren Türen sich eben mit einem Zischen vor ihm öffneten. Von dem Schaltbrett mit den Knöpfen für die Etagen flammte ihm ein Namensschild entgegen – *Dr. Howard Loveham, mythologischer Berater, 14. Stock.*

13. KAPITEL

DER MYTHOLOGE

Das Wühlen und Ziehen in Ricks Bauch wurde nicht besser, während er mit dem Lift aufwärts rumpelte, es wurde ärger. In seinem Bauch oder irgendwo knapp drunter, er hätte immer noch nicht sagen können, was da überhaupt mit ihm passiert war. Wahrscheinlich ganz und gar nichts. Alles nur eingebildet, Ricky, klarer Fall. Trotzdem fühlte er sich eigenartig, so als ob er nicht mehr ganz allein unterwegs wäre. Was soll denn das heißen, dachte er, so ein Blödsinn!

Sogar hier drinnen, an den Metallwänden der Aufzugkabine, bemerkte er Schlieren von dem zähen gelben Schmier. Drachenblut, dachte er, aber das hier war ja schließlich keine verdammte Märchenstadt, oder? Hey, Joey, komm schnell her, Dad liest uns ein Märchen vor. Hatte er aber sowieso nie gemacht, und wenn er mitbekommen hätte, dass Joey bei ihnen war, hätte er mit seiner Bierdose nach ihm geschmissen. Mit allem, was er gerade in die Finger bekam. O ja, Sir, Dad war ein großartiger Werfer. Basketball, Handball, was du wolltest. Mit Märchen hatte er's nicht so sehr. Bis er am Schluss sich selbst in den Sarg geschmissen hat.

Rick lehnte sich gegen die Liftwand, vorgebeugt, seine Hände auf die Beine gestützt. So übel hatte er sich noch nie gefühlt, nicht mal an dem Morgen, als er ins Elternschlafzimmer kam und sein Vater eine Wachspuppe geworden war. Geh jetzt weg, Dad! Dieses ewige Dad-Gedudel in seinem Kopf zog ihn doch nur noch tiefer runter. Tiefer und noch tiefer in den Schlamm, verdammt. In seinem Bauch fühlte es sich an, als ob da drinnen jemand in weichen Pantoffeln auf und ab gleiten würde. Rick richtete sich mühevoll auf, suchte mit der Schulter Halt an der Liftwand und tastete vage an seinem Nabel herum. Fühlte sich der

anders an als sonst? Ja woher sollte er denn wissen, wie sich sein Nabel normalerweise anfühlte, verdammt noch mal. Und trotzdem, trotzdem, Ricky, das Ding fühlt sich an, als ob jemand drin rumgestochert hätte. Jemand? Etwas? Die Spiegelbrille fiel ihm wieder ein, die Schlange dahinter, die verfluchte Schlange, und ihm wurde noch mürber zumute. Beine wie Brei, Kopf voll Zement, und im Bauch dieses Ding, das glibberig hin und her schleicht. In den Magen hoch und dann wieder so weit runter, dass Rick auf einmal ganz gehetzt um sich sah. Sogar durch die Tür mit dem pinkelnden Skelett im *MakaBARett* wäre er jetzt gegangen, alles besser, als hier in diesem endlos in die Höhe schleichenden Lift zu stehen, Krämpfe im Bauch, Brei in den Knien. Okay, Rick, halt durch, gleich bist du bei diesem Loveham, der wird dir aus der Patsche helfen.
Er machte die Augen zu, versuchte nicht auf das Ziehen, Wühlen, Wedeln in seinem Bauch zu achten. Einfach an was anderes denken, Rick. Dieser Loveham glaubte also, dass er ein Reporter vom *New Chronicle* wäre, herbeigeeilt, um die Ansichten des Wissenschaftlers zur »verzweifelten Lage« von Idleton anzuhören? Das hieß – falls Gus ihn mittlerweile erreicht hatte. Falls Gus Youngblood und Dan Twice überhaupt noch Hände hatten, um irgendwen anrufen zu können. Falls da unten überhaupt noch irgendwer am Leben war.
Das Wühlen und Wedeln in seinem Bauch wurde mal stärker, mal schwächer. Rick hätte immer noch nicht sagen können, wo es eigentlich herkam, was die Quelle des Übels war. Magen, Darm oder sogar – ach was, Blödsinn, völlig ausgeschlossen. »Der is'n Träger.« Was zum Teufel sollte das heißen? Ohne die Augen zu öffnen, tastete er wieder über seinen Nabel. Ziemlich großes Loch, oder? Ach woher, der war immer schon so.
Endlich hielt der Lift an, die Türen glitten auf. Rick trat hinaus in einen dämmrigen Gang. Am Ende des Flurs ein Fenster, dem er auf Watteknien entgegenwankte. Seltsam, da draußen war die Sonne immer noch nicht richtig aufgegangen. Was hatte das nur verdammt noch mal zu bedeuten? Nach ein paar Schritten musste er wieder stehen bleiben, an der Wand Halt suchen. Mittlerweile fühlte es sich an, als ob in seinen Eingeweiden ein Piranhaschwarm kreiste. Er schaute sich um, blinzelte sich Schweiß aus den Augen. An den Türen ringsum waren geschäftsmäßig aussehende Schilder angebracht – *Casting Manager, Schnitt – kein Zutritt!, Post Production.* Nur den Namen Loveham konnte er nirgendwo entdecken.
Rick taumelte weiter, bis er am Fenster angekommen war. Tief unter ihm erstreckte sich eine riesengroße Kreuzung, sternförmig, flackernde Ampeln,

rot, rot, rot. Von allen Seiten führten Straßen auf einen runden Platz zu. In der Mitte stand ein Denkmal, so eine Art Weltkugel, rissig, an tausend Stellen aufgeplatzt, und aus den Ritzen krabbelten und krochen sonderbare Kreaturen hervor. Schlangen-, Echsen-, Froschgezücht. Rick krümmte sich zusammen, presste eine Hand auf seinen Bauch, aber davon wurde es noch schlimmer. Weltkugel? Ach woher. Wird wieder so eine Art Drachenei sein, beschloss er, wie er es irgendwo hier in der Stadt schon mal gesehen hatte. Wo war das noch gleich? Mein lieber Mann, was fühl ich mich flau. Na komm schon, komm schon, Ricky. Also okay, es war... es war... in der Straße unter dem *Overidge*. Der Wasserhahn in der Wand, darunter das Becken in der Form eines halbierten Dracheneis. Na siehste, geht doch.
Rick wandte sich um, lehnte sich mit dem Rücken gegen das kühle Fensterglas, und da stand das Mädchen mit den asiatischen Gesichtszügen vor ihm. Wie aus dem Boden gewachsen, dachte er. Die Übelkeit war ganz plötzlich weg. Hey, er fühlte sich so gut wie lange nicht mehr. Grinste das asiatische Mädchen an, und sie schenkte ihm ein zartes Lächeln. Nur einen Schritt vor ihm stand sie, im dämmrigen Gang, er hätte bloß die Hand heben müssen, um sie zu berühren.
»Lauf nicht wieder weg, bitte«, sagte er. »Ich muss unbedingt mit dir reden – ich hab so viele Fragen, die nur du mir beantworten kannst.«
Das klang auch in seinen eigenen Ohren ziemlich süßlich, aber er hatte das Gefühl, dass sie nicht weggehen würde, solange er in dieser Art weiterraspelte. Tatsächlich blieb sie stehen, wo sie stand, in ihrem schillernden Minikleid, das ihre langen Beine, die tolle Mädchenfigur bestens zur Geltung brachte. Schlank, langgliedrig und an den richtigen Stellen rund. Und dazu die langen schwarzen Haare, zu einer kunstvollen Figur aufgesteckt. Ricks Herz begann freudig zu pochen. »Bestimmt gibt es hier einen Ort, wo wir in Ruhe reden können«, fuhr er fort.
Sie lächelte unentwegt weiter, eigentlich sah es mehr wie eine Maske aus. Schräge, schmale Augen, der Mund in der Andeutung eines Lächelns erstarrt. Trotzdem hätte Rick vor ihr auf die Knie fallen mögen, so sehr gefiel sie ihm. »Na, was sagst du dazu?«, fragte er sie in munterem Ton.
Sie reagierte überhaupt nicht, und plötzlich wurde ihm klar, dass sie ja höchstwahrscheinlich gar nicht verstand, was er da redete. Sie kam doch bestimmt aus China, aus Vietnam, oder was wusste er denn, was sie da im Osten alles für Länder hatten, und jedenfalls hatten sie dort auch ihre eigenen Sprachen, die er so wenig sprechen konnte, wie das Mädchen umgekehrt Englisch konnte. Aber hatte sie nicht mit ihm geredet, als er sie zum

ersten Mal getroffen hatte? Oder war das ein anderes Mädchen gewesen, ihre Zwillingsschwester vielleicht?

»Okay, okay«, sagte er, »wir brauchen ja nicht unbedingt zu reden.« Er fand selbst, dass es nicht besonders überzeugend klang, und als wäre das Mädchen zu dem gleichen Schluss gekommen, drehte sie sich auf einmal um und ging davon.

»Hey, warte noch.« Rick trabte hinter ihr her, keuchend, mit vorgebeugtem Oberkörper, die Fäuste geballt. Aber sie flog wie eine Feder im Wind, wehte regelrecht den Flur entlang, er dagegen kam sich vor wie ein Fass, das unbeholfen auf dem Boden dahinrollte und -polterte.

Noch gar nicht lange her, dachte er schnaufend, da hatte er einen gut dotierten Job ausgeschlagen, nur um nicht in eine Situation wie diese zu geraten – dass er hinter jungen Asiatinnen herrennen musste, sogar mit ihnen kämpfen, sie überwältigen, den Ordnungskräften übergeben. Per Zeitungsannonce war ein Wachmann für einen Waffenladen gesucht worden. Rick hatte gleich angerufen, und der Ladenbesitzer hatte ihm die Lage erklärt, ohne irgendwas zu beschönigen: Eine Bande junger Asiatinnen schien auf die Armbrüste scharf zu sein, die er seit kurzem in seinem Geschäft anbot. Sie hatten den vorherigen Wachmann überfallen, zu Boden geschlagen und durch einen Gully in die Kanalisation geworfen, von Kopf bis Fuß wie ein Paket verschnürt. Der Mann war mit dem Leben davongekommen, aber seine Nerven waren seitdem angeknackst, für die Security-Branche war er nicht mehr zu gebrauchen. Der Waffenladenbesitzer hatte Rick angeboten, einen dressierten Schäferhund anzuschaffen und ihm zwanzig Dollar extra die Woche zu bezahlen, als Gefahrenzulage, aber Rick hatte nach kurzem Überlegen höflich abgelehnt. Tut mir Leid, Sir, aber das ist nichts für Rick Nadar. Mit einem dressierten Hund rumzurennen nicht und mit asiatischen Mädchen zu kämpfen schon gar nicht.

Unterdessen hatte Rick die Asiatin aus den Augen verloren und blieb atemlos stehen. Bestimmt weiß sie, wo Rachel ist, dachte er, wo die ganzen schwangeren Frauen hingegangen oder hingebracht worden sind. Also musste er es unbedingt schaffen, sich irgendwie mit ihr zu verständigen, wenn er sie das nächste Mal wieder traf. Was für ein nächstes Mal denn? Bildest dir vielleicht ein, Ricky, dass sie andauernd hinter dir herschleicht, wie? Sein Blick fiel auf die Wand, neben der er stehen geblieben war. Wieder so eine eigenartige Kritzelzeichnung. Eigentlich sah es so aus, als wäre das Bild einfach mit gelb beschmiertem Finger auf den weißen Kalk gestrichelt worden. Anscheinend der Körper einer Frau, aber so gezeichnet, wie Rick es

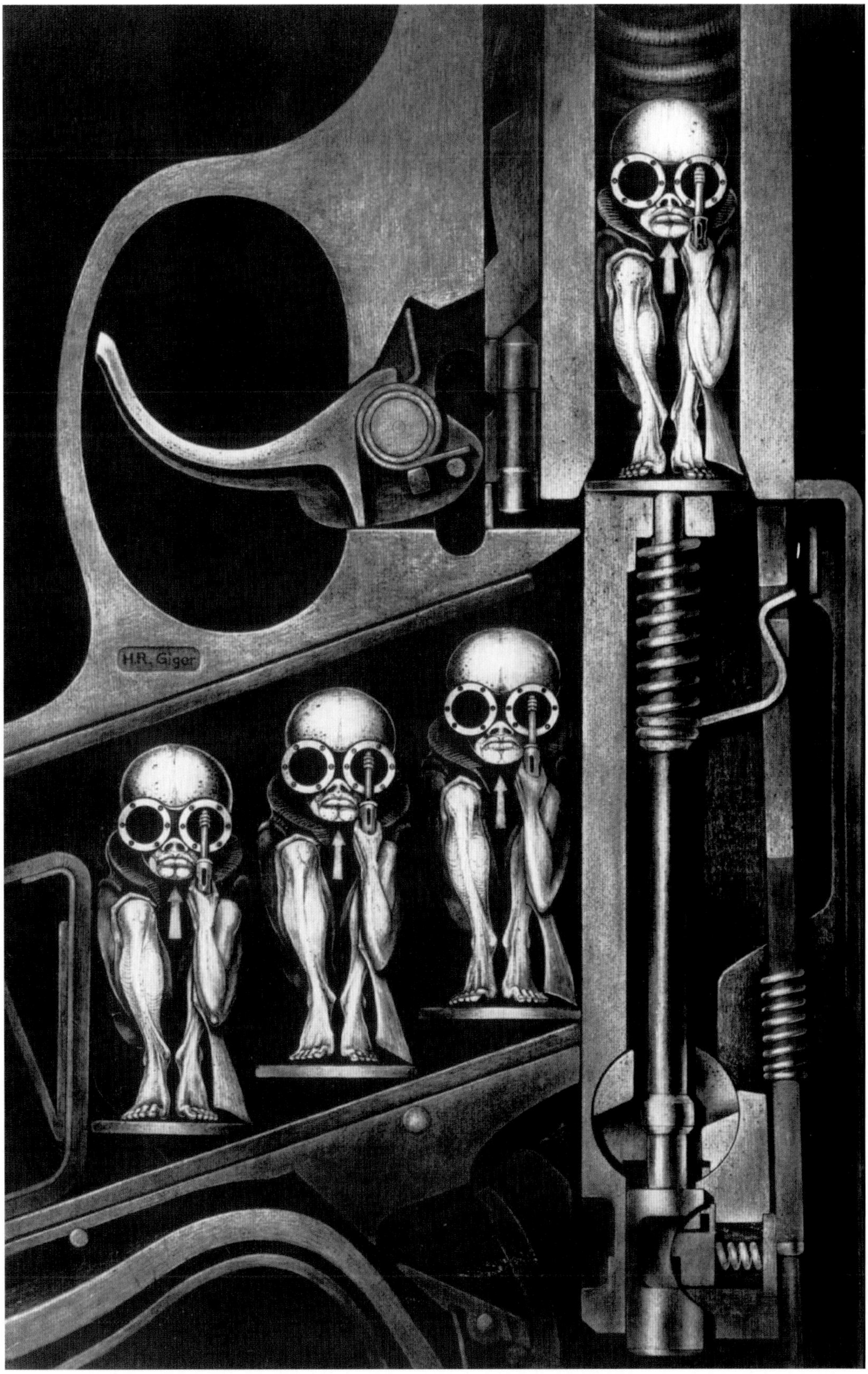
H.R. Giger

sonst nur von medizinischen Abbildungen im Wartezimmer kannte. Als wäre die ganze Frau eine Art Riesenei, dessen vordere Hälfte der Künstler einfach weggeklappt hatte, damit man in den Bauch reinschauen konnte. Aber eigentlich war es auch kein Bauch, oder jedenfalls nicht nur oder nicht so ganz – es war wieder der höhlenartige Uterus, aber das Ganze wirkte gleichzeitig maschinenhaft, beinahe wie das Innere einer Pistole. Anstelle der Patronen hockten winzige Föten in der Höhlung, und die sahen auch sehr eigenartig aus – wie Menschenföten, aber gleichzeitig vollkommen fremd, hockende Miniaturroboter.

»Mister Nadar? Der Mann vom *Chronicle?*«

Rick fuhr zusammen. Ein paar Schritte neben ihm stand ein kräftig gebauter Mann in einer offenen Tür. »Doktor Loveham?«

»Der verrückte Mythologe, in der Tat. Wo haben Sie sich denn herumgetrieben? Sie wurden mir vor einer halben Ewigkeit von der Zentrale angekündigt. Und dabei ist die Zeit sowieso schon verzweifelt knapp.«

Schuldbewusst senkte Rick den Kopf. Er war hinter dem asiatischen Mädchen hergetaumelt, während Gus und Dan mit den Axtkerlen kämpften. Aber glücklicherweise schienen sie die Lage da unten wieder unter Kontrolle zu haben.

»Nun kommen Sie schon rein«, polterte Loveham. »Der *New Chronicle* ist kein übles Blatt – und so oder so wird es höchste Zeit, dass wir in der Chronologie dieses Planeten einiges zurechtrücken.«

Die ganze Welt im Augenball – sagen Sie bloß nicht, dass Sie an Freudenthals schwindelhaften Filmen Gefallen finden.« Loveham boxte Rick gegen den Oberarm. Es wirkte nicht wie ein ernst gemeinter Angriff, aber doch zu aggressiv, um bloß eine spielerische Geste zu sein. Rick begnügte sich damit, die Schultern zu heben und wieder fallen zu lassen. Aber der Mythologe schien an seiner Antwort sowieso nicht interessiert. »Schauen Sie sich doch nur da draußen um!«, rief er aus. »Wenn das ganze Zeug, das in den ururalten Mythen überliefert worden ist, nur symbolischer Krimskrams wäre, wie Freudenthal es immer so treuherzig beteuert hat und alle Medien es ihm nachgeplappert haben – ja, wie kommt es denn dann bitte sehr, dass ganz Idleton langsam, aber sicher in diesem gelben Sumpf versinkt? Vom Verschwinden der Schwangeren und diesen Opfergräueln mal vorsichtshalber zu schweigen!«

Dr. Loveham hatte sich vor Rick in seiner ganzen Größe und Fülle aufgebaut. Die Hände auf die bestens gepolsterten Hüften gestemmt, die braunen, hier und dort schon grau gesträhnten Haare wild zerzaust und nach allen Seiten abstehend, sah er Rick mit einem Ausdruck ironisch übertriebener Erwartung an. Der Mythologe war ungefähr Mitte vierzig, und trotz der drückenden Schwüle, die hier drinnen in seinem Studierzimmer fast noch ärger war als draußen auf der Straße, trug er einen formellen Anzug, dunkelgrau mit Weste und rot-grün gestreiftem Schlips. Nur sein Jackett hatte er abgelegt und sorgfältig über eine Stuhllehne gehängt, nachdem er Rick die Hand geschüttelt hatte. »Sie gestatten doch, dass ich es mir etwas bequemer mache, Mister Nadar?« Offenbar war Dr. Loveham ein Mann, der auf Etikette hielt, auch wenn er sich jede Anspielung auf die höchst unvollständige Bekleidung seines frühmorgendlichen Besuchers versagte.
»Na ja, Symbole...«, entgegnete Rick. Wenn er ehrlich war, hatte er keine sehr klare Vorstellung, wovon dieser so bullige wie selbstgewisse Gentleman überhaupt sprach. Mythen? Symbole? Über solche Sachen hatte er sein Leben lang noch nicht nachgedacht, auch wenn Mrs. Sinking damals unaufhörlich von »pathogenen Mythen« und »symbolischer Verlustverarbeitung« schwadroniert hatte. Und er hatte eigentlich auch nicht vor, sich ausgerechnet heute mit diesen nebelhaften Sachen zu beschäftigen. Doch auf der anderen Seite spürte er ziemlich deutlich, dass Dr. Loveham, nach eigener Auskunft »verrückter Mythologe«, ihm wirklich ein paar Erklärungen zu dem schrecklichen Chaos liefern könnte, das hier in Idleton herrschte und in dem er seine Rachel allein wohl nie mehr wiederfinden könnte, das stand ja mittlerweile auch einigermaßen fest.
»Sie wirken ein wenig durcheinander, Mister Nadar«, bemerkte Loveham mit einem Unterton milden Tadels. »Na, wir sind wohl alle einigermaßen mitgenommen durch die Ereignisse da draußen. Also setzen Sie sich erst mal hin – ja, dort, auf den Sessel, und hören Sie mir ein paar Minuten zu. Gestatten Sie, dass ich währenddessen auf und ab marschiere – es denkt und doziert sich einfach besser, wenn man dabei herumläuft.«
Gehorsam nahm Rick auf einem staubigen Sessel Platz. Dr. Lovehams Arbeitszimmer war zum Bersten mit Büchern, Atlanten, Folianten angefüllt, aber es machte überhaupt nicht den behaglichen Eindruck, den man gemeinhin mit einer Bibliothek verband. Regale bis zur Decke, Schreibtisch, Stühle, alles voll uralter Bücher, doch aus irgendeinem Grund ging etwas Düsteres, Niederdrückendes von all diesen narbigen Lederschwarten aus.
»Als Sig Freudenthal mich vorletztes Jahr als wissenschaftlichen Berater für

seine Filmfirma angeheuert hat, Mister Nadar, da dachte ich natürlich, dass er wüsste, in welchem Ruf ich stehe und was mein Fachgebiet ist. Vormenschliche Zivilisationen, Sir, und nicht dieser Symbol-Nonsens, mit dem uns die Seelenonkels und Märchentanten von Freudenthals Fraktion seit Hunderten von Jahren die Köpfe vernebeln.« Er blieb vor Rick stehen, die buschigen Augenbrauen fast bis zu seinem Haaransatz hochgezogen. »Aber offenbar hatte er sich vorher nicht erkundigt, oder er war falsch informiert worden. Das Ergebnis haben Sie jedenfalls hier vor Augen – einen hoch dotierten Berater, dessen Ratschläge Freudenthal mit schöner Regelmäßigkeit in den Wind schlägt. Falls er sich überhaupt noch die Mühe macht, meine Statements zu seinen Filmprojekten zu lesen. Bezahlt mich, ignoriert mich und lässt doch wieder nur sein eigenes Erklärungsmodell gelten. Dieser Narr.«

Er schüttelte den Kopf, wandte sich wieder um und begann aufs Neue zwischen Ricks Sessel und seinem mit Lederschwarten überhäuften Riesenschreibtisch auf und ab zu gehen. »Entgegen meinen sämtlichen Empfehlungen hat er in seinem Film über die Göttin mit dem Erdkugelbauch im Großen und Ganzen wieder nur den alten Unsinn zusammengequirlt – die archaische Göttin als Projektion der übermächtigen Mutter, Opferzeremonien als kindliche Versuche, die grollende Riesenmama zu besänftigen, und blablabla.«

Auf einmal kam Rick der Wissenschaftler selbst wie ein halbwüchsiger Riesenjunge vor, der hinter dem Rücken seiner Mutter ungezogene Reden schwang. Dr. Loveham sah jetzt so zornig aus, dass Rick sich fragte, ob es wirklich eine gute Idee gewesen war, sich bei ihm einzuschleichen.

»Mit ein paar Puzzlestücken wahllos herumspielen«, grollte Loveham, »bis sich ein irgendwie abenteuerliches, aber völlig verfälschtes Bild ergibt – da haben Sie schon den ganzen Freudenthal. Nur nicht die Wahrheit ans Licht kommen lassen, das ist seine Devise, und das ist leider die Devise der ganzen heutigen Welt. Denn diese Wahrheit ist nicht lukrativ und nicht unterhaltsam, nicht vieldeutig und als Nervenkitzel überhaupt nicht geeignet.« Wieder blieb er vor Rick stehen, verschränkte die Arme vor der Brust. »Diese Wahrheit, Mister Nadar, ist ganz einfach schrecklich, niederschmetternd und unabweisbar. Die alten Mythen und Sagen haben es immer schon gewusst und jedem verkündet, der diese Wahrheit hören wollte: Vor Millionen von Jahren hat eine vormenschliche Zivilisation hier im Lillison Valley gesiedelt, und die Überreste ihrer Anlagen existieren noch immer, und zwar genau unter dem Zentrum von Idleton.«

Rick blinzelte zu Loveham hoch. Vage war ihm bewusst, dass der Mythologe gerade eine ungeheuerliche Behauptung aufgestellt hatte, die entweder die Lösung aller Rätsel darstellte oder ganz einfach bewies, dass Loveham wirklich verrückt war. Und Rick spürte auch, dass der Wissenschaftler jetzt eine entschiedene Reaktion von ihm erwartete – zornige Ablehnung, Beifall, irgendwas. Aber eine unerwartete Erinnerung drängte sich dazwischen – plötzlich begann ihm zu dämmern, wo er diesen Mann schon einmal gesehen hatte. Loveham ist überhaupt kein Mythologe, dachte Rick, jedenfalls war er es damals noch nicht, als ich ihm zum ersten Mal begegnet bin. »Hochwürden?«, sagte er zögernd. »Pater Howard Loveham?«
Der bullige Mann zog die Augenbrauen zusammen. »Glauben Sie nicht, dass ich die Spottreden nicht kennen würde, die über mich in der Öffentlichkeit verbreitet werden – Hohepriester der Drachengöttin, Prediger eines finsteren Teufelskultes et cetera. Darauf wollen Sie doch hinaus?«
»Entschuldigen Sie, Sir, das ist alles ein Missverständnis«, sagte Rick. Die Übelkeit kehrte zurück, das Wühlen und Wedeln in seinem Unterleib. »Wir sind uns schon einmal begegnet«, fuhr er mühsam fort, »vor zehn, nein, vor elf Jahren in New Providence. Damals waren Sie der Pfarrer der Erzengel-Michael-Gemeinde. Ich war von der Lower Street gerade dorthin gezogen. Mein Dad war gestorben, meine Mum war seit Jahren weg, und deshalb hatte meine Tante Ida mich bei sich aufgenommen. Ich war vierzehn Jahre alt, Sir. Meine Tante hat mir aufgetragen, Sie wegen irgendetwas in der Pfarrwohnung aufzusuchen, und da hat es haargenau so ausgesehen wie hier.« Er schaute sich um, auf die Regalwände, den Schreibtisch, es sah wirklich alles ganz genauso wie damals aus. Und das Wühlen in seinem Bauch wurde immer ärger, auf weichen Füßen glitschte wieder irgendwas in ihm hin und her.
»Sie verkennen den Ernst der Lage«, sagte Loveham. Er war ans Fenster getreten, wandte Rick den Rücken zu. »Alle Welt gefällt sich heutzutage in skurrilen Rollenspielchen oder ähnlichen Kindereien. Aber dafür haben wir keine Zeit mehr, Mister Nadar.« Abrupt wandte er sich wieder um. »Hier und jetzt geht es um das Überleben der menschlichen Rasse, nicht weniger und nicht mehr!«
»Bitte entschuldigen Sie, Hochwürden... Doktor... Loveham.« Rick erhob sich, blieb vorgebeugt zwischen dem Sessel und einem niedrigen Tisch voller Lederschwarten stehen. »Wenn ich mal gerade Ihre Toilette aufsuchen dürfte?«
»Sofort, junger Mann, ich bin gleich fertig mit Ihnen. Vor ungefähr hundert

Millionen Jahren – sagen wir, plus/minus zehn oder höchstens fünfzehn – sind die so genannten Älteren Wesen auf der Erde angekommen. Ihr Heimatplanet scheint kollabiert zu sein oder so etwas, weshalb sie schleunigst einen neuen Stützpunkt brauchten. In den ältesten Mythen werden sie als Drachen umschrieben, als riesige Kreaturen mit Schuppenpanzern, die Feuer speien konnten, gewaltige Eier legten, unterirdische Höhlensysteme errichteten, in denen sie hausten, ihre so genannten Schätze aufbewahrten und so weiter. Interessanterweise können wir nach unseren Kriterien gar nicht ganz genau sagen, ob es eher Lebewesen oder eher Maschinen waren. Kreaturen oder Roboter – tatsächlich stellten sie wohl eine Mischung aus beidem dar. Lebendige Raumschiffe, atmende Maschinen. Ihre Körper bestanden aus organischem Gewebe, aber auch aus Metallen und Mineralien. Ihr Stoffwechsel arbeitete auf der Basis von Schwefel genauso gut wie auf der Grundlage von Sauerstoff. Sie konnten auf dem Grund der Ozeane ebenso mühelos wie im Weltall existieren. Und natürlich auf der Erdoberfläche oder eben im Innern der Erde.«

Rick war auf seinen staubigen Sessel zurückgesunken. Das Wühlen und Wüten in seinem Bauch war kaum mehr zu ertragen. Er glaubte nicht, dass er noch einmal aufstehen, sich irgendwohin schleppen könnte, er fühlte sich so schrecklich wie noch nie, von Schmerzen wie zerfetzt, zum Sterben schlapp. »Warten Sie«, sagte er mühsam. »Was ist… ein Träger?«

Dr. Loveham sah ihn vom Fenster her unter hoch erhobenen Augenbrauen an. »Was glauben Sie, wie lange ich schon darauf warte, dass man mir endlich diese Frage stellt. Aber ich fürchte, jetzt ist es zu spät. Mit der entsprechenden öffentlichen Unterstützung hätte ich unsere Welt retten können, glauben Sie mir – auf mich allein hätte niemand gehört, mehr als einmal hat man schon versucht, mich mundtot zu machen, für immer in der Obhut Ihrer Seelenonkels verschwinden zu lassen. Aber mein Wissen, kombiniert mit den Möglichkeiten eines Sig Freudenthal oder mit der Medienmacht eines Blattes wie des *New Chronicle* – das wäre die Rettung gewesen. Wir hätten die Leute schonend aufklären, eine Panik verhindern und doch genügend Unruhe schüren können, damit alle Verantwortlichen sofort und umsichtig zur Tat geschritten wären. Das ganze Valley räumen, zur Schutzzone erklären, damit dort unten garantiert nichts beeinträchtigt, gereizt, zu schrecklichen Angriffen provoziert werden kann. Und dann verhandeln, junger Mann, eine Delegation aussenden, um Frieden bitten, um Gnade, im Namen der fernen Vergangenheit, als die Älteren Wesen und wir noch friedlich zusammen auf dieser Erde lebten. Aber dafür ist es jetzt zu spät. Ein

U-Bahn-Terminal ausgerechnet dort in der Erde zu errichten – das nenne ich Irrsinn. Und Sie, mein junger Freund –«

»Bitte, Sir. Was... ist... ein...« Rick war vom Sessel heruntergerutscht und lag auf seinen Knien, den Oberkörper weit vorgebeugt. »... Träger?« Gleich würde sein Unterleib zerreißen, explodieren, in tausend glühende Stücke zerfetzt.

»Darauf wollte ich gerade zu sprechen kommen, Mister Nadar. Die Älteren benötigten damals eine Dienerrasse, die ihnen half, Lasten zu schleppen, Bauarbeiten auszuführen und anderes mehr. Eine kleinere Sorte von ihnen wurde ausgewählt, um sich mit einer Rasse von Uraffen zu paaren, die damals schon auf der Erde hauste. Auf diese Weise ist die Menschheit entstanden, Mister Nadar. Unsere Vorfahren haben die Älteren Wesen als ihre Gottheiten angebetet. Natürlich waren es aus der Sicht dieser frühen Menschen riesige, übermächtige Geschöpfe, aber mit der Mama-Kind-Symbolik Ihrer Seelenonkels hat das alles nicht das Geringste zu tun. Auf Geheiß der Älteren errichteten die Frühmenschen gewaltige unterirdische Anlagen, die als Heiligtümer dienten, aber auch als Wohnbauten, Krankenhäuser, Versorgungseinheiten im weitesten Sinn. Es waren Gebäude oder Maschinen, und es waren doch gleichzeitig auch immer riesige Lebewesen...«

»Was... sind...«

Mit wenigen Schritten eilte Dr. Loveham zu ihm herüber. »Sie sehen ja schrecklich aus, Junge. Was ist denn los mit Ihnen?« Er kauerte sich neben Rick auf den Boden. »Wie Sie sich denken können, existieren nur wenige wirklich zuverlässige Dokumente, die von den allerfrühesten Zeiten berichten, und die sind außerdem verschlüsselt. Die Lage ist also nicht vollständig klar, aber nach allem, was ich herausbekommen habe, wurde der Ausdruck *Träger* in einem zweifachen Sinn benutzt. Einmal für menschliche Frauen, in denen Nachkommen der Älteren heranwachsen, genauer gesagt, Abkömmlinge jener halb menschlichen Mischrasse. Und dann auch für Männer wie Sie und ich, die allem Anschein nach auch als Wirtstiere der Älteren Wesen dienten.« Er packte Rick unter den Achseln und zog ihn mühelos hoch. »Und nun zeige ich Ihnen, wo Sie sich ein wenig frisch machen können.«

Der Mythologe schleppte Rick zur Hintertür seines Arbeitszimmers, hinaus in eine fensterlose Vordiele, die anscheinend in seinen privaten Wohnbereich führte. Hier gab es entschieden mehr Türen als Wände. Irgendwo hinter einer der Türen rumpelte und quietschte es sehr eigenartig, und Dr. Loveham schien plötzlich das Interesse an Rick und dessen sanitären Problemen zu verlieren. »Meine Arbeit wartet«, murmelte er, deutete vage in den dunkleren Teil der Diele und ließ Rick los. »Sie finden sicher allein den Weg, junger Mann, guten Tag.«

Hinter Rick schlug eine Tür zu, er stand allein in dem dämmrigen Raum, zwischen acht Türen, zwei an jeder Wand, die allesamt geschlossen waren. Die Übelkeit, der wühlende Schmerz. Seltsame Erinnerungsfetzen: wie Loveham lachte, er selbst schluchzte, sich schämte, um Hilfe winselte. Pater Howard, bitte! Rick biss die Zähne zusammen, wankte vorgebeugt auf eine Tür zu, die ungefähr in der von Hochwürden gewiesenen Richtung zu liegen schien. Hochwürden, Mythologe, was wusste er denn! Vielleicht gab es da gar keinen großen Unterschied.

Und Rick riss die Tür auf, dahinter war ein Zischen und Heulen, ein riesiger, tintenschwarzer Rüssel, der ihn regelrecht ansaugte, keuchend und röchelnd ansaugte – die Schlange, dachte Rick, dann riss es ihn kopfüber in den Rüssel hinein, den Rachen, den Schlund, in einen weichen, biegsamen Riesenschlauch, der ihn mit krampfhaften Wellenbewegungen abwärts presste, tiefer und tiefer hinab. Die Schlange, die verfluchte Schlange – Pater Howard, eine Falle, dachte Rick, dann wurde es schwärzer als schwarz um ihn.

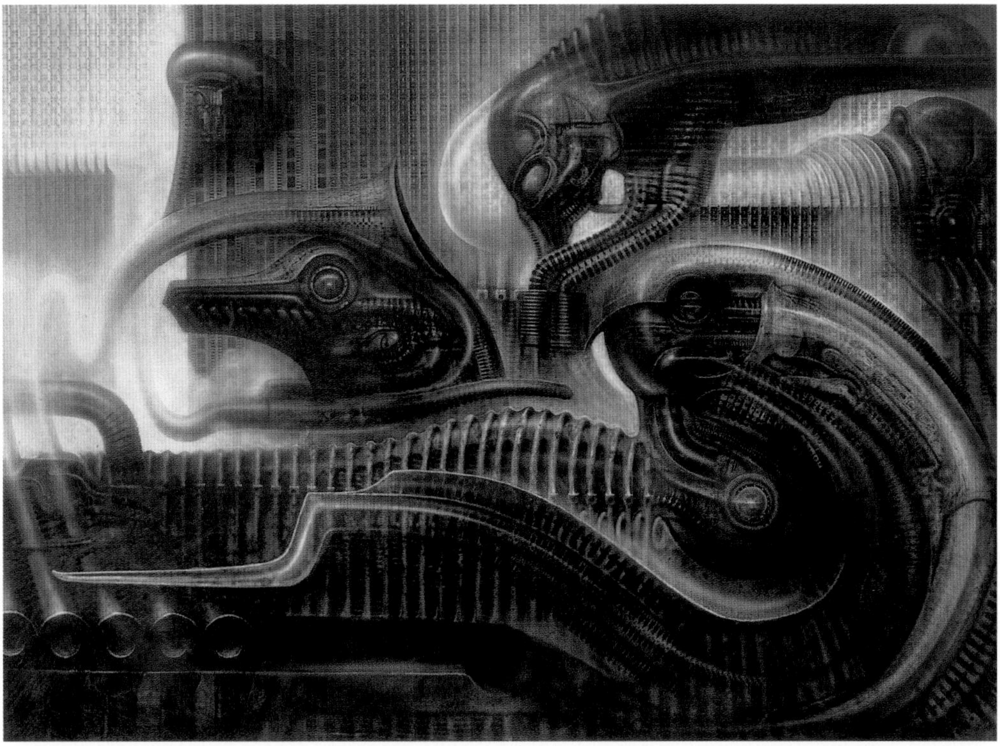

14. KAPITEL
MI-LUNG

»Hey, du, steh auf! Bist wohl völlig durchgedreht!« Rick kam langsam zu sich. Ein Mann kniete neben ihm, mittleres Alter, grauer Anzug, und schaute mit vorwurfsvoller Miene auf ihn herunter. »Dich einfach hier auf die Straße zu legen!«

Rick setzte sich auf und sah um sich – er lag tatsächlich auf dem Bürgersteig, und im Moment konnte er sich überhaupt nicht erinnern, wie er hierher geraten war. Vor dieses riesig hohe Haus, gelbliche Glasfassade bis fast zum Himmel rauf. Wenn er nach oben schaute, sah er direkt in die Mündung einer endlos langen Schlauchrutsche hinein, wie sie bei Baustellen in oberen Geschossen üblich war. Schlauchrutsche? Oberes Geschoss? Rick starrte in den finsteren Gummitunnel hoch. Er spürte ein leichtes Unbehagen, Bauchgegend oder Umgebung, aber im Augenblick konnte er sich wirklich nicht erinnern, was da schon wieder mit ihm passiert war. Er kam sich vor wie einmal im Security Center, als ein Drittel der Monitore plötzlich ausgefallen war. Keine Ahnung, was da im Laborbereich vor sich ging.

»Muss wohl eingeschlafen sein«, sagte er zu dem Anzugtypen. »Wo ist das Problem?«

»Das Problem, fragst du? Allen Ernstes?« Der Mann sprang auf, fasste Rick bei der Hand und versuchte ihn hochzuhieven. »Steh lieber mal auf, Freundchen – falls du noch kannst.«

Rick ließ sich folgsam hochziehen, dabei hätte er auch allein aufspringen können, so leicht fühlte er sich, so ausgeruht. Nur warum er hier auf dem Trottoir einfach eingeschlafen war, wollte ihm partout nicht einfallen. Ich war bei diesen Filmtypen drin, dann hab ich das asiatische Mädchen getroffen – und dann? Na, das würde sich schon wieder finden. »Warum sollte ich denn nicht mehr aufstehen können?«

»Herrje, du machst mir Spaß. Legt sich hier einfach so aufs Ohr, mit zwei Händen, zwei Füßen, alles ungesichert – noch nie was von Alarmanlagen gehört? Mann o Mann, was bist du denn für ein Vogel?«
»Hey, jetzt mal langsam«, sagte Rick, der allmählich doch eine Spur wütend wurde. »Für Alarmanlagen bin ich zufällig Spezialist.«
»Ach so? Dann will ich nichts gesagt haben. Kabellos, wie? Gute Arbeit, muss ich wirklich sagen.« Er musterte Rick von Kopf bis Fuß, sein Blick verharrte kurz in der Gegend von Nabel und Hosenbund. »Wenn du Experte bist, wirf mal 'nen Blick hier drauf, Kumpel – was hältst du von dem System? Marke Eigenbau, geb ich zu, hat aber bisher seinen Zweck voll erfüllt.« Verstohlen spähte er nach links und rechts, dann knöpfte er mit der rechten Hand sein graues Jackett und das himmelblaue Businesshemd auf und gewährte Rick einen Blick auf seinen Oberkörper, der bleich, mager und mit einem Wirrwarr von Kabeln und Schläuchen überzogen war. »Das geht abwärts immer so weiter«, erläuterte Ricks neue Straßenbekanntschaft, »aber die Hose will ich hier natürlich nicht runterlassen.« Er kicherte nahezu fröhlich, dann knöpfte er sich rechtshändig wieder zu. »Dennis Holster mein Name. Wer irgendwas aus Metall in der Hand hat und sich mir auf weniger als acht Fuß nähert, kriegt eine chemische Volldusche ab!« Er zwinkerte Rick zu und deutete auf eine Reihe von Miniaturdüsen, die in seinem Revers, an Ärmeln und Hosenbeinen angebracht waren. »Wer diese Begrüßung überlebt und noch näher ranzukommen versucht, wird mit Elektroschocks belohnt.«
»Nicht übel«, sagte Rick und nickte anerkennend. »Ich heiße übrigens Rick Nadar. Aber was ist mit deiner anderen Hand? Warum versteckst du die denn in der Jackentasche?«
»Ja, soll ich sie vielleicht in der Luft rumschwenken? Du *bist* ein komischer Vogel, Rick, hab ich doch gleich gemerkt. Einhändig aufknöpfen ist nicht schwer, einhändig zuknöpfen dagegen sehr, ist mir natürlich auch schon aufgefallen. Aber trotzdem, so ist es am besten, Kumpel.« Einige Hemdknöpfe waren in den falschen Löchern gelandet, aber Dennis Holster ließ es dabei bewenden. Er stopfte sich das Hemd in den Hosenbund, dann zog er ein blutiges Plastikpäckchen aus seiner rechten Jackentasche. Es sah aus wie das Fleischpaket, das einer von Ricks Nachbarn immer freitagabends beim Schlächter an der Ecke für seinen Bullterrier besorgte.
Dennis hielt ihm das Päckchen kurz unter die Nase, so dass Rick den Inhalt begutachten konnte. »Ich bin auf dem Weg zum neuen U-Terminal«, erläuterte er mit sichtlichem Stolz. »Da geb ich die Hand ab, krieg endlich mei-

nen Ablasszettel, und dann ist für mich der Albtraum vorbei!« Er steckte das Päckchen wieder ein und sah Rick vorwurfsvoll an. »Wer seinen Verstand beisammen hat, muss doch froh sein, dass endlich Klarheit herrscht! Ist doch toll, niemand muss mehr vor Schock oder Schmerz krepieren, wir machen das jetzt alles selbst mit Narkotika und Alkoholtupfern. Also raff dich auch auf, Rick, trenn dich von deiner linken Hand, dann ist alles wieder so, wie es früher war. Na ja, fast alles.« Er ließ einen leisen Seufzer hören. »Oder bist du zufällig Linkshänder? Dann natürlich die rechte Hand.« Er zog seinen linken Armstumpf aus der Jackentasche, ließ Rick einen Blick darauf werfen und stopfte den brandroten Klumpen in sein Futteral zurück. »Sieht nicht sehr schön aus, geb ich zu. Aber besser so als ... na, du weißt schon.«

»Ja«, sagte Rick, »das Kruzifix am Froschteich, ich weiß.« Sein neuer Kumpel wurde allmählich unruhig, er schien drauf und dran, sich zu verabschieden und davonzueilen. »Eine Frage noch, Dennis«, sagte Rick. Beinahe hätte er ihm eine Hand auf den Arm gelegt, aber da fielen ihm gerade noch rechtzeitig die Düsen und Elektroschocker ein. »Wie erklärst du dir denn eigentlich, was mit eurer Stadt passiert ist?«, fragte er. »Woher weißt du denn, wie du dich freikaufen kannst, was du machen musst, um diesen Zettel zu bekommen? Ablass, hm. Wer sagt euch denn, was ihr tun müsst? Und wenn du das Ganze so locker nimmst, hast du wahrscheinlich keine Frau oder Freundin, die plötzlich verschwunden ist. Und wenn du schon so gut informiert zu sein scheinst, weißt du bestimmt auch, wo die Schwangeren hingebracht werden.«

»Das waren mindestens ein halbes Dutzend Fragen.« Dennis wirkte plötzlich so verschlossen wie das Holster eines Detektivs nach Feierabend. »Du bist also gar nicht von hier. Na, das erklärt ja so manches.« Gehetzt spähte er über seine Schulter, trat von einem Bein aufs andere. »Ich hab schon viel zu viel Zeit mit dir vertrödelt – am besten gehst du einfach selbst zum U-Terminal, da erfährst du bestimmt alles, was du wissen musst. Aber sieh zu, dass du wenigstens eine Hand locker machst, Freundchen. Du weißt ja – *er brachte weder Fuß noch Hand, drum soll er heut verderben.* Achtung, da drüben kommt eins dieser Drachenweiber!«

Damit lief Dennis los, winkte Rick noch einmal zu, mit seinem linken Armstumpf, der danach neben seinem Körper hin und her schlenkerte wie die Schlange, die vom Paradiesbaum baumelt. Rick sah noch einen Moment lang hinter ihm her, aber er machte nicht mal den Versuch, mit Dennis Holster Schritt zu halten.

Aus einer Passage ein paar Schritte vor ihm war das asiatische Mädchen getreten. Sie stand einfach so da und lächelte in seine Richtung, und Rick setzte sein zuversichtlichstes Grinsen auf und trabte wie an Schnüren gezogen auf das Mädchen zu. Eins der Drachenweiber, dachte er, dieser Dennis spinnt doch wohl!

Diesmal lief das asiatische Mädchen nicht gleich wieder weg von ihm, und diesmal schien sie auch wieder zu verstehen, was Rick zu ihr sagte. Er konnte sein Glück kaum fassen, hingerissen starrte er sie an. »Ich bin Rick Nadar«, sagte er, »weißt du denn eigentlich, was Mädchen wie du in mir drinnen anrichten?«

»Mi-lung«, antwortete sie mit einer Stimme, die sanft und melodisch klang, allerdings mit einem metallischen Unterton, der ihn ganz kurz irritierte. »Was richten wir denn drinnen an?«

Das war ein Wortwechsel nach seinem Geschmack, keine Frage. Spielerisch, flirtend, cool, dabei das Ziel der Aktion immer fest im Blick. Meine Zungenschlange, Baby, in der süßen Höhle deines Mundes.

»Na, ein wildes Durcheinander«, sagte er und trat noch näher an sie heran. Roch ihren Blütenduft, sah den Glanz in ihren schrägen Augen, den zarten Schimmer auf ihrer Haut. Es war ihm auch gar nicht mehr unangenehm, dass er praktisch nackt vor ihr stand, in diesen allerdings ziemlich idiotisch getupften Shorts, die ihm andauernd in die Kniekehlen zu rutschen drohten. Da gehörte doch eigentlich ein Gürtel durch die Schlaufen gezurrt? Na, egal jetzt, dachte Rick. Vielleicht nahm sich Mi-lung ja ein Beispiel daran und machte sich auch ein bisschen freier, bei nächster Gelegenheit. Obwohl er sie in ihrem schuppig schillernden Minikleid auch zum Anbeten fand. Diese endlosen, schlanken Beine, die langen Haare, schimmernd schwarz, die sie offen trug wie eine dunkle Flut, die über ihre Schultern, ihren Rücken abwärts strömte.

»Lass uns irgendwo hingehen, wo wir in Ruhe reden können«, sagte er. »Ich weiß gar nicht, wie lange ich schon in Idleton herumirre. Erklär mir doch bitte mal, Mi-lung, was hier los ist und was ich machen muss, um meine Freundin wiederzufinden. Rachel, sie ist schwanger«, fügte er hinzu und wurde eine Spur rot, als wäre es ein Verrat an Rachel, mit diesem Mädchen über sie zu reden.

»Okay, dann komm mit«, sagte Mi-lung, immer noch mit diesem süßen, starren Lächeln, und nahm ihn bei der Hand. An der Schlauchrutsche vorbei, die Rick mit einem mehr als unbehaglichen Bauchgefühl passierte, und zog ihn zur Eingangstür des riesigen Hauses. Da war ich doch vorhin erst drin?, dachte Rick, aber es war einmal mehr ein sehr schlechter Moment zum Überlegen. »Ins Souterrain«, sagte Mi-lung, »da wohne ich mit meinen Schwestern.«

Sie drückte auf dem Ziffernfeld herum, acht, acht, acht, bis die Tür schnurrend aufging, und plötzlich erinnerte Mi-lung ihn an Melitta, die Kleine aus dem *Dawn*. Das war neuerdings wohl ein Tick von ihm, dachte Rick, dass jeder Mensch, der ihm begegnete, ihn an jemand anderen erinnerte, dem er früher mal begegnet war. So als ob untergründig alles mit allem verbunden wäre, wie er es mal in einem Film über Riesenpilze gesehen hatte, »die größten Lebewesen der Erde«, wie der Filmsprecher behauptet hatte. Da standen also diese kleinen Hütchen im Wald oder auf der Wiese herum, irgendwie erbärmlich, rührend, dabei auch eine Spur unanständig, und wenn man im Vorbeigehen das eine oder andere von ihnen niederkickte, dachte man sich kaum was dabei, sagte sich höchstens, dass es eben jämmerliche kleine Kreaturen seien. Aber von wegen, dachte Rick, während er an Mi-lungs Hand in die Eingangshalle des Wolkenkratzers trat – von wegen jämmerlich und klein, in Wirklichkeit waren es nur die sichtbaren Auswüchse einer gigantischen Pilzflechte, die sich unterirdisch über mehrere Quadratmeilen erstrecken konnte. Jawohl, Sir, er hatte es auch kaum glauben können, aber im Film hatten sie gezeigt, wie es da unten aussah. Die Riesenflechte war eine Welt für sich, sie war sogar die eigentliche Welt, und alles auf der Oberfläche war nur Augentäuschung. Die Riesenflechte bestimmte darüber, was in ihrer Gegend wachsen durfte, »sie versklavt alle Pflanzen und Tiere«, wie es im Film hieß. Aber was soll das jetzt, dachte Rick plötzlich, was faselte diese Stimme in seinem Kopf da andauernd von Riesenflechten?

Riesig war hier im Hochhaus allerdings auch alles, schon die Eingangshalle hatte die Ausmaße des Zentralbahnhofs von New Providence. Im Vorbeigehen huschten seine Augen über die gleichfalls riesige Tafel mit Namensschildern, Briefkästen, Klingeln. *Loveham* flammte ihm aus einem Meer aus Namen entgegen, und Rick dachte, dass ihm der Name wahrhaftig auch bekannt vorkam – Howard Loveham? Aber im Moment konnte er sich einfach nicht entsinnen, wer das nun wieder sein sollte.

Mi-lung zog ihn diagonal durch die gewaltige Halle, in der weit und breit niemand zu sehen war. Ein Echsenmosaik auf dem Boden, das er eine Spur beunruhigend fand, ohne zu begreifen, wieso. Immer noch hielt sie seine

Hand fest, trippelte auf Schlangenlederstilettos neben ihm her. Seltsam, vorhin war sie ihm kleiner vorgekommen, zarter, schutzbedürftiger. Na ja, was er sich wieder mal einbildete, Mi-lung würde ja wohl nicht gerade jetzt, auf den fünf Dutzend Schritten von der Schlauchrutsche bis zu dieser Feuertür, um zwei Fuß gewachsen sein?

»Hier wohnst du?« Das kam ihm für einen Moment doch ziemlich seltsam vor. Er spürte ein Erschrecken irgendwo in seiner Brust, doch gleich darauf ein Drängen und Ziehen ein paar Etagen tiefer. Die Tür war aus Eisen, sie sah aus, als ob sie von Rost zerfressen und mit einer giftig gelben Farbe überlackiert worden wäre, um die ärgsten Schäden zu verbergen. Mi-lung riegelte auf, zog ihn über die Schwelle. Dahinter eine schmale Wendeltreppe, glitschige Stufen, die sich scheinbar endlos in die Tiefe drehten. »Hier wohnst du?«, fragte er wieder, doch Mi-lung gab ihm keine Antwort. Sie war schon fünf Stufen voraus, und Rick beeilte sich, zu ihr aufzuschließen, während hinter ihnen die Tür ins Schloss fiel und es mit einem Mal stockfinster wurde.

Ein düsterer Gang, abschüssig, gewunden. Fackeln an den Wänden, wie eigenartig, dachte Rick, gibt es hier denn keinen Strom? Der Gang war so breit, dass zwei Lastwagen aneinander vorbei gepasst hätten. Irgendwie kam es Rick so vor, als ob sie hier klaftertief unter der Erde wären, dabei konnte er sich überhaupt nicht erinnern, so ewig lang auf der Wendeltreppe abwärts gegangen zu sein. Ein paar Dutzend Stufen, okay, und dann? Ein Riss, im Boden, in seinem Bewusstsein, irgendwo. Und wozu bitte schön brauchte man hier unten derart breite Fahrspuren? Na ja, von Fahrspuren konnte sowieso keine Rede sein. Dafür war der Boden viel zu glitschig. Andauernd kam er ins Straucheln, und wenn er sich dann an der Wand abstützen wollte, fing er jedes Mal an zu zittern vor Ekel, vor Schrecken – die Wände fühlten sich an wie mit Sülze, mit Gelatine überzogen, so wabbelig und warm. O verdammt. Und keinen Schimmer, Ricky, wie du überhaupt in diese Katakomben geraten bist.

Na klar, er war immer hinter Mi-lung hergestolpert, aber das Mädchen war plötzlich weg. Ganz einfach verschwunden und tschüs, ohne auch nur einmal noch zu ihm umzusehen, ob nun mit feuchten oder trockenen Augen. Eine Weile war er noch in ihre Richtung gelaufen, weil sie doch

irgendwo wieder auftauchen musste. Souterrain, hatte sie gesagt? War wohl 'n schlechter Witz, Mi-lung. Und trotzdem musste sie hier irgendwo sein, oder der verdammte Tunnel musste jedenfalls irgendwo wieder an die Oberfläche führen. Hatte Rick gedacht. Aber von wegen, keine Spur von Mi-lung mehr, und von irgendeiner beschissenen Oberfläche schon gar nicht.
Einmal hatte er ihren Namen gerufen, aber das Echo hatte ihn beinahe umgerissen. »Mi-lung-lung-lung-lung!« Durch die Gänge donnernd wie ein ganzes Geschwader Düsenjäger. Und Tunnel, Tunnel, wohin du auch schaust oder trabst. Abzweige, Kreuzungen, ein Labyrinth an unterirdischen Gängen. Längst hatte er den Überblick verloren, hätte nicht mal mehr sagen können, aus welcher Richtung er gekommen war. Er hatte verschiedene Gänge ausprobiert, war ein paar Dutzend Schritte rein- und dann wieder zurückgegangen. Seltsamerweise führten jetzt alle Gänge abwärts, und überall war der gleiche üble Geruch. Kein Hauch mehr von Mi-lungs Mandelblütenduft.
Rick blieb stehen. Der Gestank war wirklich ekelhaft. Außerdem wurde es immer heißer, je weiter er in die Tiefe kam. Er wischte sich über die Stirn, überlegte, ob er eine dieser Wandfackeln aus der Halterung nehmen sollte, nur so für alle Fälle. Konnte ja sein, dass er plötzlich etwas brauchte, um sich zu verteidigen. Rick ging auf die nächstbeste Fackel zu, und da fiel ihm zweierlei auf. Die Fackeln waren in Wirklichkeit flammenförmige Glühlampen, in denen es mechanisch flackerte, wie in künstlichen Kaminen. Und die ganze Tunnelwand war von hinten bis vorn und von unten bis oben mit Reliefmustern bedeckt.
Er stand da und sah sich die Muster an. Sie schienen uralt zu sein, unvorstellbar alt, älter als irgendetwas, das Rick jemals gesehen hatte. Er hätte gar nicht sagen können, wodurch dieser Eindruck entstand, aber irgendwie schien es ihm völlig klar, dass diese Kunstwerke nicht von heutigen Menschen stammen konnten, ja dass sie überhaupt nicht von Menschenhand gefertigt worden waren. Sie wirkten ganz und gar fremdartig, nicht nur wegen der eigenartigen Schriftzeichen, die sich wie Bänder um die einzelnen Bilder herumzogen.
Ein strahlender Stern, drum herum Planeten, ein Asteroidengürtel – keine Frage, dachte Rick, unser Sonnensystem. Mit den Himmelsbildern kannte er sich ein bisschen aus, dank Tante Ida, die einen richtigen Sternentick hatte. Dort die Venus, der Mars – und da, die Erde. Eine Linie, tief in den Fels geritzt, führte von der Erde weit und immer weiter die Wand entlang. Durch Sternenhaufen, Galaxien. Rick folgte langsam weiter dem Gang, ohne die

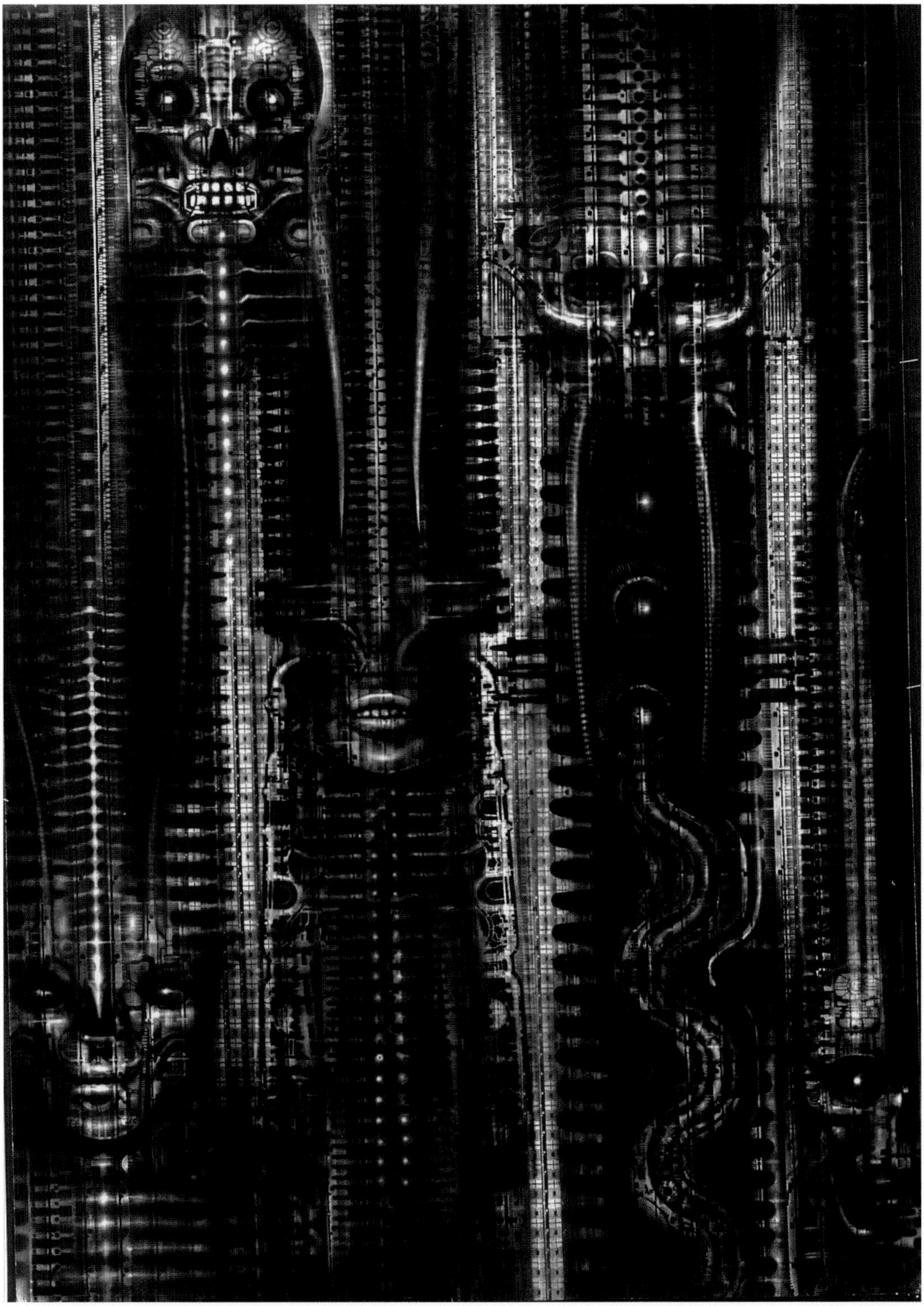

Linie aus dem Blick zu lassen. Er fühlte sich ganz klein, wie er so an den kosmischen Welten entlangging. Die Milchstraße war schon weit weg. Und das da – Alpha Centauri, dahinter begann eine Fremde, so unvorstellbar fern und leer, dass sogar Tante Ida sich davor gegruselt hatte, die doch sonst wirklich durch nichts zu erschüttern war. Nicht durch das Verschwinden ihrer Schwester Mary-Lo, nicht durch den Tod ihres Schwagers, nicht durch die Notwendigkeit, ihren halbwüchsigen Neffen Rick bei sich aufzunehmen. Seine gewaltige, schreckliche Tante Ida, vor der Rick sich schon gegraust hatte, als sie noch eine richtige Familie gewesen waren und die riesige Ida nur manchmal zu Besuch gekommen war. Ihre entsetzlichen Umarmungen. Wie sie ihn an sich gepresst, in ihren Küssen ertränkt, in ihrem Busen beerdigt hatte. Immer weiter zog sich die Linie, die Wand entlang und entlang, bis sie schließlich bei einem Stecknadelpunkt im allerhintersten Weltall endete. Ein kleiner, unscheinbarer Planet, nicht viel größer als die Erde, und ungefähr so weit weg von seinem Zentralstern, wie die Erde von der Sonne entfernt war.

Loveham, dachte Rick auf einmal und blieb wie festgenagelt stehen. Vorhin war er doch bei diesem so genannten Mythologen in einem der oberen Geschosse dieses riesigen Hauses gewesen, und Dr. Loveham hatte ihm von vormenschlichen Zivilisationen und solchen Sachen erzählt. Von den Älteren Wesen, die vor unvorstellbar fernen Zeiten auf die Erde gekommen waren. Ach du lieber Himmel, dachte Rick, wieso fiel ihm das jetzt erst wieder ein? »Weil ihr Heimatplanet kollabiert war oder so etwas«, hatte Loveham gesagt, der ihn aber wiederum an jemand ganz anderen erinnert hatte, so wie er sich vorhin durch Mi-lung an Melitta erinnert gefühlt hatte, die Kleine aus dem *Dawn*. Was für ein wildes Durcheinander, dachte er, und doch hatte er gleichzeitig das Gefühl, dass das alles wirklich irgendwie miteinander zusammenhing.

Rick starrte auf die Reliefs, ging langsam weiter, fast ohne es zu bemerken. Die Wandbilder zeigten jetzt sehr viel mehr Einzelheiten, wie Nahaufnahmen aus einem versteinerten Film. Riesige, echsenartige Wesen mit glühenden Augen, gewaltigen Schwingen, die von einem brennenden Planeten abhoben. Sie stoben empor, und unter ihnen zerbarst ihre Erde in Vulkanausbrüchen, Feuersbrünsten, gigantischen Explosionen. Dann der lange Flug der Wesen durch die unendlichen Weiten des Alls. Rick ging immer schneller an den Bildern entlang, konnte es kaum mehr erwarten, die nächste Episode der steinernen Geschichte zu sehen.

Die Ankunft der Älteren auf unserer Erde. Urwälder mit riesenhaften Bäu-

men. Auch hier überall explodierende Vulkane, Sintfluten, die ganze Ozeane über das feste Land rollen ließen. Aber anscheinend war es hier trotzdem besser als auf dem Planeten, den die Älteren Wesen hinter sich gelassen hatten. Lange flogen sie über der wüsten Erde umher, beschlossen endlich, sich in einem Landstrich niederzulassen. Liebliche Hügel, ein tiefes Tal. Rick lief es kalt den Rücken herunter: Lillison.
Die nächsten Bilder zeigten, wie die Drachenwesen mit ihrem Feueratem Wälder rodeten, wie sie mit dem Strahl ihrer Augen Felsen zu glatten Blöcken zerschnitten, um daraus gigantische Bauten zu errichten. Aber sie benötigten Sklaven, die für sie die niederen Arbeiten ausführten. Weitere Reliefs stellten dar, wie die Herrscher der Älteren Wesen eine kleinwüchsige Spezies, die mit ihnen aus der fernen Welt gekommen war, dazu bestimmte, sich mit den Uraffen aus den Dschungeln von Lillison zu paaren. Die kleinwüchsige Spezies ähnelte keiner Tierart, die heute noch auf der Erde lebte, sie sah aus wie eine Schlange auf Katzenpfoten und mit Echsenkopf. Diese Wesen paarten sich auf Befehl ihrer Herrscher mit überaus hässlichen Tieren, die keinerlei Ähnlichkeit mit heutigen Affen besaßen. Loveham hatte sie als »Uraffen« bezeichnet, dabei sahen sie eher wie Wildschweine aus, die anscheinend ein paar Schritte weit auf den Hinterbeinen laufen und sich mit den Vorderpfoten auf die Brust trommeln konnten. Aus der Paarung der Echsenschlangen mit den Katzenpfoten und der wildschweinartigen Uraffen entstanden die ersten Menschen.
Rick blieb lange vor dieser Bildsequenz stehen. Er hatte das Gefühl, dass er gleich losheulen müsste, dabei wusste er selbst nicht, warum. Die so genannten Frühmenschen sahen eher wie die Dogge Zerbie als wie irgendjemand aus, dem er jemals die Hand geschüttelt hatte, wie Hunde, die auf ihren Hinterbeinen herumwackelten, von den Älteren verprügelt, herumgescheucht, vergewaltigt, zu den scheußlichsten, niedersten Drecksarbeiten gezwungen wurden.
Er spürte wieder dieses Ziehen im Bauch, das ihn zwang weiterzugehen, dabei hätte er sich viel lieber noch weitere der Reliefbilder angesehen. Aber es war, als ob sein Körper, seine ganze Person auf einmal von der Gegend um seinen Nabel herum gesteuert würde, keine Chance, irgendwas dagegen zu unternehmen. Und so trabte Rick weiter durch den abschüssigen Tunnel, folgte einer lang gezogenen Kurve, glitschte ein paar Mal in dem gelben Schmier aus, der hier unten so dick und zäh wie Novemberlaub den Boden überzog. Er traute sich kaum mehr zu atmen, denn der Gestank war wirklich fast nicht mehr auszuhalten, und endlich mündete der Gang in einen

riesigen, eiförmigen Raum. Wabenartige Nischen bedeckten die Wände, in der Mitte des Raums flackerte ein Feuer, und neben dem Feuer saß Mi-lung.
»Da bist du ja endlich, Rick Nadar.« Sie lächelte ihn an, aber ihre Stimme vibrierte vor Ungeduld. »Komm her, setz dich zu mir.«
Er kauerte sich neben sie, und Mi-lung schlang ihre Arme um seine Mitte und zog ihn an sich. Wie riesengroß sie auf einmal war. »Hey, langsam«, sagte er, »du wolltest mir erzählen, was hier los ist.«
Das ging ihm wirklich zu schnell, oder überhaupt in die falsche Richtung, zu flirten war ja okay, oder auch ein bisschen mehr, aber was Mi-lung hier mit ihm machte, ging wirklich zu weit. Schließlich liebte er Rachel, wollte für alle Zeiten nur noch mit ihr zusammensein, und Rachel saß irgendwo hier in der Stadt in der Falle und brauchte seine Hilfe – »Hey, hey, hey!«, schrie oder eher schon schrillte Rick, denn Mi-lung hatte ihm einfach die Hose ein Stück runtergezogen und massierte da unten an ihm herum, und in seinem Unterleib begann es auf einmal zu brennen, so als ob da unten wirklich gleich ein riesiges Bündel Dynamit auseinander fliegen würde, und Rick sah starr vor Entsetzen auf Mi-lungs schlanke Hände, die ein pralles, schlauchförmiges, schuppig schillerndes Etwas kraftvoll und rhythmisch herzten. O nein, o nein, keineswegs das, was sogar Rick selbst im ersten Moment vermutet hatte, es war eine fette, fischköpfige Schlange, die mit ihrem Kopf und einer Elle ihres Schuppenleibs aus seinem zum Zerplatzen auseinander gezerrten Nabel ragte.
Rick packte nach der Schlange, wollte sie aus sich herausreißen, und da schoss ihr Kopf nach vorn, etwas Nadelspitzes bohrte sich in seine Hand, schleimiges Gift spritzte über seine Finger, und Rick sah von der Schlange, die vor seinem Nabel zuckte, zu Mi-lung empor, die riesengroß neben, über ihm hockte und mit ihren Händen weiter und weiter die Schlange tätschelte. Ruckweise kroch das Biest in seinen Bauch zurück, es tat so grauenhaft weh, das Feuer in seinem Bauch, das Gift in seiner Hand, es war so unerträglich demütigend und schmerzhaft, dass das Security Center in seinem Kopf, wo längst alle Signallampen flackerten, rot, rot, rot, zum allerletzten Mittel griff und sich selbst abschaltete.

15. KAPITEL

ACHTERBAHN

Gib mir mal die Buddel rüber. Na mach schon, Calm.« Eine raue Säuferstimme, deren heiseres Bellen in einem Hustenanfall explodierte.

»Hey, nicht schon wieder! Wenn du so weitersäufst, ist das Zeug gleich alle – und was dann?« Die Stimme des zweiten Penners klang schrill und weinerlich, fast weibisch – und von irgendwoher kam sie Rick unangenehm bekannt vor. »Willst du vielleicht rauf und Nachschub holen, Mate?«

»Mich bringen da keine zehn Höllenhunde mehr hoch«, mischte sich eine dritte Stimme ein. Sie klang noch kaputter als die Stimme des Ersten, den sie anscheinend Mate riefen. Zerschlissen und zerfetzt wie eine uralte Darmsaite. »Lieber sitz ich hier unten auf dem Trockenen, als mir noch mehr absägen zu lassen.«

»Hate hat Recht. Und deshalb bleibt die Buddel zu!« Das war wieder Calm, der Säufer mit der weinerlichen Stimme. »Reißt euch doch um Himmels willen zusammen, Leute.«

Jedenfalls nahm Rick an, dass die drei Kerle, die da plötzlich neben ihm hockten, irgendwelche obdachlosen Säufer waren, herbeigetaumelt, während er bewusstlos neben dem Feuer gelegen hatte. Calm, Hate und Mate waren allerdings ziemlich seltsame Spitznamen für drei dahergetorkelte Süffel, aber vielleicht hatte er sich ja auch verhört. Verstohlen spähte Rick um sich, dabei blieb er in der gleichen Haltung liegen, in der er eben zu sich gekommen war: auf der rechten Seite, die Knie an die Brust gezogen wie ein Fötus im Mutterleib. Drei hagere Schattenrisse hinter dem Feuer, zottelbärtig und mit Mähnen wie räudige Mustangs. Auch ihre Armstümpfe, die im orange-gelben Flammenlicht auf und ab zuckten, erinnerten an die behuften Vorderbeine sich aufbäumender Pferde. Von Mi-lung keine Spur mehr. Allerdings reichte der flackernde Schein des kleinen Feuers kaum drei Schritte weit. Dahinter Dunkelheit, so dass auch von den gerundeten Höhlenwänden mit ihren steinernen Waben nicht viel mehr als ein Schattenmuster zu erahnen war.

Calm und Mate stritten unaufhörlich weiter um die Buddel. Immer wieder mischte sich Hate ein, um ungefragt zu versichern, dass er sich nichts mehr absägen lassen wollte. Rick hörte, wie sie an der Flasche zerrten, wie es gluckste, die Säufer mit rasselnden Lungen rangelten. Einmal kratzte Glas über den Steinboden, ein hässlicher Schleifton. »Pass doch auf!«, keifte Calm.

Plötzlich war die Übelkeit wieder da, wie eine Schockwelle, die sich von Ricks Bauch her in alle Richtungen fortpflanzte. Die Übelkeit und die Erinnerung an die Schlange, die verfluchte Schlange, wie sie aus seinem Nabel hervorgeschnellt war. »Der is'n Träger.« Ein schillernder Wurm, bleich und prall, den Mi-lung mit ihren schlanken Fingern gestreichelt hatte. Lieber Gott im Himmel, mach, dass es nicht wahr ist. Dass es nur ein verdammter Albtraum war, nur was Eingebildetes, Fantasiertes wie damals das mit Joey. Aber er sah es ja immer noch ganz genau vor sich, das widerliche Wesen, wie es eine Elle weit aus seinem zum Zerreißen gespannten Nabel hervorhing, grau-fahl, mit dem flachen Fischkopf und den böse stierenden Augen. Ganz still lag Rick da und lauschte in sich hinein. Er meinte zu spüren, wie sich die Schlange in seinem Innern bewegte, wie sie sich ringelte und kringelte und ihren abscheulichen Kopf in alle möglichen Höhlen unter seiner Bauchdecke steckte. Dich werde ich los, du stinkende Bestie, schwor er hinter zusammengebissenen Zähnen. Irgendwie hatte das verdammte Ding seine sämtlichen Sicherheitssysteme überrannt, aber dafür saß es jetzt in der Falle. Er würde einfach den günstigsten Augenblick abwarten, um es aus seinem Körper herauszureißen und zu töten.

Es waren weniger Gedanken als Empfindungsschauer, elektrische Entladungen unter seiner Schädeldecke, die dem gleichen Wellenrhythmus unterlagen wie die Krämpfe in seinem Bauch. Niemals in seinem ganzen Leben hatte sich Rick so elend, so kraftlos gefühlt und gleichzeitig so gedemütigt, so sehr beschämt.

»Wären wir nur nie hierher gekommen, in dieses verfluchte Idleton!« Das war wieder Calm, der Mann mit der weinerlichen Stimme, und plötzlich wusste Rick auch wieder, woher der Heulsusen-Sound ihm bekannt vorkam. »Ich hab's euch ja gleich gesagt!«

Er stemmte eine Faust auf den glitschigen Boden, schaffte es irgendwie, sich zum Sitzen aufzurichten. »Carl«, sagte Rick mühsam und sah von einem zottelbärtigen Gesicht zum nächsten. Totale Verständnislosigkeit in allen drei Säuferfratzen. Graue Gesichter, hohlwangig, mit prangend roten Nasen und Augen. Mit dem platinblonden Modezeichner hatte keiner von ihnen auch nur die geringste Ähnlichkeit. Und doch hätte Rick wetten mögen, dass es haargenau die drei Typen waren, mit denen er bei Mondschein vor den gläsernen Brüsten des *Python Resort* aneinander geraten war.

Die Schlange bewegte sich in seinem Bauch. Rick hatte den Eindruck, dass sie seinen Rumpf fast schon bis zum Brustbein hinauf ausfüllte. Wenn er jetzt den Mund aufmachte, vielleicht würde das verdammte Vieh – anstelle von Worten – aus seinem Rachen hervorschnellen. »Wer von euch... ist Calm?«

Die drei wechselten Blicke. Einer kratzte sich unter dem Zottelbart, der Zweite hob die Schultern, der Dritte klemmte eine bauchige Flasche fester unter seinen Arm. Das musste also Calm sein, oder eben Carl, der sich ja vorhin geweigert hatte, den gemeinsamen Fuselvorrat herauszurücken. Aber wie war es nur möglich, dass er sich in so kurzer Zeit so schrecklich verwandelt hatte – von einem leidlich frisch aussehenden jungen Mann in dieses räudige Wrack mit der Säufernase? Seine linke Hand, an der er den Schlangenreif mit dem Katzenkopf getragen hatte, war nur noch ein brandiger Stumpf.

»Wer von euch...?«, setzte Rick neu an, doch weiter kam er nicht. Plötzlich ertönte ein lautes Brausen, ein Windstoß jagte durch die Katakomben, das Brausen wurde zum Donnern und Tosen, in das sich metallische Töne mischten, ein Rattern und Rütteln, wie wenn Eisenräder auf Schienen dahinjagen.

Erstaunt sah Rick nach rechts, in die Richtung, aus der das Donnern und die Luftwelle zu kommen schienen. Dort bemerkte er jetzt auch einen Lichtschein, der ebenso rasch stärker wurde wie der Windzug und das gewaltige Sausen und Tosen.

Die drei Penner machten keine Anstalten, die Flucht zu ergreifen oder im Gegenteil der Quelle des Tumults entgegenzutorkeln. Die bauchige Buddel in der gesunden Rechten, winkte Calm mit einer ärgerlichen Bewegung seines Armstumpfs in Richtung des Brausens und Gleißens ab. Mate nutzte das Durcheinander, entriss seinem Kumpan die Flasche und hatte sie schon entkorkt, als Calms Armstumpf mit der Gewalt eines Pferdehufs auf seine Schulter krachte.

Die Flasche fiel zu Boden, zerbrach klirrend in tausend Scherben. Der Inhalt ergoss sich ins Feuer, und gelblicher Qualm stieg auf. Ricks Augen begannen zu tränen. Der Geruch kochenden Fusels vermischte sich mit dem Gestank aus den Lumpen der drei Penner und verlieh ihm endlich die Kraft, sich aufzurappeln. Taumelnd stand er auf. Im ersten Schrecken hatte er es tatsächlich für möglich gehalten, dass da drüben eine Art Lindwurm donnernd und funkelnd aus der Tiefe der Erde herbeigeschossen käme, aber es war wieder einmal alles ganz anders.

Er ließ das Feuer, die drei keifenden Penner, die Höhle mit den Wabenwänden hinter sich. Ein schmaler Gang, nur ein paar Schritte lang, dann stand er auf einem heruntergekommenen U-Bahnsteig. Rostzernagte Betonsäulen, die Wände mit Löchern und Wasserflecken übersät. Kabel wanden sich aus schädelgroßen Bruchstellen hervor, Schläuche hingen von der Decke, und undefinierbare Flüssigkeiten tropften auf den Bahnsteig herab. Und doch war die Station ganz offensichtlich in Betrieb, einige Männer standen am Rand der Gleise herum, pressten ihre Aktenmappen unter den Arm, musterten misstrauisch die anderen Reisenden, versuchten ihre Arm- oder Fußstümpfe zu verbergen oder stellten sie im Gegenteil prahlerisch zur Schau. Rick mischte sich unter sie. Die Übelkeit war schwächer geworden, nur ganz leise fühlte er die Schlange noch in seinem Bauch. Aber er vergaß keine Sekunde lang, dass der Feind in seinem Körper war. Ich werd dich töten, du verdammtes Biest.

Zischend und vibrierend fuhr eben die Bahn ein, und sie wirkte so verwahrlost wie die ganze Station. Gelbe Brühe gischtete unter ihren Rädern hervor, bespritzte die Männer, die sich zu nah an die Bahnsteigkante gewagt hatten. »Linie acht in Richtung U-Terminal City«, verkündete eine metallische Mädchenstimme, und Rick erkannte sofort, dass es die Stimme von Mi-lung war.

Kein Zweifel möglich. Gehetzt sah er nach links und rechts, aber er konnte kein Fenster in der Wand und kein gläsernes Häuschen entdecken, wie sie sonst immer auf Bahnsteigen standen, um dem Personal für Durchsagen und sonstige Amtshandlungen zu dienen. Die Waggontüren mit den beschlagenen, gelb bespritzten Fensterscheiben waren schon vor Sekunden aufgeglitten, alle Wartenden waren eingestiegen, gleich würden die Türen sich mit einem Zischen wieder schließen. Noch einmal sah Rick nach links und rechts. Keine Mi-lung. Wie groß sie ihm vorhin vorgekommen war, neben dem Feuer. Riesig wie seine Tante Ida.

»Linie acht. Nicht mehr zusteigen in Richtung U-Terminal!«, forderte Mi-lung mit metallischer Lautsprecherstimme, da endlich machte Rick einen

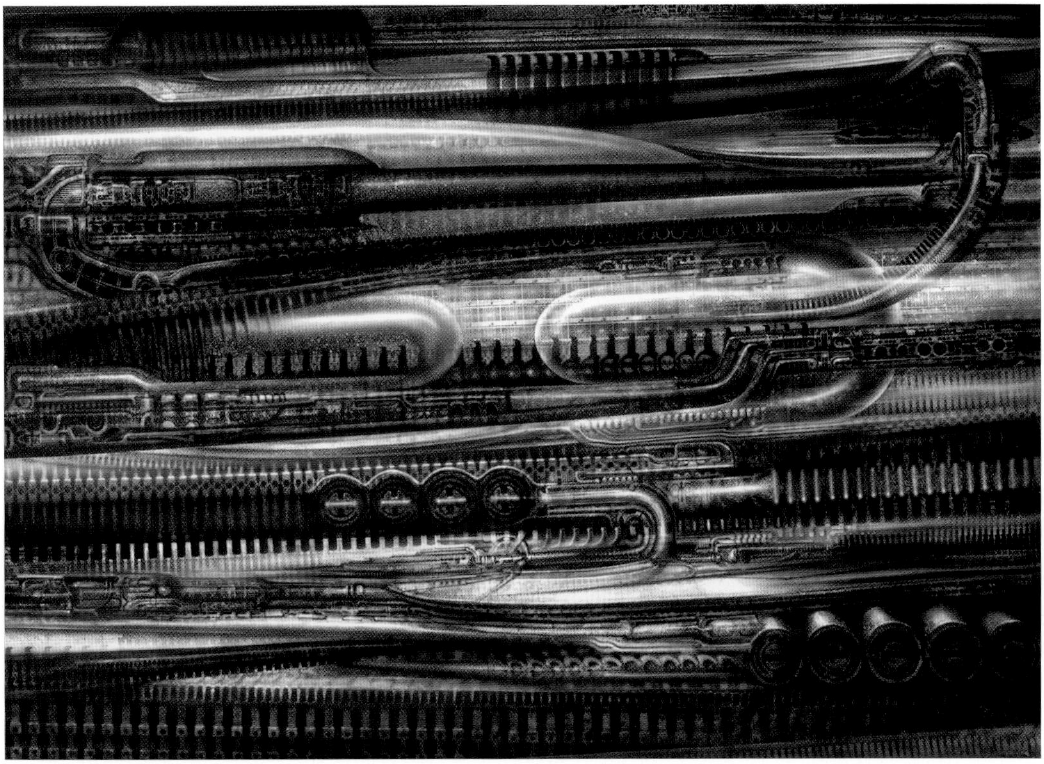

mühsamen Schritt nach vorn. Die Türhälften schickten sich an, seinen Fuß abzuquetschen, wichen widerwillig noch einmal zur Seite, und Rick taumelte in den Waggon, während die Bahn bereits Fahrt aufnahm und im nächsten Augenblick mit irrwitzigem Tempo, ratternden Rädern, unheilvollem Donnern, nervzerfetzendem Quietschen durch die U-Röhre raste.
Der Wagen war voll besetzt. Männer jeden Alters, in Anzügen, Jeans, Lumpen, wie es gerade kam. Sie beobachteten einander aus schmalen Augen, als ob sie jederzeit mit einem Raubüberfall rechneten, nur weiter hinten auf zwei benachbarten Bänken saßen ein halbes Dutzend Kerle in scheinbar unbekümmertem Gespräch. Einer nach dem anderen holte dort ein unförmiges Päckchen aus seiner Jackentasche oder Aktenmappe, und Rick wusste auch ohne hinzusehen, mit welchen Schätzen sie voreinander protzten.
Er hatte Mühe, sich auf den Beinen zu halten. Die Übelkeit war wieder stärker geworden, kein Wunder, da sie erbarmungslos durchgerüttelt wurden. Obwohl die Schienen schadhaft, die Strecke reich an Kurven, die Stoßdämpfer völlig überfordert waren, schien der Fahrer es auf einen neuen Streckenrekord anzulegen. Auf weichen Knien, an Stangen und Banklehnen Halt suchend, arbeitete sich Rick bis zu einem aufklappbaren Notsitz vor, der wie durch ein Wunder noch unbesetzt war. Er ließ sich darauffallen, klammerte sich an den Rändern fest und versuchte die Übelkeit zu ignorieren, die in immer stärkeren Wellen in ihm emporschwappte.
Denk einfach an was anderes, Rick. Okay, meinetwegen, wenn dir sonst nichts einfällt, denk an Tante Ida. Immer noch besser als das da in dir drinnen.

Die Erinnerung kam mit überwältigender Macht zurück. Wie lange hatte er nicht an Ida gedacht, sie höchstens in Gedanken abgewehrt, in die finstersten Gewölbe seines Gedächtnisses zurückgescheucht. Und auf einmal war sie wieder da, so unabweisbar wie die Übelkeit, die krampfartigen Schmerzen in seinem Bauch.
Dabei hatte er allen Anlass, seiner Tante Ida lebenslänglich dankbar zu sein. Das war ihm jedenfalls immer wieder versichert worden, nicht zuletzt von Ida selbst. »Ohne mich würdest du im Waisenhaus hocken, Ricky! Also sei jetzt brav und mach, was die liebe Ida dir sagt.«
Zum Beispiel seine Tür auf, was er auch wirklich nicht gut verweigern konnte, denn Ida hatte ihrem vierzehnjährigen Neffen in ihrer Wohnung ein

Durchgangszimmer zugewiesen, zwischen dem Bad und ihrem Schlafzimmer. Das Leben mit Ida stürzte Rick von einer Peinlichkeit in die nächste, von tiefen in allertiefste Verlegenheiten, von höllischer in teuflische Verwirrung.

Ida war umwerfend, kolossal, auf ihre einschüchternde Weise sogar schön. Zwei Köpfe größer als Ricks Mum, ihre um drei Jahre jüngere Schwester Mary-Lo. Eine schwarzhaarige, dunkeläugige Riesin noch aus der Perspektive des vierzehnjährigen Rick, der Hals über Kopf in ihre Wohnung umgezogen war, nachdem er mit Idas Hilfe seinen Dad beerdigt hatte. Plötzlich angewiesen auf die Fürsorge seiner Tante, vor der er sich immer gefürchtet hatte, so weit er überhaupt zurückdenken konnte. Und die ihn allerdings auch immer fasziniert hatte wie niemand sonst, die in seiner Kindheit unweigerlich vor seinem inneren Auge erschienen war, wenn seine Mum ihm Märchen von Zauberfrauen, reitenden Hexen oder heimtückischen Kinderfängerinnen vorgelesen hatte.

Sie behandelte ihn noch immer wie ein Kind, oder jedenfalls gab sie vor, dass sie ihn noch für einen kleinen Jungen hielt. »Warum soll ich nicht ins Bad kommen, Ricky? Wir sind doch eine Familie!« Dass sie durch sein Zimmer rauschte, bei Tag oder Nacht, war nicht zu vermeiden, aber Rick konnte sich trotzdem nie dran gewöhnen. In ihren durchsichtigen Nachthemden, die überhaupt nichts verbargen von der mondbleichen Landschaft ihres Körpers, nicht die schaukelnden Hügel und auch nicht das bewaldete Tal.

Eigentlich sollte er sich glücklich schätzen, behauptete Tante Ida, dass sie ihn endlich aus der ärmlichen Enge der Lower Street herausgeholt hatte. Lebte es sich bei ihr nicht viel großzügiger? In weitläufigen, hellen Räumen, im hübschen St.-Michaels-Viertel, in dem die Häuser weniger Stockwerke und richtige Vorgärten hatten. Dafür konnte er den kleinen Nachteil, dass er in einem Durchgangszimmer wohnte, doch in Kauf nehmen?

In den ersten Wochen nach seinem Einzug bei Tante Ida geschah es regelmäßig, dass Rick nachts aus dem Traum aufschreckte. Neben ihm schnaufte Ida im Schlaf. Er konnte sich überhaupt nicht erinnern, wie er in ihr Bett geraten war, und wenn sie ihm am nächsten Morgen erklärte, dass er wieder im Schlaf umhergewandelt sei, war ihm die ganze Sache schrecklich peinlich. Rick lenkte dann immer gleich ab, brachte das Gespräch auf ein anderes Thema oder sah zu, dass er aus der Tür kam. Doch eigentlich glaubte er Ida nicht, konnte einfach nicht glauben, dass er nachts aufgestanden und in das Bett der riesigen Ida gekrochen sein sollte. Sehr viel eher schien es ihm möglich, dass sie zu ihm herübergekommen, ihn aus seinem Bett gepflückt und in ihre Höhle verschleppt hatte, aus welchen Gründen auch immer.

»Du brauchst dich doch nicht zu schämen, Ricky!« Wie sie ihn an sich presste, bis er wirklich zu ersticken meinte! »Das ist doch alles ganz natürlich!« Noch mit fünfzehn, sechzehn Jahren – plötzlich war sie da, bedeckte ihn mit Küssen, begrub ihn zwischen ihren Brüsten, drückte ihn zusammen, bis ihm die Sinne schwanden. »Weißt du, Ricky, Kinder und Erwachsene, Jungs und Frauen – das ist wie zwei vollkommen verschiedene Spezies, die eigentlich in zwei unterschiedlichen Welten leben, auch wenn es den Anschein hat, als ob sie sich ein und denselben Planeten teilten. Aber eines Tages ist jeder von euch Jungs im Stande, eine Rakete zu starten, die ihn in die andere Galaxie hinüberträgt. Sie richtet sich auf, siehst du, sie geht in Startposition, so, und hoppla…!«

Rick begann sich vor dem Schlaf zu fürchten. Er zwang sich, wach zu bleiben oder nur so oberflächlich einzunicken, dass er es unbedingt mitbekam, wenn Ida sein Zimmer betrat. Seltsamerweise erwischte er sie niemals dabei, wie sie versuchte, ihn in ihr Bett hinüberzutragen. Und noch seltsamer war, dass er sich immer häufiger, in immer fiebrigeren Wachträumen vorstellte, wie sie zu ihm kommen und was sie dann mit ihm machen würde.

Mit sechzehn begann er auszugehen, die Nächte außer Haus zu verbringen, wann immer es sich irgendwie machen ließ. Er legte sich ein paar Kumpels zu, mit denen er um die Häuser zog, er flirtete mit Mädchen, die Ida so wenig wie irgend möglich ähnlich sahen. Schlanke, zarte, handliche Gestalten, außerdem schüchterne Gemüter, die niemals auf die Idee kamen, ihn auf irgendeine Weise zu überrumpeln. Er nahm Gelegenheitsjobs an, vorzugsweise als Wachmann. Security wurde seine große Leidenschaft. Alarmanlagen, Sensordrähte, Überwachungskameras. Sowie er seine allerersten Dollars verdient hatte, kaufte er sich seinen ersten Mustang, ein steinaltes Modell, und vor die Wahl gestellt, auf der Rückbank oder zu Hause zu übernachten, entschied er sich ohne das geringste Zögern für seinen Wagen.

Rick war vierzehn und noch nicht lange bei Tante Ida, als er einen ersten verzweifelten Versuch unternahm, sich aus ihren Krallen zu befreien. Das Haus, in dem sie wohnten, stand an einem kleinen, stillen Platz, in direkter Nachbarschaft zum Pfarrhaus ihres Wohnviertels, und Rick beschloss in seiner Not, sich Hochwürden Loveham anzuvertrauen. Eines Abends, als Ida ausnahmsweise einmal ausgegangen war, schlich er im Schutz der Dunkelheit zum Pfarrhaus hinüber. Drückte auf den Klingelknopf, hörte das rostige Scheppern, ahnte im gleichen Augenblick, dass es doch keine gute Idee war. Aber da ging vor ihm die Tür auf, und für einen Rückzug war es zu spät.

Vor ihm stand Hochwürden Loveham, Pater Howard, wie er im Viertel auch genannt wurde, ein hoch gewachsener, wohlgenährter Mann in mittleren Jahren. So sorgfältig er immer gekleidet war, mit Jackett und Weste auch um diese Abendstunde, so wirr standen ihm die grau gesträhnten Haare zu jeder Tageszeit und in jede Himmelsrichtung ab. Das Erschrecken in seinem runden Gesicht, ganz kurz nur, dann sein mildes Lächeln: »Was kann ich für dich tun, mein Sohn?«

»Ich wollte...« Glühend vor Verlegenheit, wie Feuer brandete es seinen Hals herauf, seine Wangen, bis zur Stirn.

Widerwillig bat ihn Pater Howard in sein Arbeitszimmer. Wände voll uralter Bücher, auch der Schreibtisch, selbst Sessel und Stühle – alles in diesem Zimmer war mit Lederschwarten überhäuft. Etwas Düsteres ging von den Atlanten und Folianten aus, überhaupt nicht diese behagliche Atmosphäre, die man gemeinhin mit Bibliotheken und herumliegenden alten Büchern verband.

»Meine Tante... also Ida...«, stammelte Rick und wusste schon wieder nicht mehr weiter. Etwas in Hochwürden Lovehams Miene, ein Blitzen in seinen Augen, ein Zucken um seinen Mund hatte ihn erschreckt, aufs Neue beunruhigt, wie eine Warnung, unverständlich, aber unbedingt zu beherzigen.

»Das Zusammenleben von Älteren und Jüngeren«, sagte Pater Howard mit einem unpassenden Lächeln, »ist nicht immer ganz leicht. Aber deine Tante, mein Junge, ist eine großartige, warmherzige, selbstlose Frau.« Danach sah er Rick nur noch an, mit diesem seltsam verrutschten Grinsen, und Rick wurde das alles so schrecklich, so unangenehm, dass er nahe daran war, in Tränen auszubrechen. Sein Atmen war schon kein normales Luftholen mehr, sondern ein krampfhaftes Schluchzen. »Geh jetzt nach Hause, Rick«, sagte Pater Howard, »ich bringe dich noch nach draußen.« Und er nahm tatsächlich Ricks Hand und zog ihn aus seinem Arbeitszimmer. Sie standen nun in der Vordiele, und plötzlich rumpelte, schnaufte, quietschte etwas hinter einer der zahlreichen Türen. Loveham schien schlagartig das Interesse an Rick zu verlieren. »Ich habe noch zu tun, den restlichen Weg findest du bestimmt allein, Junge. Guten Abend.«

Damit ließ er Rick in der dämmrigen Vordiele stehen, zwischen den acht

völlig gleichförmig aussehenden Türen, in jeder Wand zwei. Wo ging es nach draußen? Er war so durcheinander, er wusste es wirklich nicht mehr. Aufs Geratewohl ging er zu einer Tür, drückte die Klinke herunter und blieb wie versteinert auf der Schwelle stehen. Ein breites, altmodisches Bett mit quietschenden Sprungfedern, und mitten darauf lag Ida, in kolossaler Nacktheit, schnaufend, die mondbleiche Landschaft ihres riesenhaften Leibes ausgebreitet für Hochwürden Loveham.
Rick rannte davon. Oder nein, später hatte er sich einzureden versucht, dass er aus eigenen Kräften davongelaufen wäre, aber sehr viel eher traf wohl zu, dass er in Pater Howards Schlafzimmertür ohnmächtig geworden war. Zu Boden gestürzt und zugleich von dem Eindruck gebannt, dass er kopfüber in Idas dicht bewaldeten Canyon fiele.

Meine sehr verehrten Damen und Herren, wir bitten um Ihre Aufmerksamkeit. Wegen Vollsperrung des U-Terminals wird die Linie acht auf einen oberirdischen Achterbahnhof umgeleitet. Vielen Dank für Ihr Verständnis.«
Mi-lung hatte ihre Durchsage noch nicht beendet, da bremste die Bahn scharf ab, und im nächsten Moment ging es steil bergauf. Rick auf seinem Notsitz ohne Rücken- und Seitenlehnen hatte Mühe, sich festzuklammern. Die Männer auf den Längsbänken wurden wie Postsäcke übereinander geschoben. Wer nicht rechtzeitig festen Halt gefunden hatte, lag jetzt fluchend auf dem schmierigen Boden. Arm- und Beinstümpfe zappelten im Luftraum, sorgfältig verschnürte kleine Fleischpakete kollerten durch den Waggon.
Immer noch ging es haarsträubend steil bergauf. Vor den Fenstern erkannte Rick ein bizarres Gestänge, ein Wirrwarr aus Schienen, Gittern, armdicken Stahlseilen, riesigen Bolzenschrauben. Es sah tatsächlich aus wie auf der Achterbahn. Dahinter der vertraute Himmel von Idleton, betongrau mit einem Stich ins giftig Gelbe. Offenbar fuhren sie bereits hoch über der Erde, auf dieser wenig Vertrauen erweckenden Konstruktion aus Stangen, Rosten, Gleisen, die unter ihrer Last erzitterte und rhythmisch stöhnte.
»U-Terminal, Achterbahnhof. Alles aussteigen, die Linie acht endet hier.«
Rick beeilte sich, ins Freie zu kommen, aber es dauerte mehrere Minuten, bis er im Gedränge der Reisenden endlich die Waggontür passiert hatte. Übelkeit und Bauchkrämpfe plagten ihn ärger denn je. Er konnte kaum

mehr aus den Augen sehen, so als ob der stinkende Atem der Schlange auch schon sein Gehirn vernebeln würde. Wo war Mi-lung? Er verrenkte sich den Hals nach ihr, konnte ihre schlanke Gestalt, die schimmernd schwarzen Haare aber nirgends entdecken.
Rick stolperte nach draußen und hätte beinahe aufgeschrien, vor Schmerz, aber mehr noch vor Verblüffung. Der Bahnsteig bestand aus einem scharfkantigen Gitterrost, der ihm ein Karomuster in die Fußsohlen stanzte. Darunter war nichts, nur fünfzig Fuß schwülheiße Luft. Durch das Gitter konnte man auf einen weiten Platz hinuntersehen, der von Hochhäusern gesäumt und mit Baustellen-Utensilien aller Art übersät war. Stahlbetonplatten, rostige Stützpfeiler, Kanalrohre, U-Bahn-Schienen, alles zu riesigen Stapeln säuberlich aufgetürmt. Dazwischen Bagger, Kräne, Lastwagen aller Größenordnungen.
Ein heftiger Schwindel erfasste Rick, er suchte Halt an einer Metallsäule, die den Gitterrost mit einem Blechdach über dem Bahnsteig verband. Die Schlange bewegte sich ganz sachte in ihm. Er sah an sich herunter, und sein Rumpf schien ihm kaum weniger prall als Rachels Bauch oder die Leiber der schwangeren Models im *Python Resort*. Er fühlte ein Würgen im Hals, so als ob sie ihm bereits bis in die Kehle hochreichte. Fast schon glaubte Rick, ihre glitschige Haut, den fischigen Geschmack auf der Zunge zu spüren. Ach was, Ricky, das bildest du dir doch wieder mal nur ein.
Einige Schritte voraus entstand plötzlich ein kleiner Tumult, und Rick ließ sich bereitwillig ablenken. Da vorn war ein dunkelhaariger junger Mann aus der U-Bahn ausgestiegen, offenbar ein Prominenter. Ein schwarzhaariger Bodyguard schirmte ihn vor der Menge ab, ein schmaler Bursche mit aschblonden Haaren reckte ein riesiges Mikro in die Höhe und schrie ihm Fragen zu. Rick ließ die schmierige Metallsäule los und trottete auf bleiernen Beinen näher heran.
»Mister Tony Idle«, schrie der magere Interviewer, und jetzt erkannte Rick auch, dass es niemand anderes als Gus Youngblood war, der aschgraue Produktionsassistent von Sig Freudenthal. »Was sagen Sie als ungekrönter König von Idleton zu den schrecklichen Vorgängen in dieser Stadt?«
Tony Idle hatte eine spiegelnde Sonnenbrille auf, dazu trug er einen knöchellangen, ochsenblutroten Mantel, der von oben bis unten aufgeknöpft war, und darunter lediglich einen Lendenschurz aus Schlangenleder. Niemand schien sich daran zu stören. Die Hände auf den Hüften, die Mantelschöße lässig mit zwei Fingern gerafft, stand Tony Idle auf dem Bahnsteiggitter und sah mit einem Lächeln zu dem grau bepelzten Riesenmikro auf,

das über den Köpfen der Menge schwebte. Neben ihm stand Dan Twice, der brockenhafte Bodyguard mit den gewaltigen Koteletten, und sah so finster wie möglich in die Gesichter der Leute, die Sig Freudenthals Starschauspieler umlagerten.

»Meine Lieblingsrolle, warum es leugnen«, sagte Tony gerade, »war dieser komische junge Bursche – Joe Darey.« Er machte eine gezierte Hüftbewegung, und Rick, der sich bis in die erste Reihe der Fanmeute vorgearbeitet hatte, wurde noch sehr viel speiübler, als er die Schlangenhaut unter Idles Nabel schillern sah. »Sig und ich«, sagte Tony mit seinem besten Lächeln, »haben eine Menge Zeit und Fantasie darauf verwandt, diesen Burschen mit einem – sagen wir – heiklen Hintergrund auszustatten. Schwierige Kindheit, zwielichtige Mutter, monströse Stiefmutter, na, Sie wissen schon. Joe Darey, Spitzname Radar – ein Junge, der sich immer bedroht fühlt und seine Umgebung ständig wie mit dem Radar absucht.« Sein Lächeln verlor plötzlich an Glanz, er schien den Interviewer in der Menge zu suchen. »Wie war noch mal die Frage, Gus?«

Durch ein Spalier in der widerwillig zur Seite weichenden Meute hüpfte Gus Youngblood auf einem Fuß heran. Mit der Rechten hielt er das Riesenmikro, sein linker Armstumpf zuckte wie im Krampf. »Die Not, das Verhängnis, das über die Stadt kam, Tony«, keuchte er, »was sagen Sie als –«

»Ich sage, das Spiel ist aus.« Tony reckte beide Fäuste in die Höhe, seine ochsenblutroten Mantelschöße tanzten über dem Schlangenschurz. »Es ist traurig, aber wahr, und es tut mir, und übrigens auch Sig, aufrichtig Leid. Wir lagen die ganze Zeit falsch. Trotzdem kann niemand uns vorwerfen, dass wir vorschnell unsere Bastion geräumt hätten. Wir mussten unsere Lehre verteidigen. Aber wir würden uns doch jetzt nur noch lächerlich machen, wenn wir versuchen wollten, noch länger auf diesem Psychokram und dem ganzen Symbolzeug zu beharren. Nein, liebe Mitbürger«, sagte Tony und schauspielerte den Betroffenen, ließ die Arme wieder sinken und schien Rick jetzt durch seine verspiegelte Sonnenbrille direkt anzusehen, »was dort unten geschieht, ist eindeutige, schreckliche Wirklichkeit, und vor diesem Verhängnis müssen alle Ausflüchte versagen.«

Bei den Worten »dort unten« deutete Idle auf den Gitterrost unter seinen nackten Füßen. Rick folgte seinem Fingerzeig, und da erst sah er das gigantische Loch in der Mitte des Platzes. Die Baustelle für das U-Terminal, keine Frage, das Loch, vor dem schon Mr. Overidge ihn gewarnt hatte. »Lasst das dort unten ruhen«! Tatsächlich sah Rick unzählige Menschen, die auf Leitern und Treppen in den kreisrunden Riesenschacht hinunterkrochen. Aber es waren keine Bauarbeiter, Ingenieure, Tiefbauexperten, das erkannte er auf den ersten Blick. Die Bauarbeiten ruhten, wenn auch möglicherweise zu spät. Die Leute, die da fünfzig Fuß unter ihnen in das riesenhafte Erdloch hinabkraxelten, trugen allesamt ihre sorgsam verschnürten Päckchen unter dem Arm oder unförmige Rucksäcke auf dem Rücken, und die meisten von ihnen bewegten sich mühsam an den Leitern abwärts, durch Arm- oder Beinstümpfe gehemmt.

»Mister Idle, vielen Dank, dass Sie trotz der schrecklichen Umstände einen Moment Zeit für Ihre verängstigten Mitbürger aufbringen konnten.«

»Aber das ist doch selbstverständlich.«

Als Rick wieder aufsah, hatte sich Tony Idle schon abgewendet. An der Seite von Dan Twice, der eine Art Eisenhandschuh am rechten Arm trug, ging er über den Achterbahnsteig davon, mit wehendem roten Mantel, und Rick beeilte sich, hinter den beiden herzutrotten. »Tony, Dan, noch einen Augenblick, bitte!«

Sie schienen ihn überhaupt nicht zu hören, im Gegensatz zu Gus Youngblood, der auf seinem einen Fuß insektenhaft hinter Rick herhüpfte, das Mikro wie eine Balancierstange waagerecht vor sich haltend. »Lassen Sie das sein!«, schrie Gus atemlos, aber Rick taumelte so schnell, wie er nur konnte, hinter dem ochsenblutroten Mantel her. Er lief stark vorgebeugt, um sich durch seinen eigenen Schwung mitzureißen, und kam tatsächlich so nah an den Fliehenden heran, dass er im nächsten Moment mit der Stirn zwischen Tony Idles Schultern knallte.

Es schepperte entsetzlich, und etwas Fettes, Glitschiges schoss in Ricks Speiseröhre empor. Diesmal schmeckte er wahrhaftig den Fischgeschmack in seinem Mund, spürte die kühle Glätte der Schlangenhaut auf seiner Zunge. Mit krampfhaftem Schlucken, beide Hände an seiner Kehle, als ob er sich selbst erdrosseln wollte, würgte Rick die Bestie in seinen Körper zurück. Wann du da rauskommst, bestimme ich. Er rieb sich die Stirn, es tat erbärmlich weh. Seine Speiseröhre, der Hals, die Kehle, alles schmerzte, als ob er mit Salzsäure gegurgelt hätte. Kreischend bunte Punkte rotierten vor seinen Augen, die immer noch in den trüben Spiegel starrten, eine verkupferte Metallplatte, die den Bahnsteig abschloss.

Alles wieder mal nur eingebildet, Ricky. Mr. Idle mit nichts unter seinem Mantel als ein wenig mürber Schlangenhaut. Wirklich waren nur die Bestie in seinem Innern und das gigantische Erdloch fünfzig Schritte unter ihm.

»Vor Millionen von Jahren hat eine vormenschliche Zivilisation hier im Lillison Valley gesiedelt«, das hatte irgendwer ihm doch vor kurzem erst haarklein erklärt. »Und die Überreste ihrer Anlagen existieren noch immer, und zwar genau unter dem Zentrum von Idleton.« Und was immer sich dort unten einst eingenistet hatte, es lebte noch, durch die Bauarbeiten war es aufgeweckt worden, und es war unvorstellbar viel älter und mächtiger als alles, was die Menschen von Idleton aufbieten konnten. Dort unten befanden sich gewaltige unterirdische Anlagen, »die in grauer Vorzeit als Heiligtümer dienten, aber auch als Wohnbauten, Krankenhäuser, Versorgungseinheiten im weitesten Sinn. Es waren Gebäude oder Maschinen, und es waren doch gleichzeitig auch immer riesige Lebewesen« – wer zum Teufel hatte ihm das alles so fein säuberlich erläutert? Als ob das jetzt noch eine Rolle spielte!

Rick rieb sich die Stirn, musterte sein Abbild im kupfernen Spiegel. Entscheidend war doch nur eines, dachte er – dort unten in der Anlage war Rachel, es konnte gar nicht anders sein. Also würde er da jetzt runtergehen und sein Mädchen befreien. Als »Träger« war er offenbar unantastbar, so viel hatte er mittlerweile selbst kapiert. Also würde er mitsamt der Schlange in seinem Innern da jetzt runtermarschieren. Niemals war Rick irgendetwas klarer, logischer, unausweichlicher erschienen. Rachel retten. Und als Letztes, als glorreiches Finale, die Schlange vernichten.

Er machte sich an den Abstieg. Unter dem kupfernen Spiegel schraubte sich eine Metalltreppe nach unten, zwischen Gestänge, Gittern, allerlei Achterbahn-Wirrwarr, fünfzig Stufen bis hinab auf den riesigen Marktplatz von Idleton. Der widerliche Fischgeschmack in seinem Mund, das Glühen in seiner Kehle, das Wühlen in seinem Bauch waren kaum mehr zu ertragen.

Unten am Ausgang des Achterbahnhofs stand ein fliegender Händler mit einer Kühltruhe voller Speiseeis und Getränkedosen. Für ein kaltes Bier könnte Rick jetzt geradezu sterben. Und dem Teufel für eine eisgekühlte Cola Tante Ida verkaufen. Er blieb vor der Kühlbox stehen, sein Blick schweifte sehnsüchtig über die Schätze, die sich unter dem gläsernen Deckel drängten. Aber er hatte kein Geld, nach wie vor keinen Cent, keine Plastikkarte, sein einziger Besitz waren diese grün-gelb getupften Leguanshorts, die ihm andauernd in die Kniekehlen zu rutschen drohten. Und der Händler, ein halbwüchsiger Bursche, würde ihm ganz bestimmt keine dieser Dosen schenken.

»Für Träger umsonst.« Der Bursche kiekste stimmbrüchig, sein Blick klebte auf Ricks Bauch. »Suchen Sie sich aus, was Sie am liebsten wollen.«

Rick sah wieder an sich herunter, sein Nabel stand so weit offen wie Tante Idas Nüstern im Mondschein, und sein Bauch glich einem riesigen Ei. Unter der zum Platzen gespannten Bauchdecke glaubte Rick die Umrisse der Schlange auszumachen, die sich sorgsam wie ein Gartenschlauch zusammengeringelt hatte.

»Was ist das für ein Zeug?« Rick deutete argwöhnisch auf die Getränkedosen.

»Na was schon«, kiekste der Händler. Mit dem Handstumpf klappte er geschickt die Kühltruhe auf. »Luna, Mamba, Broke, immer dasselbe Zeug.« Nacheinander hielt er eine weiße Luna-, eine giftig gelbe Mamba- und eine teerfarbene Broke-Dose hoch.

Rick hatte kein gutes Gefühl dabei, als er sich endlich für Broke entschied. Aber Mamba und Luna sagten ihm noch viel weniger zu. Er riss die Dose auf, setzte sie an und ließ vorsichtig ein paar Tropfen auf seine Lippe rinnen. Es schmeckte viel weniger erfrischend, als er erwartet hatte, weder süß noch herb, und außerdem war das Zeug lauwarm, obwohl die Dose vor Kälte beschlagen war. Trotzdem schüttete er die Brühe in seine ausgedörrte Kehle, hoffte inständig, dass die Schlange darin ersaufen würde, und vergaß im nächsten Moment alles, den Händler, die Dose, seinen Durst, sogar die Schlange für einen Augenblick glücklichen Erschreckens.

Da drüben stand Mi-lung. Sie schien auf ihn zu warten – ja was denn sonst, keine Frage, dachte Rick, sie steht da, mitten im Durcheinander der U-Terminal-Baustelle, und wartet auf mich.

16. KAPITEL
ESTEBAN & THE I-DOLLS

Gitterzäune und rot-weiße Absperrbänder grenzten die riesige Baustelle von den Teilen des Platzes ab, die trotz allem noch für die Öffentlichkeit freigegeben waren. Aber die Leute schienen sich sowieso nicht mehr drum zu scheren, was die Obrigkeit von Idleton ihnen erlaubte oder untersagte. An mindestens einem Dutzend Stellen waren die Absperrbänder durchgeschnitten, die Stellzäune umgeworfen oder zur Seite gewuchtet worden, und ebenso viele Trampelpfade führten von den Rändern auf den Riesenkrater in der Mitte des Platzes zu. Menschliche Ameisen hüpften, humpelten, krochen dort voran zwischen Kanalröhren, Kabelrollen, Betonplatten, ausnahmslos Männer mit prallen Rucksäcken oder sorgsam verschnürten kleinen Paketen.

Rick hatte den Achterbahnhof hinter sich gelassen, fast ohne es zu bemerken. Die Krämpfe in seinem Bauch drohten ihn zu zerreißen, er wagte kaum mehr den Mund zu öffnen, aus Angst, dass die Schlange entfliehen könnte. Dabei wusste er ja, dass die Krämpfe, die Übelkeit, sein ganzes grässliches Missbefinden mit einem Schlag behoben wären, wenn er dem Biest erlaubte, aus ihm hervorzuschnellen.

In einer Schlange wortkarger Männer trottete er auf eines der Tore im Baustellenzaun zu. Unablässig spürte er Mi-lungs Blick auf sich, ihr katzenhaftes Lächeln. Sie stand ganz da hinten, zwischen zwei rostzerfressenen Stahlsäulen mitten im Baustellen-Durcheinander, in ihrem schillernden Minikleid, die langen schwarzen Haare zu einem kunstvollen Busch aufgetürmt. Rick gab sich Mühe, zu ihr hinüberzulächeln, aber er brachte nur ein verzerrtes Grinsen zu Stande. Mit der Rechten machte er kreisende Bewegungen um seinen Nabel herum, nicht sehr viel anders, als Rachel es mit dem Kind in ihrem Bauch angestellt hatte. Dem Wesen, dem Fremdling, der Kreatur.

Die Menge vor ihm geriet ins Stocken, Rick hörte einen melodischen Singsang, begleitet von Trommeln und Flöten, einige Schritte voraus. Am Rand des Trampelpfads standen halbwüchsige Kerle, kleine Jungs noch, und verteilten Flugblätter mit den mittlerweile wohlbekannten Skizzen. Rick schüttelte abwehrend den Kopf. »Lasst mich durch, ich bin 'n Träger.« Die Wirkung war verblüffend – die Männer vor ihm sprangen regelrecht zur Seite, und der Knabe mit den Flugblättern presste sich gegen den Gitterzaun neben dem Pfad und schielte ängstlich zu ihm empor.
Rick taumelte an ihm vorbei, trottete durch ein Spalier von Männern hindurch, die scheue Blicke wechselten, seinen Nabel musterten, der so weit offen war wie Idas Nasenloch um Mitternacht. Warum hatte er nicht viel früher kapiert, dachte Rick, was mit Rachel los war? Was mit diesem ganzen verfluchten Valley passiert war, in welchen Bann sie sich sehenden Auges begaben? Die lieblichen Hügel, die üppig bewaldete Schlucht von Lillison. Mr. Overidge hatte ihn gewarnt, genauso wie dieser Dickie, der ihm geraten hatte, die Stadt zu verlassen, solange er sich noch auf eigenen Füßen fortbewegen konnte. Auch der Prediger in der versackenden Kathedrale, der sterbende Hendrik, sogar dessen Frau Liza, in deren Schreibtisch er das Flugblatt gefunden hatte. Alle hatten ihn gewarnt, aber er war taub gewesen, verblendet, völlig verständnislos. Immer wieder die Zeichnungen. Diese fremdartigen Wesen in der Höhle des Mutterleibs. Warum hatte er nicht verstanden, viel früher verstanden – warum erst jetzt, da es höchstwahrscheinlich zu spät war? Zu spät für ihn, aber was zählte das schon, für ihn war es immer schon zu spät gewesen, mindestens seit seinem achten Lebensjahr. Aber Rachel, seine angebetete Rachel, die Liebe seines Lebens – hätte er sie nicht retten können, wenn er nur ein bisschen früher kapiert hätte, in welchen unheilvollen Bann sie geraten war? Sie retten müssen, na klar, Rick, es war deine verdammte Pflicht und Schuldigkeit – als Möchtegern-Ehemann, als Security-Experte. Aber hier bin ich ja, dachte er trotzig, ich bin zur Stelle, und es ist überhaupt noch nicht zu spät.
Unterdessen war der melodische Singsang immer lauter geworden, begleitet von Flötentönen, die wie Katzenheulen klangen. »Macht Platz«, sagte jemand, »der mit dem Bauch ist ein Träger.« Wieder öffnete sich vor Rick ein Spalier, er trottete hindurch und fand sich vor einer hölzernen Bühne. Zehn Männer oder mehr hampelten darauf herum, dirigiert von einer Gestalt mit langen, schimmernd schwarzen Haaren, knöchellangem, schreiend buntem Flickengewand, die mit erhobenen Armen fließende Bewegungen vollführte und dabei unaufhörlich predigte oder deklamierte. »So hat es ja kommen

müssen, seit langem wies alles darauf hin, und besser jetzt als erst in einigen Jahren, wenn hier in Idleton alles noch viel ärger gewesen wäre.« Auch die Stimme war weich, hell, schmeichelnd. »Seht euch doch um, was aus unserem Idleton geworden ist – eine einzige Maschine, lebensfeindlich, ein riesiger, technischer Apparat. Ein Ort, an dem alles mit toten Materialien versiegelt ist, alles Natürliche, Kreatürliche unterdrückt wird, und so war es unausweichlich, dass sich der Boden unter unseren Füßen aufgetan hat.«
Rick kniff die Augen zusammen, aber je länger er die Gestalt im bunten Gewand fixierte, desto mehr schien sie sich seinem Blick, jedem Urteil zu entziehen. Mann oder Frau? Nicht einmal das hätte er mit Gewissheit sagen können. Weiche, verschwimmende Gesichtszüge. Und was war das jetzt? Die Gestalt im Flickengewand zeigte plötzlich auf ihn, Rick, kein Zweifel möglich. Machte mit ihrer rechten Hand fließende, anlockende Bewegungen zu ihm herüber, so dass Rick gar nichts anderes übrig blieb, als sich einen Weg durch die Gaffer zu bahnen. Neben der Bühne war ein schmaler Durchschlupf im Gitterzaun, wer zum U-Terminal wollte und diesen Weg gewählt hatte, musste das Nadelöhr der Bühne passieren. Irgendwo weiter hinten, auf halbem Weg zu dem gigantischen Baustellenkrater, sah oder ahnte Rick immer noch Mi-lung, die zwischen den rostigen Stahlsäulen auf ihn wartete. Und Rick trat vor die Bühne, einen grob zusammengezimmerten, hüfthoch aufgebockten Holzwürfel, dessen Inneres mit blutrotem Samtstoff ausgeschlagen war.
Er legte den Kopf in den Nacken, um die winkende, wellenartig hin und her tanzende Gestalt nicht aus dem Blick zu verlieren. Auf der Hinterwand der Bühne stand ein echsengrüner Schriftzug, und Rick erwartete beinahe, dort die Letternfolge *Dawn* vorzufinden, oder *Hack 'n' Steak*, eins von beiden. Aber was er stattdessen hinter den zehn erbärmlichen Tänzern entzifferte, die nackt auf der Bühne hin und her taumelten, ihre Armstümpfe schwenkten, war die verheißungsvolle Botschaft *Esteban heilt.*
Die Gestalt im bunten Flickenkleid reckte beide Arme in die Höhe. Das Flötenwinseln erstarb, die Tänzer erstarrten in der Bewegung. Die meisten von ihnen trugen ein Gewirr von Kabeln und Schläuchen auf den nackten Körpern, das umso jämmerlicher wirkte, als nicht einer von ihnen seine Gliedmaßen noch vollständig besaß.
»Du heilst diese Männer?«, rief Rick zu dem Prediger hinauf, der also Esteban hieß. »Wie stellst du das an?« Die Schlange in seinem Innern schien unruhig zu werden, Rick spürte, wie sie sich in ihm dehnte, bis in seine Brust hinauf anschwoll. Doch gleich darauf ließen Krämpfe und Übelkeit wieder nach, als sich das verfluchte Biest aufs Neue in seinem Bauch zusammenringelte.

»Die I-dolls meinst du?« Esteban sah mit verzerrtem Gesicht zu ihm herunter. Seine schwarzen Augen leuchteten, die Muskeln um seinen weichen Mund und die aufgeworfenen Lippen zuckten wie in Ekstase. »O Göttin, nimm von mir des Lebens Plage!«, sang er mit schleifender Fistelstimme. »Nach dir gesehnt hab ich mich all die Jammertage! Zieh mich in deine Nacht hinab, weil ich's allein nicht länger trage!«

Auf einmal stand Rick oben auf der Bühne, zwischen den zuckenden Tänzern, keine Ahnung, wie er dorthin geraten war. Die Flöten heulten und winselten wieder, Esteban machte fließende Gebärden mit seinen Händen, Fingern, mit jeder Falte seines Gesichts und seines grotesk bunten Weibergewandes. Rick und die anderen Männer tanzten seine Bewegungen nach, so gut sie es vermochten. Armstümpfe zuckten umher, Kabel und Schläuche schlackerten auf nackter Haut, und diejenigen, die nur noch einen Fuß besaßen, hüpften wie tobsüchtige Heuschrecken im Kreis. Und währenddessen rief Esteban in schmeichelndem Singsang: »Die große Göttin ist erwacht, ihr selbst habt sie aus ihrem Schlummer aufgeweckt! Sie war niemals fort, sie hat nur geruht, mit all eurem Lärmen und Zerstören habt ihr bloß eines erreicht: Ihr habt sie zurückgerufen!«

Immer wilder zuckte die Schlange in Ricks Bauch. Er tanzte näher zu Esteban heran, der in heiliger Ekstase seinen Kopf rotieren, die Hüften im Achteck zucken, die Arme wie Windmühlenflügel kreisen ließ. »Ich bin ein Träger!«, schrie er in Estebans vorbeirasendes Ohr.

Esteban hielt inne. Sein Gesicht schimmerte vor Schweiß, seine Augen funkelten wie Moorlöcher bei Mondschein. »Dann gehe hin und opfere der dunklen Göttin. Gib ihr eine Hand zum Zeichen deiner Unterwerfung. Opfere ihr zusätzlich einen Fuß, und sie wird dich segnen.« Er machte eine Bewegung vor Ricks Nabel, so als ob er eine sich ringelnde Schlange in die Luft zeichnete. »Die Schlange sei mit dir, und Dea Mortis gewähre dir ewige Ruhe in ihrem tiefen Tal.«

Der Durchlass im Gitterzaun, Rick taumelte darauf zu, zwängte sich hindurch. Wieder hatte er das Gefühl, wie schon einmal, dass das verdammte Biest da unten das Kommando übernommen hatte. Ihn voranriss, wie an Schnüren gezogen durch das Durcheinander der Baustelle dirigierte. Der Boden war übersät mit Unrat, zerdrückten Mamba-, Broke-, Luna-Dosen, Glasscherben, rostigen Riesen-

nägeln. Betonplatten, Kabelrollen, Eisenträger zu beiden Seiten des Trampelpfads aufgestapelt, alles wirkte verrottet, alles war fingerdick überzogen mit dem giftig gelben Schmier. Mit jedem Schritt wurde es noch heißer, noch dampfend feuchter, oder kam ihm das nur so vor? Da vorn, irgendwo, im Durcheinander mehr zu spüren als wirklich zu sehen, das riesige Loch. Tatsächlich hatte Rick den Eindruck, als ob er sein ganzes Leben lang sich auf dieses Loch zubewegt, es gesucht, sich auch gefürchtet, aber stärker als alles andere sich danach gesehnt hätte, nach dem riesigen, warmen, verschlingenden Loch. So als ob er irgendwann vor Urzeiten aus einer Höhle hervorgekrochen, umhergekrabbelt wäre, die Orientierung verloren hätte und jahrzehntelang durch die Gegend geirrt wäre, auf der Suche nach der Furche, aus der er einst aufgebrochen war.

»Mi-lung.« Vor den rostzerfressenen Säulen blieb er stehen. Dazwischen stand Mi-lung, und Rick legte den Kopf zurück, um ihr ins Gesicht zu sehen. Wie riesig sie war. Ihr Körper ein Gebirge, das vor ihm aufragte, so hoch über ihm, dass er den Arm emporrecken musste, um ihre Hand zu erreichen. Sie lächelte auf ihn herab. Streichelte über seinen Kopf, flüchtig und doch wie für alles Erlittene tröstend. »Mi-lung«, murmelte er wieder. Die Schlange in seinem Innern zuckte. Er musste den Mund zupressen, mehrmals krampfhaft schlucken, damit sie nicht wieder seine Kehle emporgeschossen kam.

Mi-lung kauerte sich vor ihm in den Staub. Ihre gewaltigen Knie, von den Seidenstrümpfen umspannt, ihre kolossalen Schenkel unter dem Schlangenlederkleid. Sie machte sich da unten an ihm zu schaffen, und Rick ließ es geschehen, ohne nachzusehen, was sie da machte. Lieber an was anderes denken, während ihre Finger über seinen Bauch, in seinen Nabel fuhren. Die Schlange zuckte, bäumte sich auf. Mi-lungs Katzenaugen bohrten sich in Ricks Augen. »Komm jetzt.«

Sie stand auf, wandte sich um, winkte ihm hinter ihrem Rücken mit ungeduldigen Fingern, ihr zu folgen. Und Rick trottete hinter ihr her, so schnell er irgend konnte, aber für einen Schritt von Mi-lung musste er deren drei machen, so viel länger schienen ihre Beine plötzlich zu sein. Und dabei machte sie drei Schritte, ehe ihm auch nur einer gelang, so ausgelaugt fühlte er sich schon wieder, so widerwillig gehorchten ihm seine Füße.

»Dann gehe hin und opfere der dunklen Göttin«, hatte Esteban gesungen. »Gib ihr eine Hand zum Zeichen deiner Unterwerfung. Opfere ihr zusätzlich einen Fuß, und sie wird dich segnen.« Wer oder was auch immer dort unten sein mag, dachte Rick, sie sollen bekommen, was sie verlangen – wenn sie nur Rachel freigeben! Er würde es nicht ertragen, würde es sich niemals ver-

zeihen, wenn Rachel dort unten ein Leid geschehen würde – durch seine Schuld, nur weil seine Alarmsysteme nicht richtig funktioniert hatten.
Mi-lung war schon weit voraus, fast schon beim Riesenkrater, während er immer noch über den endlosen Trampelpfad stolperte, zwischen Scherben, Schlamm, rostigem Unrat. Die Hände zu Fäusten geballt, arbeitete er sich Schritt um Schritt weiter, ohne den Krater da vorn auch nur einen Moment lang aus den Augen zu lassen. Er war noch viel größer, als es vorhin, vom Achterbahnhof aus, den Anschein hatte. Tausend Fuß Durchmesser, mindestens, und die Ränder sahen aus, als ob gigantische Zähne oder Krallen daran herumgenagt und -gekratzt hätten. Als ob es ursprünglich ein rechteckiges Loch hatte werden sollen, säuberlich mit Stahlträgern abgestützt und mit Betonplatten verschalt. Aber dann war irgendetwas passiert, die Platten waren von innen her weggedrückt worden, die Stahlträger waren zerknickt oder einfach zerschmolzen, und das Loch hatte mehr und mehr die Umrisse eines gigantischen Eis angenommen. An seinem Rand standen und lagen Bagger und Kräne wie stählerne Märtyrer einer Schlacht, die unwiderruflich entschieden war. Alles war mit dem gelblichen Zeug überzogen, so dick und zäh wie Echsenhaut. Auch das Schild, das verloren zwischen Unrat und Schrott stand, mit einer Aufschrift, die unter dem gelben Schmier kaum mehr zu entziffern war. *U-Terminal.*
Endlich war Rick beim Kraterrand, blieb keuchend stehen und spähte hinunter. Senkrechte Wände führten in eine unabsehbare Tiefe, das fahle Licht des Morgengrauens reichte nur wenige Dutzend Schritte tief hinab. Weiter unten gab es hier und dort ein paar Notlampen, die trübes Licht verbreiteten, aber diese Funzeln waren nur wie Sterne in einer ringsum desto schwärzeren Nacht. Die Betonplatten und Stahlträger, die zur Verschalung der Schachtwände angebracht worden waren, sahen so rissig und zerfressen aus, als ob sie jahrzehntelang chemischem Regen standgehalten hätten, dabei konnten sie erst vor Wochen oder Monaten installiert worden sein. Mit den Augen der Security besehen kam hier eigentlich nur eine einzige Maßnahme in Betracht: das gesamte U-Terminal räumen und hermetisch absperren. Aber auf dieser Baustelle war weit und breit niemand zu sehen, der Sicherheitsfragen höchste Priorität eingeräumt hätte, Rick Nadar eingeschlossen. Die Schlange zog und zerrte in seinem Innern, gebieterisch verlangte sie, dass ihr Träger mit ihr in die Unterwelt hinabstieg.
Rick kauerte sich an den Rand des Kraters. Im ganzen weiten Rund schien jeder einzelne Zoll der schmierigen Schachtwände mit Leitern, Stricken, selbst gezimmerten Treppen oder sonstigen Utensilien bedeckt, die den

Abstieg in die Tiefe ermöglichen sollten. Wie Rick selbst knieten Hunderte von Männern um den Schacht herum, rüttelten probeweise an Strickleitern oder begannen sich bereits mit Hand und Fuß in die Tiefe zu tasten. Einige Schritte links von ihm führte eine Rolltreppe hinunter. Er wollte seinen Augen nicht trauen, die Rolltreppe schien tatsächlich in Betrieb zu sein. Mi-lung stand auf einer der silbrig schimmernden Stufen, alles überragend, eingekeilt zwischen Männern mit Rucksäcken, sorgsam verschnürten Päckchen, die sie über ihre Köpfe recken mussten, so eng ging es dort unten zu.
Mi-lung lächelte aus schrägen Katzenaugen zu Rick herauf. Sie war ihm schon so weit voraus, dass Rick fast nur ihr Gesicht sehen konnte, das wie eine emporgestreifte Maske über ihrer Gestalt lag. »Warte!«, rief er. »Mi-lung-lung-lung!« Hunderte Gesichter starrten zu ihm empor. Offenbar war die Stromversorgung wieder einmal kurz vor dem Zusammenbruch, im einen Moment wurden Mi-lung und die anderen Reisenden so halsbrecherisch in die Tiefe geschleudert, dass sie sich an den Handläufen festklammern mussten, dann wieder wurde die Treppe jäh abgebremst und kam nur noch stotternd und stockend vorwärts. Rick überlegte einen Augenblick, ob er sich zur Rolltreppe vorkämpfen sollte, aber sie war so überfüllt, dass er dort niemals zu Mi-lung durchkommen würde, auch wenn er unablässig rufen würde, dass er ein Träger sei. Verzeihung, Sir, ein verdammter Träger, allerdings. Und so drehte er sich im Hocken herum, tastete mit einem Fuß nach der obersten Stufe einer reichlich zerfressen wirkenden Strickleiter und begann mit dem Abstieg.

An der Strickleiter abwärts, so schnell er nur konnte. Von Mi-lung nichts mehr zu sehen. Die schmierige Betonwand fünf Zoll vor seiner Nase und seinen Fingern, die sich um die schwankenden Sprossen krallten. Ringsum nur das Keuchen, Husten, Scharren der Hunderte Männer, die mit ihm in die Tiefe krochen. Die feuchte Hitze, der brütende Gestank. Und in seinem Innern das verdammte Biest.
Als es über ihm an den Seilen ruckte, sah Rick auf. Geschwind wie die Eichkatzen beim *Hunter's Castle* kletterte ihm ein Bursche hinterher, an einem Riemen baumelte die Axt über seiner Schulter. Wie jung der Kerl war, fast ein Kind noch. »Verschwinde«, sagte Rick, ohne innezuhalten, seine Arme

und Beine bewegten sich wie Pleuelstangen auf und ab. »Leg dich lieber nicht mit mir an.«
Der kleine Bursche grinste auf ihn herunter. Plötzlich hielt er seine Axt in der Hand, beugte sich vor und machte Anstalten, auf Ricks Hände einzuschlagen.
»Lass das sein«, sagte Rick und sah ihn so finster wie möglich an. »Ich bin ein Träger.«
Der Bursche erstarrte in der Bewegung, sein Blick glitt an Rick hinab. »Haben schon viele behauptet. Gestimmt hat's noch nie.« Und er schlug mit voller Kraft zu, so gedankenschnell, dass Rick eben noch seine Hand zur Seite reißen konnte. Mit einem hässlichen Sirren kratzte die Klinge über die schmierige Betonwand.
Rick war so erschrocken, er brauchte überhaupt nicht nachzuhelfen. »Hey, ich hab gesagt, lass das!«, schrie er, und als hätte das Biest nur auf diese Gelegenheit gewartet, schoss es durch seine Kehle empor und zehn Zoll weit aus seinem Mund heraus. Jetzt war es der Junge, der gellend aufschrie, seine Axt fallen ließ, die klirrend und scheppernd die Wand entlang in die Tiefe fiel. Rick fühlte Feuer in seiner Brust, Glut in seinem Hals, Flammen, die scheinbar aus seinem Mund schlugen. Sein Rachen zum Zerbersten aufgezerrt, seine Kiefer so weit auseinander gerissen, dass die Gelenke knirschten. Es war, als ob eine Säule aus glühendem Eisen durch ihn verliefe, so zerfressend heiß, so biegsam und doch unnachgiebig fühlte es sich an. Und dazu der widerliche Geschmack, dieses tausendmal eklige Gefühl auf seiner Zunge, Schlangenhaut, Echsenhaut.
Mit einer Hand klammerte er sich an der Strickleiter fest, mit der anderen schlug er auf den Schlangenkopf ein, der weit aus seinem Mund gefahren war. Der Bursche schaute ihm dabei zu, und plötzlich sah Rick, wie der Blick des Kerlchens milchig wurde. Seine Lider flatterten, seine Augen verdrehten sich, bis nur das Weiße zu sehen war. Mit einem widerlichen Flutschgeräusch glitschte die Schlange in Ricks Körper zurück. Sein Rachen brannte, seine Speiseröhre fühlte sich so wund an, als hätten ihm da drinnen tausend Kobolde mit spitzen Fingern die Haut abgezogen. Der kleine Bursche ließ einfach los. Er fiel auf Rick zu, wie ein Sack voll nasser Lappen, so kollerte er an der Wand vor der Strickleiter runter. Rick machte einen halbherzigen Versuch, ihn aufzuhalten, aber im letzten Moment zog er seine Hand wieder weg. Der Bursche hätte ihn nur mit ins Verderben gerissen. Tut mir Leid, Kleiner, dachte Rick, aber die Bestie und ich haben noch was Wichtiges vor.

Einige Momente wartete er mit angehaltenem Atem. Nichts. Kein noch so leises Aufprallgeräusch. Vor seinem inneren Auge sah er den Burschen, wie er fiel und fiel, bis in die Mitte der Erde hinab. Endlich kletterte er weiter, mit zitternden Armen, breiigen Knien.

Die Strickleiter baumelte plötzlich im Leeren, anscheinend hatte Rick den ersten Level des U-Terminals erreicht. Ursprünglich sollte hier wohl eine Ladenetage entstehen, die Umrisse der kleinen und größeren Shops waren deutlich zu erkennen, bei einigen Läden waren schon die Schaufenster verglast, die Türen eingehängt worden. Aber dann war offenbar etwas Grässliches geschehen, das alle Arbeiten abrupt zu Ende brachte. Die Betonflächen sahen hier drinnen noch viel zerfressener aus als oben am Kraterrand. Die Zwischendecke war anscheinend schon fertig gewesen, doch dann war von unten etwas Urgewaltiges hindurchgebrochen und hatte den Betonboden aufgesprengt, zerbröselt, als ob es ein Tortenboden wäre. Ricks Strickleiter hing in das riesige Loch in der Zwischendecke hinein, und im Weiterklettern passte er auf, dass er sich nicht an den zerfetzten Stahlträgern schnitt, die wie ein rostiger Strahlenkranz rings um das Loch in die Höhe ragten.

»Mi-lung-lung-lung!« Nur noch ihr Echo gab ihm Antwort. Nach dem Zwischenfall mit dem kleinen Axtburschen hatte niemand mehr versucht, ihn auf seiner Strickleiter zu attackieren. Dennoch blieb Rick wachsam, alle zwei Schritte schaute er nach oben, und auch den Kletterern links und rechts warf er immer wieder warnende Blicke zu. Doch sie alle schienen nur an ihr eigenes Fortkommen zu denken. Die einen schleppten riesige Rucksäcke, deren Gewicht sie beinahe in die Tiefe riss, andere hatten sich betont lässig nur kleine Pakete mitsamt dem leeren Ärmel in die Jackentasche gesteckt und kletterten mit so hochmütigen Mienen hinab, als ob es zur Vernissage oder Theaterpremiere ginge.

Je tiefer Rick kam, desto heißer und düsterer wurde es. Nur ab und an noch ein paar Funzeln, die gelbes Flackerlicht von sich gaben. Immer wieder musste Rick innehalten, um sich den Schweiß von der Stirn zu wischen, aus den Augen zu blinzeln, um zu warten, bis seine keuchende Lunge sich ein wenig erholt, seine Arme und Beine zumindest die Festigkeit von Kaugummi zurückgewonnen hatten.

Die Strickleiter führte durch vier weitere Levels hindurch, auf denen offenbar einmal U-Bahnen fahren sollten, zwei Bahnsteige pro Etage. Doch die urgewaltige Macht hatte auch hier alles zunichte gemacht, die Schienen emporgedrückt und zu wilden Knäueln ineinander geschlungen, Stahlträger wie Gallertstangen verbogen, den Betonboden wie Kuchenteig zerrissen, zerkrümelt. So ging es Level um Level, und je tiefer er kam, desto grässlicher waren die Spuren der Zerstörung. Auch der gelbe Schmier, die feuchte Hitze, der brütende Gestank, wie von faulen Eiern oder in tropischem Klima verwesenden Kadavern, wurden immer ärger. Und dann plötzlich, nach einer grauenvoll zerstörten Versorgungsetage, mit geschmolzenen Rohren, aus denen grüne und gelbe Säfte troffen, mit Kabelbündeln, die wie Aderbäume aus geborstenen Wänden hingen, hörte die Strickleiter auf einmal auf.

17. KAPITEL
SCHLEUSE

Rick kauerte sich hin und tastete mit den Händen über den schmierigen Boden. Die Arbeiter und Ingenieure mussten vor Entsetzen erstarrt sein, als die Katastrophe plötzlich sichtbar geworden war. Der Abgrund unter dem U-Terminal. Durchmesser vielleicht hundert Fuß, die Wände so gleichmäßig gerundet, als ob sie in grauer Vorzeit von Menschenhand angelegt worden wären. Und doch war der Gesamteindruck so ungeheuerlich *fremd*, dass es sich unmöglich um ein menschliches Bauwerk handeln konnte.

Seine sämtlichen inneren Stimmen schrien Rick zu, dass er sich aufrappeln, zurück ans Tageslicht klettern solle, auf der Stelle, solange er noch einen Finger aus eigener Kraft rühren konnte. Die Schlange in seinem Innern lauerte, er spürte die Spannung in ihrem widerlich sich hin und her ringelnden Leib. Aber er würde nicht die Flucht ergreifen, er würde das hier zu Ende bringen, jedenfalls soweit es ihn selbst und Rachel betraf.

Tatsächlich musste dieser Schacht älter sein als alles, was jemals von Menschen errichtet worden war, älter noch als die unbeholfensten Höhlenzeichnungen der allerersten Urmenschen, die krakelige Bisons und Büffel in den Stein geritzt hatten. Rick hatte einmal einen Film über solche Höhlenkünstler gesehen, deshalb erkannte er sofort, dass die ungeheuerliche Anlage, die man dort unten mehr erahnen als wirklich sehen konnte, auf keinen Fall von prähistorischen Menschen erbaut worden war. Sie war tausendmal älter und besaß trotzdem eine Aura überirdischer Perfektion.

Aus den Augenwinkeln sah Rick, dass eine ganze Reihe von Männern so wie er am Rand des Kraters kniete und furchtsam in die Tiefe spähte. Eifer und Hochmut in den Gesichtern hatten nackter Angst

Platz gemacht. Niemand redete oder murmelte auch nur, alle hockten einfach da und starrten in den Abgrund hinab, als ob sie vor Entsetzen versteinert wären.

Gelb-bräunliches Licht, das aus unvorstellbarer Tiefe emporwaberte. In Schwaden schwebte feuchtheißer Dampf hinauf, der irgendwie organisch roch, nach Reptilien, nach Brut und Verwesung, aber mit einer ganz unpassenden Beimischung von Eisen und Öl. Und dazu die schmierige Beschaffenheit der Kraterwand, über die Rick mit widerstrebenden Fingern tastete. Glibberstufen, das Material nachgiebig und doch fest. Rick war sich überhaupt nicht sicher, ob diese Stufen wirklich dem Abstieg dienen sollten oder ob es vielleicht die hervortretenden Skelettknochen eines riesigen Lebewesens waren. Drachenrippen. Denn auch das schien ihm möglich, ja es kam ihm immer wahrscheinlicher vor, je länger er vor dem Krater kauerte: dass es sich um eine Höhlung im Körper einer unvorstellbar großen Kreatur handelte. Eine riesige Luft- oder Fressröhre, einen gigantischen Ausscheidungs- oder Geburtskanal.

Die Kraterwand fühlte sich wie nichts an, was er jemals berührt hatte. Wie schlammiges Fleisch unter Echsenhaut, durchzogen mit einem Albtraumskelett aus Knochen und Metall. Was aber einen beinahe noch grässlicheren Eindruck auf Rick machte, das war die Anordnung der Gesteinsbrocken rings um den Krater, die nur eine einzige Schlussfolgerung erlaubte: Der Boden war auch hier, auf dem tiefsten Level der Baustelle, nicht einfach unter dem Gewicht des U-Terminals eingebrochen – er war von *unten* aufgedrückt worden, wie eine Falltür zur Unterwelt, deren Bewohner durch die Bauarbeiten aufgestört worden waren. Was immer dort unten hausen mochte, es existierte seit Millionen von Jahren in seiner sonnenfernen Tiefe, und die Vorstellung, dass man dieses Loch einfach wieder verschließen und so tun könnte, als ob nichts weiter vorgefallen wäre, musste auch den Sicherheitsexperten und Tiefbau-Ingenieuren des U-Terminals ganz und gar abwegig erschienen sein. Anders war nicht zu erklären, dass der Krater nicht einmal provisorisch gesichert worden war, mit Absperrbändern, mit Stahlgittern oder irgendwelchen verzweifelten Notmaßnahmen.

Wieder abwärts, immer weiter abwärts. Stufe um Stufe glitt, hangelte, rutschte er die Kraterwand hinab. Unter seinen Fußsohlen schienen die Stufen zu vibrieren, innerlich zu pulsieren wie bei einer Maschine oder einer riesigen Kreatur. Jetzt, da er an der senkrechten Schachtwand klebte wie ein Insekt am Bein eines Elefanten, hätte er noch viel weniger sagen können, um was für ein Material es sich überhaupt handelte. Stein, Metall, lebendiges Fleisch. Eine Mischung aus alledem, atmender Fels, zuckendes Eisen. Nicht einmal die Farbe des Dampfes, der aus der Tiefe emporwaberte, ließ sich eindeutig bestimmen, es waren gelb-braune Schwaden, in die sich immer wieder rote Nebelfäden woben. Im dichten Dunst verschwamm alles, was mehr als eine Handbreit von Rick entfernt war. Hier und dort zeichneten sich die Umrisse anderer Männer ab, die wie er selbst auf schmierigen Stufen abwärts glitschten. Da drüben die Kontur eines Jungen, der einen riesigen Rucksack auf seinen Schultern schleppte. Neben ihm ein schon älterer Mann, der unbeholfen seinen Beinstumpf schwang, mühsam mit der verbliebenen Hand Halt suchte, sein unförmiges Paket wie einen Säugling vor die Brust geschnallt.

Je tiefer Rick gelangte, desto fremdartiger wirkte seine Umgebung. Knochen, Metallteile, fratzenhafte Schrumpfköpfe glitten vor seinen Augen und unter seinen Fingern vorüber. Wozu dienten sie? Als makabrer Schmuck, als heilige Requisiten, als Bestandteile der atmenden Apparatur? Und dazu der Echsengestank nach Brut und Verwesung, immer ärger, so dass er kaum mehr zu atmen wagte. Totenköpfe glotzten ihm aus Wandnischen entgegen, über rostige Rohre glitten seine Finger, über zerfressene Metallplatten, Bündel von Schläuchen und Kabeln, aus denen undefinierbare Flüssigkeiten tropften, Öl, Säure, Drachenblut.

»Mi-lung.« Er flüsterte ihren Namen, zu schwach, zu eingeschüchtert, um auch nur seine Stimme zu heben. Ob sie schon dort unten angekommen war, am Boden des unvorstellbar tiefen Kraters? Bestimmt, dachte Rick. Und ganz bestimmt würde sie ihn dort erwarten, bei der Hand nehmen, und dank Mi-lung würde doch noch alles gut werden. Sie würden Rachel retten, und Mi-lung würde ihnen zeigen, wie sie unbeschadet wieder aus der Unterwelt herausgelangen könnten.

Der Schweiß troff Rick aus den Haaren, rann ihm in die Augen, aber er traute sich nicht, sich mit der Hand über das Gesicht zu fahren. Aus Angst, in die Tiefe zu stürzen, aus Ekel vor dem schmierigen Film, der jeden Zoll seines Körpers bedeckte, sein Gesicht, seine Finger, Brust, Bauch, alles. Das

Keuchen der anderen Männer, die um ihn herum abwärts stiegen, die meisten viel schneller als er. Und von irgendwo dort unten, ganz fern noch, aus dem Bauch der Erde, hörte er jetzt auch Geräusche wie aus einer altertümlichen Fabrikhalle, metallisches Stoßen, dazu ein Zischen und Gurgeln, als ob dort Stahlgestänge, Eisenöfen, Dampfmaschinen betrieben würden.
Noch einmal begehrte der Security-Experte in ihm auf. Das gibt es doch alles gar nicht!, dachte er. Das bildest du dir wieder mal alles nur ein, Rick. Was soll das denn hier bitte schön sein? Eine uralte Tempelanlage, okay, das ließe sich ja vielleicht noch irgendwie verstehen. Ein Steinzeitvolk kann dieses unterirdische Heiligtum errichtet haben. Natürlich konnten sie nicht diesen Krater in den Fels treiben, aber das Ganze kann ja meinetwegen vulkanischen Ursprungs sein. Das würde dann auch diese Dämpfe erklären, den gelben Nebel, der von da unten hochwabert. Eine Ader mit Erdwärme, mit halluzinogenen Gasen oder so etwas, dachte Rick, während er schlingernd und keuchend abwärts glitt. Totenköpfe grinsten ihn an, Schrumpfschädel glotzten durch ihn hindurch, aus der Wand ragende Stierhörner drohten ihn aufzuspießen. Die Steinzeitleute konnten die Dampfquelle da unten als Drachenheiligtum verehrt haben, dachte er, als Tempel einer Todesgöttin oder so etwas, und bei den Bauarbeiten war die Ader versehentlich wieder angebohrt worden. Seitdem waberte das Zeug aus der Erde empor, bedeckte die ganze Stadt mit dem gelben Schmier und verwirrte die Köpfe der Leute.
Rick blieb stehen und wischte sich nun doch mit der Hand über Stirn und Augen. Es fühlte sich widerlich an, als ob sich seine Haut in Echsenschleim verwandelt hätte. Und seine ganze schöne Theorie mit dem Steinzeitvolk und dem unterirdischen Drachenheiligtum war natürlich nichts anderes als Schrott – denn wie zum Teufel könnten Höhlenbewohner diese Metallplatten und Rohre herstellen, die neben Knochen und Echsenhaut massenhaft in die Kraterwand eingearbeitet waren?
Das träum ich doch alles nur, dachte Rick, aber der Gedanke hatte längst jeden Trost für ihn verloren. Ein Traum, aus dem man nicht erwachen konnte, war verdammt noch mal nichts anderes als das Leben, mit dem man eben irgendwie klarkommen musste, oder? Er legte den Kopf zurück, als er von oben einen Schatten nahen sah. Hoffentlich nicht wieder einer dieser Axtburschen, dachte er, denn hier im gelb-braunen Düsterlicht könnte er den Kerl nicht mal mit seiner Schlangennummer beeindrucken. Aber es war kein halbwüchsiger Irrer mit Axt oder Säge, es war eine junge Frau in lindgrüner Kutte, die Säume blutig rot.

Sie war so schnell bei ihm und auf ihm, dass er nicht mal Zeit zum Zusammenzucken hatte. Ihre Füße auf seinen Schultern, ihre Beine, die sich zwischen die Stufen und seinen Körper drängten. Dann hockte sie in seinem Nacken, eine Hand in seinen Haaren, den anderen Arm um seinen Hals. Die echsengrüne Kutte weit nach oben gerutscht, ihre kräftigen Unterschenkel vor seinem Nabel gekreuzt. Krampfhaft klammerte sich Rick an die glibbrigen Stufen. Seine Knie zitterten, das Herz klopfte ihm wie rasend in der Brust. Eine falsche Bewegung, und sie würden zusammen dort hinabstürzen, tausend Fuß tief oder mehr. Und doch fühlte er eine große Erleichterung, weil sie zu ihm gekommen war. Sie hatte ihn schon einmal gerettet. Sie würde ihm auch diesmal helfen.

»Thena«, sagte er, so atemlos und keuchend, dass er seine eigenen Worte kaum verstand. »Wie hast du mich gefunden?«

»Weiter. Aber vorsichtig.« Mit ihren Schenkeln drückte sie seinen Kopf zusammen, spielerisch, behutsam. Er war sich nicht ganz sicher, ob es wirklich Thena war. Ihre helle Stimme, ein wenig metallisch, ihre schlanke und doch kräftige Gestalt.

Folgsam kletterte er weiter abwärts. Ein halbes Dutzend glitschiger Stufen, dann eine Nische in der Wand. Sie bugsierte ihn hinein, glitt von seinen Schultern, drückte ihn mit dem Rücken tiefer in die Nische. An seinen Schultern spürte er die kühle Glätte von Metall. Eine Tür? Und was dahinter? Er fand keine Gelegenheit, darüber nachzudenken. Die junge Nonne hatte ihre Hände um seinen Kopf gelegt, als ob sie ihn zu einem Kuss an sich ziehen wollte. »Thena?« Keine Antwort. Die Nonnenhaube ließ von ihrem Kopf nur die runde Scheibe ihres Gesichts frei.

Schräge Katzenaugen bohrten sich in seine Augen. »Es stimmt«, murmelte sie. »Ein Träger.« Ihr Mund schoss nach vorn und presste sich auf seinen. Ihre Zunge drängte seine Lippen auseinander, dann begann sie heftig zu saugen. Aber nur einen Augenblick später ließ sie wieder von ihm ab. »Wo ist sie?«

»Wo ist wer?«

Wieder keine Antwort. Die Nonne, Thena oder wer auch immer, ging vor Rick in die Knie. Er spürte ihre Hand auf seinem Nabel, der sich unter der kreisenden Bewegung ihrer Finger grotesk anfühlte, ein kosmischer Krater, ein Loch, das sich nie mehr schließen würde. Dann hörte er sie erneut murmeln, abgehackte Sätze wie in Trance: »Die heilige Schlange... sie hat zu mir gesprochen... am Froschteich... nur Frauen sind zur Trägerschaft berufen... und ich bin ausersehen...«

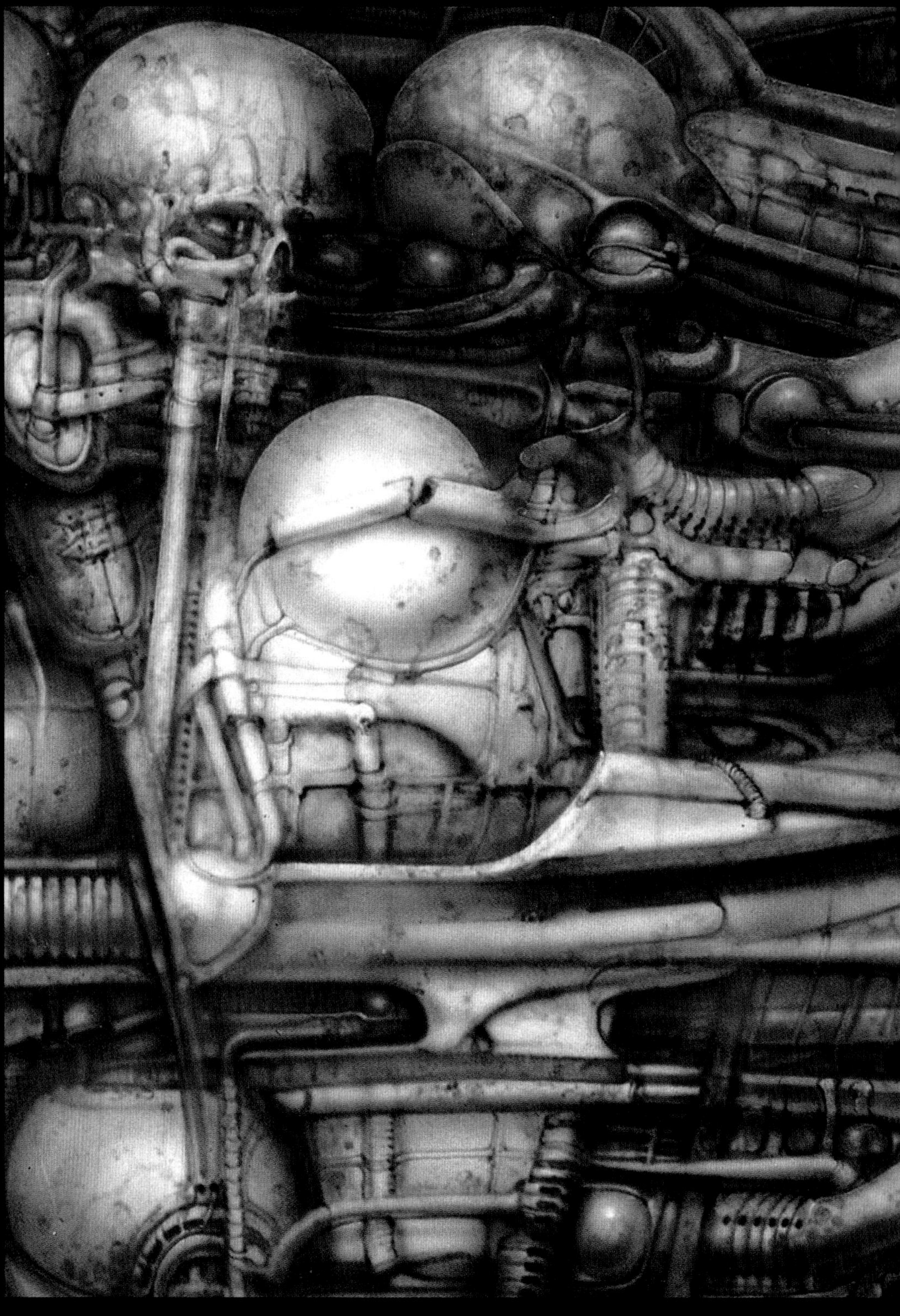

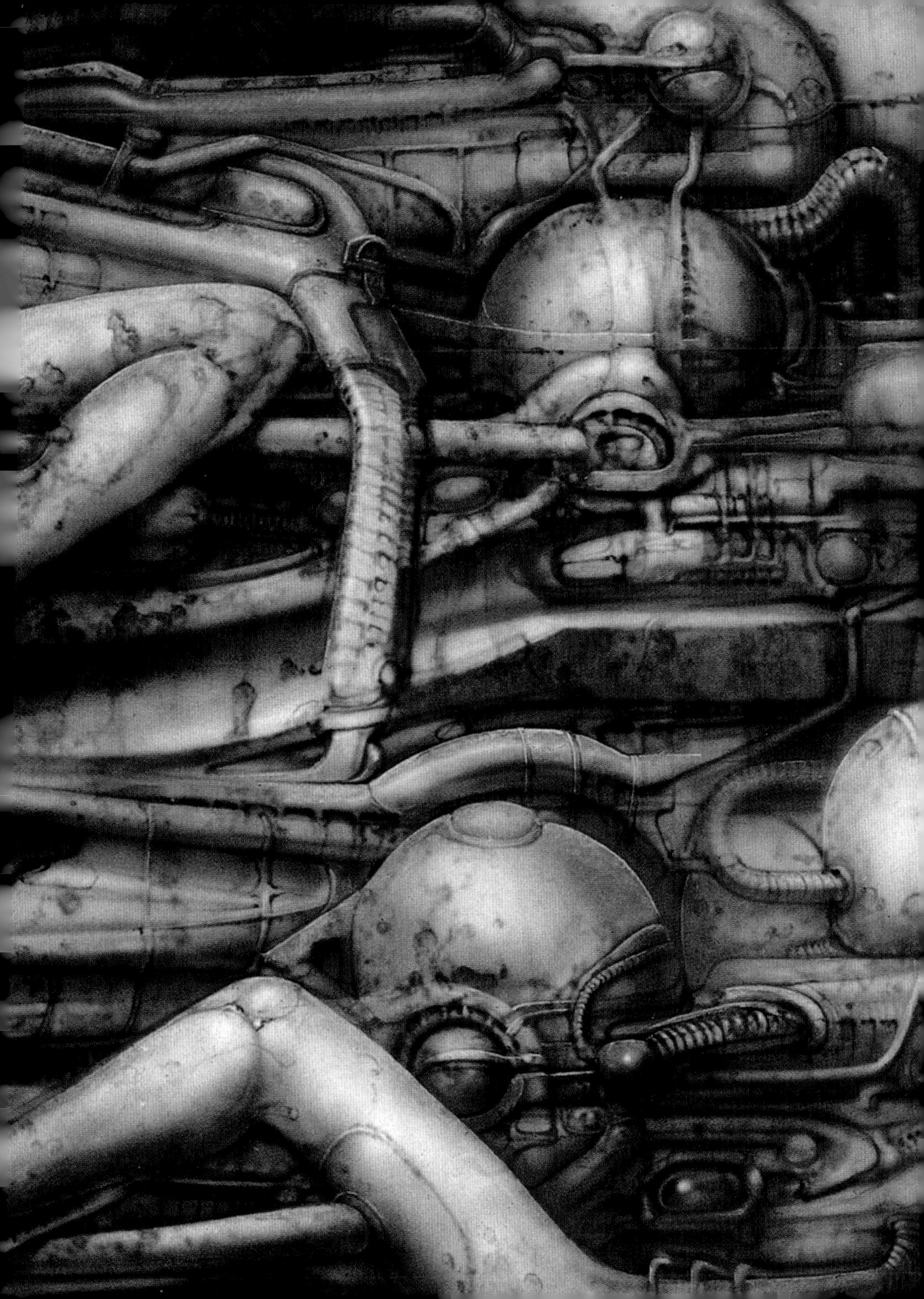

Sie drückte ihre Lippen gegen seinen Nabel, legte ihre Hände auf Ricks Hüften, aber es fühlte sich überhaupt nicht zärtlich, nicht leidenschaftlich an. Er wollte sich wehren, aber er stand da wie gelähmt. Außer Stande, sie zurückzustoßen oder auch nur ein Wort zu sagen. Ihre Zunge bohrte sich in seinen Nabel. Sie leckte darin herum, dann fing sie wieder an zu saugen, so heftig, als ob sie Ricks Bauchgegend vakuumverschließen wollte. Er stand an die schartige Metallfläche gedrückt, spürte ihre Hände auf seinem Hintern, ihre Lippen auf seinem Bauch. Sie keuchte und stöhnte. Um sie herum stieg der gelb-braune Dampf auf, von roten Fäden durchwoben. Männer kletterten ächzend auf den Glibberstufen nach unten, ohne sie zu beachten, so als ob auch die Nonne und er nur Applikationen in den Schachtwänden wären. Und dann spürte Rick, wie sich die Schlange in seinem Innern rührte.
Schlagartig kam auch die Übelkeit zurück. Das verfluchte Biest blähte und reckte sich, wieder zerrte es seinen Nabel auseinander, noch weiter, noch wilder, und Rick biss die Zähne zusammen, um nicht vor Schmerzen aufzuschreien. Vor Schmerz und vor Ekel. Er sah an sich herunter, und da reckte die Schlange eben ihren Kopf hervor. Den abscheulichen Fischkopf mit den böse stierenden Augen. Dahinter glitten ein paar Zoll von dem Schlangenleib heraus, und die Nonne legte ihre Hände darum und begann, die Schlange zu pressen, an ihr zu zerren und zu ziehen.
»Hör auf, um Himmels willen, hör auf.« Er stöhnte es zwischen zusammengebissenen Zähnen hervor. Die Nonne kümmerte sich überhaupt nicht um ihn, sie zog an der Schlange, presste den glitschigen Tierleib, und jetzt machte sie ihren Mund auf, so weit, wie Rick es niemals für möglich gehalten hätte, und stülpte ihre Lippen um den Schlangenkopf, der sich wild aufbäumte, hin und her schlingerte, dann ruckweise immer weiter in ihrem Mund verschwand.
Rick legte ihr eine Hand auf den Kopf, er wollte sie zurückstoßen, aber er fühlte sich so schwach, so grässlich schwach. Als wäre sie schon von seinem Arm abgetrennt, so blieb seine Hand auf ihrem Kopf liegen, auf ihrer echsengrünen Nonnenhaube, während ihre Hände sich in seine Hüften krallten, sein Becken an ihren Mund pressten, der mit aller Kraft die Schlange aus ihm hervorzuzerren versuchte. Rick spürte, wie die Schlange in ihm zuckte, sich zu wehren schien, offenbar wollte sie ihren bisherigen Wirtskörper nicht so ohne weiteres aufgeben.
Endlich hielt die Nonne inne. Das ist nicht Thena, dachte Rick, sie kann es nicht sein. Ihr Mund öffnete sich und gab die Schlange frei, die auf eine

Länge von fünfzehn Zoll aus Rick herausgeglitten war, mit wilden Bewegungen vor ihm hin und her pendelte. Keuchend starrte sie die Schlange an, ihr Mund immer noch weit offen, als wartete sie nur darauf, dass das Biest sich anders besann und freiwillig zu ihr überwechselte. Und tatsächlich schnellte die Schlange auf einmal nach vorn, riss sich so heftig aus Ricks Nabel heraus, dass er diesmal wirklich aufschrie vor Schmerz.
Das verfluchte Ding hing jetzt so weit aus ihm heraus, dass der Kopf mit den gelben Augen beinahe am Boden schleifte. Rick beugte sich vor, packte mit zitternden Fingern nach dem glitschigen Biest. Auch die Nonne versuchte wieder die Schlange zu erhaschen, aber dieses Mal war Rick schneller. Er schwang das Ding durch die Luft und knallte den Schlangenkopf mit aller Kraft, die er überhaupt noch aufbringen konnte, gegen die Schläfe der Nonne. Ein hässliches Klatschen und ihr entgeisterter Blick zeigten, dass er gut getroffen hatte. Die Nonne kippte nach hinten, blieb auf dem Rücken liegen, die Beine gespreizt. Über ihr zitterte die Schlange, pendelte hin und her, als ob sie die Liegende hypnotisieren wollte. Dann rutschte die Nonne langsam aus der Nische heraus, mit dem Kopf voran in den Krater, während Rick ihr mit zitternden Knien und rasendem Herzschlag hinterhersah. Mit beiden Händen hielt er die Schlange umklammert, aber wie er sich auch mühte, sie ließ sich nicht mehr ganz zurückschieben, der widerliche Kopf und eine Elle ihres Leibs blieben draußen, pendelten stumpfsinnig unter seinem Nabel hin und her.

Weiter hinab auf den schmierigen Stufen, mit der Schlange, die sich da unten jetzt ganz ruhig verhielt. Als ob sie ahnte, dass Rick unaufhörlich überlegte, wie er sie zerstören, für immer unschädlich machen könnte. Sie aus sich herausreißen, ihren Kopf zerquetschen, indem er sie mit dem Knie gegen eine Stufe knallte.
Längere Zeit kletterte er abwärts, ohne besonders auf seine Umgebung zu achten. In Gedanken, zwischen zusammengebissenen Zähnen verwünschte er die verdammte Schlange, oder wie sein Dad gesagt hatte, als er beschloss, am nächsten Morgen nicht mehr aufzuwachen: »Na, das verfluchte Leben, mit der Schlange und alldem.« Sorry, Dad, vielleicht hattest du ja doch ausnahmsweise mal Recht.
Sein Fuß rutschte von einer besonders glibbrigen Stufe ab, und Rick schreckte zusammen. Seine Blicke jagten über die Wand, auf der Suche

nach irgendetwas, woran er sich festklammern könnte. Er fand den Kopfknochen eines riesigen Stiers mit den gekrümmten Hörnern, die wie eine Mondsichel über dem Planetenrund des Totenschädels schwebten, und hielt sich mit beiden Händen daran fest. Seine Augen glitten von dem Stierknochen zu einer finster grinsenden Fratze einige Zoll darüber, einem runden Gesicht mit großen, stechend gelben Augen, geblähten Backen, wie Dornen starrenden Schnurrhaaren. Ein Katzendämon, dachte Rick und hatte Mühe, seinen Blick wieder loszureißen, eine mumifizierte schwarze Katze, die seit unvordenklichen Zeiten aus dieser Wand hervorglotzte, zwischen Knochen, Metallplatten, menschlichen Totenköpfen, verrotteten Rohren.

Vorsichtig kletterte er weiter hinab. Die Schlange hing bewegungslos unter seinem Nabel. Er fühlte sich ausgelaugt wie niemals in seinem Leben, von Krämpfen, Übelkeit, Sorge wie zerfressen und zur gleichen Zeit bis in sein Innerstes alarmiert. Die altertümlichen Maschinengeräusche schallten jetzt so laut zu ihm herauf, dass es nicht mehr weit sein konnte bis zum Boden des Schachts. Aber zugleich klangen sie gar nicht mehr eindeutig nach Dampfmaschinen, rotierendem Gestänge und fauchenden Öfen, ein leises Klagen und Stöhnen schien sich hinzuzumischen, ein Wimmern und Jammern, das zweifellos aus menschlichen Mündern kam. Doch Rick hätte nicht sagen können, was es mit diesen Geräuschen auf sich hatte, ob es Klagegesänge waren, wie sie in Tempeln angestimmt wurden, bei Totenmessen oder Anrufungen einer dunklen Gottheit, oder ob da Menschen wirklich Angst oder Schmerzen litten, vielleicht gepeinigt, gefangen gehalten wurden und deshalb so eintönig jammerten, so aller Kräfte und Hoffnungen beraubt.

Er war unten angekommen. Seine Füße ertasteten festen, wenngleich glibbrigen Grund, seine Hände ließen die Stufen los. Er zitterte am ganzen Leib und wandte sich auf wackligen Knien um, keuchend, nass geschwitzt, ohne die geringste Vorstellung, was ihn hier unten erwarten würde. Heiligtum oder Maschinenhalle, eine steinzeitliche Höhle oder vielleicht die Überreste eines vor Urzeiten versunkenen Raumschiffs.

Ein düsterer Saal von der Form eines riesigen Eis. Der braun-gelbe Dampf schien aus Löchern in den Wänden hervorzuwabern. Aus schadhaften Rohren, fingerbreiten Rissen in riesigen Verschlussplatten, die metallisch glitzerten und aus denen sich gleichwohl Knochen hervorzuwölben schienen. Schulterkugeln, Becken, Schenkelknochen, wie bei einer fantastischen Spezies, deren Skelett mit eisernem Fleisch, einer Haut aus Stahl überzogen war. Der gelbliche Schmier bedeckte den Boden hier unten so tief, dass Rick bis über die Knöchel einsank und bei jedem Schritt ein zähes Schmatzen

erzeugte. Zögernd bewegte er sich weiter in den Saal hinein, blieb nach wenigen Schritten wieder stehen und versuchte sich zu orientieren.
Die Stampf- und Klagegeräusche schienen aus weiter entfernten Räumen zu dringen, jenseits der Wände oder vielleicht hinter den unheimlichen Schleusentoren da drüben. Wuchtige runde Metalltore, mit schweren Riegeln gesichert, acht an der Zahl und jedes einzelne so schmal bemessen, dass ein erwachsener Mensch nur mit Mühe hindurchgelangen könnte. Sie erinnerten Rick an altertümliche Ofentüren, an die tödlichen Klappen vor Hexenherden oder an die Schotttore havarierter U-Boote, die er einmal in einem Doku-Film gesehen hatte. Eine schorfige Schicht bedeckte jeden Zoll dieser Tore, braun-rötlich, so als ob sie mit einer Mischung aus Rost und Blut angestrichen worden wären. Doch ebenso gut konnten es Algen sein, Muschelablagerungen, wuchernde Pilze. Dazwischen schmale Nischen, in denen Statuen zu stehen schienen, nicht genau zu erkennen im umherwallenden Nebel. Wächterfiguren vielleicht, wie die Forscher sie in dem Tempel unter jener Pyramide vorgefunden hatten, in dem Heiligtum zu Ehren der Göttin mit dem Erdkugelbauch.
Rick ging nochmals einige Schritte weiter, die Schlange unter seinem Nabel pendelte hin und her wie in Trance. Wie unglaublich heiß es hier war, wie im Innern eines Vulkans. Er sah an den Wänden hoch, so weit der gelbbraune, mit roten Fäden durchwobene Nebel es erlaubte. Jeder Zoll war mit fremdartigen Applikationen übersät. Knochenstücke, Rohre, herabhängende Kabelbündel, die vielleicht auch etwas ganz anderes waren, als es den Anschein hatte, die wuchernden Stiele einer unterirdischen Flora, die heranwuchs, aufblühte und wieder verwelkte, ohne jemals den schwächsten Sonnenstrahl gespürt zu haben. Wie sonderbar, dass sich in dieser Halle überhaupt niemand aufhielt, dachte Rick, wohin mochten all die Männer und Burschen gegangen sein, die mit ihm den Krater hinabgeklettert waren, ihn überholt hatten, leichtfüßig vorangeeilt waren, während er auf bleiernen Beinen abgestiegen war? Und vor allem, wo war Mi-lung?
Die Kakophonie der Klage-, Zisch- und Hammerlaute kam eindeutig aus dem Bereich hinter den Schleusentoren. Der gelbe Schlamm schmatzte und quietschte unter Ricks Füßen, als er noch näher an die Reihe der acht rostigen Türen herantrat. Jetzt konnte er auch die Statuen in den Nischen besser erkennen, es waren weibliche Figuren, und alle acht hatten die schlanke, hoch gewachsene Gestalt von Mi-lung, ihre schrägen Katzenaugen, hohen Wangenknochen, die gleichen üppigen Lippen. Verblüfft sah Rick von einer Statue zur anderen, da plötzlich nahm er Schatten wahr, die sich über ihm

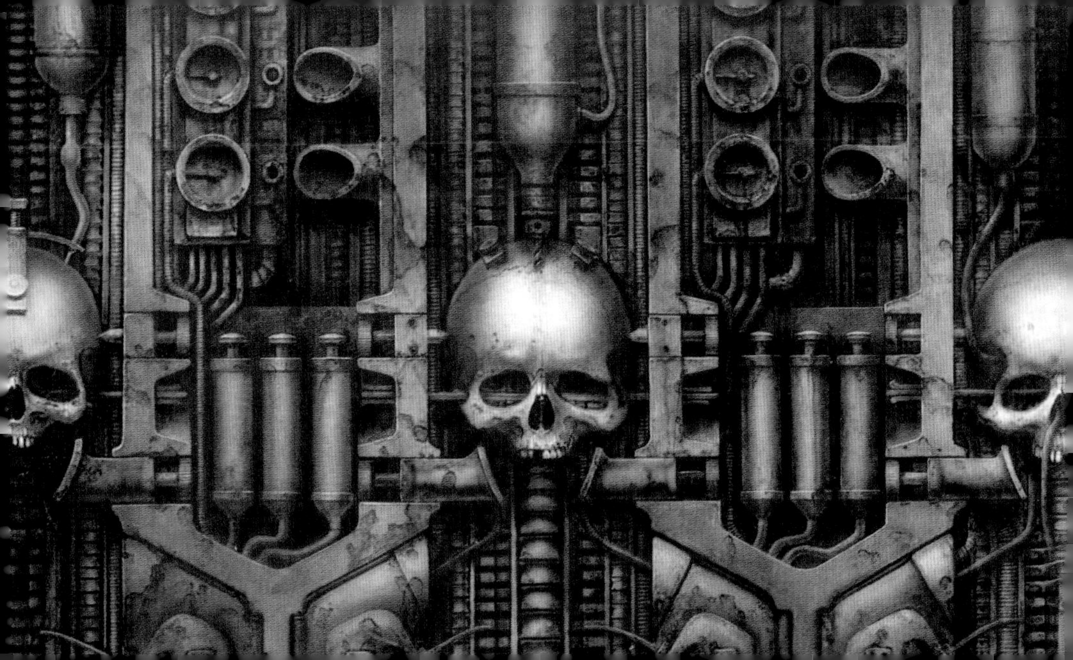

mit spinnenartiger Schnelligkeit bewegten. Gehetzt sah er nach oben in ein Gewirr aus Drähten, Kabeln, Rohren, die unter der Decke hingen, tatsächlich wie ein riesiges Spinnennetz, aus dem nun aber drei junge Burschen heruntersprangen. Sie warfen sich auf ihn, rissen ihn zu Boden, zwei hielten ihn fest, der dritte hockte sich auf seine Brust, schwang mit beiden Händen eine Axt empor.
»Lasst das!«, schrie Rick. »Ich bin ein Träger, verdammt noch mal!« Sein Blick raste über seine Angreifer zur Decke empor. Dutzende solcher Burschen sah er jetzt da oben, wie Spinnen hockten sie auf den Kabeln, Drähten, Rohren, wie die kleinen Spinnaffen, die im Kult jener Göttin als heilig galten. Sie wurden als Tempeldiener betrachtet, dachte Rick, oder wurden sie sogar als Priester der Göttin mit dem Erdkugelbauch verehrt? Er konnte sich nicht mehr genau erinnern, verbissen grübelte er darüber nach, während er sich unter den Griffen der beiden Kerle wand, die seine Arme festhielten, und seinen Oberkörper aufzubäumen versuchte, um den dritten abzuwerfen, der auf ihm hockte wie ein Reiter auf dem ungezähmten Pferd.
»Hörst du nicht, ich bin ein Träger, verflucht!«
Der Bursche auf ihm schien jetzt doch unsicher zu werden, sein Grinsen erstarrte, und er warf einen Blick hinter sich. »Verdammt, er sagt die Wahrheit!« Er ließ seine Axt fallen, schnellte sich regelrecht empor. Auch die beiden anderen Kerle waren aufgesprungen, alle drei standen jetzt um Rick herum und glotzten auf ihn herunter, wie er am Boden lag, auf dem Rücken, schwer atmend, und die Schlange ragte eine Elle lang aus seinem zum Platzen gespannten Nabel. Sie hatte sich steil aufgerichtet, ihr Fischkopf mit den gelben Augen stierte böse zu den drei Burschen hoch.
Ohne die Schlange auch nur einen Moment lang aus dem Blick zu lassen, tastete Rick nach der Axt. Sie lag neben seiner linken Hand am Boden, so ein Mist, dachte er, mit der rechten hätte er genauer zielen und kräftiger zuschlagen können, aber zur Not musste es auch so gehen. Lautlos hob er die Waffe, die drei Burschen starrten wie hypnotisiert auf die Schlange, die säulenartig aus Ricks Nabel emporragte.
Er holte aus, wollte eben zuschlagen, die Schlange oberhalb seines Nabels entzweihacken, da riss sich das verfluchte Biest mit einem einzigen, grauenvollen Ruck aus ihm heraus. Rick schrie auf, er wollte sich zusammenkrümmen, aber er konnte keine Faser mehr rühren. Es war, als ob in seinem Bauch ein monströses Triebwerk gezündet würde, mit furchtbarer Wucht wurde sein Körper gegen den Boden gepresst, die Schlange schien überall in ihm zu sein, in seinen Därmen, im Magen, in der Lunge, bis in seine Kehle

hinauf, überall spürte er das widerliche Ringeln, als die Bestie ihren Leib entrollte, mit einem einzigen rasenden Schlängeln aus ihm herausquoll und tatsächlich wie eine Rakete aus seinem Nabel hervorschoss.

Der Schmerz war entsetzlich, der Schmerz und noch mehr der Ekel, der Schock. Als ob jemand in seinen Bauch hineingegriffen und mit einem einzigen Ratsch seine gesamten Organe aus ihm herausgerissen hätte. Därme, Nieren, Herz, alles, so dass er nur noch eine ausgeweidete Lumpenpuppe war, ein Hautsack mit ein paar klappernden Knochen. Er hatte sich niemals vorher so *leer* gefühlt, so ausgehöhlt, ausgebrannt. Völlig bewegungslos lag er mitten in dieser unterirdischen Tempelhalle, im Eingangsbereich des U-Boots oder was immer das hier sein mochte, und lauschte den Zuckungen des Schmerzes in seinem Innern. Die drei Burschen waren längst wieder verschwunden, nur ab und an nahm er ein spinnenhaftes Huschen über sich im Gewirr der Kabel und Rohre wahr.

Erst nach einer ganzen Weile wurde Rick bewusst, dass die Leere in seinem Innern sich gut anfühlte, großartig sogar. Die Schmerzen waren abgeebbt, die Krämpfe hatten aufgehört, er spürte keine Übelkeit mehr, keine Angst, gar nichts, eigentlich hatte er sich überhaupt noch niemals in seinem Leben so gut gefühlt. Zumindest aber nicht mehr, seit er hier in Idleton angekommen war.

Im Liegen tastete er argwöhnisch über seinen Bauch. Der Nabel hatte sich wieder geschlossen, nicht ganz, aber so ziemlich. Jedenfalls stand er nicht mehr annähernd so weit offen wie Tante Idas Nasenloch im Mondschein. Rick setzte sich auf. Die Statuen da drüben waren überhaupt keine Wächterfiguren, warum erkannte er das jetzt erst? Reglos standen sie in den Nischen zwischen den Schleusentoren, aber es waren keine Kunstwerke oder Heiligtümer aus bemaltem Stein. Es waren lebendige Mädchen, hey, großartig, dachte Rick, hübsche schwarzhaarige Mädchen in schillernden Minikleidern. Mi-lung und ihre sieben Schwestern, und er musste nur noch herausfinden, welche von ihnen Mi-lung war.

Wieder einmal rappelte er sich auf, verharrte einen Moment lang in der Hocke, mit den Fäusten im gelben Glibber sich abstützend. Okay, okay, dachte er, mit seinen Kräften war es immer noch nicht weit her. Im Liegen hatte er sich stark gefühlt, aber wenn er sich auch nur hinkauerte, ging ihm fast schon wieder die Puste aus.

»Mi-lung?« Er taumelte auf eines der Mädchen zu. Sie lächelte ihm entgegen, sah mit abwesender Miene durch ihn hindurch. »Wer von euch ist Mi-lung?« Er blieb wieder stehen, schaute ratlos von einer zur anderen. Hinter

den Schleusentoren erklang unverändert das Konzert aus Zisch-, Stampf-, Gurgellauten, aus gesanghaftem Wimmern und Klagen.
Zwei Schritte vor ihm glitt die Schlange durch den Morast. Wie riesig sie angewachsen war, unglaublich, dachte Rick, dass diese gewaltige Kreatur überhaupt in ihm Platz gefunden hatte. Beinahe empfand er Stolz auf das Biest, es sah überhaupt nicht wie eine Schlange aus, dachte er, mit seinem langen, prallen Leib, dem grünlich schillernden Kopf, sehr viel eher ähnelte es einem Lindwurm. Zielstrebig schlängelte es auf eines der Mädchen zu, das musste Mi-lung sein, jedenfalls ging sie gleich in die Knie und herzte das Biest mit beiden Händen, wie sie es schon einmal gemacht hatte, in dem Kellerraum mit den Wabenwänden. Rick versuchte sich zu entsinnen, wie war er überhaupt dorthin geraten, und was zum Teufel war danach geschehen? Undeutlich sah er das riesige Hochhaus vor sich, die Metalltür, die Katakomben dahinter, die uralten Reliefs an den Tunnelwänden. Aber er konnte sich einfach nicht mehr erinnern, was danach passiert war, wie er von dem höhlenartigen Raum, in dem Mi-lung die Schlange gestreichelt hatte, zu der Baustelle des U-Terminals gekommen war, was sich zwischen diesen beiden Stationen abgespielt hatte.
Niemals war eine Situation weniger geeignet gewesen, um Betrachtungen anzustellen, Erinnerungen nachzuhängen, sich Grübeleien zu überlassen. Mi-lung kniete vor der Schlange, die ihren Kopf zu ihr emporgereckt hatte und sie aus gelben Augen aufmerksam anzusehen schien. Sie streichelte und tätschelte das schillernde Ding, dann erhob sie sich mit einer anmutigen Bewegung, lächelte Rick an und wandte sich schon um, begann das Schleusentor zu ihrer Linken aufzuriegeln. Dabei sah sie Rick über die Schulter hinweg unentwegt an, mit durchdringendem Blick und einem starren Lächeln, das Rick umso rätselhafter schien, je länger es andauerte.
»Wohin?«, fragte er, aber diesmal erübrigte sich wirklich jede Antwort. Mi-lung zog das Schleusentor auf, es öffnete sich mit einem Ächzen und rostigen Stöhnen, als ob die Scharniere seit acht Ewigkeiten nicht mehr bewegt worden wären. Dahinter kam ein runder Kriechgang zum Vorschein, so eng, dass Rick regelrecht zusammenfuhr. Er war in ein blutiges Rot getaucht, von der Farbe rohen Lendenfilets, und Rick fühlte sich plötzlich überhaupt nicht mehr großartig. Mit einer Hand hielt er seine albernen Shorts fest, die mehr denn je herabzurutschen drohten, seit die Schlange seinen Bauch nicht mehr wie eine Trommel hervorwölbte. Mit der anderen Hand wollte er nach Mi-lungs Arm greifen, sie an sich ziehen, aber das Mädchen machte einen raschen Schritt zur Seite.

Vor dem Schleusentor befand sich eine kleine Treppe, ungewiss, ob aus Stein oder schorfigem Metall. Die Schlange glitt die drei Stufen hinauf und schlängelte sich in den roten Kriechgang, der ihrem Leib mehr als genügend Platz bot. Trotzdem wurde sie, als sie fast schon zur Gänze hineingeschlüpft war, plötzlich zurückgeschleudert – es sah aus, als hätte sich der Tunnel krampfartig zusammengezogen, wie ein riesiger, schlauchförmiger Muskel oder wie eine stählerne Feder. Aber kaum war der Krampf gewichen, da schnellte die Schlange abermals hinein, und diesmal schien sie glatt hindurchzugelangen. Rick spähte ihr mit zusammengekniffenen Augen hinterher, das schummrige Rotlicht hemmte den Durchblick, dennoch meinte er zu erkennen, dass die Schlange auf der anderen Seite, in vielleicht fünfzehn Fuß Entfernung, durch ein zweites Tor hindurchglitt, hinter dem für einen Moment grünes Licht aufblitzte, dann ging da drüben das Tor wieder zu.
»Jetzt du.« Mi-lung lächelte gleichmütig auf Rick hinunter, auf einmal überragte sie ihn wieder um Haupteslänge, er musste seinen Kopf in den Nacken legen, um ihr ins Gesicht zu sehen. Aber vielleicht war er ja auch einfach immer tiefer in diesen gelben Schlamm eingesunken, der ihm mittlerweile tatsächlich schon bis zu den Knien reichte.
»Und du, Mi-lung? Du kommst doch mit da rüber?« Sie sah ihn nur unverwandt an, aber das genügte ihm. Ihr Blick, ihr Lächeln, und sie war ja bei ihm, jetzt bot sie ihm sogar eine Hand. Mühsam zog er sein rechtes Bein aus dem Morast, setzte den Fuß auf die unterste Stufe, reichte Mi-lung seine Hand, und sie hob ihn ohne die geringste Anstrengung aus dem Sumpf heraus und stellte ihn auf die höchste Stufe, direkt vor dem weit geöffneten Tor. Betäubend spürte er jetzt die Hitze, die aus dem Kriechgang waberte. Heiß und so feucht, dass Tropfen über die runden Tunnelwände rannen. Rick fuhr mit der Hand über die Innenwand und erschauerte. Es fühlte sich an wie das Innere einer Riesenauster, so glibberig und gallertig, aber umspannt von einer hauchdünnen Haut aus Stahl. Er schob seinen Kopf und die Schultern hinein, zog die Knie hinterher. Die Enge war grässlich, die nasse Hitze atemabschnürend, aber jetzt gab es kein Zurück mehr – nach ihm kroch Mi-lung in die Röhre, und schon ging hinter ihnen das Schleusentor wieder zu.
Auf Händen und Knien kroch Rick voran. Die runden Wände und das fleischige Rot allein hätten genügt, um Beklemmungen, Herzsausen, Schwindelgefühl auszulösen. Und dazu kamen noch die roten Tropfen, die unablässig um ihn herum perlten und rannen, die kochende Hitze, die krampfartigen Schauer, die wieder und wieder die Wände überliefen. Die Röhre war erfüllt von glucksenden, saugenden, schmatzenden Lauten, und Rick fragte

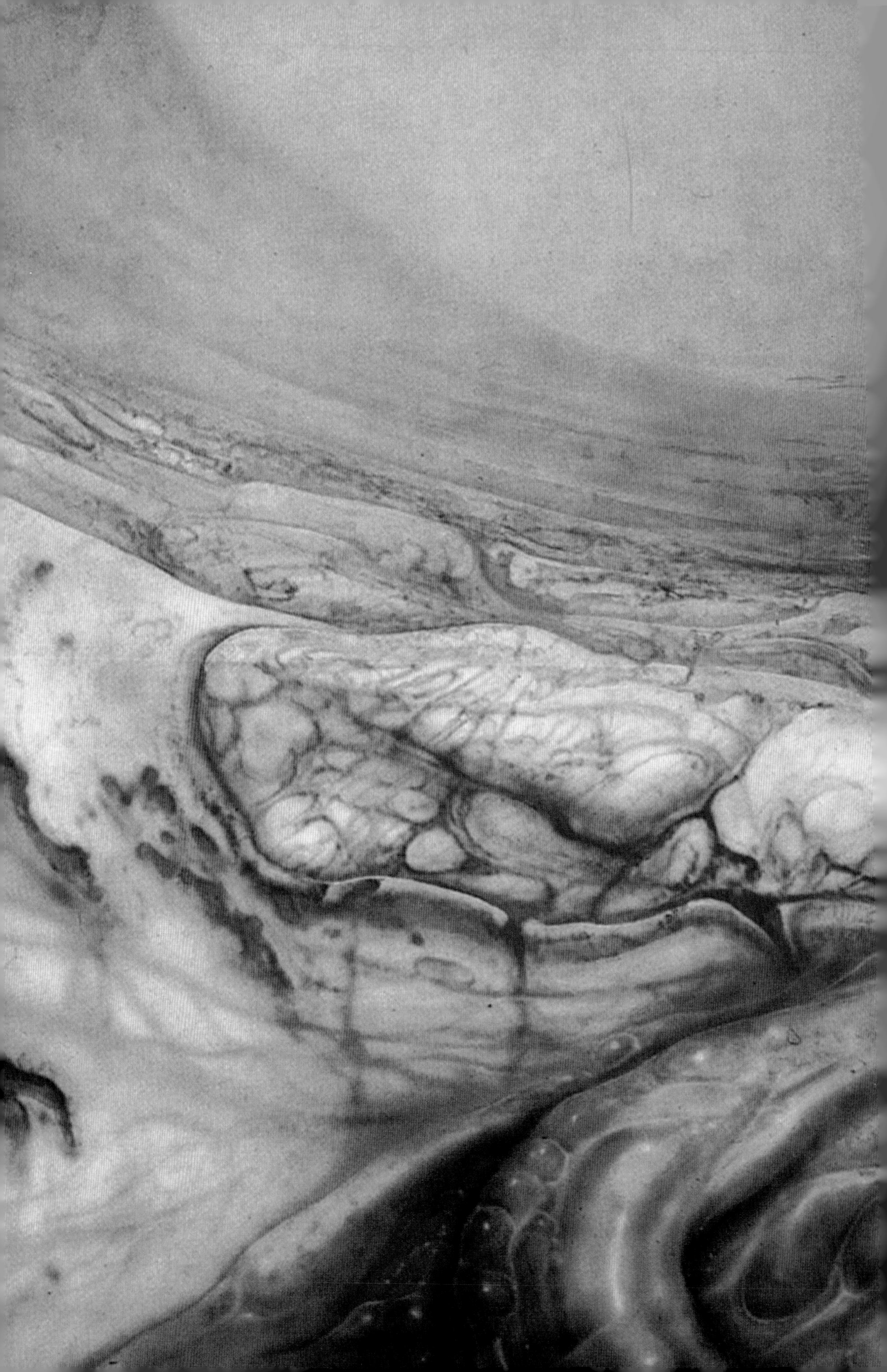

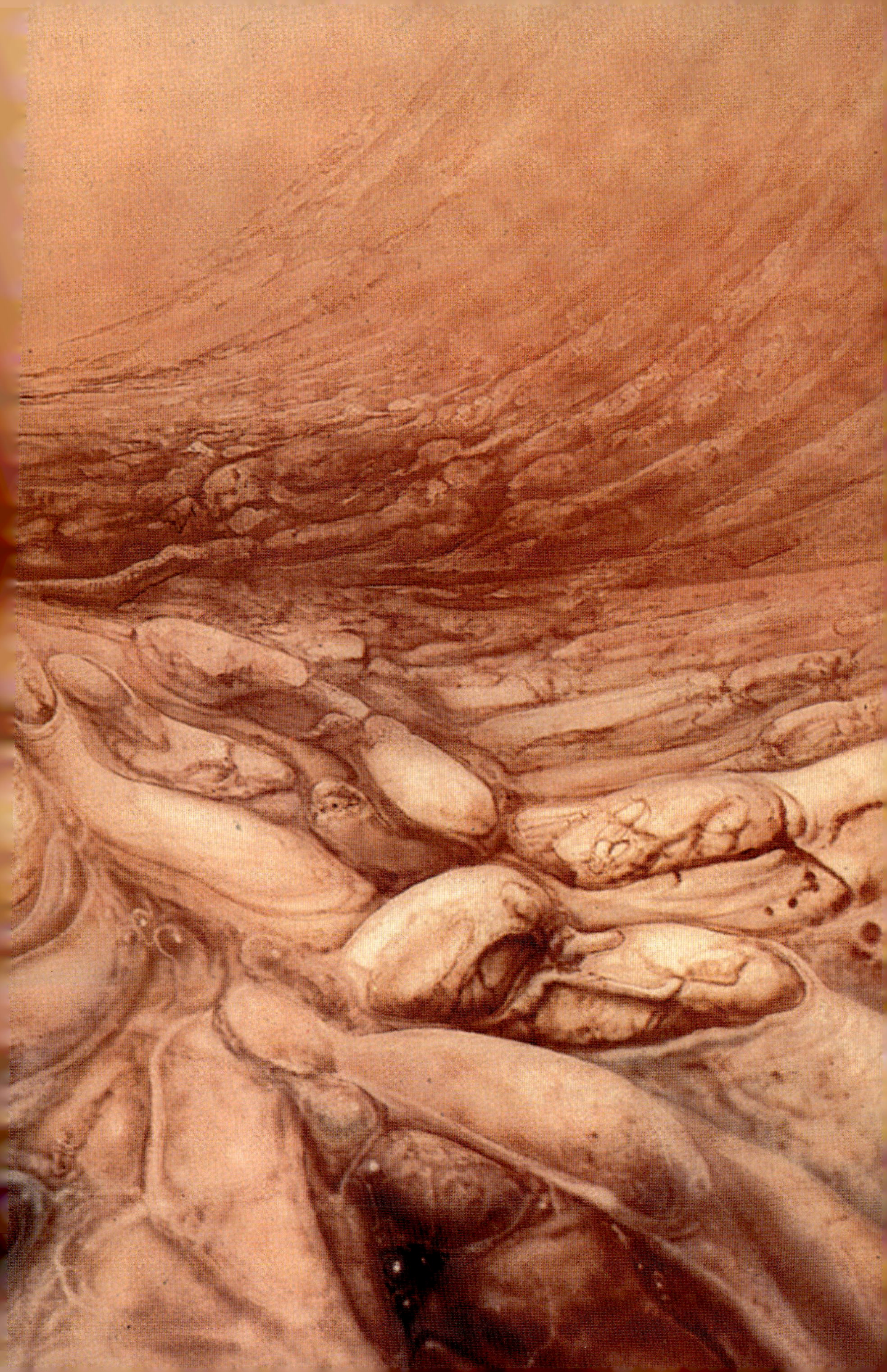

sich besorgt, was mit ihnen geschehen würde, wenn dieser Kriechgang sich auf einmal so zusammenziehen sollte, wie es vorhin beim ersten Eindringen der Schlange geschehen war. Vorsichtshalber setzte er seine Hände und Knie so behutsam wie möglich auf, aber er konnte nicht verhindern, dass er immer wieder mit den Schultern gegen die Wände stieß. Und je weiter sie vorankrochen, desto mehr beunruhigte ihn ein Punkt, den er bis dahin beharrlich ignoriert hatte, obwohl längst wieder sämtliche Alarmanlagen in seinem Innern schrillten und sämtliche inneren Stimmen ihm die gleiche Frage zuschrien: Was erwartete ihn am anderen Ende dieser Passage – was denn bitte sehr sonst, wenn nicht die Opferstätte der dunklen Göttin dieses Tempelortes? Wie hatte Esteban gesungen? »Dann gehe hin und opfere der dunklen Göttin. Gib ihr eine Hand zum Zeichen deiner Unterwerfung. Opfere ihr zusätzlich einen Fuß, und sie wird dich segnen. Die Schlange sei mit dir, und Dea Mortis gewähre dir ewige Ruhe in ihrem tiefen Tal.« Aber er, Rick Nadar – er wagte sich ohne die allerkleinste Opfergabe in ihr Heiligtum. Und selbst die Schlange war ihm abhanden gekommen.

Mit dem Kopf stieß Rick gegen ein Hindernis. Es fühlte sich weich an, fleischig, und doch ertönte wieder ein rostiges Stöhnen, wie von uralten Scharnieren, als vor ihm das zweite Schleusentor aufging.

Erschöpft blinzelte Rick in einen Saal, der noch weitaus größer war als der Raum vor dem Kriechgang. Riesig, kreisrund, von düsterem Grünlicht erfüllt. Und von einem Zischen und Gurgeln aus unzähligen Rohren, die auch hier die Wände kreuz und quer durchzogen. Aber Rick nahm die Rohre, die rostigen Metallplatten, das gigantische Kruzifix mit der Schlange, ja selbst die kolossale Göttin im Hintergrund des Saals kaum wahr. Gellender als alle anderen Geräusche klang ihm der leise Klagegesang in den Ohren. Überdeutlich, wie mit dem Objektiv herangezoomt, nahm er nur die unzähligen schwangeren Frauen wahr, die überall in den Tempelwänden wie in Waben eingebettet saßen. Ihre Münder, Brüste, prallen Bäuche durch Schläuche, Röhren, Kabel mit einer gigantischen Apparatur verbunden, zu deren Bestandteilen sie anscheinend geworden waren.

Und dann sah er Rachel.

18. KAPITEL

DUNKLE GÖTTIN

Der Anblick war so grauenvoll, dass Ricks Herz wahrhaftig für mehrere Schläge aussetzte. Der gesamte Tempelsaal schien mit ihm zu erstarren, auch alle Geräusche erstarben, das Stampfen, Zischen, Klagen, für eine endlose Sekunde, zwei, drei. »Rachel«, flüsterte er. Keine Antwort, bloß ein Schauer lief durch den ganzen riesigen Raum, über Boden, Decke, Wände. Als ob dieses düstere Höhlending sich wie er selbst erschreckt, mit ihm mitgelitten hätte, als ob es nichts anderes als ein gigantischer Seelenspiegel wäre, eine Apparatur zur möglichst genauen Darstellung der Schreckensbilder in seinem Innern. Was für ein unglaublicher Unsinn, dachte Rick, denn das hieße ja, dass er ganz einfach wahnsinnig wäre, dass er endgültig in den Wind geschlagen hätte, was Mrs. Sinking ihm vor vielen Jahren so eindringlich ans Herz gelegt hatte – Fantasie und Wirklichkeit, Ricky, achte immer drauf, dass du beides gut auseinander hältst. Du musst dich wiederfinden in der Welt und dich selbst erkennen. Denn Leute, die sich auch nur ein paar Schritte zu tief in ihre Einbildungswelten hineinverirrten, fänden niemals mehr zurück an die sonnenbeschienene Oberfläche, wie Höhlentaucher, die den rettenden Ausschlupf nicht mehr entdecken könnten, und müssten fortan ein qualvolles, würdeloses Leben fristen in den Unterwelten des Wahns.

»Rachel.« Sie kauerte in einer Wabe, die wie eine große Hand mit langen, zierlichen Gliedern geformt war. Mit ihrer rechten Seite war sie in die Wand eingebettet, regelrecht eingewachsen, daher sah er sie nur im Profil: die sorgsam aufgesteckten schwarzen Haare, von einer Art Netz überzogen, ihre hohe, klare Stirn, das schräge Katzenauge über der fein geschwungenen Wange. Sie trug keinen Fetzen am Leib, und sie schien auf ihren Unterschenkeln zu hocken, der Oberkörper gerade

aufgerichtet, so dass die mütterlich üppigen Brüste und ihr enormer Bauch wahrhaftig wie Himmelskörper vor ihr schwebten, wie ein Planet und seine Monde.

Wieder flüsterte Rick ihren Namen. Auch das Klagen hatte wieder begonnen, halb silberheller Mädchengesang, halb krampfhaftes Kinderwimmern. Und dazu das Stampfen, Zischen, Fauchen wie von einer altertümlichen Apparatur, einer Dampfmaschine, rotierendem Stahlgestänge, die Rick auch in diesem Saal nicht entdecken konnte, allerdings war der Raum so riesig, das grüne Echsenlicht so dämmrig, dass er nicht erkennen konnte, was sich weiter hinten, bei den riesigen Götzenfiguren, noch alles befand.

Mitleid überschwemmte ihn, Schuldgefühl, weil er Rachel nicht besser beschützt hatte, aber stärker als alles andere war das Grauen, das ihn bei ihrem Anblick durchschauerte, eine schreckliche Fremdheit, so als ob Rachel für immer verwandelt worden wäre. Oder ärger noch, als ob sie immer schon eine andere gewesen wäre, eine ganz und gar Fremde, die nun unter der bezaubernden Mädchenlarve hervorgebrochen war.

Fast ohne es zu bemerken, war Rick auf sie zugegangen, durch den ungeheuer großen Saal bis zu der Stelle in der Wand, wo Rachel eingebettet worden war, zwischen Totenköpfen, Katzenmumien, schorfigen Platten, einem Gewirr verrotteter Rohre. Sie kauerte in wenigstens vierzehn Fuß Höhe in der riesigen Handschale, die sie wie eine Opfergabe darzubieten schien, und er musste den Kopf zurücklegen, um von hier aus ihr Gesicht zu sehen. Ihr Auge war geöffnet, aber es wirkte glasig, und wieder reagierte sie überhaupt nicht, als er ihren Namen rief. Jetzt erst bemerkte Rick, dass ein dünner, fast durchsichtiger Schlauch von der Wand zu ihrem Mund führte und dass Rachels Lippen, ihre geliebten, zärtlichen Lippen ein knochenbleiches Mundstück umschlossen. Wofür sollte dieser verdammte Schlauch gut sein? Rick kniff die Augen zusammen. Vielleicht wurde ihr durch den Schlauch irgendetwas eingeflößt, um sie zu ernähren und gleichzeitig betäubt zu halten, doch ebenso schien es ihm möglich, dass der Schlauch mit dem Mundstück zur Erzeugung des Klagegesangs diente.

Er stolperte einige Schritte rückwärts, seine Blicke rasten die Wände entlang. Er musste Rachel da rausholen, sofort! Hunderte junger Frauen hockten in solchen handförmigen Waben, alle an Schläuche angeschlossen, alle mit glasigen Blicken, in die Wände eingebettet wie Rachel. Hierher also waren die Frauen von Idleton verschleppt worden, oder vielleicht waren sie auch alle wie unter einem inneren Zwang hierhergekommen, so wie auch Rachel an diesen Ort gezogen worden war, von einer geheim-

nisvollen Macht gebannt, deren Einfluss weit über Idleton hinaus zu reichen schien, bis nach New Providence auf der anderen Seite der großen Berge.
Auch von Mi-lung keine Spur mehr. Gehetzt schaute Rick sich um, irgendwo musste es hier doch eine Leiter oder so etwas geben, ein Seil, eine Stange, damit er zu Rachel hochklettern konnte. Er legte den Kopf noch weiter zurück, in der Hoffnung, dass vielleicht von der Decke irgendetwas herunterhing, das ihm weiterhelfen würde. Und da verschlug es ihm neuerlich den Atem, ganz da oben, in vielleicht fünfundzwanzig Fuß Höhe, war ebenfalls ein Wirrwarr aus Kabeln, Schläuchen, undefinierbaren Fäden ausgespannt. Junge Burschen turnten in dem Netz herum, aber wie es aussah, hatte sich ihre Rolle schrecklich verschlechtert. Oben in der Stadt und noch auf der anderen Seite der Schleusenpassage, im Eingangssaal des Tempels, hatten halbwüchsige Kerle wie die da oben mit Äxten und Sägen ihre Opfer verfolgt, um ihnen Hände und Füße zu rauben, doch nun waren sie selbst zu Gejagten geworden. Riesige Spinnen huschten in dem Netz aus Kabeln, Schläuchen, fasrigen Stricken herum, Dutzende Spinnen einer mehlfarbenen Spezies, die haargenau wie überdimensionale Hände aussahen, wie langgliedrige Frauenhände. Diese riesigen Hände mit langen, biegsamen, erschreckend kräftigen Fingern flitzten in dem Netz unter der Tempeldecke herum und schlangen massenhaft abgehackte Männerhände in sich hinein, mit denen sie von den Burschen gefüttert wurden. Aber diese Gaben schienen sie nicht annähernd zufrieden zu stellen, zu Hunderten haschten sie auch nach den Burschen selbst, legten sich um Hälse, pressten Brustkörbe zusammen, spannen gedankenschnell ein Faserzeug aus ihren Hinterenden heraus und wickelten ihre Opfer darin ein.
Rick hatte auf einmal das beklemmende Gefühl, einer der armen Kerle da oben zu sein, er meinte schon die riesigen Hände zu spüren, die nach ihm griffen, ihn in die Höhe hoben, wegschleppten, wie er auch zappelte, schrie, darum flehte, ihn wieder runterzulassen, bitte, bitte, lass mich doch. Das Stampfen und Zischen klang jetzt überhaupt nicht mehr wie Maschinengeräusche, es ähnelte sehr viel eher dem donnernden Herzschlag einer riesenhaften Kreatur und dem Keuchen, mit dem dieses Monstrum ein- und ausatmete. Ich muss durch die Wand, dachte Rick plötzlich, durch den Panzer aus Echsenhaut, Platten, Rohren, Glibber hindurch, um das Herz der Bestie zu zerstören. Vor allem anderen aber musste er Rachel da runterholen, sie befreien, aus der Gewalt des Ungeheuers retten, was immer es sein mochte, die Drachengöttin mit dem Erdkugelbauch, eine intergalaktische Tante Ida,

die aus Jahrmillionen währendem Schlaf erwachte Urahnin einer außermenschlichen Spezies.
Er lief zurück zu der Stelle, wo Rachel in die Wand eingelassen worden war. Der gelbe Schleim gluckste und quietschte unter seinen Füßen, die Schwangeren klagten, die Burschen wimmerten im Griff der Spinnenhände, das verborgene Riesenherz donnerte, stampfte, toste. Und Rick setzte einen Fuß auf eines der schorf- oder rostfarbenen Rohre, die vor der Wand halbwegs waagerecht verliefen, wie über Putz verlegte Heizungsrohre, nur dass diese Rohre so dick waren wie der Oberschenkel eines erwachsenen Mannes. Prüfend wippte er auf dem Rohr, es schien standzuhalten, doch als er sich mit beiden Füßen daraufschwang, brach es mit einem hässlichen Splittergeräusch entzwei.
Rick geriet ins Straucheln, packte unwillkürlich nach einem anderen Rohr, wollte sich daran festhalten, aber es zerbröselte zwischen seinen Händen, als ob es nur noch aus Rost bestanden hätte und einer dünnen Schicht Farbe. Eine weinrote, zähe Flüssigkeit rann aus diesem Rohr heraus und vermischte sich mit der bräunlichen Brühe, die aus dem anderen, gleichfalls zerfetzten Rohr zu seinen Füßen strömte. Ein ekelhafter Gestank breitete sich aus, und von dem Gemisch stieg Dampf auf, rot-braune Nebelfäden, die sich kunstvoll umeinander drehten und ineinander verwoben. Rick musste husten, versuchte den Dampf wegzuwedeln, der ihm die Sicht auf Rachel nahm. Wie sollte er nur zu ihr hochgelangen? Von den Rohren war keine Hilfe zu erwarten, im Gegenteil – wenn er dieses Rohrsystem zerstörte, brachte er Rachel und die anderen schwangeren Frauen womöglich nur noch mehr in Gefahr. Schließlich waren sie an diesen Apparat angeschlossen, abhängig von dem riesenhaften Organismus oder was immer es sein mochte, und wenn ihre Versorgung unterbrochen wurde, würden sie vielleicht alle umkommen.
Gehetzt sah er wieder um sich, aber in der Eile konnte er nichts entdecken, womit sich die rissigen Rohre flicken ließen. Ganz kurz erwog er, seine blödsinnigen Shorts mit dem Leguanmuster zu opfern, aber in diesem Tempel der tausend Frauen, mit der kolossalen Göttin im Hintergrund des Heiligtums, deren Präsenz er die ganze Zeit wie eine schreckliche Drohung fühlte, schien es ihm weder ratsam noch schicklich.
Mit einem mehr als mulmigen Gefühl zwängte er Daumen und Zeigefinger um einen der Katzenschrumpfköpfe, die zu Dutzenden in die Wand eingelassen waren. Er ließ sich unerwartet leicht herauslösen, wie ein Tennisball, der sich in Maschendraht verfangen hatte, und Rick wich dem starren Blick

des Schrumpfbiestes aus, während er den Katzenkopf in das Ende des Rohrs stopfte, das unter seinen Füßen zerborsten war. Mit dem zweiten Rohr verfuhr er ganz genauso, auch wenn der zweite Katzenkopf sich nur mit Gewalt aus der Wand herausziehen ließ, so als ob jemand von der anderen Seite her das verdammte Vieh festhalten würde oder als ob die Wand selbst sich um den Kopf herum zusammenziehen würde, um den Raub zu verhindern. Aber Rick ließ nicht locker, bis er auch das zweite Loch mit einem Katzenkopf zugestopft hatte. Es sah unheimlich aus, die Rohre ähnelten plötzlich Schlangen, die ihn mit schwarzen Hutzelköpfen anstarrten, aber zumindest lief keine rote oder braune Brühe mehr aus ihnen heraus. Auch der Nebel begann sich zu verziehen, doch als Rick wieder zu Rachel emporsah, hätte er vor Schreck beinahe aufgeschrien.

Rachels Kopf war vornüber gesunken, ihr Auge war geschlossen, sie sah totenbleich aus. Verdammt noch mal, mach was, sonst stirbt sie – durch deine Schuld! Das Keuchen und Stampfen hinter der Wand war noch lauter geworden, dafür schienen die Klagegesänge verstummt zu sein. Rick drehte sich um sich selbst, schaute zu den anderen Schwangeren hoch, sie alle waren in sich zusammengesunken, ohnmächtig hingen sie in ihren handförmigen Waben. Er war kurz davor loszuheulen, in ohnmächtigem Zorn und wütenden Selbstanklagen – er war gekommen, um Rachel und die anderen Mädchen zu retten, und stattdessen hatte er sie durch seinen stümperhaften Eingriff umgebracht! Doch als dann sein Blick wieder auf die Rohre fiel, die er mit den Katzenköpfen zugestopft hatte, riss Rick die Augen auf.

Er machte mehrere Schritte rückwärts zur Mitte des Saals hin, fast ohne es zu bemerken. Die Rohre wirkten grotesk verformt, aufgeschwollen wie Schläuche kurz vor dem Platzen. Aus den Löchern in der Wand, wo er die Schrumpfköpfe herausgelöst hatte, krochen zwei der großen, langgliedrigen Spinnenhände hervor. Geschickt turnten sie zu den Rohren hinüber, zogen die Katzenköpfe wieder heraus, pressten die Rohrenden aneinander und umspannen die Bruchstellen mit den dicken Fäden, die gedankenschnell aus ihren Hinterenden wuchsen. Im nächsten Moment waren die Rohre wieder dicht, die Hände krochen rückwärts in die Wandlöcher zurück, hielten mit den Fingerspitzen jede einen der Katzenköpfe fest, die hinter ihnen die Wände wieder verpfropften.

Ein nervöses Lachen sprang aus Ricks Kehle, es klang wie das Wiehern eines verängstigten Wildfohlens. Doch als er abermals zu Rachel aufsah, hatte sie sich in ihrer Wabe wieder aufgerichtet, ihr Auge war wieder geöffnet, wenn

auch immer noch glasig, und durch den Schlauch, der von der Wand zu ihrem Mund führte, rann nun eine grüne Flüssigkeit.
»Rachel!« Er schrie ihren Namen, aber sie achtete nicht darauf. Er sprang vor der Wand empor, doch ihre Wabe war viel zu hoch, und er wagte es nicht, noch einmal auf eins der Rohre zu klettern. Über ihm erklangen die erstickten Schreie der jungen Kerle, die von den riesigen Spinnenhänden gejagt, ins Netz geworfen, mit Fäden umsponnen wurden. Aus den Mündern der Schwangeren drang nun auch wieder das helle, klagende Pfeifen, so als ob die Mundstücke zu allem gleichzeitig dienten, zur Ernährung, Betäubung und zur Erzeugung dieser Klagetöne. Das Stampfen und Zischen hinter den Wänden war wieder leiser geworden, als wäre die Apparatur oder der Organismus auf eine niedrigere Stufe zurückgefahren worden nach überstandener Gefahr.
So leicht ließ er sich nicht entmutigen, dachte Rick, er würde eine Möglichkeit finden, Rachel da oben rauszuholen. Am besten ganz nah an der Wand entlanggehen, einfach eine Runde durch den riesigen Saal marschieren, wie er das als Wachmann auch immer gemacht hatte. Irgendwo musste es ja eine Tür geben, die in den Versorgungsbereich hinter diesem Tempelraum führte, oder vielleicht einen Einschlupf in einen Wartungsschacht, der im Innern der Wand verlief, wie im Labor der Halbleiterfabrik in New Providence. Denn letzten Endes, dachte Rick, war das hier doch auch nichts anderes als eine riesige Fabrik, wenn auch mit völlig veralteten Schaltkreisen, mit einer Art Dampfmaschinenantrieb, einem lächerlichen Security-System, das im Wesentlichen auf Klagen und Wimmern basierte, und einem Versorgungsapparat, der permanent kurz vor dem Zusammenbruch war.
Einige Schritte weit ging er an der Wand entlang, ohne etwas Vielversprechendes zu entdecken. Weitere Rohre und Platten, Katzendämonen, Schlangenmuster, Totenschädel. Dann eine Säule, und dahinter änderte sich die Beschaffenheit der Wand so unvermittelt und so vollkommen, dass Rick wieder stehen blieb. Im ersten Moment glaubte er, dass es eine Wand aus groben Feldsteinen wäre, klotzigen, roh behauenen, schlammfarbenen Quadern, wie sie seit alters zum Terrassenbau in den Weinbergen verwendet wurden. Doch dann sah er, dass die Steine Augen hatten, winzige Hände und Arme, krumme kleine Beine mit Miniaturfüßen, die herumstrampelten und zappelten. Er mochte es kaum glauben und ging so nah heran, dass er fast mit der Nase dagegenstieß, aber es gab wirklich keinen Zweifel – er stand vor einer Wand aus Babys. Jeder Winzling hockte in einer Wabe, ein-

gebettet in das Sparrwerk aus Knochen, Platten, Rohren. Auch hier führten durchsichtige Schläuche mit kleinen Mundstücken aus Eisen oder Knochen von der Wand zu den Mäulern der kleinen Wesen. Doch je länger Rick sie betrachtete, desto fremdartiger kamen sie ihm vor. Eher wie Zwerge oder Kobolde als wie menschliche Geschöpfe, mit ihrer ledrigen Haut, dem aufgedunsenen Fleisch, den ernsten Gesichtern, dem düsteren Blick, der durch ihn hindurchzugehen schien.

Rick sah rasch über seine Schulter zurück, von vagem Schuldbewusstsein ergriffen, aber Rachel hatte nach wie vor keinen Blick für ihn. Von hier aus hätte er nicht einmal sagen können, welche der Schwangeren, die eine neben der anderen in ihren Handwaben kauerten, überhaupt Rachel war. Noch sehr viel weniger hätte er Unterschiede zwischen den winzigen Wesen in den Wandfächern hervorheben können, für ihn sahen sie alle gleich aus – gleich unheimlich, ja abstoßend.

Hastig ging Rick weiter an der Wand entlang, bis er das Babyfeld hinter sich hatte. Eine weitere Säule, dahinter wieder das nun schon vertraute Muster. Rohre, Kabelbündel, rostige Platten, dazwischen Schrumpfköpfe, Totenschädel. Rick trat dicht vor die Wand, fasste eine Verschlussplatte ins Auge, hinter der sich vielleicht ein Wartungstunnel verbarg. Sie war von dem gleichen Schorf- oder Rostrot wie die Rohre, eine Farbe, die neben Echsengrün und Dottergelb zu den bevorzugten Schattierungen in dieser Anlage zählte. Und während er noch herauszufinden versuchte, wie die Platte befestigt war, schnellten zwei mehlfarbene Spinnenhände aus der Wand und krallten sich eisenhart um seine Hüften.

»Loslassen, verdammt noch mal, lasst los!« Er versuchte sich dem Griff zu entwinden, schlug mit seinen Fäusten auf die Spinnenhände ein, und es fühlte sich an, als ob er auf Stahlgestänge boxte. Die Hände pressten ihn gegen die Wand, wie verzweifelt er sich auch wehrte, zwei weitere Exemplare schnellten hervor, legten sich um seinen Nacken und drückten sein Gesicht in eine glibberweiche Partie zwischen zwei ballonhaft aus der Wand gewölbten Katzenköpfen. Die Spinnenhände stießen ihn zurück und zerrten ihn heran, wieder und wieder an die Wand heran, die sich vor ihm öffnete und schloss, aufging, zuging, gurgelnd, schmatzend, schneller und schneller, heran und zurück, aber- und abermals, bis Rick schrie und keuchte, Echsenschleim spuckte, einen Wirbel ochsenblutroter Punkte vor seinen Augen tanzen sah. Dann endlich stießen ihn die Spinnenhände mit doppelter Wucht zurück und ließen ihn los.

Rick wurde fast bis zur Mitte des Tempelsaals geschleudert, knallte mit dem

Rücken hin und blieb vollkommen außer Atem liegen. Die Stellen seines Körpers, in die sich die Spinnen gekrallt hatten, brannten wie Feuer. Im Liegen tastete er über seine Hüften, sie fühlten sich zerquetscht an, als ob er in einen Fleischwolf geraten wäre. *Hack 'n' Steak*. Aber viel schlimmer als der Schmerz war das Entsetzen, das sein Herz holpern, seinen Puls rasen ließ. Nackte Angst, dachte er, unheilbar, egal, wer sich dran versuchte, Mrs. Sinking, Loveham, Esteban.

Mühselig rappelte Rick sich noch einmal auf, musste seine allerletzten Kräfte sammeln, um zumindest in die Hocke hochzukommen. So verharrte er einige Zeit, zu schwach, um sich ganz aufzurichten, zu mutlos, um sich zu Rachel umzudrehen. Es war das letzte Mal, dachte er, noch einmal würde er nicht mehr hochkommen, seine Energien, seine Zuversicht, alle Tanks waren leer. Viel zu lange schon auf Reserve gefahren, sagte sich Rick, während er mit einem Stöhnen aufstand, einen Moment noch seine Hände auf die Oberschenkel stützte, dann tatsächlich sich aufrichtete wie zum allerletzten Kampf.

Aber wie kämpfen, wie siegen? Gegen tausend Hände, die von allen Seiten nach ihm packten mit eisenhartem Griff. Gegen diesen riesigen Körper, der ihn umschloss wie ein gigantisches Mausoleum aus Echsenfleisch, Totenknochen, stählerner Haut. Aus tausend Augen schien die Göttin jetzt auf ihn herabzusehen. Die schreckliche Zweieinigkeit, Dea Mortis und heilige Schlange. Er spürte ihre Präsenz, drückender und gebieterischer als jemals zuvor. Ohne seinen Blick zu heben, ohne länger zu überlegen, wohin er sich wenden sollte, trottete Rick auf den Hintergrund des Tempelsaals zu.

Das riesige Kruzifix, echsengrün, um das die Schlange wie eine schillernde Schärpe gewunden war. Die gelben Augen starrten ihn böse an, und Rick starrte mehrere Ewigkeiten lang zu dem Heiligtum hoch, bis ihm endlich dämmerte, was er vor sich sah. Sie stand hoch aufgerichtet, die Beine eng beisammen, und sie hatte ihre Arme zu beiden Seiten horizontal weggestreckt, so dass ihr nackter Leib tatsächlich die Form eines Kruzifixes beschrieb. Die Schlange hing um ihren Hals wie damals. Eine der großen, mehlfarbenen Spinnenhände hatte sich über ihr Gesicht gelegt, und doch erkannte Rick sie sofort. Eva-Li. Die gelben Blütentupfer auf ihren Brüsten schienen das Augenpaar der Schlange zu spiegeln, deren widerlicher Fischkopf eine Etage tiefer pendelte, vor dem buschigen Hügel, den ein dotter-

gelbes Blütenblatt weniger verdeckte als hervorhob. Ein weiteres Händepaar hatte sich von hinten um ihre Taille gelegt, als wäre ihr Körper eine riesige Armbrust, mit der Schlange als Bogensehne, eine tödliche Waffe, gegen den Betrachter in Stellung gebracht.

Rick senkte den Kopf. Er spürte ihren Blick durch die Hand, die feingliedrige Spinnenkralle hindurch – schimmernd vor Tränen, anklagend und zugleich funkelnd vor katzenhafter Gier. Ein Blick, der ihr Gesicht für immer unergründlich werden ließ.

Neben dem Kruzifix kauerte die dunkle Göttin, ein Koloss auf Knien, mit gewaltigen Brüsten über dem Planetenleib. Ihre Arme weit ausgebreitet zu einer Brustkorb zerquetschenden Umarmung, die Hände zu Krallen gespreizt. Um den Hals trug sie eine Kette aus Männerhänden, Schlangen ringelten sich auf ihrem Kopf, aber nein, es waren Finger, kräftige, schlanke Frauenfinger, die Rick gebieterisch zu sich herwinkten.

Zögernd ging er auf sie zu, mit weichen Knien, rasendem Herzschlag. Er wusste, dass er den Befehl befolgen musste, aber er ging so langsam wie nur möglich, um noch ein paar Augenblicke herauszuschinden und weil es alles war, was er für seine Selbstachtung tun konnte. Sein Blick jagte zwischen Schlange und Göttin hin und her, zwischen der Kreuzförmigen, deren Gesicht durch die Spinnenhand verdeckt war, und der kolossal Kauernden, die mit tausend Händen nach ihm zu greifen schien. Die Burschen über ihm im Netz wimmerten, die Schwangeren in ihren Handwaben klagten, und das Herz der riesigen Kreatur donnerte, dass es wie das Stampfen einer Dampfmaschine klang. Und Rick dachte plötzlich, dass er eigentlich immer versucht hatte, sich zwischen diesen beiden Ungeheuern hindurchzulavieren, Mary-Lo und Ida, der gekreuzigten Schlange und der gierigen Riesin. Es war wie eine Erleuchtung, und im selben Moment fiel sein Blick auf eine Tür, die ihm bis dahin gar nicht aufgefallen war.

Die Tür befand sich zwischen dem Schlangenkreuz und der Göttin, und es war eher ein Portal als eine schlichte Pforte, mit kunstvollen Schnitzereien und metallischen Intarsien, die das Türblatt von oben bis unten bedeckten. Sie stand einen Spalt breit offen, und Rick änderte im allerletzten Augenblick seine Richtung. Er schwenkte ein wenig nach links und ging knapp an der Göttin, ihrer gespreizten Kralle, den gebieterisch winkenden Fingern auf ihrem Riesenschädel vorbei.

Kaum hatte er die beiden Götzendinger hinter sich gelassen, da umgab ihn Stille, vom Wimmern der Kinder, dem Stampfen und Zischen der Maschinen war nichts mehr zu hören. Nur der helle Klagegesang ertönte noch

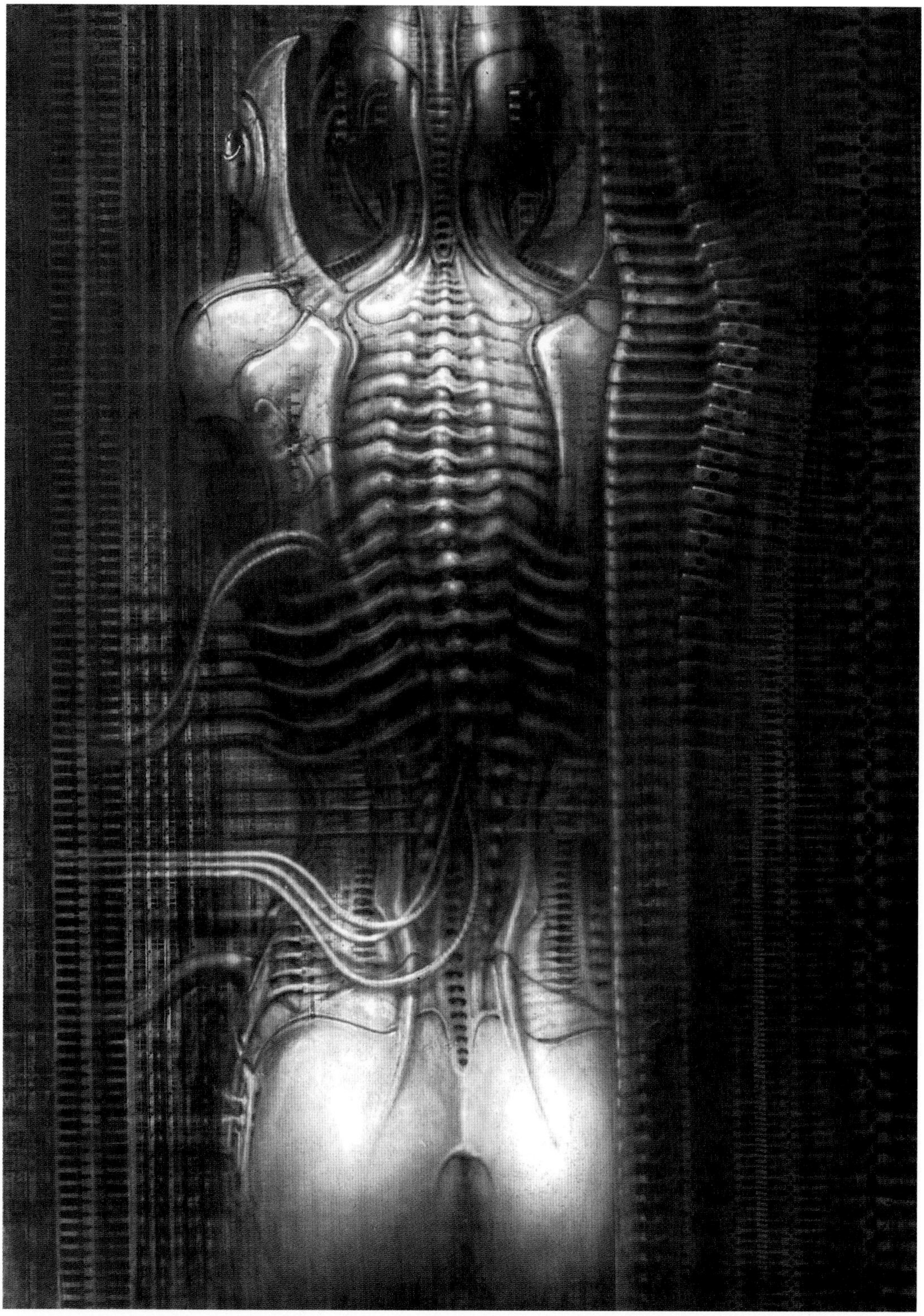

immer, doch auf einmal klang es, als ob die silbrigen Stimmen seinen Namen riefen: »Ricky, Ricky, Ricky.«
Mit zwei Fingern fuhr er über das Portal, die Schnitzereien kamen ihm sonderbar bekannt vor, der Erzengel Michael, dem das wild durch die Luft geschwungene Flammenschwert zu einem grotesken Lavawulst zerfloss, noch bevor er seine Waffe in den Leib der riesigen Drachin bohren konnte.
Rick zog die Tür weit auf, und auf der Schwelle stand Mi-lung. Wie schön sie war, ihre schlanke Mädchengestalt, die langen schwarzen Haare, die offen über ihre Schultern fielen. Niemals hatte sie ihn stärker an Rachel erinnert, an Rachel, wie sie damals ausgesehen hatte, vor ihrer Schwangerschaft, als sie im *Twilight* erschienen war, im pantherschwarzen Minikleid.
Ich bete sie an, dachte Rick. Er wollte seine Dankbarkeit aus sich herausschreien, seine Erleichterung, sein Glücksgefühl, weil er tatsächlich noch einmal einen Durchschlupf gefunden hatte, zwischen den beiden Ungeheuern hindurch. Da legte Mi-lung ihre Hände auf seinen Rücken, zog ihn mit eisenhartem Griff an sich, und Ricks Schrei erstarb. »Die dunkle Göttin sei mit dir!«, rief an seiner Stelle Esteban und begann vor Ricks geistigem Auge wie rasend auf der ochsenblutroten Bühne zu tanzen.
Das Letzte, was er wahrnahm, war Mi-lungs stählerne Zunge zwischen seinen Lippen, dann wurde es auf allen Monitoren in Ricks Security Center ganz ungemein schwarz.

Die Werke von H.R. Giger in diesem Buch

Seite 4–7	Bild-Nr. 471, N.Y. City XXI, Subway, 1981
Seite 9	Bild-Nr. 251, Li II, 1974
Seite 15	Bild-Nr. 619, Steve Stevens Atomic Playboys, 1989
Seite 25	Bild-Nr. 351, Katarakt, 1977
Seite 27	Bild-Nr. 259, The Lord of the Rings I, 1975
Seite 32/33	Bild-Nr. 561, Die Trompeten von Jericho, 1983–87
Seite 41	Bild-Nr. 257, Behemoth, 1975
Seite 48/49	Bild-Nr. 313, Todgebärmaschine I, 1976
Seite 56/57	Bild-Nr. 515, Victory IV, 1983
Seite 58/59	Bild-Nr. 553, Victory VIII (Hommage an Max Ernst), 1983
Seite 61	Bild-Nr. 557, Future Kill I, 1984
Seite 69	Bild-Nr. 349, Lilith, 1976/1977
Seite 73	Bild-Nr. 453, N.Y. City III, Straight, 1980
Seite 78/79	Bild-Nr. 274, A. Crowley (The Beast 666), 1975
Seite 93	Bild-Nr. 307, Meister und Margeritha, 1976
Seite 97	Bild-Nr. 256, Minon, 1974
Seite 103	Bild-Nr. 532, Biomechanoid, 1983
Seite 104/105	Bild-Nr. 460, N.Y. City X, Chelsea Cockroaches, 1980/81
Seite 111	Bild-Nr. 457, N.Y. City VII schräg-vertikal, 1980
Seite 123	Bild-Nr. 305a, Safari, 1973–76
Seite 133	Bild-Nr. 463, N.Y. City XIII, 1980
Seite 137	Bild-Nr. 295, Samurai, 1976
Seite 138/139	Bild-Nr. 462, N.Y. City XII Science-fiction, 1980/81
Seite 158/159	Bild-Nr. 350, Hommage à Böcklin, 1977
Seite 165	Bild-Nr. 275, Chidher Grün, 1975
Seite 178/179	Bild-Nr. 341, Hexentanz, 1977
Seite 190/191	Bild-Nr. 331, The Spell IV, 1977
Seite 197	Bild-Nr. 085, Gebärmaschine, 1967
Seite 205	Bild-Nr. 452, N.Y. City II, Lovecraft über N.Y.C., 1980
Seite 209	Bild-Nr. 414, Schranktür für Mia, 1979
Seite 215	Bild-Nr. 461, N.Y. City XI, Exotic, 1980/1981
Seite 219	Bild-Nr. 618, Carmen I, 1986-1989
Seite 225	Bild-Nr. 473, N.Y. City XXIII, Subway, 1981
Seite 236/237	Bild-Nr. 344, Spiegelbild, 1977
Seite 243	Bild-Nr. 474, N.Y. City XXIV Rolltreppe, 1981
Seite 247	Bild-Nr. 246, Magierin, 1973 (In Zusammenarbeit mit Walter Wegmüller)
Seite 251	Bild-Nr. 570, Hyperspace I, 1985
Seite 256/257	Bild-Nr. 312, Biomechanische Landschaft, 1976
Seite 260/261	Bild-Nr. 214, Landschaft XVII, 1973
Seite 266/267	Bild-Nr. 216, Landschaft XIX, 1973
Seite 270/271	Bild-Nr. 235, Passage XXXII, 1973
Seite 274/275	Bild-Nr. 202, Landschaft IX, 1972
Seite 277	Bild-Nr. 252, Biomechanoid I, 1974
Seite 278/279	Bild-Nr. 238, The Spell II, 1974
Seite 282/283	Bild-Nr. 237, The Spell I, 1973–1974
Seite 286/287	Bild-Nr. 203, Landschaft X (Tell '73), 1973
Seite 292/293	Bild-Nr. 207, Landschaft XIV, 1973
Seite 295	Bild-Nr. 210, Aleph, 1972–1973
Seite 297	Bild-Nr. 456, N.Y. City VI, Torso, 1980
Vorsatz/Nachsatz	Bild-Nr. 264, Passagen-Tempel (Weg des Magiers), 1975
Titelabbildung	Bild-Nr. 251, Li II, 1974

Die Bildnummern beziehen sich auf den Werkkatalog von H.R. Giger (www.GigerWorkCatalog.com).